BELVA PLAIN

Américaine, Belva Plain a publié plusieurs best-sellers, parmi lesquels *Les silences du cœur* (1994), *Et soudain le silence* (1996), *Promesse* (1997) et *À force d'oubli* (1998). Ses histoires, intenses et vraies, ont conquis un public mondial.

LES MIRAGES DU DESTIN

DU MÊME AUTEUR
CHEZ POCKET

A L'AUBE L'ESPOIR SE LÈVE AUSSI
ET SOUDAIN LE SILENCE
A FORCE D'OUBLI
PROMESSE
LES DIAMANTS DE L'HIVER
LE SECRET MAGNIFIQUE
LES CÈDRES DE BEAU-JARDIN
LES FARREL
LA TENTATION DE L'OUBLI
(à paraître en février 2005)

BELVA PLAIN

LES MIRAGES DU DESTIN

Traduit de l'américain
par Rebecca Satz

BELFOND

Titre original :
FORTUNE'S HAND

publié par Delacorte Press Random House

Ce livre est une œuvre de fiction. Les noms, les personnages et les événements sont le fruit de l'imagination de l'auteur. Toute ressemblance avec des personnes réelles, vivantes ou mortes, des événements ou des lieux serait pure coïncidence.

ISBN 2-266-13768-9

1

1970

L'humidité qui perçait sous son dos et l'odeur d'herbe lui firent comprendre qu'il était allongé dans un champ. Puis il perçut une rumeur continue pareille à celle d'une forte averse ; pourtant, ce bruit qui emplissait son néant ne ressemblait pas tout à fait à celui de la pluie. Au bout d'un moment, il identifia le coassement roucoulant des rainettes. Des rainettes. C'était le printemps.

Dans la nuit, pas totale, mais plus noire que grise, surgit une voix, ni alarmante ni réconfortante.

— Qu'est-ce qu'elle fiche, cette ambulance ? Elle ne vient quand même pas de Memphis ou de La Nouvelle-Orléans !

— L'hôpital est à quarante bornes ! Arrête, je t'ai dit de ne pas le toucher.

— Je lui remets une couverture, c'est tout. Il fait un froid de canard.

Il tourna la tête vers l'endroit d'où provenaient les voix, mais les hommes s'éloignèrent, et il vit seulement le brouillard s'élever dans l'obscurité. Soudain submergé par la douleur, il gémit.

— Doucement, mon gars. Ça va aller. On est de la police. Tu as eu un accident, mais tu vas t'en tirer.

Le rond d'une lampe électrique balaya des bottes, un

pantalon et des roues de voiture ; puis le faisceau dévia, et il ne put de nouveau se raccrocher qu'à des voix.

— Le camion devait rouler à plus de cent à l'heure. Le type devait être pressé d'aller livrer son fourrage à Marchfield pour rentrer chez lui piquer un somme.

— Qu'est-ce que tu en sais ? Il n'y a pas de témoins.

— Ça saute aux yeux. Ce pauvre garçon était sur la nationale, il avait la priorité.

— Entre chien et loup. C'est la pire des heures. On n'y voit rien et on s'imagine des obstacles qui ne sont pas là.

— Bon, c'est pas mes oignons. Les autres discuteront de ça au poste. Je ne voudrais pas être à la place du conducteur du camion, c'est tout.

— T'as vu la voiture ? C'est pas joli joli. On dirait une boîte de conserve ratatinée.

— Tu as récupéré le permis du blessé ? Robb MacDonald, c'est ça ?

— Ouais. MacDonald.

« Non, MacDaniel, eut-il envie de rectifier. Je m'appelle MacDaniel. Comment vont mon père et ma mère ? » Mais il n'eut pas la force de poser la question, et il resta sans bouger, transpercé par la douleur.

— Bon, alors, elle arrive cette ambulance ? Il ne faudrait pas qu'il casse sa pipe avant qu'on l'emmène.

Il se demanda alors s'il pouvait vraiment être en train de mourir.

Pendant les interminables journées qu'il passa à l'hôpital, couché dans le haut lit blanc, il fit son possible pour intégrer une réalité inacceptable. L'accident s'était produit pendant qu'ils rentraient de Monroe, où sa mère venait de se faire arracher des dents trop longtemps négligées. Elle somnolait à l'arrière, la tête sur l'épaule du père de Robb. Pourvu qu'ils n'aient rien senti ! Non, lui avait-on assuré, ils étaient morts sur le coup. Le camion avait percuté la voiture par le côté, à l'arrière, et, alors que Robb avait été éjecté sur le bord de la route, ses parents avaient été écrasés dans la carcasse.

Était-il responsable ? Il ne se souvenait de rien, sauf d'avoir vu des phares jaillir à travers le feuillage de la route secondaire, puis, à sa grande stupeur, venir lui couper la route sans lui laisser le temps ni de s'arrêter, ni de braquer, ni de réagir autrement que par un hurlement. « Bon Dieu ! »

Ce n'était pas sa faute, lui répétait-on. Il devait étouffer ses doutes, les faire taire pour toujours et reprendre le cours de sa vie. En fait, c'était même un miracle qu'il s'en soit tiré à si bon compte. Un fort traumatisme crânien, le bras et l'épaule fracturés en plusieurs endroits, mais de cela on guérissait, et il serait en parfaite santé à l'automne pour prendre son premier poste de professeur au collège du comté. Ainsi le rassurait-on inlassablement pour tenter de lui redonner goût à l'existence.

En attendant, on l'autorisait à retourner chez lui, mais avait-il des parents ou des amis pour l'entourer dans les premiers temps ? Non, répondait-il, ni frères ni sœurs. Pour toute famille il ne lui restait que de lointains cousins qui avaient déménagé dans le Nord ou à l'autre bout du Mississippi. En revanche, il ne manquait pas d'amis qui pourraient le soutenir un peu – même s'il avait l'habitude de s'occuper presque seul de la ferme depuis l'attaque qui avait tant diminué son père. Il pourrait compter par exemple sur les Wilton, ses plus proches voisins et amis fermiers.

— Eh bien, rien ne vous empêche de rentrer chez vous demain, décréta le médecin d'un ton enjoué au bout d'une semaine. Passez quelques coups de fil afin d'organiser votre retour. Vous pourrez quitter l'hôpital quand vous voudrez, après neuf heures.

Lily n'aurait pas une seconde de retard. Après l'accident, elle avait accouru le matin dès sept heures, bien avant les visites. Il pensait à elle avec fierté : sérieuse, et fidèle comme une épouse. D'ailleurs, il la considérait comme sa femme, et il en allait de même pour elle. Ils « sortaient » ensemble depuis leurs dix-sept ans, s'étaient aimés durant la dernière année de lycée et les quatre ans passés ensemble à l'université baptiste de Flemington. Ils avaient obtenu leurs diplômes à la fin de l'automne. S'ils n'avaient tant manqué d'argent, ils se seraient sans doute mariés depuis longtemps.

Libéré de la douleur physique, Robb était assailli par la souffrance morale. Il n'avait jamais autant pensé à ses parents de leur vivant. Bien entendu, il s'était senti solidaire, avait compris leur pauvreté et les difficultés rencontrées dans la petite ferme. Il avait beaucoup plaint son père lorsque sa pompe à essence avait dû fermer, concurrencée par une station-service avec mécanicien qui avait ouvert dans le village. Tous les jours, après les cours, il avait aidé son père, et gagné de quoi financer ses études. Il s'était montré un bon fils, et avait apporté de nombreuses satisfactions à ses parents. Mais était-ce suffisant ? Ne pouvait-on rien attendre d'autre de la vie que d'élever un enfant et de se réjouir de ses succès ? Ils avaient eu si peu de plaisirs pour eux-mêmes.

Il songeait surtout à sa mère. Elle n'avait jamais pu dormir une nuit complète. Il revoyait encore l'heure à la pendule de la commode, les matins où il se réveillait tôt. Cinq heures moins le quart. En bas, elle attisait le feu, cognait la poêle à frire. La porte du poulailler claquait dans son bâti fragile quand elle allait ramasser les œufs. C'était une femme de la campagne. Il se souviendrait toujours d'elle lançant le grain à ses poules, ou désherbant le carré de maïs du potager, avec les grosses courges enflées au milieu des allées.

— Le printemps, c'est la saison du jaune, déclarait-elle, plantant des oignons de jonquille dans le jardin et taillant les forsythias.

Pourtant, songeait-il, elle devait bien avoir aussi trouvé le temps de lire, car il lui arrivait de citer des poèmes : *Je vagabondais, solitaire comme un nuage*. Mais comment, avec la vie qu'elle menait, en avait-elle eu le loisir ou même éprouvé l'envie ?

— Tu es comme ta mère, avait souvent dit son père.

Si elle pouvait, elle passerait son temps le nez fourré dans un livre.

Lily avait des points communs avec elle. Ne dit-on pas que les hommes, sans le savoir, recherchent une femme qui ressemble à leur mère ? Oui, c'était sans doute vrai. Comme elle, Lily était vive et énergique. Elle aussi pouvait se perdre en songeries devant le spectacle des fleurs, et ne s'en privait pas. À cause de son nez retroussé et rond de petite fille, et de son grand sourire généreux, ne l'avait-il d'ailleurs pas surnommée « Petite fleur » ?

Elle était rose, et blanche, et si fine qu'il pouvait lui entourer la taille de ses deux mains. Petite fleur.

— Ça fait plaisir de vous voir sourire, remarqua le médecin en entrant dans la chambre.

« Les gens sont si bons avec moi », pensa Robb. Les Wilton, Isaac et Bess, avaient pris la situation en main pendant son séjour à l'hôpital. Ils s'étaient occupés de tout, des obsèques jusqu'aux poules. Depuis, entre ces fidèles amis, et Lily et sa mère, il avait été plus que bien nourri : il avait été gavé. À cet instant précis, Lily et Mme Webster entrèrent par la porte de la cuisine, portant de nouvelles victuailles couvertes par un torchon blanc.

— Du pain de maïs, annonça Mme Webster en se débarrassant sur la table. Il est encore tout chaud, tu peux en manger tout de suite. Fais chauffer le café, Lily, et apporte-le sur la véranda. Cela fera du bien à Robb de sortir un peu. Il est suffisamment resté enfermé comme ça.

Touché, il se rendait compte qu'elle voulait remplacer la mère qu'il avait perdue.

— J'ai déjà pris mon petit déjeuner, protesta-t-il. Ike, le jeune voisin, est venu hier soir pour préparer la cafetière. J'ai seulement eu à allumer le gaz. C'est étonnant tout ce qu'on peut faire d'une seule main.

Mais Mme Webster avait de la suite dans les idées.

— Aucune importance, tu n'as qu'à prendre un second petit déjeuner. Moi, je suis pressée, j'ai des tonnes de choses à faire à la maison, mais Lily va te tenir compagnie. Je repasserai te prendre vers quatre heures, Lily.

— L'expert de l'assurance doit venir à cinq heures, annonça Robb.

— Attention de ne pas te faire rouler.

Mme Webster s'arrêta, la main sur la poignée de la porte. Lily jeta un coup d'œil rieur à Robb. Ils s'amusaient toujours beaucoup des adieux prolongés de sa mère.

— J'imagine que tu vas vendre la ferme pour aller t'installer en ville, ce serait le mieux. Puisque tu vas enseigner au collège et que Lily commence la semaine prochaine son travail à la bibliothèque, ça n'aurait vraiment pas de sens de la garder.

Elle avait raison. Il n'avait aucune intention de faire pousser des légumes, de vendre des œufs et de l'essence. Il faudrait bien sacrifier la ferme. Peut-être que d'autres auraient plus de chance ici que sa famille. Le chant du coq le tira de ces pensées mélancoliques. C'était un petit coq à la démarche arrogante qu'ils avaient baptisé « Napoléon » parce qu'il dictait sa loi à toutes les poules. Les nouveaux propriétaires en feraient sans doute du bouillon. Sa tristesse s'accentua.

— La ferme va me manquer, dit-il.

— Ça ne durera que quelques jours, prédit Mme Webster. Tu vas trouver un endroit qui te plaira et tu commenceras une nouvelle vie.

Il savait qu'elle le comprenait. Elle l'appréciait et la perspective du mariage lui plaisait. L'avenir se présentait bien. Une fois que Lily et lui auraient leur appartement, un petit endroit douillet et clair, avec beaucoup de fenêtres et des livres, elle refrénerait sa tendance naturelle à couver sa fille et les laisserait tranquilles. Elle était trop intelligente pour se rendre indésirable. D'ailleurs, elle devait bien se douter qu'ils couchaient ensemble depuis cinq ans, et elle n'avait jamais rien dit. Peut-être même s'était-elle arrangée pour les laisser toute la journée en tête à tête. On était en 1970, et le monde avait bien changé depuis qu'elle avait eu leur âge.

Il n'avait pas été seul un instant avec Lily depuis l'accident. Aussi, à peine la voiture de Mme Webster eut-elle disparu qu'il courut à elle.

— Attention à ton bras !

— Ne t'inquiète pas, un seul me suffit.

Elle était aussi passionnée que lui. Et comme il avait lu tout ce qui lui tombait sous la main à propos des plaisirs et des difficultés de la sexualité, il se savait bien loti dans ce domaine, comme dans tant d'autres. Certaines femmes devenaient froides dès qu'elles pensaient s'être assuré l'amour d'un homme… alors que rien n'était jamais gagné. Lily, elle, n'avait pas de soucis à se faire. C'était la femme de sa vie !

— On reste ici ou on va là-bas ? demanda-t-elle.

« Là-bas » était leur façon de désigner la petite grange des Wilton. Depuis que leurs voisins en avaient fait construire une plus grande et plus moderne, l'ancienne servait à entreposer tout un bric-à-brac, des machines agricoles, et le surplus de foin. C'était le fils, Ike, âgé de quinze ans, qui leur avait suggéré avec un clin d'œil entendu de s'en servir. « Personne ne vous dérangera là-bas, toi et ta copine, avait-il dit. Ne flanquez pas le feu à la paille, c'est tout. » Il n'était pas méchant, mais comme beaucoup d'adolescents il voyait son intérêt partout. De toute évidence, cela lui plaisait de partager ce secret avec eux, et il ne refusait jamais un petit cadeau en passant.

— On reste ici, décida Robb, on sera mieux.

En tirant les stores, il fit tomber une ombre verte sur le plancher et sur le lit dont il avait changé les draps en l'honneur de Lily.

— Je vais fermer à clé, mais personne ne risque de venir.

Il l'observa pendant qu'elle se préparait selon son rituel. Contrairement à lui, qui se déshabillait vite en jetant tout par terre, elle ôtait ses vêtements les uns après les autres avec grand soin, les accrochait ou les pliait, puis le laissait l'admirer nue. Son sourire, comme son rire, était généreux et étincelant, mais dans ces moments-là elle ne souriait pas longtemps ; l'émotion adoucissait ses lèvres et ses yeux. Alors, ils se jetaient dans les bras l'un de l'autre.

M. Brackett, l'expert de l'assurance, ne devait pas être beaucoup plus âgé que Robb. Ce dernier ne lui donna guère que six ou sept ans de plus que lui, c'est-à-dire environ vingt-huit ans. Mais la différence était de taille, puisque l'on considérait ces quelques années comme décisives dans la vie d'un homme. La trentaine semblait encore lointaine à Robb. Il imaginait que d'ici là il se marierait, fonderait une famille. À la naissance des enfants, Lily quitterait son emploi à la bibliothèque tandis qu'il continuerait à enseigner au collège. Comme promotion, il pouvait toujours espérer devenir principal, mais il n'y comptait pas trop.

Depuis près d'une demi-heure, Brackett le soûlait de chiffres : frais de justice, frais d'appel, frais de témoins, prix du sang calculé en fonction de l'inflation, valeur nette d'un capital, intérêts après prélèvement libératoire, réductions potentielles pour enfants à charge, nombre de parts devant l'impôt…

Robb trouvait son fauteuil à bascule en osier de plus en plus inconfortable. Il transpirait à grosses gouttes.

— Vous avez l'air fatigué, remarqua Brackett.

— Non, j'ai chaud, c'est tout.

— Nous avons presque terminé. Rien ne nous empêche de conclure tout de suite.

— Vous n'avez qu'à me laisser les papiers, je vais réfléchir.

— Comme vous voudrez. Mais vous le savez, les compagnies d'assurances…

Brackett se pencha vers lui, baissant le ton, en confidence.

— Je ne devrais pas vous dire ça parce que je ne veux pas médire de mes employeurs, mais… Vous voulez que je vous parle franchement ?

— Allez-y, monsieur.

— Frank, je m'appelle Frank Brackett. Écoutez, quand on vient chez vous, on voit tout de suite que vous… que vous ne roulez pas sur l'or. Si j'étais vous, je profiterais de l'offre qu'on me fait sans attendre que la compagnie change d'avis. Les arbitrages en cas de désaccord sont longs et coûteux. On attend des années avant de toucher un centime, et parfois on finit avec moins que la proposition que je viens de vous faire. Il n'y avait pas de témoins. Vous auriez pu être pris de boisson et…

— On ne dira jamais ça ! Tous ceux qui me connaissent peuvent témoigner que je ne bois jamais.

— Je ne voulais pas vous vexer, mais ce genre de choses est très difficile à prouver. Vous auriez pu vous endormir au volant. Pouvez-vous prouver que votre vigilance n'a pas été prise en défaut ?

— Et vous, pouvez-vous prouver le contraire ?

Brackett éclata de rire.

— Eh bien ! Vous auriez pu être avocat !

— Quand j'étais beaucoup plus jeune, j'adorais les scènes de procès au cinéma. Je crois que j'aurais bien aimé plaider devant un tribunal. Ça doit être amusant. C'est une joute intellectuelle, il faut de la présence d'esprit. Enfin, il est trop tard, maintenant.

— Comment ça ? Vous n'avez même pas vingt-deux ans ! Je ne vois pas ce qui vous en empêche.

— Ce n'est même pas la peine de poser la question. Vous venez de donner la réponse vous-même.

De son bras valide, Robb désigna la pièce, l'horrible canapé défoncé, le vieux tapis usé et les rideaux jaunes mités.

— Avec la ferme, et l'attaque de mon père, j'étais coincé. Je peux déjà m'estimer heureux d'avoir eu accès aux études supérieures et d'avoir obtenu un poste de prof sans avoir à rembourser de prêt étudiant. Oui, j'ai eu de la chance.

— Donc, vous auriez voulu faire votre droit mais vous avez abandonné ?

— Je n'y ai pas trop pensé. Je suis content de mon sort.

— Parfois, on se croit heureux, remarqua Brackett pensivement. On se colle ça dans le crâne parce que ce serait trop dur de vivre avec des regrets.

Robb le regarda avec surprise. Brackett avait la cheville droite posée sur le genou gauche. Un trou était en train de se former à sa semelle. Il avait des cheveux bruns clairsemés, l'air fatigué. Peut-être était-il plus âgé que Robb ne l'avait supposé au départ. Et soudain, il eut le cœur gros, comme le matin en entendant chanter Napoléon. Brackett lui faisait pitié, il devait mener une vie bien ennuyeuse. Tous les jours, il allait voir des gens en difficulté, des gens blessés, dans le besoin, mais parfois aussi des menteurs. Et avec tous, il lui fallait marchander, trouver des arguments pour les persuader d'accepter un accord et de signer les papiers sans discuter. Quelle horreur, ce genre de métier !

Comme s'il avait suivi le cours de ses pensées, Brackett remarqua :

— Ça devient vite lassant de se lever le matin pour faire la même chose, jour après jour.

Robb ne répondit rien. Sa compassion s'était dissipée, l'atmosphère était redevenue impersonnelle. Il resta à observer son visiteur, suivant son regard qui passait sur le tapis où des paillettes de poussière dansaient dans un rayon de soleil. Puis il se représenta la scène comme la verrait une tierce personne : deux hommes, jeunes, dans une salle nue et triste, dans le style d'un tableau de Wyeth ou d'une pièce de théâtre existentialiste.

Brackett reprit brusquement la parole.

— Vingt-deux ans… Je donnerais cher pour avoir de nouveau votre âge, Robb. Et pour être grand, comme vous, athlétique, avec encore tous vos cheveux.

— Merci du compliment, mais vous ne devez pas être beaucoup plus âgé que moi.

— Ah non ? Quarante ans, ça vous dit quelque chose ? Je suis mince. Ça me donne l'air jeune.

Il attrapa un livre posé près de la lampe.

— *La Vie de Lincoln*, de Sandburg, tome III. Vous avez lu les deux premiers ?

— Oui. Je les emprunte à la bibliothèque. Ma fiancée est aide-bibliothécaire.

— Moi, je n'ai lu que le premier tome. C'est fou ! Ce type est parti de rien, et il faut voir où il est arrivé !

— D'accord, mais on ne peut pas tous être comme Lincoln.

Robb n'aimait pas beaucoup le tour que prenait la conversation. Cela ne servait à rien de se lamenter. Brackett était envoyé par l'assurance pour négocier l'indemnisation, alors qu'il négocie, et qu'il s'en aille. Une fois de plus, Robb eut l'impression d'être percé à jour. Brackett changea soudain de ton, releva la tête, le regarda bien en face et lui fit une proposition.

— Bien, que diriez-vous de ça : je calcule ce que vous coûteront trois ans d'études de droit, frais de scolarité et entretien courant à l'université du Mississippi. Prévoyons largement les dépenses imprévues, une allocation pour la garde-robe, les frais médicaux, et de quoi vous amuser un peu. Vous signez votre accord, et on n'en parle plus. Alors ?

Robb ne cacha pas sa surprise.

— Je vous l'ai dit, répliqua-t-il, je veux seulement toucher ce qui me revient pour l'accident. Je ne bougerai pas. J'adore les enfants et l'enseignement.

— Mais, au fond, vous rêvez d'être avocat.

— Oui, j'en ai rêvé, à un moment, mais comme c'était impossible, j'ai laissé tomber.

Un silence se fit.

— Maintenant, c'est possible, reprit Brackett, persuasif. Acceptez ma proposition. Vous aurez l'argent dès la semaine prochaine, et vous pourrez en faire ce que bon vous semblera.

Le silence retomba.

— Et si vous ne voulez pas l'utiliser pour devenir avocat, dépensez-le comme vous l'entendrez. Vous pouvez étudier la musique, voyager dans l'Antarctique, ou rester chez vous sans vous poser de questions. Seulement, ça m'étonnerait beaucoup que vous vous contentiez de cela.

Brackett prit un autre livre et en lut le titre à voix haute.

— Tocqueville. *De la démocratie en Amérique.*

Robb réagit presque avec agressivité.

— Ce n'est pas si mal, ici !

— Oui, pour beaucoup de gens, et des gens très bien… mais pas pour tout le monde.

Pourquoi cette insistance ? À quoi cela avançait-il Brackett d'essayer de l'influencer ? Bien sûr, il cherchait à régler l'affaire au plus vite et à moindres frais. Mais ce n'était pas tout. Il était vraiment sincère. « Il me veut du bien. Ça se voit dans son regard. Il a souffert… souffert de n'avoir pas su profiter de la vie pour commencer. »

L'impatience de Robb s'évanouit. À présent, il ne savait plus que penser. Il aurait l'argent la semaine suivante. C'est-à-dire des milliers de dollars d'ici à quelques jours, au lieu d'une plus grosse somme dans… deux, trois, cinq ans…

— J'ai besoin de réfléchir, déclara-t-il en se levant. Je vais faire un tour dehors.

— Allez-y. Je commence mes calculs en attendant.

C'était une journée ensoleillée, humide, auréolée d'un jeune feuillage vert tendre. Au printemps, on était censé déborder d'énergie, se sentir invulnérable. Au lieu de cela, Robb sortit par-derrière en traînant les pieds, comme si l'insatisfaction de Brackett était contagieuse. Il alla s'appuyer à la clôture, près du poulailler et du potager.

La ferme avait déjà un air abandonné. Les mauvaises herbes pointaient à la base des tuteurs à haricots. Les poules caquetaient en picorant, pauvres innocentes, sans se douter des changements à venir. Il pensa à sa mère qui avait nourri les poules, désherbé les haricots. Il pensa à ses dents gâtées. Il pensa à la pompe à essence au bout de la propriété, et au corps tordu de son père après son attaque. Il pensa au trajet qu'ils avaient effectué leur vie durant, de la ferme au village, du village à la ferme, dépassant rarement ces limites, et jamais de beaucoup.

À l'université, Lily et lui s'étaient promenés sous les arbres, partageant leurs rêves. Bien sûr, ils en avaient des rêves ! Comme tout le monde… Mais Lily avait l'esprit pratique. Sa mère, qui était veuve, prenait de la couture à domicile et connaissait le goût amer de la pauvreté. Lily en avait tiré une grande prudence. Dans la vie, on cherchait un travail, puis on vivait selon ses moyens. De cette façon, on ne manquait jamais de rien. Comment rejeter d'aussi bons principes ?

Soudain, ses poings se crispèrent et son cœur se mit à battre plus vite. Il commençait à se voir sous un jour nouveau. Peut-être s'était-il convaincu de devenir professeur pour faire plaisir à ses parents qui voyaient là une promotion sociale. Au fond, il n'avait jamais ressenti de véritable intérêt pour l'enseignement. Il se vit radotant devant des rangées de jeunes visages déçus. Il avait eu tort. Il ne serait pas bon pédagogue. Il n'était pas taillé pour ce métier. Il ne l'aimait pas assez.

— Mais je pourrais être un bon avocat, pensa-t-il tout haut. Le droit est un outil. En s'en servant bien, on peut faire ce qu'on veut. On peut même rendre la vie plus facile à des gens comme mes parents. C'est utile, passionnant. Et puis, tous les jours, c'est l'inattendu. J'idéalise sans doute un peu la profession, je suis encore naïf, mais pourquoi pas ? On dira que je suis trop impétueux, et c'est sans doute vrai, mais si je n'essaie pas, je le regretterai. C'est maintenant ou jamais.

Brackett avait étalé des imprimés sur la table. Il leva un regard interrogateur quand Robb rentra du jardin. C'était le moment de vérité. Il était tout en haut du grand plongeoir, prêt à se jeter dans le vide ; la peur l'étreignait, mais il aurait eu honte de reculer.

— J'accepte, dit-il.

— Bravo, vous faites bien ! Vous ne le regretterez pas. Asseyez-vous, je vais tout vous expliquer. J'ai calculé vos dépenses. Si vous êtes d'accord avec mes chiffres, vous signerez là et tout sera réglé. Il ne vous restera plus qu'à réussir l'examen d'entrée.

Installés chez Lily, ils lisaient la brochure de la faculté de droit. De son coin, sous la lampe, son ouvrage à la main, Mme Webster demanda :

— Dis-moi, Robb, la vente a eu lieu ?

— Oui, la ferme a été adjugée mardi dernier. Pour presque rien. Je ne savais pas qu'elle était hypothéquée. Papa a dû avoir besoin d'argent après son attaque.

Personne ne commenta. Quand on perdait sa terre, le sol nourricier, on ressentait une profonde tristesse qui n'avait rien à voir avec des questions bassement matérielles. Robb savait que le souvenir des arbres et des saisons ne le quitterait jamais.

— Ça vous tombe dessus comme un accident, remarqua-t-il. Un type qu'on ne connaît pas arrive chez vous, discute de votre avenir, change le cours de votre vie et repart comme il est venu. Vous croyez que je suis devenu fou ?

— Mais non, Robb, tu en avais envie depuis longtemps, répondit Lily. Tu croyais seulement que c'était impossible, alors tu n'en parlais pas, c'est tout.

Mme Webster intervint sévèrement. Elle n'était pas femme à mâcher ses mots.

— Et moi, tu veux savoir ce que j'en pense, Robb ? Eh bien, oui, tu as fait une grosse bêtise.

— Maman ! s'exclama Lily.

— Ne t'inquiète pas. Robb me connaît, il sait que je l'aime beaucoup. C'est pourquoi je ne me gêne pas. Robb, tu as jeté aux orties une bonne carrière pour un avenir incertain. Et puis il t'a roulé, ce monsieur. Tes parents se sont fait tuer, et il s'en est fallu d'un cheveu pour que tu y restes aussi. Tu aurais pu en tirer une fortune, et toi, tu te contentes d'une misère.

— On obtient rarement justice, avec les assurances.

— Moi, je dis que tu t'es fait avoir.

— Maman ! On en a déjà discuté des heures. Je ne suis pas d'accord avec toi.

— Je n'ai pas l'intention de vous embêter, reprit Mme Webster plus gentiment. Je ne veux que votre bien. Je vais vous dire une chose : il faut célébrer le mariage. Vous avez déjà assez attendu. Ce n'est pas normal.

« Elle a peur que Lily ne tombe enceinte, pensa Robb. Et que je lui fasse du mal. Comment peut-elle imaginer une chose pareille ? »

Mais, au fond, elle avait raison. Ils avaient besoin de vivre ensemble. Trois ans, c'était très long. Il aurait dû y songer plus tôt. Quand il avait accepté la proposition de l'assurance, il avait supposé, sans même y réfléchir, que Lily le suivrait où qu'il aille. Puis lorsqu'il avait été reçu à l'examen d'entrée, ils s'étaient aperçus que les loyers, même pour les minuscules chambres d'étudiants, étaient hors de prix. La « généreuse allocation » promise permettait tout juste de subvenir aux besoins les plus élémentaires d'une seule personne.

— Si tu pouvais trouver du travail là-bas…

En voyant l'expression de sa fille, Mme Webster s'interrompit.

— Je t'ai dit que j'avais tout essayé, maman. Je ne pourrai jamais me faire embaucher dans une grande ville sans expérience professionnelle. J'ai déjà beaucoup de chance d'avoir trouvé un job à la bibliothèque d'ici.

— Nous nous débrouillerons, affirma Robb. Ce n'est qu'à trois heures de car, ce n'est pas le bout du monde. En allant à Marchfield, tu passeras devant l'arrêt de l'autoroute, et de temps en temps tu auras envie de monter dans le car pour venir me rejoindre.

Il n'ajouta pas qu'ils avaient déjà trouvé un lieu de rendez-vous à mi-chemin, dans un motel.

Lily toucha la main de Robb.

— Ne t'en fais pas. Je vais économiser, et on pourrait s'acheter une maison. Quand tu auras fini tes études, nous serons prêts à démarrer notre vie commune, et nous serons encore très jeunes.

Ses yeux brillaient de bonheur.

— Regarde, reprit-elle, il y a un cours de droit de l'environnement. Je suis sûre que ça te plairait. Tiens, et là, un autre…

Elle fronçait les sourcils en feuilletant la brochure, comme une bonne élève devant ses devoirs. « Je ne te mérite pas, pensa-t-il. Il n'y a pas une parcelle d'égoïsme en toi. Non, je ne te mérite pas, mais je ne connais personne qui te mériterait. »

Le sentiment si tendre et si violent qui s'emparait de lui faisait presque mal.

À six heures du matin, à la fin du mois d'août, le soleil à sa droite, il partit vers le nord dans sa voiture de location. Il l'avait prise pour la journée et y avait entassé tout ce qu'il possédait en ce bas monde : des photos de Lily et de ses parents, de la ferme ; des vêtements, des draps et des couvertures, et ses livres. Il avait les œuvres complètes de Shakespeare, quelques volumes d'histoire américaine, un essai sur la Seconde Guerre mondiale durant laquelle son père avait combattu, les poèmes de son auteur favori, Stephen Spender, et c'était tout, car les livres étaient trop chers.

Il avait pensé écouter la radio pendant son trajet solitaire, mais, angoissé, il n'était pas d'humeur à supporter un bruit de fond. Envahi par tout un mélange d'émotions, il pensait à Lily, revenait sur ses doutes de dernière minute, ses peurs, tout en bouillant d'impatience et en se sentant plutôt fier.

Il n'avait pas repris la nationale depuis l'accident. À l'approche du croisement, il aurait tout donné afin de l'éviter. Mais, comme c'était impossible, il s'arma de courage, appuya sur l'accélérateur et le passa à toute vitesse.

— Ils n'ont rien senti, dit-il tout haut. Tout le monde est d'accord là-dessus. La police et les médecins. Ils n'ont rien vu venir.

Une brume de chaleur s'élevait de la route et des champs alentour. Les vaches paissaient sous le soleil brutal, ne trouvant pas la plus petite ombre où se regrouper au frais. Elles finiraient sous le couteau du boucher, sereines – piètre bonheur – dans leur ignorance.

La région était si plate que, tout autour de lui, il voyait le cercle que traçait l'horizon dans le ciel immense. Il eut alors pleinement conscience d'être un point sur une sphère, un point filant dans l'espace. Cette sensation le perturba tant qu'il dut tout de même mettre la radio pour se changer les idées.

Les accords familiers de la musique country remplirent le silence pendant une heure. Puis, peu à peu, le paysage changea : la route droite et monotone se mit à monter en lacet dans les collines au milieu d'un épais feuillage. Les champs firent place aux grandes propriétés, puis aux banlieues, et, bien des kilomètres plus loin, cette même route se transformerait en avenue au cœur de la cité.

Robb n'avait pas mis les pieds dans la capitale de l'État depuis des années. À douze ans, on l'y avait emmené pour une visite, mais il n'avait eu aucune raison d'y retourner depuis, jusqu'au jour où il était allé apporter son dossier à la faculté de droit. Aujourd'hui, il trouvait à l'architecture une majesté qui avait sans doute moins impressionné son regard d'enfant : les bâtiments officiels, le palais de justice avec ses colonnes grecques, et son fronton qui rappelait le Parthénon. Soudain, alors qu'il traversait le centre-ville, un carillon de dimanche matin éclata, lui rappelant une ritournelle sur les cloches de Londres : « *Rentre chez toi, Whittington, tu seras maire de Londres.* » Le garçon de ferme ambitieux débarquait en ville.

« Eh bien, m'y voici, pensa-t-il, amusé par son propre enthousiasme. J'arrive plein de belles illusions. Mais, après tout, pourquoi pas ? »

La faculté de droit se dressait au bout d'une large avenue, semblable à toutes les universités. C'était un groupe imposant de bâtiments de style gothique, entourés de pelouses et de vieux arbres magnifiques. En longeant le campus, Robb s'amusa de sa réaction. Il se sentait déjà chez lui, fidèle à son école, possessif.

Mais, après tout, pourquoi pas ?

2

1972

— Dire que nous entrons déjà en troisième année ! remarqua Eddy Morse, je n'arrive pas à y croire.

La vieille maison en bois de Mill Street, divisée en cinq, vibrait du murmure de l'air conditionné. Mais, partout dans la rue, installés sur les marches des perrons, les gens préféraient braver la chaleur plutôt que de rester enfermés toute la soirée.

— Je ne sais pas comment tu supportes l'été dans ce fichu patelin, continua Eddy en s'épongeant le visage.

Né à Chicago, Eddy avait choisi de faire ses études dans la capitale du Mississippi afin de retrouver sa nombreuse famille.

— Moi, tu sais, je suis un vrai gars du Sud, répondit Robb.

— Comment veux-tu que je l'oublie, avec ton amour du poulet frit et du gruau de maïs ?

— Et du gâteau aux noix de pécan. Ça n'a pas l'air de te déplaire non plus quand Lily m'en envoie un.

Eddy approuva avec un grand sourire. Il avait un visage sympathique, avec de bonnes joues et un gros nez en boule de gomme qui allait bien avec ses épaules arrondies. Bien que de la taille de Robb, il semblait plus petit à cause de son embonpoint. C'était un jeune homme jovial, sincère, qui aimait tout le monde. Le premier jour, souvenir mémorable, il avait été le premier à accueillir Robb au moment où celui-ci vidait sa voiture.

— Attends, je vais t'aider, avait-il dit. Tu as le studio du haut ou du bas ? Il en reste un à chaque étage.

— J'ai le numéro deux.

— Alors, tu es en bas avec moi, de l'autre côté du couloir. J'ai déjà rempli mon frigo, viens boire une bière quand tu auras fini. Tu sais qu'il y a un parking à l'arrière ?

— La voiture n'est pas à moi. Je l'ai louée pour déménager.

— On peut aller à la fac à pied, ce n'est pas loin. Mais je t'y emmènerai en voiture quand tu voudras.

— Merci, c'est gentil.

— Ben tiens, c'est normal ! s'était-il exclamé, toujours avec son grand sourire.

Sur les marches, Eddy se taisait, car, même s'il était très bavard, il voyait que Robb voulait lire. Cela ne suffit pas à Robb pour parvenir à se concentrer, sans doute à cause de la fatigue accumulée au cours d'un été de dur labeur.

Il avait effectué des recherches pour un professeur qui préparait un manuel. Son palmarès à la faculté de droit était excellent : rédacteur en chef du magazine de l'université, un des premiers de son année. Il prenait ses études très au sérieux, mais n'aurait pas apprécié qu'on le traite de rat de bibliothèque. Le fait restait pourtant qu'il n'aimait pas beaucoup sortir, surtout à cause de ses difficultés financières, et aussi de Lily.

Tout son temps libre, il le passait avec elle, en général dans leur motel entre Marchfield et Jackson. L'endroit peu reluisant était d'un mauvais goût parfait, sinistre pour un nid d'amoureux. Seulement, chez Lily, c'était pire. Ils devaient faire lit à part, lui sur le canapé et elle dans sa chambre, à côté de celle de Mme Webster. Et quand Lily venait le rejoindre chez lui, elle arrivait très tard. « C'est la dernière année, pensa-t-il. Bientôt, ce sera fini. »

Malgré ces inconvénients, il menait une vie très agréable. L'existence à l'université était heureuse, bien réglée, et il n'avait pas une minute à lui. Ses deux minuscules pièces suffisaient à ses besoins, et la cuisine, partagée avec les autres, tous étudiants en droit comme lui, était moderne et propre. Le soir, ils se chargeaient de leurs propres repas, en général des spaghettis, plat bon marché et facile à préparer.

Eddy Morse faisait exception à la règle. Il se nourrissait bien et sans compter, ce qui se remarquait.

— Allez, viens, on va au restau, disait-il souvent. J'ai envie d'un steak, ce soir.

Ou alors, il avait « envie d'italien ».

Il était toujours à la recherche de compagnons de table. Robb, depuis un premier dîner dont le prix l'avait effaré, refusait catégoriquement de le suivre.

— Je n'ai pas les moyens, avait-il expliqué sans détour.

— Ah bon ? Je ne savais pas. Je ne pensais pas…

— Que je n'avais pas d'argent ?

— Je ne fais pas très attention à ces choses.

Évidemment, quand on était propriétaire d'une Chrysler, d'une chaîne stéréo de luxe et qu'on avait les poches pleines, on pouvait se permettre d'être insouciant.

— Tant pis, viens, je t'invite.

— Non, merci.

— Comment ça, non ? Ça te gêne ? Ne fais pas l'idiot. Entre amis, c'est normal.

— Merci, c'est gentil, mais je ne préfère pas.

— Écoute, si tu veux, on dit que c'est un prêt. Tu pourras me rembourser quand tu travailleras dans un cabinet prestigieux. Parce que tu vas faire des étincelles, c'est certain.

— Je serai ravi d'aller dîner avec toi dès que tu accepteras de manger un hamburger ou n'importe quoi d'autre qui entre dans mon budget.

— D'accord, tu as gagné, on ne discute pas avec le meilleur étudiant de l'année. C'est toi le plus malin, tout le monde le sait.

Il y avait peut-être une justice, après tout, car Eddy, très avantagé sur le plan financier, était aussi le plus médiocre étudiant du lot. Il décrocherait son diplôme, mais de justesse. Il en était d'ailleurs conscient. Cela ne lui faisait ni chaud ni froid. Il avait des relations, et avait décidé de s'orienter vers le droit de l'immobilier.

— Juriste dans le bâtiment ou la politique, disait-il avec satisfaction, ou peut-être les deux à la fois. De toute façon, c'est souvent lié.

Il trouvait Robb intéressant et le disait souvent.

— Je ne connais pas beaucoup de types… aucun, en fait… qui sont restés aussi longtemps avec la même fille sans se lasser. Tu n'as jamais de tentations ?

— Non, pas vraiment. Je ne suis pas aveugle, bien sûr, mais, quand je vois une autre fille, je pense à Lily.

— C'est sûr qu'elle est mignonne. Supermignonne.

— Elle est bien plus que mignonne, répondait Robb pour mettre un terme à la discussion.

Par ce soir d'été, Eddy se leva.

— Je rentre.

Il faisait presque nuit, et les moustiques vrombissaient autour d'eux. Robb se leva aussi.

— Tu as cours demain après-midi, Robb ? C'est vendredi.

— Non, je n'ai rien, pourquoi ?

— Tu n'as pas envie de venir faire un tour en voiture ? On pourrait trouver un coin où se baigner, s'arrêter en route et manger un morceau.

— Non, merci, j'ai plein de trucs à faire.

En fait, il avait l'intention d'aller au palais de justice. Cet endroit solennel l'attirait, avec ses lambris de bois sombre, ses moulures dorées, et le drapeau orné de l'aigle. Le juge, dans sa robe, était impressionnant de dignité. Malgré la verbosité de la plupart des plaidoiries, certains avocats maniaient l'éloquence à la manière de Dickens. Ces fois-là, Robb vibrait, ému par le pouvoir merveilleux du langage.

— Tu ne peux pas arrêter de travailler cinq minutes ?

— Bien sûr que si. Remettons simplement ça à une prochaine fois, d'accord ?

Il était inutile d'essayer de se faire comprendre d'Eddy.

Par une autre soirée de la fin du mois d'août, Robb alla répondre à des coups frappés à la porte. Il trouva Eddy dans l'entrée, accompagné par les trois autres locataires.

— Je pensais bien t'avoir entendu, dit Walt. Tu ne devais pas partir, ce week-end ?

— Si, mais il y a des inondations chez moi, et les cars font des détours par le pôle Nord. J'en profite pour changer mes étagères de place.

— Laisse tomber. Tes livres ne vont pas s'envoler. Viens avec nous, il y a une fête. Grande baraque, bonne bouffe, à boire… et des filles.

— Les filles, ça n'intéresse pas Robb ! commenta l'un des étudiants. Il a déjà une copine, tu n'es pas au courant, peut-être ?

Tout le monde le savait, bien sûr. Depuis deux ans, il était la cible d'innombrables plaisanteries.

— Ça ne fait rien, intervint Eddy. Il y aura à manger et à boire. Ça te changera des spaghettis.

En effet, il ne mangeait pas grand-chose d'autre, à part des céréales et du lait, et des légumes en conserve. Robb, l'eau à la bouche, pensa aux rares sorties qu'il s'autorisait avec Eddy ; les steaks, sa première vraie langouste du Maine de plus de deux kilos…

— On est invités, c'est gratuit, précisa Walt. Des cousins de Honeyman. Au cinquième degré, tu vois le genre. Ils reçoivent une bande de nanas pour le weekend, et ils n'ont pas assez de types pour leur soirée. Allez, viens.

Robb s'était ennuyé, ce soir-là, tout en se sentant trop léthargique pour sortir seul. Ses amis étaient venus le chercher à point nommé.

— Attendez-moi, je change de chemise.

Ils arrivèrent dans un faubourg cossu que Robb n'avait traversé qu'une fois. Le car de Marchfield n'empruntait pas ces artères ombragées par des chênes, dont les allées gravillonnées menaient à des maisons cachées au milieu de jardins tranquilles.

— C'est grand comme une bibliothèque municipale, ici ! s'exclama Walt.

— Tout neuf, ajouta un autre. Le bonhomme a gagné une fortune à la Bourse, d'après ce que je sais, et il s'est fait construire ça.

Ils venaient d'entrer dans un hall circulaire immense, haut de deux étages, éclairé par une grande verrière ronde dans le toit. Les sols et l'escalier étaient de marbre blanc. Sur le périmètre du hall s'ouvraient des portes qui donnaient dans des pièces aux couleurs de pierres précieuses. Robb, immobile au centre de toute cette splendeur, eut une impression de luxe inouï.

— Vous avez vu ça ? demanda Honeyman. Et attendez, il y a une piscine à l'intérieur en plus de celle du jardin, longueur olympique. Je vais vous montrer.

Robb avait déjà vu de belles propriétés, celle du président de son université, par exemple. L'architecture était dans le style du pays. Maisons de planteurs couvertes de bardeaux blancs, spacieuses, sereines et un peu guindées, elles l'impressionnaient, mais beaucoup moins que celle-ci. Cependant, il ne savait pas au juste s'il fallait l'admirer. Lui, il ne l'aimait pas. Peut-être était-ce parce qu'il n'avait jamais évolué dans ce milieu.

Le petit groupe de Mill Street fut présenté à ses hôtes, puis les jeunes gens traversèrent les pièces somptueuses et débouchèrent sur la terrasse où était dressé le buffet. Là, ils virent de longues tables couvertes d'un festin. Tout au bout de la terrasse, près de la piscine, trois serveurs en veste blanche se tenaient derrière le bar, offrant à boire aux invités dont certains étaient déjà passablement éméchés.

Robb remplit son assiette, prit un verre et s'assit à une table avec Eddy, Walt, et un autre étudiant qu'il ne connaissait pas. Walt et Eddy s'étaient trouvé des filles au bar, et le troisième larron était accompagné par sa femme. Elle était jeune et jolie, mais Robb ne la regarda que parce que l'alliance en diamant qu'elle portait au doigt avait déclenché chez lui des pensées mélancoliques. S'ils n'avaient tant manqué d'argent, Lily aurait été ici avec lui, à cette table.

Une jeune femme seule, rondelette et assez quelconque s'assit à la place libre près de Robb. Il se rendit aussitôt compte qu'elle se sentait de trop. Par compassion, il s'adressa à elle. Elle répondit par un flot de paroles et, comme elle ne s'intéressait qu'à elle-même, elle devint vite ennuyeuse. Un à un, les autres se levèrent de table et se dispersèrent.

— Je crois qu'on attend que nous libérions la table, remarqua Robb au bout d'un moment en se levant. Eh bien, ravi d'avoir…

Il s'interrompit, comprenant qu'elle n'avait aucune intention de le quitter. Ils se dirigèrent vers la piscine. Sans savoir que faire, il prit son mal en patience tandis que sa compagne piaillait à son oreille. Ses amis avaient disparu, il était rassasié, et il serait volontiers rentré chez lui. Soudain, un jeune homme, probablement très soûl, se saisit d'une fille en robe à fleurs et, malgré ses cris et ses coups d'escarpins affolés, la jeta dans la piscine.

— Qu'est-ce que tu fabriques ? Tu es infect, Jed ! cria quelqu'un derrière Robb.

— Qui, moi ? rétorqua Jed. Moi, je suis infect ?

Il fonça vers son accusateur.

— Si tu te crois drôle, Jed…

— Attends, ça va devenir encore plus drôle, tu vas voir.

Et, à ces mots, il attrapa l'innocente compagne de Robb et la jeta à l'eau elle aussi.

Un tumulte extraordinaire s'ensuivit. Les deux victimes, furieuses, en larmes, furent rapidement secourues. L'assistance indignée les fit rentrer dans la maison tandis que certains des spectateurs riaient encore. Comme tout le monde, Robb appréciait les plaisanteries, mais là, on avait dépassé les bornes. C'était méchant, cruel. Il avait surtout pitié de la jeune femme qui lui avait parlé. Il devinait que sa robe, sans doute sa plus belle, serait irrécupérable. Il secoua la tête et s'éloigna.

Une balustrade bordait la terrasse, face à un jardin à la géométrie sévère que Robb trouva froid. « Le seul point positif de la soirée, songea-t-il, a été le dîner. »

— C'est atroce, hein ? Une mauvaise imitation de Versailles.

Il se tourna pour voir la jeune femme qui s'approchait de lui.

— Le jardin ? demanda-t-il.

— Oui, et la maison aussi. Ça fait toc. Et en plus il y a eu ces imbéciles, tout à l'heure. Mais peut-être que ça vous plaît, à vous ?

— Je ne savais pas trop quoi penser de la maison, en arrivant, mais je suis bien d'accord, ceux qui ont jeté les filles à l'eau sont des imbéciles.

— Je suis venue avec l'un d'entre eux. C'est la première fois que je sors avec lui, et je peux vous assurer que ce n'est pas près de se reproduire.

Ses grands yeux verts brillaient d'indignation. Elle agrippait la balustrade avec une telle fureur qu'on voyait se soulever sa poitrine sous le fin tissu de soie.

— De toute façon, je déteste ce genre de réception. Si je ne portais pas de talons aiguilles, je rentrerais chez moi tout de suite à pied.

— Je suis venu avec des amis, à deux voitures. Je suis sûr qu'ils accepteraient de vous raccompagner. Et ils n'auront pas bu, je vous l'assure.

— J'accepte avec plaisir. Le détour ne sera pas long, où que vous alliez. Attendez, laissez-moi deviner. Vous devez être de la bande de Honeyman. De la fac de droit.

— C'est ça. Troisième année. Robb MacDaniel, dit-il avec une inclinaison du buste à peine perceptible.

— Ellen Grant. Moins avancée que vous. Je viens de sortir de Wellesley.

Ils s'observèrent, et, aussi vite qu'il avait jugé la jeune femme du dîner, il se fit son opinion sur elle. Elle devait être artiste, ou, en tout cas, elle fréquentait ce milieu. Ses cheveux noirs bouclés avaient du chic, ainsi que sa robe. Son visage, à part ses yeux, n'avait rien d'exceptionnel. Cependant, ses traits étaient fins. Elle semblait sûre d'elle. « Elle n'a peur de rien », pensa-t-il.

— Ce sont vos amis qui vous font signe, là-bas ?

Eddy et Walt lui signifiaient leur désir de partir.

— Tu es prêt, Robb ?

— Oui. Je vous présente Ellen Grant. Il faudrait la déposer chez elle.

La maison des Grant, loin d'être grande comme une bibliothèque municipale, était bien proportionnée, une maison d'avant-guerre classique et de très bon goût. Contrairement à l'endroit qu'ils venaient de quitter, ici, on n'étalait pas sa richesse. Pourtant, comme en témoignaient les beaux meubles et les paysages dans des cadres dorés, la famille vivait bien. Le portrait d'un homme en uniforme d'officier de l'armée des confédérés pendait au-dessus de la cheminée dans la bibliothèque.

— Son arrière-grand-père, chuchota quelqu'un.

En chemin, ils avaient décidé de poursuivre la soirée dans un club de jazz en ville, mais, puisqu'il était encore trop tôt, Ellen leur avait proposé d'attendre chez elle. Robb ne pouvait pas refuser d'aller écouter du jazz en compagnie de ses amis de Mill Street, surtout si Eddy était du nombre. Tout le monde appréciait sa bonne humeur. Avec Eddy, on oubliait vite ses soucis.

Toutefois Robb se prit à regretter sa décision. Il compta l'assemblée : entre les deux voitures, ils étaient dix, et aucun ne le laisserait se défiler. Il resta donc, mal à l'aise, à observer la scène comme un spectateur au théâtre. Le décor était charmant, chaleureux, avec un setter irlandais magnifique couché aux pieds d'Ellen, mais il ne se sentait pas dans son élément.

La jeune épouse, qui était assise à côté de lui, avait dû suivre son regard.

— Tu connais Ellen depuis longtemps ? demanda-t-elle.

— Je ne la connais pas du tout, répondit Robb.

— Ah bon ? Eh bien, tu devrais lui parler. Elle est très intéressante, très douée. Elle peint des aquarelles et vient d'illustrer un livre pour enfants. Je l'aime beaucoup. Elle est jolie, non ?

Ne voulant pas la contredire, Robb donna la réponse qu'elle attendait.

— Très jolie. Tu es généreuse, ajouta-t-il. En général, les femmes sont plutôt avares de compliments entre elles.

Elle éclata de rire.

— C'est que, maintenant, je ne suis plus dans la course !

Il la trouvait sympathique. Il appréciait la sincérité et l'humour. Plus tard, au club de jazz, il fit en sorte de s'asseoir à côté d'elle en bout de table. Il n'avait aucune intention de « parler » à Ellen Grant.

L'hôpital où Ellen travaillait quelques heures par semaine en bénévole se trouvait dans la même avenue que l'université. Alors qu'elle en partait quelques semaines plus tard, elle tomba nez à nez sur Robb MacDaniel. Elle n'avait aucune mémoire des noms, aussi fut-elle surprise de se souvenir du sien. D'autant que, et là sa mémoire ne lui faisait pas défaut, il l'avait évitée toute la soirée. Naturellement, cela l'avait blessée, tout en éveillant sa curiosité.

Elle le salua gaiement.

— Tu es fou de te balader à pied par une chaleur pareille ! Il fait près de 40 °C à l'ombre.

— Je n'ai pas de voiture, et le bus ne passe pas par ici. Donc, puisque je dois aller en ville, je n'ai pas le choix.

Sa réponse, presque sèche, ne la rebuta pas.

— Eh bien, moi, j'ai une voiture, et je vais en ville aussi. Je t'emmène, ne serait-ce que pour te remercier de m'avoir raccompagnée l'autre soir.

— Merci. Merci beaucoup.

« Il est intrigant, pensa-t-elle. Et très sérieux. Bloqué, renfermé. Ce serait intéressant de le dégeler. »

— Où vas-tu ? demanda-t-elle quand ils furent en voiture.

— À la banque. La *National*. Tout droit. Tu connais ?

— Oui. Moi, je comptais aller prendre un verre en face de ta banque, justement. Il y a un café frais et tranquille. J'ai besoin de me détendre. Je m'occupe de deux paraplégiques, et ça me vide complètement. Viens donc me tenir compagnie un petit quart d'heure.

— Je n'ai pas beaucoup de temps.

— Allez, rien qu'un quart d'heure ! La banque ne va pas se sauver.

Leur table faisait face à la rue, où les rares voitures passaient dans la lumière aveuglante. Le café était calme, comme si la chaleur assourdissait les sons et ralentissait les mouvements. Pendant une ou deux minutes, ils gardèrent le silence.

— J'espère que tu n'es pas déçu, dit-elle. Tu pensais qu'il y aurait de l'alcool ? J'adore le café frappé.

— Je ne m'attendais à rien de spécial.

— Je ne bois jamais d'alcool à deux heures de l'après-midi.

— Moi non plus.

Elle se rendit compte qu'il était gêné, et, tout à coup, il lui fit pitié. Elle eut l'intuition qu'il venait de la campagne ; elle lui demanda donc s'il vivait en ville depuis longtemps.

— Non, je viens du Sud, d'un village près de Marchfield. Tu n'en as sûrement jamais entendu parler.

Il avait vraiment l'air d'un garçon de la campagne, poli, croyant, bien élevé, respectueux de ses aînés. Elle se demanda s'il savait que son attitude sévère et honnête évoquait Lincoln, ou Pickett, ou Lee. Au club de jazz, quelqu'un lui avait dit qu'il était le meilleur de son année. En tout cas, elle le trouvait très intéressant.

— Nous devons avoir beaucoup de connaissances communes, reprit-elle, comme il se taisait toujours. Je parie que mon frère est allé au collège avec la moitié des garçons qui sont à l'université aujourd'hui.

— Il n'y est pas, lui ?

— Non, il a préféré aller à l'université de Chicago. Et aujourd'hui, il est ingénieur dans l'aéronautique, à Seattle. C'était son rêve de partir.

— Toi aussi, tu voulais t'éloigner, puisque tu es allée à Wellesley.

— Oui, j'ai adoré mes années de fac, mais maintenant que je suis rentrée, j'ai l'intention de rester. Ma mère est morte l'année dernière. Je ne veux pas laisser mon père seul. Il est très occupé – il est juriste –, mais le travail, ça ne suffit pas à combler la solitude.

— Juriste ? Ce n'est pas Wilson Grant, par hasard ?

— Si ! Tu le connais ?

— Non, mais je l'ai vu au palais de justice. Il plaidait dans une affaire que j'ai suivie l'année dernière. Une fille de dix-sept ans accusée d'avoir assassiné son bébé. Je suis vraiment content qu'il ait réussi à lui épargner la peine de mort.

Plein d'entrain à présent, Robb lui conta l'histoire.

— Il montrait beaucoup de compassion pour cette pauvre gosse terrorisée. Dix-sept ans mais pas plus de douze ans d'âge mental. Il m'a impressionné. Quelle personnalité ! Il ne lâchait pas d'un pouce. Il était clair, convaincant tout en restant humain. La gamine venait d'une famille riche, mais il s'agissait de gens froids dont elle avait peur. Une vraie tragédie. Elle méritait une dure punition, pas la mort.

Ellen fut touchée par ce portrait de son père. Robb l'avait bien compris.

— Un bon avocat doit aussi être psychologue, continua-t-il.

— On apprend ça dès l'enfance, non ?

La conversation avait décollé, et Ellen ne voulait pas la laisser retomber.

— Tes commentaires montrent que tu dois avoir de bons parents, poursuivit-elle. En tout cas, c'est l'impression que ça donne.

— Je ne les ai plus. Ils ont été tués dans un accident de voiture il y a presque trois ans. C'est moi qui conduisais.

— Mon pauvre, c'est horrible ! J'imagine que tu te demandes tout le temps si tu aurais pu éviter l'accident.

— Non, cette phase a fini par passer. Aujourd'hui je suis persuadé à quatre-vingt-dix-neuf pour cent que je n'aurais rien pu faire. N'empêche, j'ai toujours du mal à me retrouver à l'endroit où c'est arrivé.

Il leva les yeux au-dessus d'Ellen et regarda dehors. Elle sentit qu'il voulait mettre un terme à la conversation, comme s'il se reprochait d'avoir trop parlé et qu'il se préparait à la quitter.

Brusquement, il tourna de nouveau son attention vers elle.

— Tu ne m'as rien dit sur toi. Il paraît que tu es une artiste et que tu vas publier un livre.

— C'est fou ce qu'on peut déformer la vérité ! Je n'ai qu'un petit talent pour le dessin et l'aquarelle. Un de mes profs à la fac a écrit un livre pour enfants, et elle m'a demandé d'en faire les illustrations. J'ai terminé, et nous espérons qu'un éditeur va enfin s'y intéresser. Nous n'en sommes encore que là.

— On ne t'aurait pas demandé d'illustrer un livre si tu n'avais qu'un « petit talent ».

— Je ne sais pas. J'adore la peinture, c'est tout. J'avais envie de trouver un job dans un musée, à New York ou ailleurs, mais je suis rentrée au bercail. Je t'ai dit pourquoi. Donc je vais me contenter d'être illustratrice. En attendant, je me rends utile à l'hôpital.

— C'est intéressant, fit Robb, mais je suis désolé, la banque va fermer dans une demi-heure, et…

Elle se leva aussitôt.

— Ça m'a fait très plaisir de bavarder avec toi, dit-elle.

Sur le trottoir, en face de la banque, elle le retint un instant.

— Joan Evans et moi, nous organisons un barbecue samedi prochain à la maison. Toute la bande qui était au club de jazz est invitée. J'espère que tu viendras.

Il eut l'air surpris et en bafouilla presque.

— Merci, mais… je ne suis pas sûr de pouvoir le week-end prochain. Je… te dirai. Ou je préviendrai Eddy, plutôt.

— Comme tu voudras.

La réponse de Robb l'avait irritée. C'était une fin de non-recevoir. Ellen s'en voulut de lui avoir proposé d'aller au café. Elle n'avait pas l'habitude de faire les premiers pas. Après la discussion sur le procès, cette soudaine froideur la déroutait. Et pourtant… il l'attirait.

En le regardant traverser la rue, elle éprouva un curieux sentiment de regret. Ridicule ! Elle démarra sans plus attendre.

Le chemin du retour étant fort long, Robb prit son temps pour revenir de la banque. Il se disait, comme il s'en était fait la remarque quelques semaines auparavant, qu'Ellen était une fille qui n'avait vraiment peur de rien. De toute évidence, elle était très intelligente, mais beaucoup trop audacieuse à son goût. Il n'avait pas eu envie d'aller boire un verre, et il n'avait pas envie d'aller au barbecue. Bien sûr, il aurait été tenté par un samedi passé avec ses amis, mais il n'avait aucune intention d'aller chez Ellen. « Oui, elle a trop d'audace », se dit-il, se rendant compte qu'il avait des exigences d'un autre âge. Lily, elle, n'aurait jamais poussé un homme à aller boire un verre avec elle. Mais Lily, comme lui, était un peu vieux jeu… sauf au lit, bien sûr !

Ellen n'était pas comme tout le monde. Il avait rencontré suffisamment de jeunes femmes pendant les deux dernières années pour s'en apercevoir. Comment avait-il pu ne pas remarquer sa beauté la première fois ? Si on s'était amusé à détailler ses traits les uns après les autres, on aurait pu croire que c'était uniquement ses yeux, immenses, très vifs et d'un vert profond, qui la rendaient si belle. Son regard ne cachait pas ce qu'elle pensait de lui, ce qui était évidemment flatteur. Puis il se demanda – comme n'importe quel homme à sa place – comment elle serait… Enfin bref, aucune importance, aucun intérêt.

Il n'avait pas prévu de rentrer à Marchfield le week-end suivant, non seulement parce qu'il avait beaucoup de travail, mais aussi parce que les trois heures de car par cette chaleur torride de fin septembre auraient été infernales. Un désir soudain et violent de voir Lily le fit changer d'avis. Il se sentait perturbé. Il avait besoin d'elle.

3

1972-1973

Elles avaient préparé tous ses plats favoris pour le dîner : de la soupe de pois, du canard rôti, des ignames et des haricots verts, du pain chaud et de la tarte à la crème aux œufs.

— Tu n'as pas perdu ton appétit, à ce que je vois, remarqua Mme Webster, prête à recevoir les compliments qui lui étaient dus.

— Je ne peux pas résister à vos talents de cuisinière, approuva Robb.

— Reviens t'installer ici, et tu auras ton repas du dimanche toutes les semaines.

Il répondit par un sourire. Elle voulait être rassurée, mais il ne le pouvait pas. Il n'ouvrirait pas de cabinet juridique dans ce trou perdu. Son départ de la ferme lui avait ouvert des horizons. Il n'avait aucune intention de se cantonner aux petits procès de cette zone rurale jusqu'à la fin de ses jours. D'autres s'y intéressaient, il les respectait, mais lui, cela ne l'amusait pas.

— Tu vas bientôt devoir te décider, insista-t-elle. De septembre à mai, le temps va passer vite. La remise des diplômes est bien en mai ?

— Oui, le 27.

Mme Webster était bien gentille mais se mêlait de ce qui ne la regardait pas, et sa voix nasillarde n'arrangeait rien. Elle avait le don de l'exaspérer, ces derniers temps, d'autant qu'il était déjà très tendu.

Heureusement, il n'avait que l'embarras du choix, ayant reçu plusieurs propositions d'embauche assez prometteuses. De bons cabinets juridiques, dans différentes régions, l'avaient contacté. Seulement, ayant très peu voyagé, il ne savait que faire. Une seule visite d'une ou deux heures dans un bureau en plein quartier des affaires ne lui apprendrait rien sur la qualité de vie de la ville.

— Le 27 mai, Robb, nous y serons très vite !

— Mais oui, maman, on le sait bien, intervint Lily avec douceur.

Il se demanda si Mme Webster ne faisait pas pression sur Lily. Les mères voulaient que leurs filles s'installent, soient heureuses. Il fallait reconnaître que Lily attendait depuis longtemps de commencer sa vie de femme. Elle ne menait pas une existence très enviable : travailler toute la journée dans une bibliothèque, entourée de femmes et d'enfants, puis rentrer chez elle et passer la soirée avec sa mère. Elle passait le temps. Depuis longtemps. Elle trompait le temps. Elle tuait le temps. Le mot l'obsédait bêtement, passant d'expression en expression sur le bout de sa langue.

— Je voudrais quand même savoir, reprit Mme Webster. Je pense que tu devrais me dire… pas tout de suite, mais dans pas trop longtemps… ce que tu projettes de faire. Pour le mariage, je veux dire. Veux-tu que la cérémonie ait lieu ici, chez nous, ou chez toi, Robb ? Tu dois t'être fait beaucoup d'amis, là-haut.

— C'est à Lily de décider, répliqua-t-il en se tournant vers elle. Les mariages sont l'affaire des femmes. Moi, je m'en moque, du moment qu'on se marie.

Leurs regards se rencontrèrent. Ils étaient frustrés aujourd'hui. Il n'aurait jamais dû venir ici, où ils ne se retrouvaient seuls que dehors, ce qui ne leur suffisait évidemment pas. Ils auraient dû se rencontrer à mi-chemin, au motel. Robb s'en voulait à mort.

Lily avait le teint pâle. Il lui trouvait l'air fatigué. Peut-être d'ailleurs était-ce moins de la fatigue que de l'ennui. Jaillie de nulle part, une image se forma dans son esprit. À cet instant précis, à seize heures, le barbecue battait son plein. Eddy racontait une de ses histoires à dormir debout ; la jeune épouse à l'alliance en diamant était assise près de son mari ; une cour de trois ou quatre jeunes gens entourait Ellen Grant. La scène, sans raison aucune, était aussi réelle que s'il y avait participé.

Dès qu'il le pourrait, il achèterait un beau cadeau à Lily. Il souffrait. Pourquoi ? Parce qu'elle n'avait pas de diamant et ne vivait pas dans une vieille et élégante demeure ? Quelle bêtise ! Sa Lily était si douce. Sous des dehors efficaces, énergiques, elle était toute vulnérable. Pourvu, pourvu que rien ne lui fasse jamais de peine !

— Tu as l'air triste, observa-t-elle.

— Non, pas triste, amoureux.

Elle sourit et la couleur lui revint aux joues.

— Nous serons ensemble en mai, dit-elle. Ce n'est pas loin. C'est ce que je me dis tous les soirs en m'endormant.

— Nous nous sommes bien amusés, raconta Walt. Nous sommes tous allés chez un voisin qui a une piscine. Personne n'a été jeté à l'eau, cette fois. Ellen s'est demandé pourquoi tu n'étais pas venu.

— Je n'avais pas dit que je viendrais.

— Tu devais la prévenir.

En effet, mais quelle importance ? Il avait oublié. Pas de quoi en faire une histoire. D'assez méchante humeur, il protesta.

— Elle t'aime bien, répondit Walt. Elle a parlé de toi.

— Elle ne me connaît pas.

— Bon sang, Walt, intervint Eddy, tu as rencontré Lily. Arrête de l'embêter !

— D'accord, pardon. Je pensais juste que ça lui ferait plaisir. Qui ne serait pas ravi de sortir avec Ellen ? Moi le premier, ajouta-t-il en riant. Le problème, c'est que je ne l'intéresse pas.

Robb aurait tout de même bien aimé savoir ce qu'Ellen avait dit de lui. Il aurait dû laisser parler Walt… Quelle vanité puérile !

Quelques jours plus tard, en allant en ville, au lieu de longer Assembly Street, chemin plus ombragé et à peine plus long que celui qui passait devant l'hôpital, il prit l'avenue et partit à deux heures, comme la fois précédente. En approchant des marches du bâtiment, il pria de ne pas la voir, et pourtant il ralentit. Peut-être ne le remarquerait-elle pas et pourrait-il passer sans la saluer. « Je ne sais pas ce que je veux », se dit-il.

— C'est bête que tu ne sois pas venu, le week-end dernier.

Il s'arrêta brusquement, comme si la coïncidence de cette nouvelle rencontre le surprenait beaucoup.

— Je…, commença-t-il.

— Ton ami Eddy m'a dit que tu ne te sentais pas très bien.

On pouvait toujours compter sur Eddy.

— J'aurais dû t'avertir, excuse-moi.

— Bon, tu es pardonné.

— C'est rare que je sois aussi impoli.

Pourquoi lui disait-il cela ? Il n'avait pas vraiment été impoli. On aurait cru un petit garçon pris en faute.

— J'avais envie de te voir, expliqua-t-elle. C'était la principale raison du barbecue. Je t'aime bien…

Lily n'aurait jamais dit une chose pareille !

— Moi aussi, répondit-il.

Bien obligé.

— Alors, viens reprendre un café frappé. D'accord ?

— Bien sûr.

Ils montèrent en voiture.

— La dernière fois, j'ai cru que tu me trouvais antipathique, et je dois avouer que ça ne m'a guère fait plaisir, déclara-t-elle. Ça m'a mise en colère, et ça m'a un peu vexée aussi. Mais, finalement, je me suis dit que j'allais m'en remettre et que j'avais envie d'essayer de te revoir.

— Saine réaction.

Dans le café, ils reprirent la même table. Seuls des bruits de circulation étouffés troublaient le calme des lieux.

— J'attrape facilement des coups de soleil, expliqua-t-elle en enlevant son chapeau. C'est pourquoi je me protège toujours par ce temps.

Lui qui aimait tant parler, avait la repartie vive, ne trouva cette fois rien de mieux que quelques mots sur l'automne qui bientôt ferait baisser la température.

Elle l'observait comme s'il était transparent, comme si elle lisait dans toutes ses pensées. Ses lèvres colorées esquissèrent un sourire qui illumina ses yeux incroyables, immenses et verts, vert océan, vert feuillage. Ému, Robb baissa la tête et vit le bras d'Ellen sur la table. Elle portait un bracelet en or à tête de lion qui lui rappela les illustrations d'un livre sur l'Antiquité.

— Je l'ai acheté en Grèce. J'ai passé ma troisième année de fac en Angleterre, mais nous avons pu prendre des vacances, et j'ai voyagé en Europe. C'était extraordinaire !

Lily aurait aimé voyager, elle aussi. Jaloux pour elle, il en voulut à Ellen.

— Je sais que j'ai eu beaucoup de chance, ajouta-t-elle. Parfois, je me demande si je le mérite…

— Tu n'as pas grandi dans le même univers que moi.

— C'est-à-dire ?

— Par exemple, je ne suis jamais sorti de chez moi.

— Ce n'est pas grave. Tu as voyagé en esprit.

Il se reprocha son attitude.

— Je ne voulais pas me plaindre.

— Parle-moi de toi, de la ferme où tu as grandi. Tu as bien été élevé dans une ferme, non ?

— Oui. Comment le sais-tu ?

— Pas parce qu'il te reste de la paille dans les cheveux ! Je l'ai deviné, voilà tout.

— C'est drôle. Moi, la première fois que je t'ai vue, j'ai su que tu étais artiste.

— L'intuition. On veut toujours se laisser guider par l'intelligence, mais la plupart du temps ce sont les sentiments qui prennent le relais.

— Je ne sais pas…

— Parle-moi de ta ferme.

Il ne trouva pas grand-chose à raconter, à part des bribes de souvenirs : les tâches quotidiennes, les animaux, le passage des saisons, l'affection pour un lopin de terre sur lequel il était né.

— Tu en parles en poète, remarqua-t-elle. Tu me fais penser à Robert Frost : les bois et le petit cheval. Tu connais ?

Évidemment. Frost était un des poètes favoris de Lily.

Ils se levèrent et sortirent. Le soleil avait disparu derrière les nuages et il faisait plus frais.

— Tu n'as pas envie de te promener ? demanda-t-elle. On pourrait aller jusqu'au parc. Ça te dit ?

Ils marchèrent lentement, s'arrêtant en chemin devant les vitrines. Ils regardèrent des chatons persans chez un animalier, des affiches de voyages, des livres. Devant une église, ils tombèrent sur un mariage, avec danse des appareils photo et pluie de grains de riz.

— Les hommes sont drôles, dit Ellen. Toi, par exemple, regarde, tu n'as même pas la larme à l'œil.

« Non, pas de larmes, songea-t-il, mais une angoisse stupéfiante quand je pense à Lily et à tous nos projets d'avenir. » Pourquoi cette angoisse ? La réponse vint vite ; il avait peur qu'elle ne soit malheureuse – mais pourquoi serait-elle malheureuse, idiot qu'il était… tout irait bien, pour elle et pour lui.

Parvenus au parc, ils s'arrêtèrent devant le monument aux morts. La statue représentait deux soldats, l'un soutenant son camarade blessé. Ils restèrent un moment silencieux.

— Un jour, au Canada, dit Ellen, j'ai vu un monument aux morts qui portait une inscription que je n'ai jamais oubliée : « L'indifférence est un crime. » Ça m'a crevé le cœur.

— C'est très vrai.

— Des mots tout simples. Mais profonds.

« Nous avons les mêmes réactions », se dit-il, et cette pensée le mit en colère. Quoi d'extraordinaire à cela ? Au moins cent mille femmes, rien que dans le Mississippi, auraient pu exprimer la même opinion. Quelle différence entre celle qui était à côté de lui et les autres ? Aucune. Aucune.

Ils gardèrent de nouveau le silence. Leur promenade se poursuivit dans le calme immobile qui précède la pluie, quand le vent est tombé et que les oiseaux se cachent. Le lac était couvert de canards.

— Ils sont descendus du nord, commenta Ellen. Il doit commencer à faire froid, là-haut.

— Oui.

Au lieu de regarder les canards, il la regardait elle, avec ses cheveux et ses hanches de jeune garçon, ses longues jambes et sa poitrine féminine sous le chemisier de soie. Ce n'était qu'un corps, un corps de femme que tout homme normal aurait trouvé beau.

— Regarde ce nuage noir, dit-il, nous ferions mieux de nous dépêcher de retourner à la voiture.

— Tu n'as même pas fait ta course.

— Ça attendra demain.

Au moment où ils arrivaient chez Robb, un coup de tonnerre éclata et la pluie commença à tomber dru. Il courut se mettre à l'abri. Il ne savait même plus quelle course l'avait amené en ville.

Cette nuit-là, Robb rêva qu'il était de retour à la ferme. Il se trouvait dans sa chambre, dans son lit, près de la fenêtre, et Lily était allongée près de lui. Des bruits de pas montaient dans l'escalier, seulement ce n'était pas l'escalier mais l'échelle qui menait à la grange d'Ike. La tête d'Ike émergea du trou au-dessus des barreaux. Le sale gamin avait les yeux ronds, le regard fixe, impudent, et il se mit à crier.

— Qui c'est, là ?

— Qui ça ? Où ça ?

— La fille.

— Je suis là, c'est de moi qu'il parle, dit Ellen Grant de sa voix douce.

— Elle a les seins vraiment blancs, remarqua Ike.

— Va-t'en ! Où tu te crois ? hurla Robb qui se réveilla en sursaut.

En reprenant conscience, il lui sembla qu'il avait vraiment dû crier à pleins poumons. Il tremblait. Au cadran de la pendulette, il vit qu'il était quatre heures moins le quart ; on était encore en pleine nuit. Il se leva et se passa de l'eau froide sur le visage.

Pourquoi se sentir si perturbé ? Les rêves ne voulaient rien dire, c'étaient des assemblages d'images. « Nous avons parlé de la ferme. Tu as remarqué aujourd'hui que sa peau était très blanche. Elle a dit elle-même qu'elle prenait facilement des coups de soleil. Et Lily était au lit avec toi comme d'habitude. C'est parfaitement normal, un patchwork sans signification. »

Il était trop réveillé pour se rendormir. Il ne lui restait plus qu'à allumer et à travailler un peu. Mais il parcourait les lignes sans rien comprendre. Il n'aurait jamais dû rêver d'Ellen Grant ! Pour commencer, il n'aurait pas dû aller se promener avec elle. Il n'avait rien fait de mal, et, pourtant, qu'aurait-il pensé si Lily avait agi de la même manière avec un autre homme ?

Non. Il fallait rompre en douceur avec Ellen. Mais rompre quoi ? Rien. Rien du tout. N'empêche, il ne fallait laisser subsister aucun malentendu. Ce ne serait pas honnête de vivre d'autres après-midi agréables qui ne menaient nulle part.

En le voyant, elle regarda sa montre avec un sourire.

— Tu as cinq minutes de retard. Je t'ai attendu.

— Comment savais-tu que j'allais venir ?

— Comme hier. Tu crois que je n'ai pas compris qu'il ne s'agissait pas d'une coïncidence ?

Cela le fit rire, et elle continua.

— Il fait délicieusement frais avec ce petit vent, ça nous change. Et si on ouvrait la capote de la voiture et qu'on allait se balader à la campagne ?

Impossible maintenant de lui sortir son petit discours. Il remettrait ses explications à plus tard. De cette façon, il aurait le temps d'élaborer une manière d'aborder le sujet qui ne les gênerait ni l'un ni l'autre.

Au bout de huit jours, il avait abandonné, ne trouvant pas les mots adéquats. Elle avait pris une grande place dans sa vie. Sa voix lui venait sans cesse en tête. Il se remémorait des bribes de conversation. « Tu entends ? On dirait que cet oiseau chante la fin de l'hymne national. » Elle avait une vision amusante des choses ; elle débusquait une ressemblance entre un vieil homme et Einstein, ou entre une aimable dame et son pékinois. Elle lui ouvrait les yeux et les oreilles, provoquant rire, émotion ou curiosité. Non, il n'y aurait pas de bonne manière de la repousser. Il faudrait souffrir.

Un jour, au cours de la troisième semaine d'octobre, en le laissant devant sa porte, elle descendit de voiture et resta avec lui sur le trottoir. Elle s'attendait qu'il l'embrasse. Il aurait d'ailleurs dû le faire depuis longtemps. Il ne lui avait même pas donné un petit baiser sur la joue. Le moment était venu de parler, de s'expliquer, de la regarder partir pour toujours. L'impensable allait se produire.

Ellen leva le visage vers lui brusquement.

— Robb, il y a quelque chose que tu ne me dis pas.

— J'ai honte d'en parler, avoua-t-il à voix basse. Je ne sais pas comment t'expliquer. Je ne comprends pas moi-même.

Elle ne le quittait pas des yeux, le jaugeant du regard. Elle reprit la parole.

— Tu trembles. Entrons chez toi. Je veux savoir ce qui se passe. Tu n'as quand même pas tué quelqu'un !

— Pas encore…

Des cahiers et des papiers jonchaient le sofa. Il les repoussa pour s'y asseoir avec elle et commença :

— Il y a… Depuis des années, il y a une fille qui m'attend dans ma ville natale. Elle s'appelle Lily. Elle est douce, intelligente, charmante. Et elle me fait confiance…

Sa voix se brisa.

Ellen fixait le plancher. Il vit que ses chaussures de sport traînaient. Il s'imagina, des années plus tard, se souvenant de ce détail, de la lampe qui éclairait le coin le plus sombre, et des mains serrées d'Ellen avec le lion d'or à son poignet.

Puis il retrouva l'usage de la parole. Les mots, finalement, vinrent tout seuls. Il se fit convaincant, comme s'il plaidait dans un procès de grande importance. Il lui expliqua la situation en détail, puis acheva :

— En entrant, tu m'as demandé si j'avais tué quelqu'un. Je t'ai répondu « pas encore ». Tu comprends pourquoi, maintenant ?

Ils étaient à quelques centimètres l'un de l'autre. « Nous nous aimons », songea Robb. N'importe qui, en entrant dans la pièce, s'en serait rendu compte. L'atmosphère en était imprégnée. Quand il lui prit les mains et l'attira à lui, elle se mit à pleurer.

— Non, ne pleure pas, murmura-t-il.

Il l'embrassa sur la bouche, sur les yeux, puis de nouveau sur les lèvres, comme s'il ne pourrait jamais s'arrêter. Il tint le visage triste entre ses mains. Comment était-ce arrivé ? Il avait cru avoir de l'expérience en amour et savoir contrôler son désir. À présent, il se rendait compte de son erreur.

— Que vas-tu faire ? demanda-t-elle.

— Je ne sais pas.

— Pourquoi moi ?

Il était incapable de répondre. Autant essayer d'expliquer le pouvoir envoûtant de la musique.

— J'avais peur de toi, expliqua-t-il à la place. Peur, peur que ça puisse arriver. Depuis la première fois, dans le Versailles en toc.

— Que vas-tu faire ? répéta-t-elle.

— Tout de suite ? Je vais fermer la porte à clé et t'emmener dans ma chambre.

Elle se leva et entra avec lui dans la chambre à coucher. La pièce était propre, ordonnée, le couvre-lit blanc immaculé, les vêtements pendus dans l'armoire.

— C'est la première fois, dit-elle. Ça t'étonne ?

— Non. Je ne sais pas pourquoi... ça ne m'étonne pas.

Il commença par lui enlever sa veste. Elle le laissa faire tout en le regardant. Il fit passer le vêtement par-dessus les épaules nues. De la dentelle couvrait ses seins. Il passa la main par-derrière pour défaire l'agrafe, et le soutien-gorge tomba à terre. À cet instant, le téléphone se mit à sonner.

— Bon sang ! Je ne réponds pas !

Mais la sonnerie persista, stridente, insupportable. Il eut envie d'arracher le fil, se retint et décrocha, furieux.

— Allô !

— Robb, c'est toi ?

— Pardon. Je suis essoufflé. J'arrive de dehors et j'ai couru pour répondre.

— Je n'ai pas reconnu ta voix. Tu avais l'air en colère.

— Non, pas du tout, à bout de souffle, c'est tout.

Ellen commençait à se rhabiller. D'un geste du bras, il supplia : « Attends. Ne pars pas. Je t'en prie ! »

— J'étais folle d'angoisse, Robb. Tu ne m'appelles jamais. Je t'ai téléphoné mardi après-midi, et encore hier, mais personne. Je n'ai pas pu appeler à huit heures parce que j'ai travaillé tard. Il y a eu une animation à la bibliothèque. Ça va ?

— Mais oui, bien sûr. Je n'ai pas une minute.

— Des entretiens d'embauche ?

— Non, mon travail pour la fac, et puis le journal en plus.

Ses jambes tremblaient. Se préparant à une longue conversation, il s'assit sur le lit.

— Tu as l'air vraiment fatigué, ta voix est bizarre.

— Ça arrive à tout le monde.

Essayant de trouver quelque chose à dire, il se saisit de la première idée.

— Comment va ta mère ?

— Pas mal. Bien, même. Elle aussi, elle s'inquiétait pour toi.

— Eh bien, tu lui diras de ne pas s'en faire. Tout va bien.

— Robb, qu'est-ce qui se passe ?

— Mais rien. Rien du tout.

— Robbie, tu me manques horriblement, encore plus maintenant qu'au début. C'est drôle, non ? Et toi ?

— Je ne sais pas.

Il avait l'impression de s'être fait prendre avec de la marchandise volée à la sortie d'un magasin.

— C'est difficile à dire, expliqua-t-il. Je crois que ça n'a pas changé depuis le début.

Ellen était assise sur une chaise près de la fenêtre. Son visage ne trahissait aucune émotion. Avait-il tout gâché ? Au moins, elle était encore là. Elle aurait pu partir.

— Je voulais te demander quelque chose. Dans le journal, j'ai vu l'annonce d'une vente de tapis à Clairmont. J'y suis allée et j'en ai eu un magnifique à moitié prix. Je leur ai même demandé de m'en mettre deux de côté jusqu'à demain parce que je n'arrivais pas à me décider entre un bleu foncé et un rouge foncé. Ils sont très beaux tous les deux. Qu'est-ce que tu en penses ?

Il l'imaginait allongée sur son lit, avec le second poste de la maison, la porte fermée parce que Mme Webster devait travailler à sa couture à côté. Il voyait les animaux en peluche sur les oreillers. Il voyait le gentil petit visage absorbé par l'importance de la décision.

— Ça m'est égal, répondit-il, fais à ton idée.

— Tu dis ça parce que tu veux me laisser le choix,

mais je t'assure que j'ai envie que ce soit toi qui décides. Allez, juste un mot. Rouge ou bleu.

« C'est affreux », pensa-t-il avant de répondre :

— Rouge.

— Ah ! Je savais bien que tu avais une préférence. Robb, c'est la première chose qu'on achète ensemble pour chez nous.

— C'est toi qui as payé.

— Tu es bête, c'est pareil. Ce qui est à moi est à toi. C'est à nous deux.

Elle dépensait ses maigres économies. Elle faisait son nid. Il en transpirait de honte, avait mal au cœur de pitié.

Il se tourna vers Ellen qui n'avait pas bougé, le visage toujours aussi inexpressif. Que pouvait-elle ressentir ? Allait-elle partir en pleurant, en hurlant ?

Et pendant tout ce temps, Lily lui racontait les histoires de Marchfield, lui parlait de gens qu'il ne connaissait pas, ou à peine. Le bavardage enthousiaste de la jeune femme n'en finissait pas. N'allait-elle donc jamais raccrocher ? Il se méprisa de le souhaiter si fort.

Soudain, il fut à bout.

— Lily, il va falloir que j'y aille. Ici, il pleut à torrents, et quelqu'un doit me déposer en voiture à la bibliothèque.

— D'accord, dis-moi juste quand on va se voir. Est-ce que tu préfères que je vienne, ou on se retrouve à mi-chemin ?

— Je te rappelle ce soir. On parlera de ça plus tard. Ah ! On sonne à la porte. Au revoir, chérie !

Il raccrocha.

Le silence était tel que Robb entendit réellement une mouche voler. « Les expressions toutes faites sont souvent très vraies », se dit-il. Un terrible désespoir embrumait son esprit. Il perdait le sens de la réalité, comme le jour où on lui avait appris la mort de ses parents. *Est-ce moi qui les ai tués ? Est-il possible que ce soit moi ?*

« Est-il possible que je fasse cela à Lily ? »

Ellen attendait.

— Robb, je t'en prie, parle-moi.

Quelques minutes plus tôt, il l'avait tenue dans ses bras. Il avait ôté le soutien-gorge en dentelle…

— Je ne veux pas qu'on se perde, dit-il.

— Tu ne peux pas nous avoir toutes les deux.

Désespéré, il se prit la tête entre les mains. Quand elle tendit le bras pour le toucher, il releva le visage sans éprouver de honte à lui montrer ses yeux mouillés.

— Tu l'aimes, dit Ellen.

— Non. C'est toi que j'aime. Mais j'ai une tendresse infinie pour elle.

— Quelle est la différence ?

— Je ne peux pas l'expliquer. Je sais seulement qu'il y en a une.

— Depuis combien de temps la connais-tu ? Dix ans ? Et moi, tu me connais depuis à peine plus de deux mois. Nous ne savons pas grand-chose l'un de l'autre.

— Nous en savons assez. Nous savons tout. Je suis amoureux de toi, Ellen. Regarde-moi. Crois-moi.

Elle l'entoura de ses bras et posa la tête sur son épaule sans un mot. Il sentit qu'elle était secouée de sanglots.

— Il doit bien y avoir un moyen…, murmura-t-il.

— Pauvre Lily. Même si tu restes avec elle, elle sentira quelque chose.

— Pourquoi dis-tu cela ? Tu ne vois pas que j'en suis incapable ?

— Mais tu ne sais pas non plus comment la quitter.

C'était vrai. Lily avait un caractère tellement joyeux… Comment pouvait-on ouvrir la porte du malheur, saccager une vie ?

— Et si tu ne m'avais pas rencontrée ?

— Si je ne t'avais pas rencontrée, tout aurait continué comme avant. On ne regrette pas ce qu'on n'a jamais eu, ce dont on ne soupçonnait même pas l'existence.

Un coup de dés, ce n'était rien d'autre. S'ils ne s'étaient pas rencontrés, il aurait simplement épousé

Lily au printemps suivant et ils auraient vécu, modérément satisfaits, comme des gens heureux ; il l'aurait aimée, aimé les enfants qui seraient sans aucun doute venus au monde.

— Robb, c'est à toi de choisir.

— Je te l'ai dit, ma décision est prise.

— Je voulais dire, le moment et la façon de le lui annoncer.

— Donne-moi un peu de temps.

— Je pense que nous ne devrions plus nous voir d'ici là.

— Ne plus nous voir ? C'est impossible.

— Bon, mais pas trop souvent, alors. Je me sentirais… malhonnête. Tu comprends ?

— Oui, un peu, mais ça ne me plaît pas.

Dehors, la pluie battait sur la vitre et le mur de brique. Au moins, il n'avait pas menti à Lily sur ce point. Ils restèrent dans les bras l'un de l'autre pendant un long moment, sans parler, sans bouger, trop fatigués, trop perturbés pour faire autre chose.

Puis Robb se leva et revint avec un gant.

— C'est de l'eau froide, expliqua-t-il. Il ne faut pas que ton père voie que tu as pleuré.

Alors, doucement, il rafraîchit le visage d'Ellen.

4

1973

Après avoir pris connaissance de la lettre, le père d'Ellen s'exclama :

— Tu dois être aux anges. À ton âge, ce n'est pas rien d'avoir un livre accepté par un éditeur. D'ailleurs, ce n'est pas une question d'âge.

Wilson Grant était un homme d'ordinaire peu expansif. Il n'avait pas le compliment facile, même pour son fils et sa fille, qu'il aimait profondément.

— Je suis très, très fier de toi. Je vais appeler toute la famille pour annoncer la nouvelle, même les cousins par alliance !

— Papa, je ne suis que l'illustratrice, et puis ce n'est pas un grand éditeur. Ça n'a rien de prestigieux.

— Taratata ! C'est un début magnifique.

Évidemment, Ellen était contente. Si ses émotions n'avaient pas été si malmenées, elle aurait même été aux anges. Seulement, jamais elle n'avait imaginé voler un jour le mari d'une autre. L'image d'un triangle s'imprimait dans son esprit, tel un logo, avec Robb au sommet, face à deux femmes dont l'une le regardait avec angoisse tout en jetant des coups d'œil pleins de haine à l'intrigante, l'intruse.

En silence, elle protestait de toutes ses forces : « Je ne savais même pas qu'elle existait ! Je ne l'aurais pas regardé deux fois si j'avais su. Mon Dieu, quelle histoire ! C'est moche, déprimant. Que va-t-il se passer ? »

Un dimanche après-midi, elle invita Robb, malgré les réticences de celui-ci, afin de rencontrer son père.

— Je ne veux pas aller chez toi tant que la situation n'est pas claire, Ellen, avait-il protesté.

— Je n'ai rien dit de notre relation, et je ne dirai rien sans ta permission. J'ai simplement parlé de toi comme d'un ami.

Dans le salon, le miroir rond ancien renvoyait une image déformée à Ellen, image qui lui rappelait celle d'un daguerréotype de l'époque victorienne ; la scène aurait pu s'intituler : « Jeune homme demandant la main d'une jeune fille ». Les deux hommes ne lui prêtaient pas attention, absorbés qu'ils étaient par leur conversation.

C'était bon signe. Ils avaient tout de suite trouvé un terrain d'entente, où des mots tels que « justice », « engagement », « scrupule » et « éthique » avaient un sens. Amusée, Ellen avait pensé que ce vocabulaire ne devait guère être employé par les magnats de la finance à Wall Street, ni même d'ailleurs par les illustrateurs.

Elle tourna de nouveau les yeux vers le miroir. Bien qu'il n'y eût aucune ressemblance physique entre son père et Robb, la similitude était surprenante. C'était une façon d'être, de parler, de se tenir. Elle chercha des qualificatifs. Ils étaient de la vieille école… élégants ? Bref, à tout le moins impressionnants. Dignes de respect.

Et à cette pensée ses derniers doutes s'évanouirent ; l'ultime peur d'avoir confondu une passion passagère avec un sentiment plus durable s'envola. Non, ce n'était le cas ni du côté de Robb ni du sien.

Robb avait une dure épreuve à franchir. Il n'était pas homme à rompre à la légère avec « elle » – il l'avait bien montré. Ellen ne l'appelait que « elle ». Dire juste « Lily », même en pensée, ébauchait une image, tirait la femme de l'anonymat et lui conférait des traits, des yeux, des cheveux, un corps, une voix. Et si elle donnait ainsi forme à cette personne, le reste suivrait : elle verrait les préparatifs de mariage, leur maison, et les enfants qu'ils auraient. Puis le choc de la rupture, la souffrance.

Son père s'était levé et serrait la main de Robb.

— J'ai éprouvé un grand plaisir à m'entretenir avec vous, jeune homme. À présent, si vous voulez bien m'excuser, je dois retourner à mes papiers. Le travail nous attend même le dimanche, comme vous pourrez le constater bientôt.

Elle se souvenait du moindre détail de cette rencontre. « Un jeune homme très bien », avait commenté son père ensuite. Son approbation l'avait poussée à rompre sa promesse.

— Je suis amoureuse de Robb. Tu l'as peut-être deviné. Je l'aime.

— Je me suis posé la question, j'avoue. Depuis combien de temps le connais-tu ?

— Quelques mois.

— Ce n'est pas très long, il me semble. Pas assez long pour que tu puisses être sûre de toi.

— Si, je n'ai aucun doute, papa. Absolument aucun.

— Oui, répondit son père en la scrutant d'un de ses longs regards inquisiteurs. Tu as l'air décidée. Mais ne te presse pas. Ne te laisse pas dépasser par les événements.

En termes pudiques, il lui conseillait de ne pas coucher avec lui, mais il ne l'aurait jamais dit ouvertement. Avec sa mère, Ellen avait toujours pu parler, avec son père, c'était différent. Sa mère avait peut-être révélé à son père que leur fille était encore vierge. En 1973, cet état se faisait rare. Elle avait voulu attendre de rencontrer un homme irrésistible. Maintenant qu'elle l'avait trouvé, ils ne pouvaient s'isoler nulle part. La porte de Robb était en plein passage, ce qui signifiait que tout le monde serait vite au courant. Libérée ou pas, on avait rarement envie de devenir le sujet de tous les potins. Si seulement Robb avait pu régler le problème rapidement ! Clore le chapitre avec « elle », et refermer le volume.

— Il ferait merveille dans ton cabinet, remarqua-t-elle.

Son père sourit.

— Tu vas un peu vite en besogne !

— Tu cherches quelqu'un, et tu dis toi-même que tu l'apprécies.

— C'est beaucoup trop tôt. Vous n'êtes même pas encore fiancés, et vous n'en arriverez peut-être jamais là. Enfin, ramène-le à la maison un jour. J'aimerais faire plus ample connaissance.

Robb fut donc convié le vendredi suivant pour le dîner. Ellen passa le chercher chez lui, mais, en sonnant à la porte, elle entendit des voix à l'intérieur. Quand il ouvrit, elle aperçut une femme assise sur le canapé, puis rencontra le regard terrifié de Robb.

« Je t'en prie, ne dis rien », implorait-il en silence.

— Oh, pardon ! J'ai dû me tromper de porte, dit-elle aussitôt, puis elle tourna les talons.

Ainsi, c'était « elle », bien installée dans son coin de canapé. Elle avait dû arriver à l'improviste. Ellen était furieuse, tout en sachant bien qu'elle n'en avait pas le droit. Au lieu de rentrer, elle alla au cinéma où, rongée par la jalousie, elle resta assise devant l'écran sans voir les images, sans entendre un mot.

— Je ne sais pas, lui dit Robb ce soir-là au téléphone. Quand je suis rentré de la bibliothèque de droit, elle était assise sur les marches. Je ne savais pas quoi faire. Tu devais arriver un quart d'heure après.

— Alors, comment vas-tu t'y prendre ? Elle ne peut pas rentrer chez elle tout de suite, j'imagine. Elle aurait pu te prévenir !

— Ne sois pas en colère, ne lui en veux pas.

— Je ne lui en veux pas. C'est la situation que je ne supporte pas.

Le cœur de Robb frappait brutalement dans sa poitrine.

— Elle a fait les magasins toute la journée pour… pour trouver des affaires. Je suis dans une cabine, au drugstore. Je suis sorti acheter de l'aspirine. Il faut que j'y retourne. Ellen, s'il te plaît… Je t'en prie, aide-moi, rien que cette fois.

Il raccrocha et alla retrouver Lily qui attendait de recevoir des preuves d'amour. Mais il n'avait plus d'amour de cette sorte à lui donner. Comment était-ce possible ? Le désir était parti sans qu'il s'en aperçoive. Le désir s'était éteint comme une ampoule électrique, s'était évaporé tel un bol d'eau sous un soleil d'été. À présent, il éprouvait uniquement de la tendresse, comme pour une cousine, une sœur, chère à son cœur, qu'il aurait tout fait pour protéger. « Il faut absolument que je lui dise la vérité, se dit-il pour la centième fois, mais pas aujourd'hui. » Il ne pouvait pas lui asséner la nouvelle ici, loin de chez elle, et la laisser se sauver seule par le car avec sa peine.

— Tu n'as plus mal à la tête ? demanda Lily.

— Si. Mais ça ira mieux demain. Ça m'arrive de temps en temps, j'ai l'habitude.

— Avant, tu n'avais jamais de migraines. C'est peut-être tes yeux, parce que tu lis beaucoup.

— Non, je ne pense pas.

Toute cette sollicitude ne faisait qu'accroître sa culpabilité ; il aurait voulu qu'elle se taise.

— Tu ferais mieux d'aller te coucher, Lily. Moi, je vais lire un peu ici, je ne te réveillerai pas en te rejoignant.

Dans son état, il ne parviendrait jamais à dormir. Mais elle insista et il dut bien obéir, s'allonger et rester toute la nuit ou presque à mettre au point des phrases, puis à les rejeter. À chercher l'explication, les mots d'excuse qu'exigeait la situation.

Au matin, il inventa un entretien avec un professeur.

— Un samedi ? protesta Lily, son corps vibrant du besoin de lui.

— Ça arrive souvent, les emplois du temps sont chargés.

Sa déception perçait par tous les pores. S'il avait posé la main sur elle, il l'aurait sentie sur sa peau.

— J'en ai pour une heure, ou à peine plus.

L'épais silence de la bibliothèque n'était rompu que par quelques toux et des grincements de chaises. Il se demanda si, parmi les étudiants qui travaillaient là, d'autres étaient aussi torturés que lui.

En rentrant, il trouva Lily encore en chemise de nuit et en peignoir.

— J'ai commencé à m'habiller, et puis je me suis mise à nettoyer le réfrigérateur. Remarque, il n'y a pas grand-chose dedans, ajouta-t-elle avec un rire. On croirait que tu fais la grève de la faim... Bon, reprit-elle après une pause, je vais m'habiller...

Il savait ce qu'elle attendait de lui. Cela faisait plusieurs semaines qu'ils ne s'étaient pas vus seuls. « Si quelqu'un m'avait dit, pensa-t-il, qu'un jour je ne ressentirais rien pour elle, je l'aurais traité de fou. »

Elle retirait son peignoir et sa chemise de nuit. Soudain, elle lui fit penser à un petit oiseau, peut-être à cause de ses omoplates délicates. Même les yeux fermés, il aurait pu la voir se déshabiller, vite, plier avec méthode les vêtements de satin rose, se tourner vers lui et courir dans ses bras.

Il ne pouvait plus dire non. Il se déshabilla et l'enlaça. Ou plutôt, il la laissa se mettre dans ses bras. La peur montait en lui. Pauvre Lily ! Et pauvre de lui ! Ils s'allongèrent, et il l'entendit murmurer :

— Comme je t'aime !

Mais il ne ressentait toujours rien, rien que de la panique et de la peine.

Il ouvrit les yeux. Là-bas, dans le coin, près de la chaise, s'était tenue la fille aux yeux verts. Ellen... Elle l'avait regardé défaire les boutons, puis ôter la dentelle qui couvrait ses seins ; ce n'était arrivé qu'une fois, une seule, gestes commencés et jamais achevés. Combien de temps devrait-il attendre ? Maintenant, maintenant. Ellen…

Lily ne pouvait pas savoir, pourtant elle devinait un changement.

— Tu n'es pas comme d'habitude.

— Mais si. Qu'est-ce qui te fait penser ça ?

— Je ne sais pas au juste, mais je sens quelque chose.

C'était la troisième ou quatrième fois qu'elle faisait la même remarque au cours de cette journée interminable. Il l'avait invitée à déjeuner dans un des restaurants préférés d'Eddy, beaucoup trop cher. Ils avaient fait du lèche-vitrines, acheté un livre qu'elle cherchait et s'étaient promenés dans le parc. C'était un triste après-midi d'hiver. Des feuilles mortes détrempées adhéraient au trottoir ; les gens restaient chez eux, à l'abri de la brume grise et humide. La mélancolie dominait les émotions qui se livraient bataille en Robb.

— Je ne vois pas à quoi tu fais allusion, dit-il.

— C'est difficile à expliquer. Peut-être… je ne sais pas, tu n'as rien dit de concret. Ça doit être ça.

Elle voulait signifier qu'il ne parlait pas de leurs projets, n'avait fixé aucune date. Et, en effet, il avait évité ces sujets. Il se contentait de généralités, esquivait ce qu'elle voulait entendre, ce qu'elle méritait.

Tâchant d'étouffer son irritation sans toutefois y parvenir, il répondit :

— Je suis désolé de ne pas être plus amusant.

— Ce n'est pas gentil de réagir comme ça. Tu sais très bien que ce n'est pas ce que je voulais dire.

— C'est ce que j'ai cru comprendre.

— Sans doute vaut-il mieux que je rentre. J'avais prévu de rester jusqu'à dimanche, mais tu préfères peut-être me voir partir tout de suite.

— Bien sûr que non, mais c'est à toi de voir. Si tu ne te sens pas bien…

Il n'avait aucune intention de la supplier de rester.

En fait, il aurait sans doute mieux valu qu'elle s'en aille. Il ne lui faisait pas beaucoup de bien, malgré ses efforts.

Ils retournèrent chercher ses bagages, puis il l'emmena à l'arrêt du car. La nuit était déjà tombée ; il pleuvait, et il ferait un temps épouvantable quand elle arriverait chez elle. Il éprouvait des remords. Pourvu, pourvu qu'elle ne se mette pas à pleurer…

Elle ne lui parlait plus. Il l'aida à monter dans le car et attendit le départ sur le trottoir. La porte était déjà fermée, il était donc trop tard pour sauter à bord au dernier moment et lui dire… lui dire quoi, au juste ? Il essaya d'attirer son attention, mais elle fixait quelque chose droit devant elle, bien qu'elle eût sûrement remarqué ses grands signes. Quand le car démarra, il resta là, la regardant partir, puis il fixa son attention sur l'irisation laissée dans une flaque par des gouttes d'huile.

— Voilà, ça s'est passé comme ça, rapporta-t-il à Ellen.

— Et c'est tout ?

— Elle m'a téléphoné le lendemain matin. Pour s'excuser… Tu te rends compte ? C'est elle qui s'est excusée ! Selon elle, elle aurait dû se montrer plus compréhensive, se souvenir que je ne me sentais pas bien et essayer de me remonter le moral.

— C'est terrible.

La voix d'Ellen, à l'autre bout du fil, était désespérée.

— Je dois y aller à Noël. J'en profiterai pour lui parler.

— Non, Robb, ne fais pas ça. Tu gâcherais Noël pour toujours, pour tous les deux, jusqu'à la fin de vos jours.

— Je voudrais pouvoir m'endormir et que tout soit fini à mon réveil. Que Lily ne soit pas anéantie, et que toi et moi nous soyons heureux. Je vais raccrocher, j'ai besoin de réfléchir.

— Qu'est-ce qu'il y a ? Tu as appris la mort de quelqu'un ? demanda Eddy en poussant la porte.

Robb, assis sur le canapé, sortit la tête de ses mains.

— Tu as laissé ta porte entrouverte, et je t'ai aperçu. Que se passe-t-il ?

— Rien, je dois être fatigué.

— Tu parles ! Tu as une tête de déterré. C'est sinistre ici, on se croirait chez le croque-mort. Allume, et dis-moi ce qui ne va pas.

— Non, Eddy, il ne vaut mieux pas, c'est trop affreux.

— Quoi ? Un de tes amis a un cancer ?

— Non. Ce n'est pas ça. Je suis amoureux d'Ellen.

Eddy émit un sifflement.

— Quoi ? Je croyais que tu ne l'aimais pas !

— Je ne voulais pas l'aimer. J'essayais de résister, répondit Robb, lugubre. Mais c'était trop tard. Ça a dû arriver dès que j'ai posé les yeux sur elle.

— Et elle aussi ?

— Oui.

— Qu'est-ce que tu vas faire ?

— Voilà bien le problème. C'est ce que j'essaie de décider. Ça me fait un mal terrible.

— Je pensais que Lily était venue te voir.

— Oui, elle est venue. Pauvre Lily. Et pauvre de moi.

— Tu veux tout me raconter ? Commence par le commencement…

Au fond, cela lui fit du bien de se libérer, comme au confessionnal. Mais, en même temps, il trouva douloureux de dévoiler sans fard des émotions aussi profondes.

— Eddy, je ne veux pas perdre Ellen. Alors tu vois…

— C'est ça, l'amour ? Eh ben dis donc ! Je n'ai

jamais rien ressenti de pareil. Mais je vais te dire une chose, acheva Eddy en posant une main amicale sur l'épaule de Robb, il faut que tu avoues tout à Lily, et tout de suite.

— Comme si je ne le savais pas ! Je n'ai pas le courage de lui dire la vérité. Elle me fait une telle confiance ! J'aurais l'impression de battre un enfant.

— N'empêche, il faut le faire. Maintenant, tu ne peux plus l'épouser, vu ce que tu ressens. Ce serait dégueulasse ! Écoute, considère ça comme une amputation. On coupe le pied pour sauver la jambe. Une opération nette, et puis ça va mieux.

— Sauf qu'après on a un pied en moins et une cicatrice. Je me suis posé des centaines de questions : est-ce que, même avant, je perdais déjà mon désir pour Lily ? Sans m'en apercevoir... ? Je mène une vie très riche ici, et j'adore ça : le travail, la ville, mes amis. Même avant de connaître Ellen, je commençais à avoir moins envie de rentrer à Marchfield que la première année. Je m'en rends compte, maintenant. Et puis je l'ai rencontrée... Je pense à elle tout le temps, que ce soit pendant les cours, à la bibliothèque, en traversant le campus, ça me vient d'un coup, et...

Il s'interrompit avec un rire piteux.

— ... tu imagines ? reprit-il. Ça me tombe dessus comme un virus. Tu trouves que je suis une mauviette ? Dis-le franchement.

— Toi ? Une mauviette ? Pas du tout. C'est juste que tu as un grand cœur tendre. Les autres rompent à tour de bras sans se torturer pour autant. Il faut que tu t'endurcisses, et que tu t'en débarrasses une bonne fois pour toutes.

— Je préférerais me faire arracher toutes les dents.

— Tu veux que j'aille avec toi ?

— Non, merci, ça aurait l'air bizarre. C'est déjà bien assez compliqué comme ça.

— Je te prête ma voiture.

— Eddy... Je ne saurai pas quoi dire en arrivant là-bas.

Eddy secoua la tête tristement.

— C'est étonnant, sortant de la bouche de l'homme que j'ai entendu plaider avec tant de brio pendant les simulations de procès à la fac.

— Ça n'a rien à voir. Je ne sais même pas si je dois lui téléphoner d'abord et lui annoncer mon arrivée ou si je dois plutôt y aller à l'improviste.

— Appelle d'abord. Ça lui donnera un peu de temps pour se préparer. Ne lui fais pas peur, elle comprendra que tu as quelque chose d'important à lui annoncer. Fonce. Vas-y dimanche, et pas question de te défiler.

La voiture de luxe d'Eddy roulait comme sur du velours. Elle dépassa l'endroit fatal où le camion, en percutant Robb, avait changé le cours de sa vie. Quelques kilomètres plus loin, Robb tourna sur la petite route qui avait desservi le pays avant la construction de la nationale. Sa destination se rapprochait trop vite, angoissante. Malgré tous ses essais, il ne savait pas encore comment il présenterait les choses.

La route faisait une fourche et continuait à deux voies à travers la campagne en direction de Marchfield. De chaque côté, tels des branchages, des chemins de terre battue défoncés, avec de l'herbe au milieu, bifurquaient vers des fermes invisibles. Robb avait l'impression d'avoir vécu ici à une autre époque, or il n'était parti que depuis trois ans. Il avait été content de son sort, ou tout du moins avait cru l'être.

Un mocassin serpenta sur la route devant lui, leva sa tête effrayante puis disparut dans les buissons. « Mauvais augure », se dit-il, puis il s'en voulut de cette pensée. Quel idiot ! C'était le marécage qui attirait les serpents.

Plus que cinq kilomètres avant Marchfield. Il leva le pied. « Faites que je m'y prenne bien, que j'arrive à passer cette épreuve. » Il entra en ville. La rue principale était déjà décorée pour Noël avec des guirlandes d'ampoules, et les vitrines pleines de Pères Noël et de cheveux d'ange. Après le centre-ville, il s'arrêta dans la petite rue de Lily, devant la maison de bois jaune si familière, avec sa pancarte à la porte : TRAVAUX DE COUTURE, RETOUCHES.

Il espérait de tout son cœur que Mme Webster ne serait pas là, mais c'était peu probable. Elle lui avait certainement préparé un copieux déjeuner. Le séjour serait en fête, avec un sapin déjà paré pour Noël.

Lily ouvrit la porte. Elle l'enlaça et l'embrassa, après quoi Mme Webster lui tendit la joue. Il devait être rouge comme une pivoine.

— En voilà une surprise, ou presque une surprise, déclara Lily.

Elle avait dit cela d'un ton léger, mais il décela une légère inquiétude sur son visage. Eddy avait eu raison ; elle s'était un peu préparée, s'attendant à des nouvelles pas très bonnes, mais essayait de n'en rien montrer. Peut-être pensait-elle qu'il ne se sentait pas bien, ou qu'il n'avait pas encore trouvé de travail, ce qui, vu les notes qu'il avait obtenues, ne devait pas laisser place à trop d'inquiétude.

Bêtement, il expliqua qu'il avait emprunté une voiture, et que c'était un vrai plaisir à côté du car. Après cela, il fit quelques commentaires sur l'élection du mois précédent, et sur le temps, doux pour la saison. C'est alors que Mme Webster se retira discrètement dans sa chambre, emportant sa couture avec elle, afin de laisser aux deux amoureux la possibilité de se retrouver en privé.

Robb voyait devant lui le coin salle à manger, avec la table déjà dressée, couverte d'une nappe blanche bordée de dentelle, un pot de poinsettias en son centre. Il n'y avait rien dans son champ de vision pour lui inspirer le moindre sujet de conversation.

— J'espère que tu te sens mieux que la dernière fois, dit Lily. Je me faisais du souci.

— En fait, oui et non. J'ai un peu de mal à choisir mon travail. Ce n'est pas évident de trouver ce dont on a vraiment envie, malgré ce que je pensais.

— Avec un dossier comme le tien ? Ça m'étonne.

— J'ai eu de bonnes propositions, mais toutes en droit des affaires, et ce n'est pas ce qui me tente. Je t'ai déjà assez soûlée avec ça. La boîte de Chicago qui me plaisait tellement a des inconvénients trop compliqués à expliquer, et New York est un endroit hypercompétitif où la vie est très chère. Alors je continue de chercher, je me renseigne, je demande conseil…

Il s'interrompit : elle le regardait fixement et avec une telle intensité qu'il faillit perdre le fil de ses pensées. Malgré tout, il poursuivit.

— Ça met tous nos projets en l'air, je suis furieux.

Il fallait y aller doucement. Ne pas lui jeter la vérité en pleine face. D'abord annoncer un retard et puis, petit à petit, le reste suivrait. Il était venu là pour ça, mais il ne pouvait pas tout lui dire d'un coup.

Le visage en feu, le cœur battant à tout rompre, il commençait à craquer. La panique s'empara de lui : « Dis que tu es malade, sauve-toi, dis que tu reviendras plus tard… »

— Nos projets de mariage, tu veux dire ? demanda-t-elle.

Entre ses lèvres entrouvertes, ses dents étaient parfaites et menues, comme toute sa personne. Il se rendit compte qu'il la voyait comme pour la première fois : une jeune femme, presque une enfant, et touchante de naïveté.

L'atmosphère était lourde, trop chaude, pleine de l'odeur écœurante du sapin. Le scintillement des décorations lui faisait tourner la tête. Son cœur battait vite, le sang bourdonnait dans ses oreilles. Si seulement elle avait pu le laisser se soustraire à son regard ! Il dut se baisser pour resserrer ses lacets avant de parvenir à murmurer sa réponse.

— Eh bien, oui. C'est pour ça que je suis venu. Je pensais… qu'il fallait qu'on parle de certaines choses.

— Certaines choses… Je ne comprends pas. Quelles choses ?

— Eh bien, ne pas agir avec trop de précipitation…

— Quelle précipitation ? Là, vraiment, je ne vois pas.

— C'est que, je crois que ni toi ni moi nous n'avons assez d'expérience, on n'a jamais connu personne d'autre, alors je me dis, maintenant que nous sommes plus âgés…

C'était affreux comme il s'empêtrait !

— On pourrait repenser à tout ça tranquillement, continua-t-il, et…

— Mais « tout ça » quoi ? Qu'est-ce que tu racontes ? Si je t'ai bien compris, poursuivit-elle en se levant, tu veux repousser le mariage à plus tard. C'est bien ça ?

— Heu… oui, mais…

— Essaies-tu de me dire que tu ne m'aimes plus ? s'écria-t-elle. C'est ça ?

— Non, non, je t'aime énormément. Tu es une personne merveilleuse… Non, assieds-toi. Calme-toi.

— Je me calmerai si tu me dis clairement où tu veux en venir. Quand tu dis qu'on n'a connu personne d'autre, ça veut dire quoi ? Tu essaies de te débarrasser de moi ?

— Quelle affreuse expression. Ce n'est pas ça du tout ! Je voulais seulement dire que, avant de s'engager pour toujours, il faut être parfaitement sûr de soi, sans aucun doute, sans…

Les yeux de Lily lançaient des éclairs.

— Des doutes ! C'est maintenant que tu me parles de doutes ? Tu te crois dans le film *Une tragédie américaine*, quand le garçon noie sa fiancée ?

— Ne dis pas de bêtises. Je vais t'expliquer. Laisse-moi parler.

— Mais oui, vas-y, explique-toi ! Vas-y !

D'un instant à l'autre sa mère allait accourir. Lily était en train de perdre la tête. Il lui posa la main sur l'épaule et dit doucement :

— Lily, chérie, je t'en prie…

— Ne me touche pas ! Tu as rencontré quelqu'un d'autre ! Mais oui, c'est ça, bien sûr ! C'est pour ça que tu étais si froid, tu…

— Ne t'énerve pas… Tu ne comprends pas…

— Oh, que si, je comprends ! Dis-moi qu'il n'y a personne d'autre, jure-le, et je me calmerai. Vas-y, dis-le !

Il était accablé. C'était comme s'il avait tué un piéton par accident. Et il restait planté là, incapable de parler dans le silence vibrant.

— Qui est-ce ?

Les yeux de Lily lui faisaient éprouver une pitié terrible. Des yeux fous de douleur. Ne sachant trop ce qu'il allait dire, il commença :

— Ce n'est pas exactement ce que…

— C'est la fille qui a frappé à ta porte, hein ? La fille qui a dit qu'elle s'était trompée ?

— C'était une erreur, je t'assure, Lily. Crois-moi.

— Je l'ai vue dans la lumière du hall ! Elle était grande, avec des cheveux noirs bouclés. J'ai trouvé que tu avais l'air d'avoir peur, mais ensuite je me suis persuadée que c'était idiot. J'avais raison. Tu avais vraiment peur et tu me mentais ! jeta-t-elle en éclatant en sanglots. Et tu me mens encore ! En fait, tu ne veux pas remettre le mariage, tu veux l'annuler purement et simplement. À cause de cette fille…

Il essaya de protester, puis se rappela qu'il était venu pour tout avouer et qu'il n'était plus temps d'esquiver. Alors, rectifiant le tir, il lâcha les mots qui lui brûlaient la bouche.

— Oui, c'est vrai. Mais je ne voulais pas… je te jure, je ne voulais pas…

Avec un cri terrifiant, Lily se jeta sur lui et le martela de ses petits poings furieux. Elle le repoussait vers la porte. Elle devenait folle.

— Sors d'ici ! Tu es un monstre ! Un monstre ! Sors de chez moi !

Mme Webster, son ouvrage interrompu à la main, arriva en courant.

— Qu'est-ce qu'il y a ? Que se passe-t-il ?

— Maman, mets-le dehors, c'est trop dur…

Et elle retomba sur le canapé, le visage dans les mains.

Sur le perron, la porte refermée, Robb dut faire face à Mme Webster, la femme qu'il surnommait avec une certaine tendresse « la dame de fer ».

— Explique-toi, Robb !

Jamais il n'oublierait cet instant, les violents sanglots de Lily, le visage vieillissant et sévère de Mme Webster, le tissu écossais qu'elle tenait sur le bras, la scène dans toute son horreur.

— Nous parlions de tout ça, du mariage, de l'énorme responsabilité, de la nécessité d'être sûrs que…

— Ah, c'est bien ça ! lança Mme Webster, droite comme la justice. Et elle s'appelle comment ?

— Je ne comprends pas…

— Mais si, tu comprends très bien. Un homme ne quitte pas sa femme, car vous êtes pratiquement mariés depuis sept ans, sans qu'il y ait quelqu'un d'autre pas très loin. Ne perds pas ton temps, Robb, avoue-le franchement. Pas besoin de me faire un dessin.

— C'est affreux, je ne sais pas comment expliquer ce qui s'est passé. Je vous en prie, comprenez-moi, et aidez Lily à me comprendre. C'est… c'est fou ce qui est arrivé… C'est incroyable, alors que j'aime tellement Lily. Mais j'ai rencontré une… une autre… et j'ai lutté, je vous jure, j'ai tellement souffert…

Mme Webster explosa.

— Ah ! C'est la meilleure ! Toi, tu as souffert ? Toi ? Ton joli nez s'allonge quand tu mens, mon cher. Depuis le début, je dis que tu n'aurais jamais dû aller à l'université sans emmener Lily ! Et si tu crois que je ne me suis pas aperçue que tu te conduisais de façon très étrange, ces derniers mois ! Lily aussi a bien dû s'en rendre compte, mais elle est trop gentille pour en parler. Seulement ce n'est pas une imbécile, et moi non plus. Je vois bien ce qui se passe. Tu as eu ce que tu voulais d'elle, hein ? Une gentille fille, sans risque, c'est bien pratique !

Robb fut submergé par un violent embarras. Elle voulait parler de leurs relations sexuelles. Elle prétendait qu'il avait utilisé Lily, qu'il s'était servi d'elle pour assouvir ses instincts sans danger. Quelle insulte !

— J'ai toujours pensé, et je l'ai même dit une fois à Lily, que tu étais trop beau pour être honnête. Bien, quelle traînée t'es-tu trouvée, maintenant que tu t'es lassé de ma fille ? J'aimerais la tenir, celle-là ! Attends que j'apprenne son nom.

— Je vous en prie, ne dites pas ça. Ce qui arrive la rend très malheureuse. Ce n'est pas sa faute. Il s'agit d'une jeune fille honorable qui vient d'une bonne famille, comme la vôtre. Son père est avocat…

— Un avocat ! Comme c'est pratique pour toi, petit salaud !

Folle de rage, et c'était son droit, Mme Webster employait des mots qui n'avaient jamais dû franchir ses lèvres pudiques et ne devaient exister que dans le silence de ses pensées.

— Madame, je voudrais…

— Aucun intérêt, espèce de canaille. Pars d'ici. Tout de suite. Va rejoindre ta gueuse et étouffe-toi avec. Allez, va-t'en, je te dis, ou je te pousse pour te faire descendre.

Il battit en retraite. Pendant un moment, il resta dans la voiture à regarder la maison où la mère s'enfermait dans sa colère et la fille dans sa douleur. Le déjeuner préparé avec tant d'amour ne serait pas consommé devant le petit sapin qui scintillait tristement. Sur le trottoir, les gens couraient, se saluaient, portaient des paquets comme s'il s'agissait d'un jour ordinaire.

Qu'avait-il fait à Lily Webster ? Que se passerait-il, demain matin à son réveil, quand elle se souviendrait que sa vie venait d'être brisée ?

Il démarra et quitta lentement Marchfield. Après avoir parcouru quelques kilomètres, il s'arrêta et vomit sur le bord de la route. Puis il remonta en voiture et repartit vers la ville.

Le coussin du canapé était trempé de larmes. Ses sanglots l'avaient épuisée. Quand elle ne put plus pleurer, des spasmes prirent le relais, violents comme des hoquets et lui coupant la respiration.

— Lily… ouvre les yeux. Assieds-toi, chérie. Il n'en vaut pas la peine.

La voix de sa mère était toute proche. Quand elle leva les yeux, elle la vit debout au-dessus d'elle. Pendant tout le temps où elle était restée prostrée, sa mère avait dû la couver du regard avec cette même expression anxieuse.

Parfois, elle était lassante avec ses conseils, son insistance, ses questions indiscrètes, mais on pouvait lui faire confiance. Sa mère, elle, ne lui mentirait jamais ! Jamais elle ne l'abandonnerait, jamais elle ne lui dirait : « Voilà, j'ai trouvé une autre fille, je suis désolée, je ne sais pas ce qui m'est arrivé. Je ne voulais pas… » À ces pensées, ses larmes se remirent à couler.

— Ma chérie, tu vas te faire mal aux yeux. Ils sont tout gonflés. Je vais te chercher une serviette et des glaçons.

Sa prévenance ne faisait qu'intensifier l'horrible, l'incroyable réalité. Il y avait un an, une heure, une seconde… Depuis quand était-il parti ? Il avait été là, juste là, avec son écharpe rouge à rayures autour du cou, bafouillant, les yeux fuyants, et il avait dit : « Oui, c'est vrai, mais je ne voulais pas… »

C'est vrai… Je ne voulais pas. C'est vrai… Je ne voulais pas.

Lily se leva d'un bond et courut au placard de l'entrée où étaient rangés les paquets de Noël. Elle les sortit et les jeta à terre.

— Lily ! Qu'est-ce que tu fais ? Pour l'amour du ciel, pose ces ciseaux !

— Je ne vais pas me tuer avec ! Remarque, je ne

sais pas ce qui me retient. Non, je veux juste me débarrasser de ça.

À coups sauvages, le pull choisi avec tant d'amour fut mis en lambeaux, ainsi que les quatre volumes de l'*Histoire des peuples de langue anglaise* de Churchill. Innocentes victimes de la catastrophe, les restes de ces trésors s'entassaient aux pieds de Lily qui les regardait, anéantie par son chagrin. Son cœur n'était-il pas déjà en miettes ? Il fallait croire qu'il en restait encore quelques fragments près d'être pulvérisés.

— Quel gâchis ! dit Mme Webster en secouant la tête.

Il était facile de deviner ce qu'elle pensait. Toujours économe, elle aurait préféré rapporter le pull à la boutique et garder les livres. Malgré cela, Lily avait, pour une fois, laissé un peu de folie s'exprimer.

— Lily, chérie, tu n'as rien mangé, tu dois garder tes forces.

— Ah oui ? Pour quoi faire ? Pourquoi veux-tu que je garde mes forces ? Tu peux me le dire ? Je ne vaux rien, je n'ai aucun intérêt, tu vois bien ! Regarde-moi, je suis horrible, bête, fade…

— Bien sûr que non ! Bien sûr que non ! Ne dis pas des choses pareilles ! s'écria Mme Webster en se mettant à pleurer. Ce n'est pas parce que… parce qu'il… parce qu'il n'est pas digne de cirer tes chaussures…

Lily se mit à hurler :

— Tu ne le connais pas ! Tu dis n'importe quoi ! C'est affreux, c'est ma faute ! Qu'est-ce que j'ai fait ?

Elle courut au miroir accroché entre les deux fenêtres et s'y contempla.

— Suis-je donc si laide ? Cette fille, qu'est-ce qu'elle a de plus que moi ? Dis-moi ce que j'ai fait. Est-ce que j'ai mauvais caractère, est-ce que je suis méchante, mesquine ? Je sais bien que non. Alors, quoi ? Nous ne nous sommes jamais vraiment disputés. Je me déteste ! Pourquoi ? Pourquoi ? Il me répétait que j'étais belle, mais regarde-moi ! Je me déteste. Regarde ma figure, je suis horrible…

Mme Webster lui passa un bras autour de la taille et pleura avec elle.

— Ma pauvre petite fille, ma pauvre Lily. Ne dis pas des choses pareilles. Ne dis pas que tu te détestes. Moi, je le déteste, lui ! Tu es très jolie, c'est juste que tu viens de pleurer, demain, ça sera passé. Ma Lily…

Soudain, la jeune femme se saisit du miroir. De toutes ses forces, elle l'arracha du mur et le fracassa. Les échardes argentées vinrent s'amonceler sur les livres déchirés et le fouillis de papier cadeau.

Mme Webster poussa un cri.

— J'appelle le docteur. Le choc est trop fort pour toi, tu as besoin d'un calmant.

— Je n'ai pas besoin de médicament, maman ! Je n'ai aucune envie que la nouvelle fasse le tour de Marchfield. Ce sont mes affaires.

— Mais le Dr Sam est un homme de confiance, Sam Smithers ! C'est lui qui t'a mise au monde, qui s'est occupé de ton bras cassé et de tous tes rhumes… Je l'appelle. Allonge-toi. Fais ce que je te dis.

— D'abord, dis-moi une chose, je t'en prie. Est-ce que j'ai bien compris ? Est-ce que Robb est vraiment…

— Oui, répondit sa mère tristement. Oui, tu as bien compris.

Elle s'allongea et ferma les yeux. Peut-être, si le sommeil voulait bien venir, la réalité s'effacerait-elle, se fondrait-elle dans la nuit, la douce obscurité de la nuit.

Quand elle rouvrit les yeux, le Dr Sam lui parlait.

— Prends ça, jeune fille.

Il l'appelait « jeune fille » depuis qu'elle avait trois ans.

— Tiens, jeune fille, ça te fera du bien après cette journée éprouvante.

— Et vous croyez vraiment qu'un comprimé suffira à tout arranger ? Après ce qui est arrivé ? Vous croyez ça, vous ?

Mme Webster la supplia.

— Fais ce qu'il te dit. Il est tout de suite venu de l'hôpital afin de te voir.

Lily se rendit compte que l'on s'inquiétait réellement pour elle, et elle en fut touchée. Alors, elle avala le comprimé avec ce seul commentaire :

— Vous ne le direz à personne, hein ? J'ai cassé le miroir. J'ai perdu la tête.

— Je serai muet comme une carpe, assura le médecin. Le Dr Blair non plus ne dira rien. C'est notre nouvel interne, il me suit dans mes visites. Tu peux aussi compter sur sa discrétion, ajouta-t-il avec un sourire.

Lily eut vaguement conscience que quelqu'un se tenait près de la porte. Puis une immense fatigue s'abattit sur elle, et elle laissa retomber sa tête sur l'oreiller.

Plus tard, elle se souvint de sa dernière conversation avec sa mère ce soir-là.

— Je crois que je vais devenir folle.

— Mais non.

— Je ne ferai plus jamais confiance à personne.

— Mais si, allez, dors.

— Ce qu'il te faut, c'est quelque chose de fort, pas cette lavasse, dit Eddy après un coup d'œil à la tasse de café devant Robb et au beignet posé sur la soucoupe.

— Oui, tu as raison. Je n'y avais pas pensé.

— Alors tu as appelé Lily en rentrant ? Tu n'aurais pas dû. Ça n'a servi à rien, je parie. Tu dois te sentir encore plus mal. C'est bête.

— Rien n'aurait pu me faire sentir plus mal qu'hier, ou que maintenant.

— Qu'est-ce qu'elle t'a dit ?

— Je ne lui ai pas parlé. Sa mère lui a pris le téléphone des mains. Elle m'a dit que j'avais assassiné Lily, et que j'appelais pour organiser les obsèques. Ensuite elle a raccroché.

La lumière de l'après-midi tombait sur les livres fermés de Robb. Il n'avait pas réussi à lire une page, avait manqué ses cours du matin, et ne s'était même pas douché en se levant.

— Ça t'a coupé les pattes, hein ?

— Oui. Tu n'as pas idée de l'horreur, là-bas.

— Elle ne va pas se suicider, tu sais, remarqua Eddy avec une patience inhabituelle. C'est ce dont tu as peur ?

— Oui.

— Écoute, il n'y a pas une chance sur des millions pour que ça en arrive là. En amour, les gens changent d'avis tout le temps, et personne n'en meurt.

— Et si elle fait exception à la règle ?

— Eh bien, dans ce cas, si tu as vraiment peur de ça, il n'y a qu'une solution : tu retournes à Marchfield, tu lui dis que tu n'en pensais pas un mot, et tu fixes la date des noces. Tu t'en sens capable ?

— Non.

La syllabe réverbéra comme un coup de gong, faisant vibrer une note froide dans l'air.

— Non, répéta-t-il.

Eddy se leva.

— Il ne te reste plus qu'à continuer sur ta lancée, mon vieux. Arrange-toi un peu et va voir Ellen aujourd'hui. Tout de suite.

5

1973-1974

— Oui, dit Wilson Grant, je me targue de savoir juger les gens, et vous me plaisez, Robb. Il est vrai que je ne vous connais que depuis peu, mais je vous fais confiance. Et puisque Ellen vous aime…

Il sourit et se tourna vers sa fille, assise dans un fauteuil, son setter irlandais, Billy, à ses pieds.

Robb suivit son regard. Il eut l'impression de revenir en arrière, au jour où il était entré pour la première fois dans cette pièce, à moitié fâché parce qu'on le forçait à aller dans un club de jazz. Il avait choisi de ne pas s'asseoir à côté d'elle. Vêtue de soie bleue, elle caressait son chien, et quelqu'un avait dit à Robb : « Derrière elle, c'est le portrait de son arrière-grand-père. »

Aujourd'hui, c'était M. Grant qui était assis sous le portrait. En ôtant la barbe, l'uniforme et l'épée, on voyait une nette ressemblance entre les deux visages allongés et austères. Deux hommes stricts, trop hautains, guindés sans doute, terribles dans la colère, mais d'une loyauté à toute épreuve.

— Vous avez une chance insigne d'avoir été choisi comme stagiaire par le juge Salmon, continua Grant. Nul besoin de vous le préciser. Vous allez beaucoup apprendre. J'ai plaidé devant lui un nombre incalculable de fois, et, à chaque occasion, je suis reparti du tribunal avec des idées nouvelles. En plus de ça, nous sommes de vieux amis. Nous avons tous les deux travaillé au tribunal militaire pendant la guerre, chez l'assesseur. L'année qui vient vous sera fort profitable. Vous l'avez mérité. Il n'avait que l'embarras du choix, et c'est vous qu'il a pris.

Sans doute Grant avait-il parlé de lui au juge, ce qui avait à l'évidence fait pencher la balance en sa faveur. Comment n'aurait-il pas voulu aider l'homme qui allait épouser sa fille ? Il était intervenu, cela allait de soi. Un instant, Robb le regretta. Il aurait préféré ne pas donner raison à Mme Webster. « Voilà ton avenir assuré », avait-elle affirmé.

C'était faux ! Il avait bien gagné son stage, et il continuerait de se montrer à la hauteur de toutes les opportunités qui lui seraient offertes. Il ne voulait rien devoir à personne.

— Paris est une ville idyllique pour y passer sa lune de miel, déclara Grant. Vous devriez y aller en bateau… Ce sera mon cadeau de mariage. Bientôt, il n'y aura plus guère de paquebots qui traverseront l'Atlantique. Les gens sont trop pressés, de nos jours.

— Merci, papa, mais nous trouvons que c'est trop cher, dit Ellen.

Avec un instinct admirable, elle avait compris que Paris serait un voyage trop luxueux et que Robb n'accepterait pas ce cadeau.

— Nous avons envie d'aller à New York, ce sera formidable. Robb n'y est jamais allé, et moi je veux y retourner depuis longtemps.

— Vous avez peut-être raison. De toute façon, il vous faudra du temps pour aménager votre logement avant que Robb ne commence son travail.

L'appartement se trouvait dans un immeuble moderne, face aux bâtiments officiels de l'État du Mississippi, de l'autre côté du fleuve. Il avait une double exposition splendide : devant, on voyait le dôme de la Chambre des représentants, et à l'arrière le quartier verdoyant de la maison de famille des Grant.

Le grenier était plein de beaux meubles, hérités d'une grand-mère, qui serviraient à leur installation. Ellen avait fait monter Robb afin de lui montrer l'horloge à balancier, les larges fauteuils et le lit à baldaquin.

— Les hauts des poteaux sont en forme d'ananas, avait-elle expliqué.

— Je me fiche bien du baldaquin ! C'est le lit qui m'intéresse. Je voudrais t'y coucher tout de suite.

Mais, avec la proximité du père, il n'avait pas osé mettre sa menace à exécution. Tout le contexte familial l'empêchait d'aller plus loin. On était en 1973, et il ne l'avait pas encore touchée ! Elle serait vierge pour la nuit de noces.

Dans la chaleur poussiéreuse du grenier, ils s'étaient enlacés. Et là, Ellen lui avait demandé s'il en avait vraiment bien fini avec Lily.

— Tu sais bien que oui.

— Répète-le-moi. Ça s'est vraiment si mal passé que ça ?

Il avait écrit une lettre, tendre et honnête, pour supplier Lily de le comprendre et peut-être, avec le temps, de le pardonner un peu. L'enveloppe lui avait été retournée sans avoir été ouverte.

— Ça a été dur ? avait insisté Ellen.

Le visage empourpré de Lily… Pourrait-il jamais oublier les traits déformés, rendus effrayants par la douleur ? Il se souvenait que, anciennement, on disait « offenser » pour blesser, meurtrir le corps. Donc, en trente secondes, en offensant Lily, il l'avait rendue laide.

— C'est fini tout ça… Chérie, parlons d'autre chose.

— D'accord. Je vais te montrer un patchwork qui représente l'emblème des Grant. Il est très précieux. Je vais devoir trouver un endroit où le mettre.

Dis-moi, Robbie, le fond bleu ou le fond rouge ?

— Nous célébrerons le mariage dans l'intimité, disait à présent M. Grant.

Ils avaient dû embrayer sur ce sujet pendant que ses pensées vagabondaient. Le mariage ne l'intéressait pas.

Il voulait simplement se débarrasser de cette formalité et vivre avec Ellen.

— La mère d'Ellen n'est plus de ce monde, vous n'avez pas de famille, et, de toute façon, nous n'aimons pas l'ostentation. Quelques proches, famille et amis, et ce sera tout. Nous recevrons dans le jardin, et s'il pleut nous nous replierons à l'intérieur. À ce propos, il va falloir vous hâter de choisir votre garçon d'honneur. Vos amis vont se disperser aux quatre coins du pays dès la remise des diplômes.

— Je m'en occupe dès ce soir, promit Robb.

— Ça ne te dérange pas, Eddy ?

— Mais pas du tout. C'est à quelle date ?

— Juste après la remise des diplômes, début juin.

Eddy lui lança un regard songeur.

— Je me souviens du jour de ton arrivée. Tu n'imaginais pas où tu en serais aujourd'hui !

— On peut s'attendre à quelques changements en trois ans.

— Pas à ce point. Le meilleur stage de la promotion, un mariage dans une des plus grandes familles de la ville…

Eddy s'interrompit. « Il se rend compte qu'il a fait une gaffe, pensa Robb. Il sait ce que sa phrase va m'évoquer. » Il ne put s'empêcher de prendre les devants aussitôt.

— Tu as eu des nouvelles ?

Car Eddy avait promis de se renseigner sur Lily.

— Oui, un gars de la station-service vient de par là-bas, et je lui ai donné une poignée de dollars pour qu'il pose des questions. Elle ne s'est pas tuée, je te l'avais bien dit.

— Ouf ! Je respire ! C'est tout ?

— Sa mère et elle sont allées passer Noël et le jour de l'An dans leur famille au Texas. Maintenant, elle est de retour à la bibliothèque. Ça te va ?

— Oui, oui. Merci, Eddy.

— Tu n'arrives pas à te la sortir de la tête ? Robb, tu as l'avenir devant toi. Tu as Ellen, ton diplôme, ton stage… tout ce que tu désirais.

Je serai si fière de toi, Robbie, dans ta robe d'avocat. Docteur en droit. C'est magnifique.

Enfin, elle avait repris son travail, donc elle émergeait de sa dépression. « Au bout d'un certain temps, se répétait-il, la douleur passerait. » C'était comme l'accident. On n'oubliait pas, mais la souffrance s'atténuait peu à peu.

— Moi, jamais je n'aurais cru que je resterais dans ce patelin, dit Eddy. Il faut croire que je me suis habitué au gruau de maïs ! La proposition de ce type, Devlin, me plaît de plus en plus.

— C'est exactement ce que tu voulais depuis le début.

Si son rêve était de devenir avocat d'un promoteur en plein essor, l'offre d'emploi de Richard Devlin avait de quoi le combler. En tout cas, Robb était ravi qu'Eddy demeure à ses côtés. Ils avaient beau être diamétralement différents l'un de l'autre, ils s'entendaient bien. Sans doute était-ce comme un frère : il pouvait compter sur son indéfectible solidarité.

— C'est grâce à mes relations, expliqua Eddy. Devlin sait que je connais des tonnes de gens à Washington. Et Washington est le centre de la toile d'araignée ; une toile qui s'étend sur tout le pays. Dick Devlin a de l'ambition. Il est déjà propriétaire de trois centres commerciaux. Il a commencé sa carrière dans l'immobilier à la suite d'un petit héritage, et je te prie de croire qu'il sait le faire fructifier.

Robb se disait que le travail d'Eddy serait soporifique au possible lorsque son ami interrompit ses pensées.

— Dis donc, tu lui as acheté une bague de fiançailles ?

— Non. Comment veux-tu ? Je n'en ai pas les moyens.

— Les filles, il faut leur offrir une bague.

Voyant la grimace de Robb, il ajouta :

— À ce genre de fille, en tout cas. Ça ferait bizarre si tu ne lui en donnais pas une. Tu n'as pas besoin d'acheter un solitaire, mais il faut lui trouver un petit quelque chose.

— Je n'ai même pas de quoi acheter un « petit quelque chose ».

— Tu vas être payé.

— Pas avant deux mois.

— Bon, écoute. Je viens d'acheter une montre dans une boutique d'Assembly Street. Je vais t'y emmener. Tu n'as qu'à dire que tu as été embauché par le juge Salmon. Je me porterai garant, et le bijoutier se fera payer à ton premier salaire. D'accord ? Je t'assure, c'est important, Robb.

— D'accord, allons-y.

Il semblait à Robb qu'il était entraîné contre son gré, toujours plus vite. Le temps se mettait en boucle ; il allait de l'avant, mais le passé revenait le hanter. Un matin, en se réveillant dans son lit étroit, il crut même un instant entendre grincer le portail de la ferme et les poules caqueter dans la cour.

« Où suis-je ? Qui suis-je ? »

Les fenêtres donnaient sur le parc, au cœur de New York, bande verdoyante parsemée de lacs argentés. Par contraste, devant la porte de l'hôtel, un décor des plus urbains s'offrait aux regards : des touristes étrangers avec leurs valises, des taxis jaunes, et une circulation dense qui s'écoulait sous le soleil estival. À Manhattan, on pouvait atteindre à pied tous les musées, les salles de concert, les théâtres, les magasins.

— C'est *Les Mille et Une Nuits*, et les journées aussi ! s'écria Robb, émerveillé. C'est comme un immense bazar.

— Tu ressembles à un gamin qui ouvre ses cadeaux d'anniversaire.

Ils se promenaient main dans la main le long des grandes avenues de Manhattan, parcourant de haut en bas et de long en large l'île flanquée de ses deux fleuves. L'émerveillement de Robb attendrissait Ellen. Il voyait pour la première fois des lieux et des objets familiers pour elle depuis l'université. Une vitrine remplie de premières éditions magnifiques l'arrêtait, puis une autre où un collier d'impératrice était disposé sur un coussin de velours noir. Ils visitèrent les musées avec leurs statues de marbre, les nobles romains, droits et fiers, ou couchés sur leurs tombeaux sculptés. Ils virent de l'art chinois, des impressionnistes, des expressionnistes, des cubistes. Dans des restaurants fleuris, sous des chandeliers de cristal, ils dînèrent en amoureux. Ils « mangèrent italien », selon l'expression d'Eddy Morse. Ils goûtèrent aussi à de la viande grecque dans des pitas, à du Sauerbraten [1], des sushis, et du coq au vin.

Un soir, ils dansèrent même sur le toit d'un building. Des vieilles dames, au côté de leurs vieux maris, souriaient en observant les danseurs. Il sembla à Ellen qu'elles regrettaient les ravages du temps. Alors, devant tout le monde, elle leva le visage vers Robb et l'embrassa passionnément.

— Tu croyais peut-être, puisque c'était ma première fois, que j'aurais peur ou que je serais intimidée ? demanda-t-elle, allongée auprès de lui, cette nuit-là.

Il se mit à rire.

— Toi ? Non. Je savais bien que non.

— Je veux que tu saches tout de moi.

— Ce que je ne sais pas encore, j'ai le temps de le découvrir. La vie entière, ma chérie.

Parfois, se réveillant tôt par habitude, Robb allait à la fenêtre et regardait les lumières s'éteindre dans la ville. Derrière lui, sur le lit, les premières lueurs de l'aube caressaient Ellen paisiblement endormie. Alors,

1. Bœuf mariné dans du vinaigre et du sucre, et braisé. *(N.d.T.)*

il méditait sur l'étrangeté du sommeil. Elle reposait là, immobile, alors que son esprit fonctionnait à cent à l'heure. Ses expériences resurgissaient pêle-mêle en rêve, vivaces, pour sans doute retomber dans l'oubli dès qu'elle rouvrirait les yeux. Il se demanda de quoi étaient faits ses songes et s'il en faisait partie. Pour la millième fois, il essaya de comprendre le pouvoir extraordinaire qui l'avait attiré vers Ellen et avait poussé Ellen vers lui. « Le courant passait », c'était la formule consacrée, mais cela n'expliquait rien du tout. L'image d'une allumette qui enflamme du petit bois lui parlait plus, ou celle de graines qui germent, montant vers la pluie.

Elle bougea, déplaça sa main, et la lumière fit jaillir une étincelle sur la bague qu'elle portait au doigt. Un bijou un peu original, d'une valeur toute symbolique. Mais, justement, elle n'avait pas de prix. C'était le symbole de son engagement.

— Choisis la petite, avait conseillé Eddy. Elle préférera la qualité à la taille. D'ailleurs, même si tu pouvais te permettre de lui offrir une grosse pierre, ce serait trop voyant pour elle. Ce n'est pas son genre, ni celui de Wilson Grant, avait-il ajouté avec un clin d'œil entendu.

Oui, Ellen représentait la qualité. Quand il marchait à son côté, avec sa haute taille, sa belle allure, cette élégance qui attirait le regard des hommes, son cœur était gonflé de fierté. Et il la revit, souvenir inoubliable, avançant vers lui au bras de son père, sa voilette soulevée par la brise, des flots de rubans à la base de son bouquet blanc. Son amour ! Sa femme !

La première nuit, dans leur lit, il avait commencé par embrasser le creux de sa gorge. Un sentiment presque mystique l'avait alors envahi, mêlé à de la gratitude pour cette joie immense qu'il éprouvait. Il s'était juré de se montrer digne d'elle, de... En deux mots, tout simplement, il avait fait le vœu d'être toujours bon.

« Jamais, jamais je ne lui ferai de mal, se dit-il en

la regardant dormir, jamais, ne serait-ce qu'une seconde. Je le jure. Si j'ai déjà pensé cela une fois dans ma vie, que Dieu me pardonne. »

Car l'erreur, après tout, est humaine.

À Marchfield, Lily Webster avait vu Ellen elle aussi. Avec une curiosité de femme, elle avait remarqué que la robe de mariée était souple et légère, que le voile était retenu par une couronne de dentelle empesée, et que le bouquet nuptial était composé de boutons de rose mêlés à des iris blancs. Elle avait même pris une loupe pour mieux examiner la photo du journal, et découvert de petits diamants aux oreilles de la mariée. C'était une photo de Mme Robb MacDaniel au bras de son époux, M. Robb MacDaniel.

— Bon, maintenant que tu l'as vue, dit la mère de Lily, mets-moi ça à la poubelle. Ça ne t'avance à rien.

Elle avait sans aucun doute raison ; n'empêche, l'article fut gardé dans le tiroir du bureau, en compagnie de l'encart paru dans le journal local annonçant les brillants résultats de Robb à la faculté de droit.

Après six longs mois, malgré l'assurance de tous, Lily ne trouvait pas que le temps guérissait tout. Le temps ne guérissait rien, il se contentait d'ensevelir les sentiments. La douleur, amère, restait intacte. L'impression de progrès venait de ce qu'on apprenait à ne pas la montrer.

Les premiers jours avaient été les pires, et celui du retour à son travail peut-être le plus pénible de tous.

— J'ai vu une belle voiture devant chez vous, l'autre jour, avait dit une voisine à Lily qui descendait du perron. J'ai pensé : Tiens, ça doit être la voiture de Robb.

— Oui, c'est ça.

— Alors, à quand le mariage ?

Lily s'était mise à bégayer.

— Ah… oui… heu… non, enfin… Excusez-moi, je suis pressée, je suis très en retard.

Et, grâce à cette excuse, elle avait pu partir en courant.

À la bibliothèque, on lui avait posé les questions habituelles.

— Alors, avez-vous décidé où vous allez vous installer, Robb et toi ?

— Non, pas encore.

— C'est une décision très importante. On a envie de tomber juste du premier coup.

Ces lieux communs déferlaient sur elle, sans fin. Cela partait d'une bonne intention. Finalement, elle se résolut à confier la vérité à l'une des plus anciennes bibliothécaires. Elles étaient quatre, et celle-ci était la plus fine et la plus humaine. Elle propagerait l'information avec tact.

Cela fait, les questions cessèrent, et on la traita avec une gentillesse enjouée. La nouvelle se répandit dans la petite ville, et, le plus souvent, les gens que Lily rencontrait savaient. Quand la jeune veuve qui vivait dans une rue voisine l'invita à aller au cinéma un samedi soir, elle accepta avec plaisir, bien sûr, mais cela lui montra bien qu'on bavardait. L'abandon de Robb alimentait les conversations.

Des jeunes gens commencèrent à se manifester et l'emmenèrent là où les jeunes allaient se distraire : au cinéma, dans une taverne où on buvait de la bière et où on dansait, ou à la ville voisine pour faire à peu près la même chose. Ce n'était pas l'indigence de ces distractions qui la peinait – après tout, elle avait grandi dans une petite ville et n'attendait rien d'autre de l'existence –, mais elle était déjà allée dans tous ces endroits un nombre incalculable de fois avec Robb. Chaque lieu, chaque virage de la route lui rappelait son visage, sa voix, ses bras amoureux.

Et donc, un jour, peu de temps après la parution de la photo du mariage, Lily prit deux mesures importantes. Elle jeta l'article, et annonça à sa mère son départ.

— Tu me quittes ? s'écria Mme Webster, catastrophée.

— Ce n'est pas toi que je quitte, mais mon passé. Il faut que j'oublie, et, ici, je ne peux pas.

— Je lui souhaite beaucoup de malheur. Qu'il souffre tous les jours, jusqu'à la fin de sa vie.

— Pour moi, ça ne change rien. Je pense à lui tout le temps. Je n'arrive pas à m'en empêcher. Sans doute n'y parviendrai-je jamais.

— Où vas-tu aller ?

— À Meredith. La bibliothèque de là-bas est beaucoup plus grande que la nôtre puisque c'est celle du comté. Ils ont un poste à m'offrir, et je serai mieux payée, en plus.

— Il a gâché ta vie.

« Oui, mille fois oui », pensa Lily.

Un moineau construisait son nid sous le toit, à l'arrière de la maison. Il devait avoir fait vingt aller et retour en une heure avec des brindilles dans le bec, des morceaux de feuilles, et même un bout de ficelle. Il avait un objectif clair, et l'énergie de le réaliser, contrairement à elle. Ses désirs avaient été remisés avec le tapis, la vaisselle, et le satin acheté pour tailler sa robe de mariée. Elle resta assise sur les marches, en silence pour ne pas effrayer l'oiseau.

Le visage de Mme Webster était ravagé. Sa fille était malheureuse ; sa fille allait partir et la laisser seule.

— Ne te mets pas dans cet état, maman, dit Lily. Meredith n'est pas si loin. Nous nous rendrons souvent visite.

Il y eut un long silence. Dans la rue principale, la grande cloche sonna midi, laissant sa lente vibration flotter dans l'air. L'heure tournait. Au bout d'un moment, Mme Webster reprit la parole.

— Bon, soyons positives…

C'était une de ses grandes qualités : après les gémissements, elle cherchait les consolations.

— Je ne vois vraiment pas ce que tu vas pouvoir inventer, cette fois, dit Lily.

— Eh bien, on ne sait jamais. À Meredith, tu vas peut-être rencontrer un garçon sympathique.

— Tu crois que ça existe, toi ?

— Lily ! Bien sûr que oui !

— Ah ? Eh bien, moi, ça m'étonnerait. Je me suis brûlé les ailes, maintenant j'ai peur du feu. Je n'y peux rien.

6

1975

Julie Grant MacDaniel vit le jour en mai, un mois après le premier anniversaire de mariage de ses parents. Elle avait des traits délicats, et ses cheveux noirs clairsemés laissaient présager la prochaine apparition de boucles.

— Elle va te ressembler, dit Robb.

Fou d'émotion et d'orgueil, il ne se départait pas d'une expression de béatitude assez comique. Ellen se reposait sur les oreillers de son lit d'hôpital, heureuse comme une reine. Tout était parfait, de sa liseuse à dentelles jusqu'à la masse de fleurs qui égayait l'appui de la fenêtre. Dans la chambre s'entassaient livres et cadeaux pour le bébé, enveloppés dans du papier rose. Cette naissance amusait leurs amis. Ils trouvaient très drôle qu'un enfant arrive si vite, alors que les restes du gâteau de noce attendaient encore au congélateur. On aurait presque cru, semblaient-ils penser, qu'il s'agissait d'un accident ! En fait, cette rapidité ne dérangeait ni Ellen ni Robb. En apprenant à se connaître, au cours des longues et intimes conversations qui unissent un homme et une femme, ils avaient décidé, entre autres, d'avoir quatre enfants. Ellen avait peu vécu avec son frère Arthur, beaucoup plus âgé qu'elle. Quant à Robb, il était fils unique. Tous deux voulaient donc une nombreuse famille.

Il se pencha pour l'embrasser.

— Je suis très fier de toi, murmura-t-il. Tu n'as pas idée à quel point.

— Pourquoi ? Parce que j'ai fait un bébé ? Toutes les femmes en ont…

— Ce n'est pas seulement pour ça.

— Tiens ? Et pour quoi d'autre, alors ?

Elle aimait bien le taquiner, surtout pour entendre ses compliments.

— C'est parce que j'ai vendu une deuxième série d'illustrations ? demanda-t-elle.

— Bien sûr. Tu pourras bientôt m'entretenir dans le luxe ! Non, sérieusement, j'adore ce que tu fais. C'est surtout ton père qui est aux anges. Même le juge a entendu parler de ton livre. Il veut en acheter une demi-douzaine d'exemplaires pour les enfants de sa famille dès qu'il sera sorti en librairie.

— La prochaine fois, j'ai envie d'écrire moi-même l'histoire. Ça me frustre d'illustrer le travail des autres.

— Ton professeur sera très malheureux de te perdre.

— Mais j'ai plein de bonnes idées. Par exemple, je voudrais écrire une histoire qui se passe dans un concours canin. J'ai déjà le titre en tête : *Billy, le setter irlandais*, et aussi le style des images. Ce sera charmant.

— Comment vas-tu te débrouiller pour trouver le temps, maintenant que Julie est là ?

— Je ne sais pas, mais je m'arrangerai, affirma-t-elle, pleine de confiance en elle. Je trouverai un moyen. De toute façon, il faudra bien que je m'organise quand nous en aurons quatre.

Il la dévorait des yeux. Son expression évoquait parfois à Ellen celle d'un affamé auquel on offre un banquet. Touchée au plus profond, elle laissa échapper une information qu'elle avait voulu taire.

— Mon père va te parler, demain, quand je rentrerai à la maison. Il voulait te faire la surprise, mais je ne peux pas m'empêcher de te le dire. Ne lui montre surtout pas que tu es déjà au courant ! Tu ne devines pas ?

— Non, je ne vois pas.

— Bon, je te le dis : papa veut te faire entrer dans son cabinet. Ils ont besoin de quelqu'un depuis un certain temps, et tu es la personne idéale. Ah ! Je le savais bien ! Tu as l'air ravi. Tu avais deviné, j'en suis sûre.

— J'admets que j'espérais un peu. Mais comme c'est un cabinet où il n'y a que trois associés et qui souhaite rester petit, je ne voulais pas me faire trop d'illusions.

— La place est à toi, chéri. Papa est très content. Vous travaillerez bien ensemble. D'ailleurs, le juge Salmon lui a seriné toute l'année le bien qu'il pensait de toi.

— Je n'en reviens pas. Je ne sais pas quoi dire.

— Nous ne serons pas millionnaires, tu sais. Il ne s'agit pas d'un grand cabinet où on gagne des mille et des cents. Papa n'a jamais voulu de ce genre de notoriété.

— Tout est relatif, remarqua Robb avec un sourire. Une misère pour l'un fait la fortune de l'autre.

— C'est parce que tu penses à notre maison familiale et aux trésors du grenier. Oui, papa a acheté la maison, mais tout le reste vient de ma mère. Maman nous a laissé une rente, très modeste, même toi tu en conviendrais. Je t'assure que papa ne roule pas sur l'or.

— Mais il a sa réputation, c'est ce qui compte. Tu devrais entendre les louanges dont on le couvre au palais de justice.

— Oui, paraît-il. Papa est connu pour être un type à part.

— C'est tout un personnage.

Soudain, un silence tomba qu'Ellen ne comprit pas. Quand Robb se taisait ainsi, sourcils froncés, avec cet air distant, elle s'attendait toujours à une mauvaise surprise.

— Que se passe-t-il, Robb ?

— Tu sais, commença-t-il lentement, je n'accepterais pas si… s'il s'agissait seulement d'un piston. Je ne veux pas de ce travail si je ne l'obtiens que parce que je suis ton mari. Tu es sûre que tu ne lui as pas demandé de m'embaucher ? Que tu n'y as même pas fait allusion ?

— Robb MacDaniel ! Tu devrais être le premier à savoir que mon père est incapable d'avantager qui que ce soit s'il ne le mérite pas. Personne au monde, surtout pas moi, n'oserait lui demander de faveurs. Il veut te prendre parce qu'il en a envie. Il a beaucoup de respect pour toi.

— Dans ce cas, je suis très heureux, très flatté. Je suis comblé de ce grand honneur.

Le cabinet juridique Grant & Taylor occupait une solide maison de bois qui avait autrefois abrité une famille prospère dotée de nombreux enfants. Le bâtiment datait d'une époque révolue, bien avant que se dressent les immeubles de bureau de dix étages qui poussaient en ville comme des champignons. Il restait peu de familles dans cette rue ombragée de la ville, gagnée par les professions libérales. La plupart des vieilles maisons de style victorien abritaient à présent des avocats, des médecins, des experts-comptables ou des architectes. Pourtant, malgré toutes ces activités professionnelles, des enfants roulaient toujours à tricycle sur les trottoirs, et l'on entendait la clochette du marchand de glaces par les après-midi d'été.

Cette ambiance plaisait à Robb. Ici, l'atmosphère n'était ni froide ni mécanique. Ainsi, il se rappellerait que son travail ne concernait pas seulement des points de droit poussiéreux, mais aussi des gens en chair et en os. L'élément humain donnait toute sa qualité à son nouvel univers ; dans les bureaux simples, avec l'horloge à balancier dans l'escalier et les gravures anciennes accrochées aux murs, on sentait une grande sérénité, un peu comme dans une bibliothèque d'université.

— Quel silence ! On se croirait dans un cimetière,

remarqua Eddy au cours d'une brève visite à l'heure du déjeuner. Ça ne te porte pas sur les nerfs ?

— Non, au contraire, ça m'apaise.

La réflexion d'Eddy amusa Robb. On pouvait toujours compter sur eux pour avoir des opinions opposées !

— Moi, j'aime les cabinets juridiques qui bourdonnent comme une ruche, avec des abeilles qui volent dans tous les sens.

— Tous les goûts sont dans la nature, tu le dis tout le temps.

Grant et Taylor, les deux premiers associés, occupaient le haut, alors que Robb partageait le rez-de-chaussée avec Jim Jasper et un groupe d'étudiants brillants embauchés en tant qu'assistants. Deux ans plus tôt, Robb aurait pu être de leur nombre. Jasper avait dix ans de plus que lui. Plus tard, dès que Grant ou Taylor prendrait sa retraite, Jasper monterait à l'étage. Bien que Jasper et Wilson Grant n'aient aucun lien de parenté, on leur trouvait souvent une ressemblance. Les deux hommes étaient mesurés, parlaient peu au point d'en être presque laconiques. Ils avaient tous deux le regard perçant et observateur, et des traits sévères qui, plus souvent qu'on ne s'y attendait, s'adoucissaient pour laisser transparaître une gentillesse désarmante.

— J'imagine, dit Jasper qui partageait café et sandwichs à son bureau avec Robb, que tu connais déjà bien le cabinet. Mais, si tu as des questions, n'hésite pas à venir me trouver.

— Je sais peu de choses, en réalité, mis à part qu'il s'agit d'un cabinet familial, dans le sens où la clientèle reste fidèle de génération en génération. Je trouve cet aspect vraiment admirable. Mon beau...

Il se corrigea :

— M. Grant et moi-même avons discuté des affaires dont je vais m'occuper. Je voudrais, et il est tout à fait d'accord pour me laisser tenter ma chance, me spécialiser dans les affaires pénales. C'est ce que je fais le mieux, je crois.

— Oui, Wilson m'a mis au courant. Jusqu'à présent, c'était lui qui plaidait toujours, mais, ce n'est pas un secret, sa santé se dégrade et il commence à trouver le travail un peu fatigant.

Robb hocha la tête. Il ne parvenait toujours pas à y croire et tâchait de s'accoutumer à cet endroit où il viendrait chaque matin. Il songeait aussi à l'appartement qui l'attendait le soir. Dans un décor chaleureux, il retrouvait Ellen en train de nourrir le bébé ou de lui donner son bain. Cette image faillit lui tirer un sourire qu'il réprima.

— Tu devrais te marier, avait-il dit à Eddy. Je t'assure, c'est formidable.

Eddy avait eu un petit rire caractéristique puis avait répondu :

— Tous les goûts sont dans la nature.

Pendant ce temps, Jasper continuait la conversation, et Robb se remit à écouter.

— C'est une affaire fascinante. Wilson veut que tu y participes. Ce sera une façon de te jeter dans le grand bain, ou du moins d'y tremper le bout du pied. On avait affirmé à notre cliente, de source sûre, que son mari était mort, tué lors d'un accident d'origine douteuse. Elle s'est remariée et a, aujourd'hui, deux jeunes enfants. Récemment, après treize ans, le premier mari a refait surface dans le nord du Michigan. C'est toute une histoire, avec des complexités affectives, sociales et financières. Un mystère doublé d'une tragédie.

— Tous les problèmes humains qui doivent passer devant les tribunaux pour être résolus sont des tragédies.

— Mais, cette fois, le cas est particulièrement compliqué. Et attends que les journaux s'en emparent ! Ça ne te fait pas peur ?

— Non, pas vraiment. J'imagine que je tremblerai comme une feuille la première fois que j'aurai à plaider seul à la barre.

Robb parcourut la pièce des yeux, un bureau ordinaire avec des photos de la femme et des enfants de

Jasper et, sur les étagères, des rangées de livres à couverture brune.

— Mais c'est mon rêve depuis toujours, ajouta-t-il, souriant au souvenir de ses quinze ans et de ses envolées d'éloquence.

— Parfait. Trop d'étudiants de nos jours rêvent uniquement d'entrer dans les affaires ou en politique et ne mettent quasiment jamais les pieds dans les tribunaux.

— Ce n'est pas mon cas.

— Bien, je vais réunir le dossier et le mettre sur ton bureau pour demain. Quand tu auras tout étudié, nous irons en parler ensemble avec Wilson.

« "Wilson", pensa Robb. Je ne pourrais jamais l'appeler par son prénom à moins qu'il ne me le demande. Je n'arrive pas non plus à l'appeler "père". » Pour Robb, un père portait une salopette, servait de l'essence et nourrissait les cochons. En se remémorant ces scènes, il sentit des picotements dans ses yeux.

Très vite, l'affaire, sa première, l'occupa à plein temps. Jour après jour, il s'employait à démêler des événements fort embrouillés.

On lui confiait des quantités de tâches auxquelles il n'aurait sans doute pas touché avant plusieurs années dans un gros cabinet employant des centaines de juristes. Jasper avait parlé de « se tremper le bout du pied », mais, en quelques mois, il en avait déjà jusqu'à la cheville. Cette première affaire, celle du mari retrouvé, l'avait jeté en plein cœur de l'action. Il déposait des requêtes, prenait des dépositions et assistait à toutes les réunions de travail dans le bureau de Grant avec Taylor et Jasper.

Ellen, comme tous les lecteurs des journaux, était fascinée.

— Donc, quand le premier mari a détourné les fonds de la banque, il était déjà impliqué dans l'autre escroquerie ?

Robb sourit.

— Si c'est écrit dans le journal…

— Et la maison ? Elle appartient à qui, finalement ?

C'est le premier mari qui l'a achetée, et il a besoin d'argent pour ses avocats. Est-ce qu'il peut la vendre ? Robb sourit une nouvelle fois.

— Qu'en disent les journalistes ?

— Je ne sais pas. En tout cas, moi, je trouve qu'on ne peut pas le lui interdire. Pourtant, c'est lui qui a dû s'arranger pour que quelqu'un identifie son « cadavre ». De cette façon, il s'assurait qu'on ne le chercherait pas, il n'avait plus qu'à disparaître.

— Tu sais, chérie, tu ne me tireras pas les vers du nez. Je ne t'en dirai pas plus que ne t'en disait ton père.

— D'accord, d'accord, mais on croirait un roman, je te jure. Ou une histoire de dingues.

— Cette pauvre femme est très démunie, c'est trop pour elle. Je voudrais qu'on arrive à régler ça rapidement, mais je ne me fais pas d'illusions.

— Je vois bien que ça t'amuse. Tu adores te battre et résoudre des énigmes. Tu sais ce que papa dit de toi ? « Ce garçon est digne de moi. » Tu te rends compte du compliment ? Tiens, à propos, je pense qu'il va te demander de participer à la campagne de la Croix-Rouge, cette année. Notre famille donne toujours à cette association, par tradition. Cela remonte à mon arrière-grand-mère. J'espère que tu accepteras.

— Mais bien sûr ! s'exclama Robb, enchanté.

Sans même s'en rendre compte, par paliers insensibles, Robb trouvait sa place. Il s'intégrait à un milieu de citoyens respectables, notables depuis des générations, qui coulaient des jours heureux dans leur quartier cossu. Certains d'entre eux avaient même beaucoup d'argent, mais personne ne faisait étalage de ses richesses. Voitures américaines ordinaires, vêtements sobres ; le grand chic était de repriser ses vieux pulls de cachemire. Chaque famille associait son nom à une œuvre de charité qu'elle dotait avec générosité.

Jim Jasper lui demanda de participer à une campagne de l'hôpital destinée à financer une extension. Il l'invita au dîner d'appel de fonds, et lui confia une liste de personnes à contacter afin de les convaincre de coopérer. À la suite de quoi, un membre du club des anciens élèves de la faculté de droit lui proposa d'adhérer.

— J'ai reconnu ton nom quand tu as appelé pour nous parler de l'hôpital, lui expliqua-t-il.

Robb ne s'était jamais beaucoup intéressé à la vie paroissiale, mais, comme Ellen et son père assistaient régulièrement aux offices, il se joignit à eux. Lorsqu'on lui demanda de remplacer un instructeur de catéchisme qui était tombé malade, il accepta. Il aurait été fort embarrassé s'il avait eu à l'expliquer, mais il lui sembla que cette transmission de la foi avait un lien profond avec sa façon de vivre son métier d'homme de loi.

L'un des membres les plus actifs de son église se trouvait être également un des dirigeants de la commission de regroupement des œuvres de charité de la ville. Il proposa à Robb d'entrer au conseil d'administration. Ainsi donc, pour la première fois de sa vie, son nom apparut sur un papier à lettres prestigieux.

Il devenait un personnage. Pourtant, certains dimanches après-midi, alors qu'ils promenaient Julie dans sa poussette – le plus beau modèle, doublé de cuir blanc, cadeau d'Eddy Morse –, il s'étonnait encore qu'on le salue à tout bout de champ.

— Et eux, qui est-ce ? demandait Ellen. C'est fou, tu connais tout le monde !

Robb MacDaniel était devenu un citoyen de marque dans une ville où il était arrivé quelques années plus tôt, sans nom et sans le sou, dans une voiture de location où s'entassaient ses maigres possessions. Et il n'avait pas encore trente ans.

Souvent, par beau temps, Ellen emportait son carnet à dessins et les jouets de Julie au parc, situé près de l'appartement. Si Robb rentrait tôt – ce qui était fort rare – et ne les voyait pas à la maison, il savait où les trouver. Au pied d'une colline, sous un groupe de hêtres pourpres, il y avait des bancs où les vieux messieurs venaient lire leur journal et où les mamans surveillaient leurs enfants. Ellen essayait toujours de s'installer un peu à l'écart afin de pouvoir se concentrer sur son travail. En arrivant par-derrière, du haut de la colline, Robb les reconnaissait de loin grâce au large chapeau de paille d'Ellen.

« Je prends facilement des coups de soleil », lui avait-elle dit la première fois, dans le café où elle l'avait entraîné contre son gré. Incroyable, quand on y songeait ! Contre son gré ! Et, courant au bas de la pente, il se disait que le seul inconvénient de son travail, qu'il adorait, était de devoir passer autant de temps loin d'elle.

Julie le vit. Ses jambes potelées pédalèrent à toute vitesse sur son tricycle rouge, et elle se précipita vers lui. Ses boucles brunes, attachées par un ruban cerise, sautaient sur sa tête. Il devait la prendre tout de suite dans ses bras et l'embrasser sur les joues, c'était leur rituel.

— Trois baisers, tu en as oublié un ! dit-elle.

— Non, je n'ai pas oublié.

Il plongea la main dans sa poche et en tira le « baiser au chocolat » qu'il lui rapportait tous les jours.

Alors, avec un air coquin, elle en réclama un autre.

— Trois ! exigea-t-elle.

Elle éclata de rire, sachant qu'elle demandait l'impossible.

Ellen en était à son troisième mois de grossesse. Comme sa fille, elle portait une robe blanche et avait attaché ses cheveux sur la nuque avec un ruban rouge.

— Regarde les dessins de maman, ordonna Julie.

Il s'agissait d'un croquis au crayon. Un groupe de rouges-gorges se blottissaient dans la neige, une neige duveteuse qui tombait à profusion d'un ciel sombre.

— Maman, lis-moi mon histoire, demanda Julie.

— Je ne l'ai pas encore écrite. Elle est dans ma tête.

— Alors redis-la.

— Tu écris vraiment une histoire ? s'informa Robb.

— Oui, je voudrais bien. Ce matin, pendant que je regardais avec Julie des rouges-gorges qui picoraient dans l'herbe, je me suis souvenue d'avoir lu un petit article quelque part. Des rouges-gorges étaient remontés trop tôt vers le nord une année. De la neige était tombée et ils s'étaient laissé prendre dans une tempête. Ils mouraient de faim et de froid. Les gens en ont attrapé autant qu'ils pouvaient et les ont mis dans un avion afin de les renvoyer vers le sud, au chaud. Tu ne trouves pas que l'histoire convient parfaitement à un livre pour enfants ? Je ne vois pas pourquoi je devrais me cantonner à l'illustration.

— Je pense que tu as bien raison, cette histoire est très belle.

Il ressentait un tel amour pour sa femme, avec ce visage passionné qu'elle levait vers lui, qu'il lui sembla être l'homme le plus heureux de la terre.

— Tiens, regarde, la voiture de papa est arrêtée devant chez nous, dit Ellen, tandis qu'ils rentraient. Je me demande ce qui se passe…

Ils furent bientôt fixés.

— Depuis quelque temps, une idée me trotte dans la tête, déclara Wilson Grant. Aujourd'hui, en quittant le bureau, j'ai soudain eu envie de vous en parler sans plus attendre. Alors j'ai fait demi-tour, et je suis venu directement. Voilà, je veux procéder à un échange avec vous : ma maison contre le bail de votre appartement. Il est de la bonne taille pour moi, et il sera bientôt trop petit pour vous, s'il ne l'est pas déjà.

Il parcourut des yeux le séjour et son regard s'arrêta sur la petite entrée encombrée par le tricycle et la poussette dont Julie se passait tout juste.

— Mais papa ! s'écria Ellen. Tu adores la maison. La haie que tu as plantée, ta bibliothèque avec tous tes livres…

— Oui, c'est vrai, mais il faut savoir s'adapter. Mon cœur n'est plus très solide, comme tu le sais, et j'ai envie de ralentir un peu le rythme. Prendre plus de vacances, arrêter le jardinage. Vous deux, vous démarrez dans la vie. Cette maison est parfaite pour vous. C'est là que tu es née, Ellen. Là que tu as grandi. Maintenant, c'est au tour de tes enfants.

Elle détourna les yeux, sachant que son père ne voudrait pas de témoin à ses larmes. Il lui avait toujours caché ses émotions, même à la mort de sa mère. Cet instant, s'il était moins tragique, n'en était pas moins poignant. Ellen était profondément touchée. Les ennuis cardiaques de son père devaient être beaucoup plus sérieux qu'il ne voulait l'admettre, et il devait sentir l'approche angoissante de la mort.

— Vous voulez nous laisser la maison, monsieur ? Je ne sais vraiment pas quoi dire.

— Eh bien, ne dites rien, c'est inutile. La maison est à vous. Arthur n'en veut pas, il n'en a aucun besoin. Mais vous, avec votre deuxième enfant en route et les prochains à venir, c'est une autre affaire. Ellen m'a dit que vous en vouliez quatre.

— Je ne sais comment vous remercier pour un cadeau aussi somptueux, dit Robb. C'est extraordinaire…

Comme cela lui arrivait souvent, Ellen lut dans ses pensées. Un jour, il l'avait amenée à Marchfield et lui avait montré la ferme de son enfance. Cela devait faire la même impression à Robb que si on lui avait offert un manoir à elle. Elle se corrigea vite : « Non, je n'aurais que faire d'un manoir, j'aurais horreur de ça. En revanche, Robb adorera vivre avec moi dans notre vieille maison. Nous dormirons dans la chambre de mes parents, dans notre lit à baldaquin. Nous peindrons les murs en vert, du vert doux des feuilles en bourgeon. La chambre de Julie sera bleu et blanc. La chambre du bébé… cela dépendra… » La perspective de la naissance l'emplissait d'un bonheur intense.

— Vous vous doutez bien que vous allez passer très vite associé, disait son père à Robb. Vous avez plus que comblé nos espérances. Sam Taylor et Jim Jasper vous estiment tous les deux au plus haut point. Votre succès dans l'affaire Hawthorne le mois dernier, par exemple, a impressionné tout le monde. Cet acquittement était inespéré.

— J'ai eu très peur, admit Robb. C'était mon premier procès en cavalier seul. Ma pire frousse a été d'avoir un trou de mémoire au dernier moment et de me ridiculiser devant tout le monde.

— C'est normal. Moi aussi, j'ai vécu ça les premières fois. Mais vous affrontiez un adversaire coriace, un homme très réputé. Franchement, je n'aurais pas parié sur un succès.

— Je crois que ce qui m'a soutenu, dans ce procès, c'était de penser à ce pauvre garçon et à son petit vol minable. Il n'a pas eu de chance dans la vie avec un père brutal et des ennuis sans fin dans sa famille. Il ne méritait pas la peine réclamée, et son sort dépendait de moi.

« Oui, songea Ellen. Il est plus que digne de confiance. Sans hésitation. » Les gens le sentaient tout de suite. On regardait Robb d'une certaine manière, on lui posait des questions, on écoutait ses réponses. Elle avait été très souvent témoin de cet ascendant qu'il avait sur les autres, et chaque fois en avait ressenti la même fierté. Quelle chance elle avait…

Sur la dernière illustration du livre d'Ellen, la nuée de rouges-gorges avait trouvé refuge dans l'herbe et dans les arbres.

— Excellent ! dit Robb. Bravo, Ellen. On les entend presque battre des ailes et gazouiller.

— Tant mieux. Je me suis aussi donné beaucoup de mal pour le texte. Il faut que ce soit assez simple pour qu'un enfant comprenne, mais que ce soit beau en même temps. Beau et simple, comme un poème.

— Je suis très fier, ma chérie.

— Attends ! Ce n'est pas encore publié.

— C'est le livre de maman, interrompit Julie, pleine de son importance. Elle l'a écrit toute seule, papa.

Maintenant, les pauvres oiseaux sont bien au chaud, et ils peuvent manger. La vilaine neige est partie.

— Le projet intéresse Julie autant que moi, remarqua Ellen. Mais il est plus de sept heures, il est temps d'aller au lit. Robb, tu veux bien la coucher ? Je suis tellement fatiguée que je n'ai pas la force de monter l'escalier.

Il lui jeta un coup d'œil, et ils éclatèrent de rire. Elle devait accoucher la semaine suivante, et le médecin lui avait recommandé de ne pas trop s'éloigner de chez elle. Elle se sentait comme un melon mûr près d'éclater.

Qu'elle était heureuse ! Le printemps et l'été s'étaient déroulés sans aucune difficulté. Son père avait déménagé, et ils avaient pris possession de la maison. Elle était contente de se retrouver chez elle. Il lui semblait que la vie était un tissu merveilleux où de nouveaux motifs se brodaient : d'abord Robb, puis Julie, et maintenant cette autre petite vie qui venait s'ajouter.

Cela mis à part, rien ne changeait beaucoup, pas même Billy, malheureusement vieillissant, qui sommeillait comme toujours à ses pieds. Le seul objet emporté par son père était le portrait de l'ancêtre général, portrait qu'il voulait donner à son frère, afin qu'il reste dans la « ligne mâle » de la famille. Devant les fenêtres, le pin du Norfolk dont sa mère avait mis en pot la jeune pousse touchait presque le plafond de son sommet gracieux. De l'autre côté de la croisée, dans le soir d'automne, le ciel pâle se réchauffait de l'or du soleil qui caressait les chênes et la pelouse. Près d'un parterre de rosiers tardifs se dressait une nouvelle statue de pierre, sorte de déesse grecque à moitié dénudée sous les plis de sa tunique, un luth dans les mains.

— Tu t'endors ? demanda Robb. Tu ne préférerais pas monter te mettre au lit ? Tu serais mieux.

— Il est trop tôt. Non, je me repose en regardant l'horrible statue de ton copain Eddy. Elle me fait rire.

— Ne t'en fais pas. On trouvera bien un coin discret où la reléguer sans le vexer. Quel mauvais goût, hein ?

Mais il a tellement bon cœur. En plus, je suis sûr que ça coûte horriblement cher. Eddy dépense toujours des fortunes en cadeaux.

— Tu l'aimes vraiment beaucoup…

— Oui. J'aime sa compagnie, et c'est un type bien.

Elle ne doutait pas de ses qualités. D'ailleurs, elle ne le détestait pas. Mais elle préférait ne pas le voir trop souvent. Parfois, elle se reprochait sa retenue. Elle ne voulait surtout pas devenir étroite d'esprit. Il n'y avait aucune raison de le snober sous prétexte que ses goûts et ses manières n'étaient pas les siens. Ni ceux de Robb. Non, ce n'était pas pour cette raison qu'elle l'évitait. Absolument pas. C'était autre chose… comme l'inverse de l'attirance. Et, très probablement, ce sentiment était réciproque. Il ne leur rendait pas visite très souvent.

— Je me demande parfois, dit-elle, ce qui a poussé Eddy à rester ici au lieu d'aller à New York ou à Washington, avec tous les contacts qu'il se vante d'y avoir.

— C'est parce que son plus gros atout se trouve ici, maintenant. Richard Devlin a décidé de laisser ses bureaux chez nous. Il veut se présenter au Sénat un jour, quand il aura fait fortune.

— Et Eddy compte gagner beaucoup d'argent, lui aussi…

Robb haussa les épaules.

— Pourquoi pas ? Il se prend des petites parts dans les affaires de Devlin à mesure qu'elles rentrent. Il m'a raconté ça l'autre jour, quand il est passé déjeuner avec moi. Pour lui, c'est facile, il a de l'argent, il peut s'amuser à spéculer.

— Tu le vois souvent ?

— Dès qu'il a cinq minutes. Il passe le plus clair de son temps à sauter d'un avion à l'autre. Ça lui plaît. Dis-moi comment tu te sens…

— À vrai dire, je commence à avoir envie de retrouver mon ventre plat. Et puis je voudrais bien voir sa tête, à ce bébé.

— Il sera très beau. Un enfant de l'amour est toujours beau, comme on le dit. Je me demande si ce n'est pas un peu vrai. On doit voir quels bébés sont les fruits d'un amour passionné. Ça n'est pas scientifique du tout, mais ça ne m'étonnerait pas.

Il s'agenouilla au pied du fauteuil. Ellen lui prit le visage entre ses mains et l'embrassa.

— Oui, c'est peut-être vrai, il n'y a qu'à voir notre petite Julie.

— C'est la prunelle de mes yeux, mon Ellen modèle réduit.

— Et dire qu'elle va déjà à la maternelle !

— Elle est tellement intelligente que ça ne me surprendrait pas qu'on lui fasse sauter des classes.

— Oui, mais il ne faudrait pas qu'elle devienne comme les petits prodiges odieux que leurs parents exhibent.

— Elle a du caractère, cette petite. Et elle mène tout le monde par le bout du nez. C'est une charmeuse, comme toi.

— Je t'ai fait du charme, moi ?

— Pas la première fois. Tu t'es contentée de m'inspecter de tes yeux vert océan. Tes yeux de sirène.

Un spasme contracta le ventre d'Ellen qui laissa échapper un cri. Elle attrapa le bras du fauteuil pour se contrôler.

— Que se passe-t-il ? Ça va ?

— Oui. Mais je ne crois pas que nous attendrons une semaine. Nous sommes un peu en avance.

Robb descendit les marches de l'hôpital et se retrouva dans l'avenue, à l'endroit où Ellen et lui avaient fait semblant de se rencontrer par le plus grand des hasards. Il sourit à ce souvenir, et aussi à la pensée que son fils dormait là-haut, dans la maternité.

Un fils ! Maintenant, il se moquerait du sexe des enfants à venir. Il était comblé, avec une fille qui était le portrait d'Ellen, et un fils qui – sans oublier d'être modeste – lui ressemblerait. Du moins trouverait-il en lui un compagnon. Ils partiraient en randonnée, assisteraient aux matchs de base-ball, et discuteraient politique. Ce serait un garçon sérieux, mais pas trop. Un enfant sympa et intelligent, aimant ses parents.

Pour l'heure, il était dans son berceau. Robb l'avait nommé « Penn », en souvenir de sa mère, Della Pennington.

— Penn, murmura-t-il. Mon fils, Penn.

Puis il se souvint qu'il allait devoir offrir des cigares. Quelle drôle de coutume ! Pourquoi des cigares ? Au bureau, tout le monde fumait des cigarettes, sauf son beau-père qui préférait la pipe. On s'attendrait pourtant qu'il offre des cigares. Il gara sa voiture au parking, près des magasins, et entra chez un marchand de tabac.

— Hé ! Qu'est-ce que tu fabriques ici ? s'écria Eddy.

— Tiens, bonjour. Tu vois, j'achète des cigares. Ellen vient de mettre au monde un garçon, à midi.

— Formidable ! Comment s'appelle-t-il ?

— Penn. C'est un beau bébé de 3,9 kg.

— J'espère pour lui qu'il ressemble à Ellen !

— Pour l'instant, il ne ressemble à personne qu'à lui-même. C'est un bébé chauve avec de bonnes joues.

— Toutes mes félicitations. Viens, je vais t'acheter une cravate pour fêter ça. Je cherche un costume.

— Pas ici ! C'est beaucoup trop cher, Eddy. Trop pour moi, en tout cas.

Ils s'étaient arrêtés devant une vitrine où les mannequins portaient des vestes en tweed irlandais, des costumes italiens et des cachemires écossais.

— Pas de discussion, entre ! Tu peux quand même te laisser offrir une cravate.

Ainsi, Robb fut entraîné à l'intérieur et dut accepter poliment une magnifique cravate en soie. Il fut prié par la même occasion de regarder Eddy passer son nouveau costume.

— Le sur-mesure, dit Eddy, ça se remarque tout de suite à la façon dont la veste tombe sur les épaules. Pas un pli, tu devrais essayer.

— Ça ne me gêne pas tellement, tu sais. Un petit pli, ça ne se voit pas tant que ça.

— Oh ! que si, mon ami. Tu te dois de présenter une image impeccable.

Malgré son euphorie, avec sa boîte de cigares à la main, Robb ressentit une légère irritation. Un pli à l'épaule ! Quelle frivolité. Il allait partir lorsqu'un client entra et s'arrêta pour le saluer.

— Monsieur MacDaniel ? À moins que vous n'ayez un sosie.

— Non, je n'ai pas de sosie.

— Je m'appelle Trescott. Bob. Tiens, bonjour, Eddy. Vous vous connaissez ?

— Robb et moi, nous sommes de vieux amis.

— Je ne veux pas vous interrompre, mais je tenais à vous dire, monsieur MacDaniel, que je vous ai vu au palais, hier, en attendant une affaire. Je vous ai entendu plaider, et vous m'avez beaucoup impressionné. Très persuasif. En cinq minutes vous aviez écrasé votre adversaire.

— Merci beaucoup.

— Bob travaille chez Lenihan, Burns & Fish, expliqua Eddy.

Ce fut au tour de Robb d'être impressionné. Mais, comme il n'y attachait pas une grande importance, il prit simplement l'air aimable. Il fallut encore quelques minutes au vendeur pour emballer le costume d'Eddy.

— Un type sympathique, commenta Eddy en sortant, mais c'est un sous-fifre, qui n'a aucune ambition. Il ne réussira jamais, ne passera pas associé. Je crois qu'il commence à s'en rendre compte.

— Dommage, répliqua Robb. Enfin, tout le monde n'a pas envie de réussir selon tes critères.

— Alors là, je ne vois pas pourquoi. Une fois qu'on entre dans une boîte comme ça, on doit vouloir gravir les échelons. Dans ces grands cabinets, on bosse comme des esclaves, quelle que soit la fonction. Je rencontre des masses d'avocats en travaillant pour Dick, et c'est partout pareil, côte Ouest, côte Est. Mais ils s'en mettent plein les poches ! Surtout dans l'immobilier et la construction. Il y a des fortunes à gagner.

— Sans doute.

Ils se dirigèrent vers le parking. Robb avait hâte de retrouver sa fille gardée à domicile par l'ancienne nounou d'Ellen pendant le séjour de celle-ci à l'hôpital.

— Lenihan, Burns & Fish, voilà un cabinet qui te conviendrait, remarqua Eddy.

— Comment cela ? demanda Robb en s'arrêtant, la main sur la poignée de sa portière. Pourquoi dis-tu cela ? Je suis très satisfait là où je me trouve.

— Peut-être, mais il n'y a aucune comparaison. Ton Wilson Grant est un fossile vivant. L'avocat de campagne distingué, avec ses testaments, ses legs et sa poignée d'affaires intéressantes qui occupent à peine un seul homme. On ne se fait pas un radis.

S'il n'avait pas été aussi pressé, Robb aurait protesté. Mais cela valait-il la peine de perdre son temps à polémiquer avec Eddy ? L'argent ! Le juge Salmon ne gagnait certainement pas en une année ce qu'un seul associé de Lenihan, Burns & Fish gagnait en un mois. Évidemment, Eddy – et la plupart des gens d'ailleurs – comprendrait mal que son plus cher désir soit d'occuper un jour la place du juge Salmon.

— Et puis pour un type indépendant comme toi, ça ne t'énerve pas, parfois, d'être pendu aux basques de ton beau-père ?

La fureur envahit Robb.

— Puisque nous en sommes aux insultes, rétorqua-t-il, je peux te demander quelque chose ? Penses-tu vraiment que tu sois avocat ? Tu trouves ça digne d'un type qui sort d'une bonne fac de droit de coller à un gros promoteur qui bétonne tous les terrains qui lui tombent sous la main ?

Eddy devint écarlate, et la colère de Robb retomba à l'instant, suivie par les remords. Il avait frappé au-dessous de la ceinture. Pauvre Eddy, le dernier de la classe.

— Désolé, Robb, je ne voulais pas te vexer. Je sais bien que tu n'as besoin de personne. Tu me connais, je suis plein de bonnes intentions mais je suis gaffeur.

— Ce n'est pas grave. Je n'aurais pas dû te dire ça non plus.

Ils restèrent un moment face à face sous le soleil, pendant que les passants se hâtaient autour d'eux et que les voitures filaient dans la rue. Peut-être se souvenaient-ils tous deux des petites pièces de Mill Street, de l'odeur de bière et de sauce de spaghettis, du jazz, et du silence la nuit devant leurs livres, la veille des examens ?

— À propos, dit Eddy doucement, je ne sais pas si ça t'intéresse encore. Si tu ne veux pas savoir, tu m'arrêtes, mais j'ai des nouvelles de Lily.

Robb redressa la tête.

— Vas-y.

— Elle a déménagé. Elle a trouvé un bon poste de bibliothécaire à la grande bibliothèque municipale de Meredith.

— C'est grand, ça doit la changer de Marchfield, répondit Robb, pris de court.

— Oui, c'est mieux pour elle.

— Elle vit seule ou avec sa mère ?

— Seule. Mais tu te demandes peut-être si elle s'est mariée. Eh bien, non.

Des livres poussiéreux. Rien que des femmes, des enfants des écoles et quelques adolescents à longueur de journée. Retrouvait-elle quelqu'un le soir ? Il l'espérait pour elle.

— À présent qu'elle a déménagé, je ne vais plus pouvoir te renseigner. Mon contact de Marchfield ne saura plus rien.

— Ça vaut mieux comme ça.

Ils échangèrent un nouveau regard en silence, puis Eddy reprit la parole.

— Alors, comme ça, tu as deux enfants. Tous mes vœux de bonheur. Tu salueras le garçon de ma part. Penn, c'est ça ?

— Oui, Penn.

— À bientôt, sûrement.

— À bientôt.

Robb reprit sa voiture et rentra chez lui. « N'y pense plus, se dit-il. Ce qui est fait est fait. » Il aurait presque préféré qu'Eddy n'aborde pas le sujet.

Billy, qui faisait la sieste comme d'habitude sous le mûrier, se leva en entendant la voiture s'arrêter et remua la queue.

« Il vieillit, songea Robb, nous devrions prendre un chiot, ou même deux. Les enfants doivent grandir avec des chiens. »

Mme Vernon, désormais à la retraite, avait accepté de les aider pendant la semaine où Ellen était à l'hôpital. Elle courut à la porte et serra Robb contre son cœur. Elle était aux anges.

— Quand je pense que j'étais aussi là pour féliciter M. Grant à la naissance d'Ellen et à celle d'Arthur ! Je ne me sens pas si vieille, mais c'est bien la preuve…

— Vous n'êtes pas vieille du tout, vous êtes resplendissante. Où est ma Julie ?… Ah ! Te voilà ! Tu sais que tu as un petit frère ?

— Oui, grand-père a téléphoné.

— Tu le verras dans quelques jours. On va le ramener à la maison. C'est un beau, gros bébé. Il ressemble à ton baigneur, Timmy.

— Il a une salopette, lui aussi ?

— Pas encore, mais on lui en achètera une dès qu'il aura l'âge d'en porter. Une bleue, comme celle de Timmy, si tu veux.

— Avec une casquette.

— D'accord, pas de problème. Viens, donne-moi la main, on va dîner. Je meurs de faim. Tu n'as pas faim, ma Julie ?

— Si, un peu. On pourra l'appeler Timmy, le bébé, papa ?

— Non, mon chou. Il a déjà un nom, il est né avec.

— Ah ? fit Julie, pensive. Il s'appelle comment ?

— Penn, répondit Robb joyeusement.

Il avait un fils, un fils… Penn.

7

1979

Ellen sortit du bureau de l'éditeur sur un petit nuage. Quel bonheur, tout le monde avait adoré son livre ! Ses rouges-gorges avaient trouvé leur nid dans une couverture bleu et or, avec un de ses oiseaux peint en couleurs vives sur le devant du livre, et une photo d'elle au dos.

— Cela fera un excellent cadeau de Noël, avait prédit l'éditeur. Vous devez être ravie de vous être mise à écrire vos propres histoires.

Oui, elle était aux anges. Elle était même arrivée à l'entretien pleine d'idées pour son prochain livre.

— C'est l'histoire d'un setter irlandais, Billy. Le mien vient de mourir après une longue vie très heureuse. Je me doute qu'il y a déjà des millions de livres sur les chiens, mais celui-ci sera spécial, je vous assure. Ce sera original. Ma petite fille l'adorait. Je vais aussi me servir d'elle dans l'histoire.

— Elle est fille unique ?

L'éditeur, avec son allure de grand-père, la mettait à l'aise, et elle aimait bien parler avec lui. Elle lui répondit, tout heureuse :

— Non, nous avons un fils qui a presque six mois. Un jour, il figurera aussi dans un de mes livres.

— Vous avez de la chance de pouvoir tout concilier.

Avoir deux jeunes enfants et commencer une carrière prometteuse – car je crois que vous avez de l'avenir, c'est bien.

En sortant de la maison d'édition, Ellen se rendit compte qu'elle souriait toujours. Impossible de s'en empêcher. Les rues de New York étincelaient dans le vent printanier. Le climat ici était très différent de celui qu'elle connaissait. Robb et elle avaient arpenté ce quartier ensemble, mariés depuis deux jours, lui avec son appareil photo autour du cou, levant le nez pour évaluer la hauteur des gratte-ciel. Ici, ils avaient fait un dîner mémorable ; là-haut, ils avaient dansé ; là-bas, ils étaient entrés dans cette galerie pour regarder les tableaux. Robb en avait aimé un en particulier, elle se le rappelait bien, de même qu'elle se souvenait de chaque minute de leur lune de miel. C'était un paysage de style moderniste, avec des coups de pinceau noirs pour les arbres, quelques touches laiteuses qui évoquaient une mare et des nuages à peine suggérés. Elle avait voulu se servir d'une partie de l'argent de leur voyage de noces pour l'acheter ; il l'aurait mis dans son futur bureau. Mais Robb n'avait rien voulu entendre, trouvant la dépense trop importante.

Elle regarda sa montre. Il lui restait largement le temps d'aller acheter des cadeaux avant de reprendre son avion. Des jouets pour les enfants, un souvenir pour Mme Vernon, qui s'occupait de sa petite famille, et un peu de luxe pour Robb. Il refusait tout ce qui n'était pas strictement nécessaire quand il s'agissait de lui. Elle regarda une nouvelle fois sa montre. D'abord, le magasin de jouets, cela irait vite. Ensuite, elle prendrait pour Robb de belles cravates, un pull de très bonne qualité, ou peut-être deux. Il pourrait toujours protester, il ne viendrait pas les rendre à New York !

Lorsqu'elle eut terminé ses achats, comme il lui restait encore un peu de temps à perdre, elle remonta la Ve Avenue jusqu'au parc et s'assit sur un banc pour regarder ce que son père appelait « le monde en marche ». Dans la rue, la circulation était dense, les chromes reflétaient le soleil. Les passants entraient, sortaient du parc ; des adolescents négligés, des femmes élégantes dont certaines poussaient de magnifiques voitures d'enfant.

Après un moment, l'une d'entre elles vint s'asseoir sur le banc, plaçant devant Ellen un beau bébé rose coiffé d'un bonnet rose.

— Adorable, remarqua Ellen. Quel âge a-t-elle ?

— Six mois. Depuis qu'elle sait s'asseoir, elle refuse de rester couchée. Elle veut absolument qu'on lui mette ses coussins dans le dos. En fait, c'est une vraie pipelette, elle ne veut rien rater.

Bon public, Ellen se mit à rire.

— Une enfant précoce.

— Pas tant que ça. À cet âge-là tous les enfants s'assoient.

— J'ai dû oublier. Ma fille a déjà presque quatre ans.

Julie avait-elle été aussi énergique, à six mois ? Le bébé gazouillait en agitant son hochet de toutes ses forces. Mais Julie avait toujours été particulièrement active. Le temps passait si vite qu'on perdait ses points de repère.

Penn n'était pas du tout comme ce bébé. Mme Vernon l'appelait « petit vieux » parce qu'il ne souriait jamais…

Pour répondre à l'amabilité de la jeune mère, Ellen dut bien se forcer à faire la conversation, mais elle eut vite froid. Le soleil s'était caché et le vent soufflait fort, arrachant les pétales des arbres en fleurs. Une inquiétude s'était emparée d'elle. Elle avait hâte de rentrer. Soudain, elle préféra attendre quelques heures à l'aéroport plutôt que de rester dans le parc.

L'avion eut du retard, au départ comme à l'arrivée. Le taxi qui la ramenait dut s'arrêter à tous les feux, et la nuit était tombée depuis longtemps lorsqu'elle arriva chez elle. Julie dormait déjà.

— Tout va bien, annonça Mme Vernon. Il n'y a eu aucun problème. Avez-vous fait bon voyage ? M. MacDaniel a une réunion au bureau, il ne rentrera pas avant dix ou onze heures.

— Comment va Penn ?

— Comme d'habitude. J'ai passé une partie de la nuit avec lui. Je ne voulais pas qu'il pleure trop, pour laisser son père et Julie dormir. Autrement, rien à signaler.

— Il n'a pas essayé de s'asseoir ?

— Mais non. Pourquoi ? Vous vous attendiez à une métamorphose en deux jours ?

Parfois, Mme Vernon parlait à Ellen comme si elle était sa mère. Elle la taquinait gentiment.

— Vous ne vous attendiez tout de même pas à ce qu'il récite son alphabet à votre retour !

— Non, mais il a l'âge de s'asseoir, non ? Tout d'un coup, je me fais du souci. J'ai vu un bébé de son âge aujourd'hui, et j'y ai pensé pendant tout le trajet. Peut-être est-il un peu fatigué. Ou…

— Penn est en pleine forme. Il mange comme un ogre. Les enfants malades se nourrissent mal.

Elle avait tort de s'inquiéter. Et tout ça parce qu'elle avait vu ce bébé à New York… Ça n'avait aucun sens.

— Je connais Julie jusqu'au bout des doigts, et je vous ai connue au même âge. Je sais quand même de quoi je parle. Penn n'a rien du tout.

À l'étage, la lumière tamisée du couloir pénétrait dans la chambre d'enfant. Penn formait une bosse ronde sous les couvertures, et ses bonnes joues, juste découvertes, laissaient paraître l'endroit où les fossettes se creusent quand les bébés sourient. Sauf que Penn ne souriait jamais. Même Mme Vernon le reconnaissait. Elle disait qu'il était sérieux. Sérieux ? Un bébé de cet âge ?

Depuis une semaine, Ellen avait cessé de promener Penn, surtout au parc, au bord du lac. C'était un endroit agréable, en terrain plat, où les mères aimaient se retrouver. Naturellement, les conversations tournaient autour de leurs bébés respectifs. Ellen détestait ce jeu des comparaisons, toutefois, il fallait bien l'admettre, tout le monde, même elle, s'y livrait en secret. Pas toujours de façon très discrète, d'ailleurs, car, l'autre jour, elle avait surpris des regards curieux qui se posaient sur Penn… Elle commençait à ressentir une réelle panique. Le lendemain, sans attendre un jour de plus, elle demanderait à son médecin de la recevoir en urgence.

— Je reconnais, dit le Dr Polk, que son développement est plutôt lent. J'en avais déjà pris note.

— Et c'est tout ?

— Je préfère attendre un peu.

— Attendre quoi ?

Elle avait réagi d'un ton trop vif, sans doute, car elle entendit bien que le médecin essayait de la calmer.

— Je ne voulais surtout pas vous alarmer. Les bébés ne grandissent pas tous au même rythme. Penn est un peu lent, c'est tout. Ce n'est probablement rien du tout.

— Probablement ? Ce qui veut dire que c'est peut-être grave ! s'écria-t-elle. Et nous qui ne nous doutions de rien !

— Voyons, Ellen, n'imaginez pas tout de suite une calamité. Les parents s'inquiètent, c'est normal, mais cela ne sert à rien tant qu'il n'y a pas de données concrètes. Je voudrais bien savoir ce qui a déclenché cette inquiétude.

— J'ai regardé des vieilles photos de Julie, et ça me l'a rappelée à cet âge. Penn n'est pas du tout pareil. Quand il ne pleure pas, il est… passif. Maintenant je m'en rends compte, c'est très clair. Je ne comprends pas comment j'ai pu ne rien remarquer.

— Mais parce qu'il n'y avait pas grand-chose à voir. Dès que je serai en mesure d'établir un diagnostic précis, je vous en parlerai, je vous assure. Rentrez chez vous, ne vous faites plus de souci, et rassurez votre mari.

Une angoisse froide allait de sa poitrine jusque dans ses jambes qui la portaient à peine. Le Dr Polk ne lui avait pas tout dit, le cas était plus grave qu'il ne voulait l'admettre. Elle appréciait ce médecin. Quand on le voyait avec les enfants, joyeux avec les petits en bonne santé et d'une calme fermeté avec les malades, on sentait que la pédiatrie lui convenait. Mais justement, à présent, c'était cette gentillesse même et ce calme qui l'effrayaient le plus.

— Il ne va pas droit au but, remarqua Robb. Il repousse autant qu'il peut le moment désagréable où il devra nous dire ce qui ne va pas. En admettant qu'il y ait vraiment quelque chose qui cloche.

Ellen se rendait compte que Robb ne parvenait pas encore à regarder la vérité en face. On pouvait toujours espérer qu'on se trompait, ou que le problème allait se résoudre tout seul.

Finalement, Robb décida de passer à l'action.

— Il nous faut une seconde opinion. Nous n'arriverons à rien avec Polk, même s'il est charmant.

— Tu sais, lui dit Eddy, je connais plein de monde à Washington et à New York. Je vais te trouver le nom de quelqu'un, un grand spécialiste, le meilleur.

Robb le remercia mais lui expliqua qu'un long trajet en avion était hors de question.

— Et nous pouvons encore moins y aller en voiture. Penn est trop agité. Ce serait épuisant. De toute façon, à quoi bon ? On ne peut pas espérer un miracle, même en se déplaçant.

— Et un avion privé ? Vous n'auriez pas à attendre à l'aéroport, il n'y aurait pas de passagers pour se plaindre si le gamin fait du bruit. Ça ne prendrait pas longtemps. Devlin vous prêtera le sien avec plaisir.

Robb hésita. À quoi bon, en effet ? D'un autre côté, on ne savait jamais. Peut-être, après tout, cela apporterait-il du nouveau. Le doute subsistait.

— C'est vraiment gentil, Eddy. Je vais en parler à Ellen.

— Elle dira oui. Elle irait jusqu'en Chine pour son gosse.

— C'est vrai. Moi aussi.

Le Dr Evan Muller consultait dans un cabinet fastueux au dixième étage d'un grand immeuble. Ellen eut tout de suite le pressentiment que cette visite allait être décisive. L'homme qui les recevait avait des gestes déterminés et des manières de grand professionnel qui ne ressemblaient en rien à l'attitude de Ray Polk. Son regard incisif et son intérêt dépourvu de sentiments pour les cas qui se présentaient à lui le rendaient presque intimidant.

— J'ai l'impression que nous tournons en rond, se plaignit Ellen.

— C'est-à-dire ?

— Notre médecin nous a dit que son développement était plutôt lent.

— C'est une façon de présenter les choses.

— Alors vous, vous présenteriez ça comment ?

— « Lent » a le même sens que « en retard ». C'est le mot qu'on emploie quand on ne veut pas dire « retardé ».

Les murs se resserrèrent sur Ellen, l'étouffèrent telle une toile de tente qui s'effondre. Elle reconnut à peine sa propre voix.

— Retardé ! Mais ça veut dire que…

— Cela veut dire que votre enfant n'atteindra pas un développement adulte normal, compléta le Dr Muller d'un ton calme.

— Mais « normal », qu'est-ce que ça signifie ? C'est un mot qui ne se définit pas, si ? s'impatienta Robb.

— Détrompez-vous, il se définit, et l'on dispose même d'outils assez précis. Selon le QI, on établit une échelle qui s'étend de retard « léger » à « modéré », jusqu'à « grave ». Les cas légers atteignent un certain degré d'autonomie. En parvenant à l'âge adulte, ils sont capables de travailler, et donc de subvenir à leurs besoins si on leur confie des tâches simples. Ensuite, on descend par degrés jusqu'aux sujets les plus attardés qui restent dépendants à vie. Seul l'avenir nous dira ce qu'il en est pour votre fils.

Ellen vit que Robb lui jetait un coup d'œil afin de voir comment elle prenait la nouvelle. Elle lui rendit son regard et observa qu'il tremblait. Après quelques instants, il reprit la parole.

— Donc, vous ne pouvez encore rien prévoir pour Penn, c'est ça ?

— Exactement.

À présent, Ellen comprenait l'embarras de Ray Polk, qui les connaissait si bien tous les deux ainsi que leur adorable petite Julie. Comment aurait-il pu prononcer les mots qui venaient d'exploser dans la pièce ? Cela ne devait pas être facile non plus pour l'homme qui les recevait.

Tout en bas, dans la rue, une voiture de pompiers passa, sirène hurlante. Des conducteurs impatients appuyaient sur leurs avertisseurs, et Penn MacDaniel venait d'être condamné. Oui, quel que soit le degré de son handicap, il s'agissait d'une condamnation. Ellen éclata en sanglots.

— Je me permets d'insister, reprit Robb. Y a-t-il le moindre indice – très sincèrement, ne nous ménagez pas – qui puisse vous donner une idée de son niveau d'intelligence ?

— Votre enfant s'assoit à peine. Il n'a pas commencé à se déplacer à quatre pattes, il n'essaie pas de se mettre debout. Je pense donc qu'il s'agit d'un retard assez important. Pourtant, je vous assure qu'à ce stade les prédictions sont très difficiles.

— Pourquoi ? Pourquoi ? sanglota Ellen.

— Est-ce une question philosophique ou médicale, que vous me posez là ?

— Les deux.

— Sur le premier plan, je ne peux vous répondre. Un homme d'Église vous dirait peut-être qu'il s'agit de la volonté de Dieu. En tant que médecin, je peux vous donner une liste d'explications possibles : rubéole, alcoolisme maternel, problèmes à l'accouchement, et ainsi de suite. Mais je vois dans votre dossier qu'on vous a fait subir tous les tests imaginables, et que chacune de ces hypothèses peut être écartée.

— Donc c'est simplement dû au hasard ? demanda Robb. Ce n'est pas génétique ?

— Le cerveau est un organe complexe, monsieur MacDaniel. Les gènes y sont innombrables. Vous utilisez peut-être ce mot pour parler d'un caractère héréditaire ? Si c'est ce que vous me demandez, je peux vous répondre que presque soixante pour cent des cas graves sont héréditaires.

Ellen secoua la tête.

— Il n'y a jamais rien eu de semblable dans nos familles.

Robb n'ajouta rien. Les minutes s'écoulèrent. Ce silence prolongé était si bizarre qu'elle se tourna vers lui.

— Eh bien..., dit-il lentement, il y a eu... j'avais... un frère comme ça. Je ne l'ai jamais connu. Il est mort dix ans avant ma naissance. Je ne t'en ai pas parlé ?

Quelque chose se coinça dans la gorge d'Ellen. Elle était paralysée, ne pouvait plus prononcer un mot. Robb avait le regard comme figé.

— Non, murmura-t-elle, tu ne m'avais rien dit.

— Je n'y pense jamais. Je ne... je ne pense jamais à lui. Personne ne parlait de lui chez moi. C'était de l'histoire ancienne.

« Tu savais !... Tu savais !... » Le cœur d'Ellen battait si fort qu'elle s'affola : il allait lâcher.

— Si ce n'était pas arrivé, je n'y aurais jamais repensé de ma vie.

Son petit garçon, son magnifique bébé, handicapé ! Robb ne la voyait plus, les yeux fixés sur la fenêtre derrière elle. Un rideau mal tiré montrait un morceau de ciel rectangulaire. Il se tourna de nouveau vers elle, en silence, la suppliant de le pardonner.

— Donne-moi des détails, murmura-t-elle.

— Je ne sais pas grand-chose. Comme je te l'ai dit, on ne parlait pas de lui.

— Tu dois quand même en savoir un peu plus.

Elle se rendait compte qu'il avait honte. C'était bien le moins ! *Il avait su ; c'était sa faute.*

— Fais un effort, Robb !

— Je sais simplement qu'il était retardé, répliqua-t-il. Tu veux tout savoir ? Eh bien, il était complètement anormal. Il parlait à peine, ne prononçait que des sons indistincts. Heureusement, il est mort d'une mauvaise pneumonie quelques années plus tard. C'est tout.

— La vie est dure, parfois, dit le médecin.

Il était gêné et avait sans doute hâte de les voir partir. C'était compréhensible.

— Mais il faut bien faire face, c'est ça ? compléta-t-elle avec amertume. Il faut avoir du courage, et garder espoir en plus. C'est ce qu'on dit, non ?

— Ce ne sera peut-être pas si dramatique. Si le cas est léger…

— Vous n'en croyez rien, coupa-t-elle. Vous venez de nous le dire. D'ailleurs, il vaut toujours mieux s'attendre au pire : ça permet de se préparer.

— Le pire n'arrive pas nécessairement, corrigea le Dr Muller.

— Ma femme et moi, nous comptions avoir d'autres enfants, intervint Robb, mal à l'aise. Pouvez-vous nous donner votre opinion ?

— Non, ce n'est pas à moi de prendre cette décision, c'est à vous deux.

— Vous pouvez tout de même répondre à ceci : la foudre peut-elle frapper deux fois au même endroit ?

— Oui. Cela s'est déjà vu. C'est pour cette raison que beaucoup de gens hésitent à mettre d'autres enfants au monde. Certains courent le risque. Ceux qui ont de la chance sont très heureux d'avoir pris cette initiative.

— Merci, docteur, dit Ellen. Il va falloir que nous retournions à l'aéroport. Robb doit reprendre son travail. Et puis nous n'avons plus rien à faire ici, maintenant que nous savons.

D'un geste brusque, elle s'essuya les yeux.

Le Dr Muller les reconduisit à la porte et leur serra la main.

— Je suis navré de ne pas pouvoir vous rassurer plus alors que vous venez de si loin. L'étonnant, c'est que vous avez un des plus grands spécialistes du pays, Philip Lawson, à deux pas de chez vous : un psychologue qui exerce dans votre hôpital universitaire. Il dirige un service pour enfants handicapés. Je suis surpris qu'on ne vous ait pas déjà envoyés le voir.

— Personne ne nous a parlé de lui.

— Dommage, mais il n'est pas trop tard. Je ne peux pas vous garantir qu'il vous aidera plus que moi à déterminer la cause du mal ou à prévoir l'avenir. En revanche, il pourra vous accompagner, vous et votre enfant, pendant les années à venir. Vous aurez besoin d'un appui solide. Je lui parlerai de vous, si vous voulez.

Dehors, Ellen trouva le beau temps pénible. Elle avait besoin d'obscurité, d'un espace privé, d'une porte close. Elle se demanda ce qu'elle allait faire. La semaine précédente, après le tremblement de terre, les sinistrés avaient dû ressentir la même chose qu'elle au milieu des décombres. Mais non, une maison, même une ville pouvaient se reconstruire, tandis qu'un bébé…

— Donne-le-moi, Ellen, je vais le porter, proposa Eddy. Tu dois avoir mal aux bras.

Cette remarque rappela Robb à l'ordre.

— Merci, Eddy, je vais le prendre.

— Non, la journée a été rude, je prends mon tour. Je vous le rendrai s'il pleure. Il ne me connaît pas.

— Il ne verra pas la différence, intervint Ellen. Peu importe qui le tient. S'il a envie de pleurer, il pleurera, et s'il est calme, il restera calme. Ça lui est égal. Parfois, j'ai l'impression qu'il ne se rend compte de rien.

— Je suis désolé que la visite se soit si mal passée, dit Eddy. C'est dur. Vous devez avoir l'impression de vous retrouver le nez contre le mur. Pensez-vous aller voir ce Dr Lawson dont il vous a parlé ? Vous n'aurez pas à aller loin, mais vous n'avez peut-être pas envie d'en repasser par là.

— Nous irons, décida Robb avec un long soupir épuisé. Comme tu l'as remarqué l'autre jour, Ellen et moi, nous irions en Chine s'il le fallait.

— Donc, mon rôle consiste surtout à soigner l'enfant et à apporter mon soutien à la famille. Souvent, c'est la famille et en particulier les parents qui ont le plus besoin de moi, acheva Philip Lawson avec un sourire.

Il était trois heures à l'horloge accrochée derrière lui, une horloge curieuse avec des allures de montre de gousset car elle pendait au mur au bout d'une chaîne. Ils parlaient depuis une bonne heure, et Lawson ne montrait toujours pas le moindre signe d'impatience. Il avait écarté son fauteuil du bureau pour croiser ses longues jambes. Il était grand, comme Robb, et lui aussi donnait une impression de patience et d'intelligence. Là s'arrêtait la ressemblance. Ses traits n'étaient ni fins ni symétriques mais assez prononcés, avec un grand nez aquilin. Et puis il avait l'air détendu, ce qui arrivait rarement à Robb.

Ces quelques observations, sans rapport avec la discussion, passèrent en un éclair dans l'esprit d'Ellen tandis que l'entretien se poursuivait.

— Personne n'a rien pu nous dire de bien précis, sauf que les premières observations ne sont pas favorables, expliquait Robb.

— Bon. Un QI de trente-cinq à cinquante correspond aux cas légers. Parvenu en fin d'adolescence, l'enfant en sera au niveau du cours préparatoire, comme s'il avait six ans. Avec un QI situé entre vingt-cinq et trente-cinq, les capacités restent très limitées, et…

Ellen l'arrêta d'un geste.

— Je préfère ne pas en savoir plus. Tu ne crois pas,

Robb ? Si ce que vous venez de nous décrire n'est pas déjà le pire, je ne veux surtout pas entendre le reste.

— Vous avez raison, approuva Lawson. Il n'y a aucune raison d'extrapoler. Voyons venir. Concentrez-vous sur les progrès, et non sur le retard. Ne soyez pas trop exigeants avec lui. Il a besoin d'une vie disciplinée mais sans excès, d'ordre. Donnez-lui de bonnes habitudes. Votre cadre de vie doit être paisible, surtout pour votre autre enfant. Ce ne sera pas facile.

— J'ai honte, mais, quand je vous entends dire ça, je suis désespérée, avoua Ellen. J'ai l'impression qu'il fait tout noir, et que le soleil ne se lèvera plus jamais.

— N'ayez pas honte, madame. Comment voulez-vous ne pas désespérer par moments ? Le principal, c'est de ne pas le faire en permanence.

— Ma femme écrit des histoires et les illustre, expliqua Robb avec fierté. Son premier livre a été publié cette année.

Son intervention irrita Ellen. À quoi cela rimait-il ? On se fichait bien de son livre ! Mais le psychologue hocha la tête.

— C'est très bien. Il est important que la mère, qui, dans ce genre de situation, dispense la plupart des soins, ait des intérêts extérieurs.

— Je ne sais pas comment elle va pouvoir continuer. On ne peut pas laisser Penn une seconde.

— Vous devriez vous faire aider si vos finances vous le permettent.

— Oui, ce sera indispensable.

Ellen pensa que peut-être Mme Vernon accepterait d'interrompre sa retraite afin de travailler chez eux s'ils la payaient bien. Cela reviendrait cher à Robb, mais il savait à quel point son travail comptait pour elle.

Il était temps de partir. À la porte, elle se tourna brusquement vers le Dr Lawson.

— Excusez-moi, je sais que j'ai dit que je ne voulais pas entendre le pire, mais c'était de la lâcheté. En fait, il faut que nous sachions.

Le Dr Lawson lui répondit doucement, en posant sur elle un regard d'un bleu vif plein de gentillesse.

— Le pire... Eh bien, un jour ou l'autre, à moins d'un miracle, il faudra le mettre dans une institution spécialisée. Mais vous deviez vous en douter.

— Oui, répondit-elle. Oui, je m'en doutais.

8

1983

Ce soir, Robb rentrait tard. Les lumières brillaient au rez-de-chaussée, mais l'étage était noir, sauf la chambre de Penn. Cela signifiait qu'il avait encore eu un cauchemar, et qu'Ellen s'efforçait de le calmer. Quelles terreurs pouvaient bien agiter un esprit aussi vide en apparence ? On pouvait raisonner un enfant de quatre ans normal ; on ouvrait le placard afin de lui montrer qu'il n'y avait pas de tigres à l'intérieur, on le prenait dans ses bras, on le câlinait et puis on le recouchait. Mais comment consoler un enfant parlant à peine et ne semblant pas comprendre un mot de ce qu'on lui dit ? Penn avait un rire creux, mais, quand on tentait de l'amuser, il ne réagissait pas. « Enfin, songea Robb, il faut reconnaître qu'il y a eu quelques progrès. » D'après le Dr Lawson, il atteindrait probablement le niveau intellectuel d'un enfant de huit ans, ensuite son développement s'arrêterait… Avec un soupir, Robb entra dans la maison.

La pièce familiale, avec la chaîne stéréo, les livres et les fleurs qu'Ellen y mettait toujours, était l'endroit qu'il préférait dans la maison. Une grande baie vitrée donnait sur la pelouse où poussait un magnifique hêtre centenaire. Le soir, une fois Julie couchée, il y passait les meilleurs moments de sa journée à parler avec Ellen, à écouter de la musique, ou à boire une tisane après le dîner.

Arrêté sur le seuil, il prit la mesure des perturbations qui avaient brisé la tranquillité de la pièce, et poussa un long soupir de lassitude. Les signes du passage de Penn se remarquaient partout : la lampe venait d'être réparée, mais gardait une trace de fêlure. Il aurait pu s'électrocuter. Une tache sombre sur le tapis marquait l'endroit où il avait renversé un vase rempli de roses. Ellen, secondée par Mme Vernon, tâchait de le surveiller sans relâche, mais elles ne pouvaient éviter quelques petites catastrophes. Il n'aurait pas aimé être à leur place. Son bureau, par comparaison, était un havre de paix.

Il regrettait de rentrer si tard, car Julie, déjà endormie, lui manquait. Elle occupait une grande place dans son cœur. Que de soucis il se faisait pour elle ! Il souffrait encore de la pénible scène de la veille. Pendant un mois entier, les élèves de la classe de Julie avaient récolté feuilles et plantes, et les avaient collées dans un herbier. Celui de Julie méritait un A, d'après l'institutrice. Mais Penn l'avait entièrement déchiré. Pauvre petite Julie ! Robb se disait néanmoins qu'il fallait aussi plaindre le malheureux enfant. Ce n'était pas par méchanceté, ni même pour le plaisir de faire des bêtises ; il ne comprenait tout simplement pas les conséquences de ses actes.

Le cahier de sciences naturelles abîmé était posé sur le bureau, car Ellen voulait tenter de réparer les dégâts. Robb s'approcha pour voir si elle y était parvenue, mais un gros cahier ouvert à côté attira son attention. C'était un journal intime, de ceux qui durent cinq ans, relié de cuir rouge. Robb ne savait pas qu'Ellen tenait un journal. Il ne pouvait qu'en conclure qu'elle avait voulu le lui cacher. C'était son droit. Un bon mariage devait laisser une certaine liberté aux époux. Elle avait dû quitter la pièce bien vite pour le laisser ainsi à la vue de tous. Respectant son intimité, il allait le refermer quand une ligne lui sauta aux yeux. Frappé par ce qu'il voyait, il la relut et regarda la date : c'était le mois précédent.

« Julie m'a demandé aujourd'hui si elle allait être obligée de s'occuper de Penn quand elle serait grande. Elle dit qu'elle le déteste parce que ses amis ne l'aiment pas, et que personne d'autre n'a de frère comme lui. Elle nous en veut de l'avoir mis au monde. Mais je vois bien que sa colère la perturbe. J'essaie de la rassurer, seulement c'est difficile d'expliquer tout ça à une enfant de huit ans. »

Conscient de commettre une indiscrétion, Robb feuilleta le journal vers le début. Elle avait commencé à l'écrire lorsque Penn avait un peu plus de deux ans. À l'époque, Julie devait tout juste être entrée en primaire. Il se souvenait de ses premiers jours de classe et de la fierté avec laquelle elle avait appris à écrire son nom et à lire ses premiers mots.

« Julie dit que Penn est bête. Elle me demande : "Pourquoi on ne peut pas avoir un autre bébé plus mignon pour le remplacer ?" Bien sûr que j'aimerais avoir un autre bébé. Mais est-ce que ce n'est pas trop risqué ? Ce serait criminel de mettre au monde un autre enfant comme lui. Il y a de quoi hurler. Je pleure souvent. »

Un couple doit se parler, se disait Robb, mais ils s'étaient tout dit depuis bien longtemps. À quoi bon se répéter ? Il ne savait même plus quelles émotions il pouvait s'autoriser à éprouver. Trop souvent, il se sentait insensible, et vieux, et fatigué.

« Je lui répète que Penn est très gentil, et que nous devons l'aider. En même temps, je me dis : Oui, l'aider, mais comment ? Les progrès sont lents malgré tous nos efforts. Il y a la boîte à musique, les animaux en peluche, et le reste. J'ai l'impression que nous faisons du surplace. Il ne joue pas vraiment avec ses jouets, il se contente de les jeter partout. Le Dr Lawson nous conseille d'être patients. »

Quelques pages plus loin, Robb lut encore : *« Cette école, quelle horreur ! Ça n'a rien à voir avec la mater-*

nelle où Julie a été si heureuse ! En entrant la première fois, j'ai été horrifiée. C'est difficile à croire, mais la plupart des enfants sont plus en retard que Penn. Quelle patience ont ces éducatrices ! »

Cette patience avait porté ses fruits. « À moins, pensa Robb, que le développement de Penn n'ait fait que suivre son cours. » Quoi qu'il en soit, Penn, à quatre ans, ne portait plus de couches et se nourrissait seul. Ils avaient désespéré d'en arriver à ce stade.

Si seulement il avait pu continuer à fréquenter cette école, peut-être aurait-il pu… peut-être… Mais l'école était à vingt-cinq kilomètres, ce qui obligeait Ellen à faire deux fois l'aller et retour tous les jours. Et encore, ce n'était pas le pire : Penn ne supportait pas la voiture. On ne pouvait pas conduire en le laissant grimper partout, mais, attaché sur le siège, il hurlait de terreur et se débattait comme si on le torturait. D'ailleurs, peut-être était-ce pour lui une réelle torture…

Cette école était donc devenue impossible, et il n'en existait pas d'autre plus proche. À présent, Ellen et Mme Vernon devaient se débrouiller seules.

Avec un soupir, Robb tourna quelques pages.

« Le premier jour, quand le Dr Lawson nous a parlé de ce qui nous attendait, j'ai pensé que la présence de cet enfant serait surtout dure pour Julie. C'est vrai, mais c'est difficile pour nous tous aussi. J'essaie de travailler, seulement je n'arrive à rien. J'ai écrit quelques synopsis, dessiné quelques croquis, mais je ne peux pas aller plus loin. Je n'ai plus d'enthousiasme, plus d'énergie, plus de temps. Je m'inquiète pour Robb. Il travaille énormément, est soumis à un grand stress, et, quand il rentre, il retrouve une autre sorte de tension à la maison. Lorsque j'en ai parlé à Phil, il nous a conseillé de sortir en tête à tête aussi souvent que possible… »

Tiens, depuis quand l'appelait-elle « Phil » ?

« Quand je vais le voir, je me sens mieux. Sa manière d'aborder la vie est pleine de courage et d'une sage bonté. C'est un réaliste. Avec lui, pas de consolations

gratuites. Je déteste les gens qui prétendent qu'un enfant comme Penn "unit sa famille et enseigne la compassion", ou que c'est une "expérience enrichissante". C'est un comble qu'on ose me dire ça, surtout ceux qui ont trois ou quatre enfants en pleine santé ! »

Oui, ce genre de réaction était pénible, mais il y avait aussi l'excès inverse. Au bureau, par exemple, Jasper était tenant de la position dure : « Séparez-vous de lui tout de suite. Envoyez-le dans un établissement où des professionnels pourront s'occuper de lui. Ne jouez pas les martyrs, Robb. Vous méritez de vivre, vous aussi. Trouvez-lui une place quelque part. »

Facile à dire quand on n'était pas son père. Il ne connaissait pas la douceur du petit visage innocent, n'entendait pas ses premiers mots et ne voyait pas son bonheur quand on lui donnait un cornet de glace... Il continua sa lecture.

« *Je m'en veux affreusement quand je suis de mauvaise humeur avec Robb, ou quand je devine qu'il a envie de faire l'amour mais que je suis trop fatiguée. Parfois, je fais semblant même quand je n'en ai pas envie. De terribles pensées me viennent à l'esprit, je me fais horreur. Je me méprise d'avoir souhaité que Penn meure pour nous libérer. Ce qui est fou, c'est que je l'aime encore de tout mon cœur, malgré tout. Chaque soir, je prie qu'il n'ait jamais à souffrir, qu'après notre mort on continue de s'occuper de lui. Phil dit que c'est normal, que tous les parents luttent comme nous contre des sentiments contradictoires, même s'ils ne veulent pas l'admettre.* »

Toi aussi, tu as pensé ça, Robb MacDaniel. Combien de fois as-tu souhaité qu'il disparaisse et nous laisse un peu de liberté ? Le mois dernier, par exemple, il y avait eu la réception écourtée. Ils s'étaient fait une joie d'y aller, Ellen était ravissante dans sa robe de dentelle noire. Il y avait eu de la musique, ils avaient dansé ensemble pour la première fois depuis une éternité, et puis on leur avait annoncé un coup de téléphone. Mme Vernon craquait rarement, mais, cette fois, elle n'en pouvait plus et leur demandait de rentrer. Penn avait tiré sur la nappe et toute la vaisselle était cassée. Du chocolat chaud s'était renversé sur la robe de Julie qui était inconsolable, et Penn, pour couronner le tout, venait de tomber dans l'escalier.

En fin de compte, la chute n'avait pas été trop grave. Il avait juste un bleu, et cela pouvait arriver à n'importe quel enfant de perdre l'équilibre. Mais c'était toujours lui qui gâchait tout, et la soirée manquée était la goutte d'eau qui faisait déborder le vase… Robb, tu devrais cesser de lire ce journal, tu es indiscret.

« Julie a peur de tomber malade et de devenir comme Penn. Je lui jure que c'est impossible. Je la regarde, radieuse de santé, avec son intelligence, un livre dans les mains, ou assise au piano à faire ses gammes, ou alors sur son vélo, pédalant à toute vitesse pour aller goûter chez ses amis. J'entends leurs rires et leurs petites disputes. Ensuite, je regarde Penn, j'essaie de l'imaginer comme elle, et ça me met en colère. Et en plus de ça, tragique ironie du sort, il ressemble de plus en plus à Robb. »

Robb se pencha sur le bureau, fixant les lignes et les mots ; ils lui sautaient aux yeux comme s'ils avaient été tracés à l'encre rouge.

« Comment a-t-il pu oublier ? Je ne comprends pas comment c'est possible. Phil dit qu'il est tout à fait humain de mettre de côté les événements désagréables, surtout quand ils se sont produits avant notre naissance, qu'on n'y pense plus. »

— Merci, Phil, c'est déjà ça, marmonna Robb en continuant sa lecture.

« Phil m'a emmenée visiter l'institution dont il m'a parlé. C'est un endroit magnifique, à presque quatre heures de route dans la montagne. Mais la pension est hors de prix. J'ai dit à Phil que nous ne pourrions jamais nous le permettre. Robb n'est pas le genre d'avocat qui gagne des fortunes, comme papa. De toute façon, nous n'avons aucune intention de nous séparer

de Penn. Nous voulons le garder le plus longtemps possible. Pour toujours, si possible. »

Un peu blessé, Robb se dit que Phil, puisque maintenant on l'appelait Phil, se mêlait de ce qui ne le regardait pas. Ellen entra dans la pièce à cet instant.

— Qu'est-ce que tu fabriques ? s'écria-t-elle.

— Je lis ton journal. Ne sois pas fâchée. Je sais que je n'aurais pas dû et je te présente mes excuses.

— Je n'ai rien à te cacher. Ce n'est pas grave.

— Mais tu es en colère, et c'est ton droit.

— Non, je ne suis pas en colère, en tout cas pas parce que tu as lu mon journal. Je suis épuisée, et… Oui, tu as raison, je suis en colère.

— Contre moi ?

— Mais non ! C'est au destin que j'en veux !

Elle s'effondra sur le canapé. Ses collants étaient filés, elle avait les joues enfiévrées, et son chemisier bâillait là où un bouton avait été arraché.

— Dure journée, commenta-t-il.

Il avait voulu se montrer compatissant, mais sa remarque tomba à plat.

— Tu n'as qu'à demander à Mme Vernon…

— Inutile, je vois bien.

— Il a piqué crise sur crise. Phil dit que c'est comme les nouveau-nés qui hurlent parce qu'ils ne peuvent pas exprimer leurs désirs. J'ai laissé Julie dîner chez son amie Sue pour l'éloigner un peu de Penn, la pauvre chérie. Quand il crie de la sorte, la seule chose qui le calme, c'est la nourriture. Selon Phil, les enfants comme lui ont souvent tendance à trop manger, et on ne doit pas céder. Il faut simplement s'armer de patience. Il dit qu'un jour, quand il sera plus grand, Penn parviendra à s'exprimer plus facilement et que les colères cesseront.

— Depuis quand appelles-tu Lawson par son prénom ?

— Pourquoi ? Je ne vois pas ce que ça change.

— Ça ne change rien, c'était juste une question.

— Écoute, c'est notre meilleur ami ! Sans lui, je ne sais pas ce qu'on deviendrait. Tu ne t'en rends pas compte ?

— Ne te fâche pas. Qu'est-ce que j'ai dit ?

— On dirait que tu m'accuses de je ne sais quoi.

Il laissa tomber son attaché-case par terre, et se rendit soudain compte qu'il ne l'avait pas lâché depuis son arrivée.

— C'est terrible de se déchirer comme ça, dit-il.

— Je n'ai jamais eu l'impression de te déchirer !

— Non, ça n'arrive pas très souvent, mais c'est parce que tu te retiens. Tu ne me dis pas tout, tu n'es pas sincère. Je ne savais pas que tu faisais semblant quand on faisait l'amour.

— Ce n'est pas à cause de toi. Tu devrais comprendre… Parfois, je suis complètement épuisée, au bout du rouleau…

Il avait l'ouïe très sensible, et la voix coléreuse d'Ellen le mit en rage.

— Et pour moi, tu crois que c'est facile ? s'écria-t-il. Je suis dévoré par la culpabilité. Tu crois que je ne comprends pas toutes tes petites allusions ? « Unetelle attend son quatrième enfant », alors que toi tu ne peux plus faire d'enfants à cause du cadeau de mariage que je t'ai apporté. C'est ça, hein ? Au bureau, Jasper parle à tout bout de champ du sens de l'humour de son fils. « C'est un vrai comique, il devrait faire des sketches. » Ça n'arrête pas. Je sors du palais de justice pour le déjeuner, et je n'entends que des pères parler de leurs fils : base-ball, scouts, études de médecine, tout y passe, et moi je n'ai qu'à me taire.

— Tu oublies que tu as une fille.

— Comment veux-tu que j'oublie Julie ? Écoute-moi bien : si j'avais six filles et pas de fils, je serais un homme heureux à cent pour cent. Ce qui me mine, c'est d'avoir un fils qui n'en est pas un.

Ellen se tourna vers la fenêtre. L'inclinaison de sa tête et le désespoir accablé de ses gestes donnaient une impression d'infinie tristesse. Sans les voir, Robb devinait que des larmes s'accumulaient dans ses yeux. Il savait que, par pitié et par amour pour elle, il aurait mieux valu arrêter tout de suite, et pourtant la souffrance le poussa à prononcer des paroles qu'il aurait dû taire.

— C'est comme ton père. Tu crois que je ne me rends pas compte qu'il vient toujours dîner quand je suis à une réunion et qu'il trouve des excuses pour ne pas se montrer quand je suis à la maison ? Tu crois que je n'entends pas ses remarques innocentes ? Tu sais, quand il dit : « Ne me demandez pas conseil, je n'y connais rien. Nous n'avons jamais eu d'enfant malade dans ma famille, ni du côté maternel ni du côté paternel, et notre arbre généalogique remonte à sept générations. » Je me souviens bien de cette amabilité-là, et de chaque autre.

Immobile, toujours tournée vers la fenêtre, Ellen répondit :

— Peut-être es-tu un peu trop susceptible. Que veux-tu que j'y fasse ?

— Rien. Je veux juste… Je veux l'impossible. Que tout redevienne comme avant.

— Tu veux que je te dise ? Nous nous apitoyons un peu trop sur notre propre sort, toi et moi. Il faut arrêter, c'est Phil qui le dit, autrement nous ne nous en sortirons jamais.

Phil, encore lui. Mais enfin, s'il aidait Ellen, pourquoi pas ?

— D'accord, fini de pleurnicher pour ce soir, dit-il. Si on montait se coucher ? Nous en avons besoin.

Il se mit au lit pendant qu'Ellen faisait sa tournée habituelle des enfants. Tout était calme, dans la maison comme au-dehors. Soudain, un cri dans la nuit perça le silence, un petit couinement étrange. « Un oiseau attaqué dans son nid, pensa-t-il, ou une petite bête comme un lapin ou une marmotte qui s'est fait attraper par un prédateur. » Il s'inquiéta qu'un événement si anodin puisse l'angoisser autant.

Il se sentait vulnérable comme un animal. Lui aussi

aurait bien poussé un cri, un cri perçant dans la nuit. Et, si les hommes avaient eu le droit de pleurer, il aurait éclaté en sanglots.

Quand Ellen revint, elle se mit face au miroir et se brossa les cheveux. Il la voyait en double, en chair et en os, son reflet dans la glace. Sa jeune poitrine était sculptée comme du marbre sous les plis de sa chemise vert clair qui ressemblait à une toge. Elle était belle, une statue vivante, c'était la plus belle femme de la terre. Dieu qu'il l'aimait !

— Tu étais habillée en vert, la première fois que je t'ai vue. Tu te souviens ? J'avais deviné que tu étais artiste. Et aussi que tu devais toujours obtenir ce que tu voulais. Viens. Tu t'es assez brossé les cheveux. J'ai besoin de toi.

Elle le rejoignit, un petit sourire triste sur les lèvres.

— Heureusement que ce n'est pas comme ça tous les jours. Aujourd'hui ça s'est mal passé, mais demain nous n'y penserons plus. Quand j'ai dit que je n'en pouvais plus, ce n'était pas tout à fait vrai. Je ne voulais pas te blesser, Robb. Si tu savais combien je t'aime.

— Moi aussi, je t'aime.

— C'est l'avenir qui m'inquiète.

— Oui, je sais, mais n'y pensons pas maintenant. Viens, mon amour.

Il arrive souvent, mais pas toujours, que l'union des corps, la fusion soit complète. Au moment où Ellen cria, Robb embrassa le creux de sa gorge qui vibrait encore. Cette fois, elle n'avait pas fait semblant.

Un immense bonheur s'était emparé de lui. Ellen était son amour, sa raison de vivre. Ils tiendraient le cap ensemble, ils s'en sortiraient.

9

1984

Un jour, n'ayant rien avalé depuis tôt le matin, Robb s'arrêta dans un café près du palais de justice pour prendre un sandwich. En entendant quelqu'un l'appeler, il se retourna et vit Will Fowler, assis seul à une table, qui lui faisait signe.

— MacDaniel ! Venez vous asseoir !

La rencontre l'étonna. Les avocats de Fowler, Harte & Fowler se déplaçaient rarement seuls. C'était le cabinet juridique le plus connu du Mississippi, et tous les bons restaurants de la ville, ainsi que les cafés, réservaient une table à ses avocats ainsi qu'à leur inévitable suite : hommes politiques de tout poil, juristes en mal d'un bon emploi et clients. Will, le plus jeune des deux associés Fowler, avait plusieurs fois été l'adversaire de Robb. Ils avaient donc eu l'occasion de se mesurer, mais jamais de s'asseoir à la même table. À présent, dans la petite salle calme, en ce milieu d'après-midi, la conversation avait du mal à s'engager.

— Ouf ! Quelle matinée ! commença Fowler. Je ne sais pas ce qui se passe cette année, mais le travail s'accumule et j'ai beau me tuer à la tâche, j'ai l'impression de ne pas avancer.

« Tant mieux pour lui, songea Robb, c'est loin d'être le cas chez Grant. » Cela ne l'empêcha pas d'approuver et de confirmer que, en effet, il était surchargé de travail.

— J'ai assisté à la fin de votre affaire du bateau à moteur, la semaine dernière, reprit Fowler. Votre plaidoirie m'a beaucoup plu. Très bonne exposition des faits.

— Merci du compliment.

— Il est mérité. La tâche était ingrate, avec un jury très mal disposé.

D'ordinaire, Fowler n'était un homme ni chaleureux ni démonstratif. Rien n'échappait à son regard acéré. On sentait que le moindre détail revêtait de l'importance : la façon qu'avait son interlocuteur de se tenir à table, l'état de ses ongles et sa manière de parler. Comme Robb se sentait sûr de lui dans ces domaines, il écouta Fowler tranquillement tout en l'observant lui-même.

— Évidemment, ce doit être encore plus une vie de fou à New York ou à Washington. À une époque, je me disais que j'irais m'installer dans le Nord, mais je suis content d'être resté.

Fowler s'interrompit avec un sourire ironique, comme s'il s'agissait d'un enfantillage.

— Je n'y pensais pas sérieusement, je l'avoue, continua-t-il. Au fond, je savais que je rentrerais au bercail. Il y a suffisamment d'animation ici. C'est une ville agréable, on y vit bien. Et puis, dans mon cas, c'est aussi le berceau de ma famille. J'apprécie ce petit milieu où tout le monde se connaît et où, Dieu merci, on s'entend bien.

Fowler lui lança un sourire ouvert, ni artificiel ni mielleux. Robb avait pourtant l'impression qu'il y avait anguille sous roche. Ce petit discours menait quelque part, mais où ?

À moins que… Non, il se faisait des idées !

— Vous, vous n'avez pas de famille ici, pas de lignée MacDaniel ?

— Non, je n'ai de famille nulle part, sauf ma femme

et mes enfants. Mon épouse est la fille de Wilson Grant, d'ailleurs vous êtes au courant.

Robb s'empourpra à cette maladresse. Inutile de souligner ce que tout le monde savait.

— Oui, approuva Fowler, un type formidable. Le sel de la terre. Un érudit. Je me suis toujours dit qu'il aurait dû devenir universitaire. Vous êtes allé à la fac de droit ici, non ? Moi, j'ai fait mes études dans le Nord, à Yale, mais seulement parce que j'avais envie de partir un peu de chez moi. L'enseignement n'est pas meilleur là-bas qu'ici, je vous assure. Notre université est très bien cotée. À ce propos, j'ai une anecdote amusante...

Il racontait bien, était cultivé et avait beaucoup voyagé. « Ellen apprécierait son intelligence », songea Robb. Un homme comme lui devait avoir une femme sympathique. Ce serait agréable de les connaître mieux, même s'ils avaient – c'était du moins le cas de Fowler – une bonne dizaine d'années de plus qu'eux. Ellen et lui sortaient si peu...

Fowler se leva.

— Je suis ravi d'avoir eu l'occasion de faire plus ample connaissance, Robb. Appelez-moi Will, ça me fera plaisir. C'est le diminutif de « Willard », prénom que j'exècre ; je ne réponds jamais quand on m'appelle de cette façon !

— Je m'en souviendrai, Will.

— Parfait. Ah ! oui, il se peut que je vous passe un coup de fil, un de ces jours. Bien, à présent, au travail.

Pourquoi voulait-il lui téléphoner ? Robb ruminait toujours cette question quand, plus tard dans l'après-midi, Eddy Morse fit un saut à son bureau, à l'improviste comme d'habitude.

— J'étais dans le quartier, et je suis passé voir si tu avais cinq minutes. Si tu n'as pas le temps, dis-le.

— Non, je termine. Aujourd'hui je veux rentrer à six heures pour Julie. Comment vas-tu ? Ça fait bien un mois que je ne t'ai pas vu. Même plus.

— C'est vrai, j'ai eu beaucoup de travail. Devlin achète tout le pays, ou presque. Il me tue à la tâche.

— Ce régime a l'air de te convenir.

En effet, Eddy avait même rajeuni. Il rayonnait d'énergie, et ses dents blanches étincelaient. Un bouton de manchette jeta un éclat d'or lorsqu'il leva le bras pour dégager sa montre.

— Tu aimes ? Je me suis offert un petit plaisir. C'est une Patek Philippe.

— Oui, superbe montre. Tu ne te refuses rien.

— Pourquoi pas ? Alors, quoi de neuf ?

— Rien de spécial.

Puis, pour dire quelque chose, il lui parla de sa rencontre avec Fowler.

— C'était intéressé, affirma aussitôt Eddy, hochant la tête d'un air avisé.

— Qu'est-ce qui te fait penser ça ?

— S'il n'avait pas une idée derrière la tête, il n'aurait pas passé une heure avec toi. Le temps, c'est de l'argent pour ces types-là.

— C'est drôle, moi aussi j'ai pensé ça, au départ, mais il n'a pas dit ce qu'il voulait.

— À ton avis ?

— Pas la moindre idée.

— Eh bien, moi, je pense qu'il va essayer de t'embaucher. Pourquoi, autrement, t'annoncerait-il un coup de fil ?

— C'est absurde. Il sait que je suis le gendre de Grant.

— Et alors ?

— Alors, ce ne serait pas correct. C'est une question d'honneur, je suis moralement engagé à rester.

— Je rêve ! Descends sur terre, Robb ! Écoute-moi bien : tu t'es fait une réputation, on dit au palais de justice que tu es le meilleur avocat de la ville, et tu le sais très bien. Ou tu devrais le savoir.

— Moi, je ne pense pas qu'il va me proposer un job, de toute façon je n'accepterais pas.

— Alors là, il faut te faire soigner. Tu toucherais

une fois et demie ce que tu gagnes maintenant, et ce ne serait qu'un début.

— Je me débrouille très bien. Je n'ai pas un centime de dettes.

— Désolé de mettre ça sur le tapis, mais as-tu pensé à ton fils ?

— Je ne tiens pas à en parler. C'est l'anniversaire de Julie et j'ai envie d'être un peu heureux.

— Zut, j'avais oublié. Ah ! Bon sang ! Alors que je m'en souviens toujours. Quel âge a-t-elle, déjà ? Dix ans ? Je lui apporterai son cadeau demain, avec un jour de retard.

— Elle a huit ans, et ne lui achète rien. Si tu lui passes un coup de fil ce soir, elle sera ravie.

— Non, non. Son tonton Eddy lui fait toujours un cadeau et lui rend une petite visite pour son anniversaire. Je file avant que les magasins ferment. Elle joue toujours à la poupée ?

— Et comment, mais ne te ruine pas.

— C'est mes affaires. Je passerai ce soir, après le dîner.

Ils sortirent ensemble, montèrent chacun dans leur voiture et s'éloignèrent, l'un en sifflotant pour aller acheter une poupée de rêve, l'autre perturbé par les commentaires de son vieux copain.

Les décorations de la fête d'anniversaire traînaient encore dans le jardin. À l'entrée de l'allée du garage, le vent faisait danser un bouquet de ballons, et un petit panier en papier crépon rose avait été perdu devant la porte. Robb trouva Mme Vernon en train de ranger la salle à manger.

— Comment s'est passé le goûter ? demanda Robb.

— Plutôt bien. Des hauts et des bas, c'est normal. Ellen et Julie sont en haut, fâchées. Penn regarde la télé.

Robb respira à fond pour se détendre. De la porte, il apercevait la tête de son fils, de dos, et les images sur l'écran. Il se demanda ce que le petit comprenait des histoires qu'il voyait. Si on l'avait laissé faire, il serait resté toute la journée devant le poste. Il y passait déjà bien trop de temps. Mais si cela lui donnait du plaisir, ce n'était peut-être pas si mauvais pour lui.

— Bonjour, Penn.

Des cavaliers, précédés par une meute de chiens, traversaient un pré au galop à la poursuite d'un renard. Penn, fasciné par le spectacle, était totalement absorbé. Robb l'appela une nouvelle fois, et Penn se tourna vers lui, ravi.

— Ouah-ouah, papa !

— Des chiens. Dis : « chien ».

— Chien.

— Très bien.

Il s'assit sur le canapé et passa le bras autour des frêles épaules de son fils. L'enfant leva les yeux vers lui, souriant. Ce sourire était un acquis de récente date ; pendant trop longtemps, son visage n'avait traduit qu'apathie ou mauvaise humeur. Il tolérait aussi beaucoup mieux les contacts affectueux. Les encouragements de Phil Lawson et ses séances avec Penn avaient joué un rôle primordial.

Ellen appelait ce travail avec Lawson « des moments qui comptent double ». Phil avait un effet calmant sur leur fils. Le peu d'intelligence dont disposait Penn, et Phil lui-même reconnaissait que son potentiel était faible, se développait tout doucement.

Robb se pencha, l'embrassa sur la joue, puis se redressa et contempla ce visage qui ressemblait tant au sien, avec les pommettes saillantes, la légère fossette au menton. Cette similitude le déroutait toujours, mais le regard vague et tendre de son fils se posait sur un univers auquel il ne pourrait jamais participer. Penn n'avait pas d'armes, pas d'armure pour affronter le monde. Robb pensa à ses parents qui, eux aussi, avaient souffert. Un instant, il fut submergé par une grande tristesse : malheur de la vie et de leur fin tragique... Dans sa jeunesse – car il se considérait comme un homme déjà mûr –, il avait été plein de belles illusions, toutes perdues aujourd'hui.

Les chiens se rassemblaient en aboyant, fous d'excitation. Penn se mit à rire.

— Ouah-ouah !

Dire qu'il aurait dû être à l'école en train d'apprendre à lire…

— Chien, dit Robb.

— Ouah-ouah.

Robb le laissa devant la télévision et monta. Il était rare qu'Ellen et Julie se disputent. Leur brouille avait fort probablement été causée par Penn, d'autant qu'il s'agissait d'un jour de fête. Le plus petit changement dans la routine familiale, aussi bien une nouvelle marque de céréales le matin que l'arrivée d'invités, pouvait provoquer des réactions violentes. Si Penn progressait, il restait instable.

Il frappa à la porte de Julie. Quand elle ouvrit, il vit qu'elle portait encore sa jolie robe d'anniversaire et qu'elle venait de pleurer.

— Que se passe-t-il ? murmura-t-il en la prenant dans ses bras.

— Maman est en colère parce que j'ai crié après Penn.

— C'est tout ?

— Oui.

— Il doit quand même s'être passé quelque chose de spécial, dit-il avec un sourire encourageant. Ça t'arrive souvent de crier après Penn, et maman ne se fâche pas pour autant. Tu sais bien qu'on a le droit d'être en colère contre lui, parfois. Ça nous arrive à tous. Il faut simplement apprendre à contrôler ses réactions, ma Julie. Tu comprends ?

— Oui, et je me suis un peu contrôlée, mais aujourd'hui il a exagéré. Il a fait pipi dans sa culotte et il a mouillé le tapis de ma chambre.

— Ah. Tu sais, ça ne lui est pas arrivé depuis très, très longtemps.

L'anniversaire avait dû le surexciter. On avait eu

beau l'emmener chez la fille de Mme Vernon pendant la fête, il avait assisté aux préparatifs.

— Et grand-père m'a apporté mon cadeau. Il a dit que Penn n'aurait jamais dû naître. Il dit ça tout le temps. Ça fait pleurer maman.

Des larmes le jour d'un anniversaire ! Ellen ne pouvait pas être invulnérable. Elle était déjà beaucoup plus forte que bien des gens…

Ellen, ayant entendu leurs voix, sortit de leur chambre et l'embrassa sur la joue. Il sentit que le geste était automatique. Au milieu des crises les plus graves, on s'attendait encore à certains gestes. L'épouse accueillait son mari à son retour en l'embrassant, et il lui rendait son baiser. « Nous sommes bien éduqués, ou bien dressés, c'est selon. » Il s'en voulut aussitôt de cette pensée désabusée. Quelle tristesse d'en arriver là !

— Le goûter s'est très bien passé, déclara-t-elle avec une gaieté forcée. Nous avons eu un petit malentendu mais ce sont des choses qui arrivent, n'est-ce pas, Julie ? Nous savons l'une comme l'autre que Penn ne l'a pas fait exprès ; d'ailleurs, j'ai nettoyé.

— Ce n'est pas pour ça que tu as pleuré, protesta Julie. C'est à cause de grand-père.

Robb et Ellen échangèrent un regard devant les grands yeux intelligents de leur fille.

— Grand-père t'a apporté une magnifique maison de poupée, dit Ellen, toujours du même ton enjoué. Viens, on va descendre la montrer à papa. Nous ne serons pas trop de trois pour la monter jusque dans ta chambre.

Elle cherchait à arranger les choses sans y parvenir. La générosité de Wilson Grant envers sa famille et ses concitoyens s'envolait quand il s'agissait de Penn et de Robb. Mais c'était le père d'Ellen. Il fallait bien le supporter.

Ils se mirent à table pour le dîner. Penn parla des « gens qui font joujou avec les ouah-ouah ». Il ne renversa qu'une fois son verre sur lui ; il portait un grand bavoir en plastique qui le protégeait. Julie avait retrouvé sa bonne humeur ; elle raconta des histoires d'école comme le font toutes les petites filles de son âge. Ellen prit la main de Robb sous la nappe. Après le dîner, Eddy fit son apparition avec une poupée de toute beauté qui avait l'air de sortir d'un musée. Le jeu de croquet tout neuf de Julie fut mis en place sur la pelouse ; ils passèrent la fin de cette douce soirée de mai à jouer, puis les enfants montèrent se coucher.

Robb raccompagna Eddy à sa voiture.

— Son anniversaire a été très réussi, observa Robb, et la poupée a eu un succès fou. Tu as encore marqué un grand coup. Merci, Eddy.

— Tout le plaisir est pour moi.

Puis son sourire fut remplacé par un léger froncement de sourcils.

— J'ai appris quelque chose qui t'intéressera peut-être, je ne sais pas, dit-il après une hésitation.

— Des mauvaises nouvelles ?

— Non, pas du tout. Seulement, je ne suis pas sûr que tu aies envie d'entendre parler de ça, et j'ai peur que tu m'en veuilles.

Eddy manquait parfois étonnamment de confiance en lui. Robb le rassura gentiment.

— Je ne me fâcherai pas. Alors ?

— C'est Lily. Elle est mariée. Je viens de l'apprendre. Mariée depuis deux ans.

Plus que la nouvelle elle-même, ce fut le nom de Lily qui surprit Robb. Il y avait si longtemps qu'il ne l'avait ni entendu ni prononcé : « Lily. »

— Tant mieux, dit-il, attendant des détails sans rien demander.

— C'est le type de la station-service. Il a une mémoire d'éléphant. Il se souvenait de Marchfield et des renseignements qu'on demandait sur Lily. Il a entendu par hasard parler de ce mariage, mais il n'en sait pas plus.

— Tant mieux, répéta Robb.

— Il ne sait pas avec qui, ni où. Il ne sait rien d'autre.

Ils gardèrent le silence jusqu'à ce qu'Eddy demande :
— Tu penses souvent à elle ?

Oui et non. Il pensait parfois à Lily quand il souffrait de l'hostilité de Wilson Grant ou sentait la rancœur d'Ellen… Car elle lui en voulait, même si elle ne l'avouait pas. Lily se serait-elle montrée plus compréhensive ? Sa mère l'aurait-elle moins condamné que le père d'Ellen ? Rien n'était moins sûr, se disait-il en se rappelant la « dame de fer ».

Lily s'était enfin mariée. Leur rupture devait l'avoir anéantie pour qu'elle ait attendu si longtemps ! Mais s'il l'avait épousée, elle aurait risqué d'avoir un enfant comme Penn…

Elle avait échappé, par exemple, à l'humiliation que venait de subir Ellen à la petite école pour enfants « en difficulté scolaire » qui venait d'ouvrir en ville. En apprenant son existence, ils avaient retrouvé espoir, mais Penn avait été rejeté après une période d'essai de trois jours. Leur fils « n'entrait pas dans les critères de sélection ». Malgré cette formulation pleine de tact, ils n'en essuyaient pas moins un refus. Personne n'avait dit ouvertement : « Il est trop dur pour nous, et nous n'avons pas besoin de votre argent à ce point », toutefois c'était clair.

« Tu vois, tu n'as pas manqué grand-chose, Lily ! »

— Tu penses souvent à elle ? répéta Eddy.

— Non. Non, pas très.

— Ça vaut mieux. C'est de l'histoire ancienne. Bonne nuit, Robb.

10

1984

— Ce n'est pas grave, Walter, je t'assure, dit Lily. Je vais rester à lire dans le hamac.

— J'essaierai de rentrer assez tôt pour qu'on puisse remettre le pique-nique à ce soir. Ça dépendra. Si c'est une appendicite, comme je le pense, je devrai rester un peu avec la famille pour parler au chirurgien.

— Vas-y, ça ira très bien.

Walter avait des scrupules à laisser Lily, car elle entamait ses deux semaines de congé. Il avait tendance à l'enfermer dans un cocon. Elle eut un petit sourire satisfait en le regardant aller à sa vieille voiture poussive et partir pour l'hôpital.

Sous les chênes où était accroché le hamac, le soleil filtrait à travers le feuillage et dessinait un motif délicat dans l'herbe. Il était midi. Pas un souffle de vent ; une journée fraîche et claire. Mi-couchée, mi-assise, elle éprouvait un bien-être parfait. Sa vie la comblait.

— Tu aimeras Canterbury, lui avait assuré Walter. C'est une ville comme les autres, mais elle jouit d'une atmosphère particulière, plus campagnarde. Tu verras.

Elle n'avait pas été déçue ; la principale qualité de Canterbury, en ce qui la concernait, était son éloignement de Marchfield et même de Meredith, deux villes lui rappelant trop le passé. Elle faisait peau neuve. Les rues, qui suivaient les méandres d'une petite rivière paresseuse, étaient des rues anciennes, et anciennes aussi les fermes alentour, tout comme leur maison. Mais, pour elle, Lily Webster – et depuis quatre ans, Lily Blair –, c'était le renouveau.

Walter lui avait donné carte blanche pour s'occuper de la maison. Il se moquait de la décoration intérieure ; seul son métier l'intéressait, et il aspirait surtout au confort d'un bon fauteuil pour écouter musique classique et opéras pendant ses trop rares heures de loisir. Lily s'amusait beaucoup de sa distraction. Souvent, lorsqu'elle achetait un objet très repérable, telle une paire de lampes en bronze, ou une gravure à accrocher en haut de l'escalier, il ne remarquait rien tant qu'elle n'avait pas attiré son attention.

Elle regarda sa maison avec amour. L'extérieur était peint en gris doux, les volets en jaune citron. Aux fenêtres pendaient les rideaux blancs cousus à la main par sa mère. Chaque fois que celle-ci venait lui rendre visite, elle apportait des cadeaux, ne voulant jamais arriver les mains vides. Un autre de ses principes étant de ne pas lasser ses hôtes, elle espaçait ses visites avec tact. Mme Webster pouvait déployer des trésors de délicatesse lorsque la situation l'exigeait. Et l'enjeu était de taille, puisqu'il avait fallu six ans à sa fille pour trouver l'homme qui lui permettait de vivre enfin une existence « normale ». Car, d'après Emma Webster, une seule sorte de bonheur était possible pour une femme.

L'année précédente, ils avaient acheté le terrain voisin afin d'y construire un petit poulailler. Ils possédaient six poules, des leghorns, et un coq. Leur production d'œufs était loin de permettre d'en faire commerce, mais beaucoup trop abondante pour leur consommation personnelle. Les poules amusaient Walter, il adorait entendre leur caquetage paisible et le chant bruyant du coq à l'aube. Aucun voisin ne s'était encore plaint de ce clairon matinal ; peut-être parce qu'ils aimaient trop Walter pour lui gâcher son plaisir. Ou peut-être aussi, se disait Lily en riant, parce qu'ils se régalent de tous les œufs qu'ils reçoivent.

Oui, vraiment, sa nouvelle vie la rendait heureuse ; jamais elle n'aurait cru ce bonheur possible quelques années plus tôt. Il ne leur manquait qu'un ou deux enfants. Ils avaient acheté cette maison de quatre chambres dans cette perspective, mais toujours rien. On ne pouvait jamais préjuger de l'avenir ; quand on avait vécu un grand échec, on prenait la vie comme elle venait, avec plus de philosophie.

Lily se réjouissait à l'idée de lire dans le confort de son hamac. Un plaisir rare, paradoxal pour une bibliothécaire entourée de livres toute la journée. Elle appréciait donc, pendant ses courtes périodes de repos, de pouvoir se plonger dans sa lecture au point de ne plus entendre le téléphone ni la sonnette de la porte d'entrée.

Mais parfois, pas trop souvent, heureusement, de très vieux souvenirs remontaient à la surface, masquant la page qu'elle avait sous les yeux. Son roman lui glissait alors des mains, et elle restait immobile, le regard dans le vide. Le plus anodin des incidents suffisait à déclencher ces réminiscences. Ainsi, à l'instant, dans son hamac, peut-être était-ce la pensée des enfants qui l'avait fait partir dans ses songes. Elle avait si souvent parlé de ce sujet avec Robb...

Elle se demanda s'il était père, et s'en voulut aussitôt de se poser la question. La vie de Robb n'avait plus aucun lien avec la sienne. Une colère confuse montait en elle. Mais, bon sang, pourquoi ne pouvait-elle pas l'oublier une fois pour toutes ?

— Est-ce que tu penses encore à lui ? lui demandait Walter de temps à autre.

— Presque jamais.

Ce qui n'était pas tout à fait vrai. On n'effaçait pas dix ans de sa vie aussi facilement !

Lily se souvenait clairement de leur rencontre au lycée de Marchfield, à la rentrée. Les élèves des alentours venaient par le car de ramassage jaune, et ceux de la ville allaient à pied. Robb MacDaniel était descendu du car et était entré dans la classe de Lily Webster. C'était ainsi que tout avait commencé. Aussi simple que ça.

En regardant en arrière comme avec une paire de jumelles, elle voyait deux adolescents sortir de l'enfance, entrer dans le monde des adultes, pleins d'innocence, s'émerveillant de tout, et s'effrayant aussi de ce qui les attendait et de leur ignorance. Cependant, ils avaient eu confiance en eux, éblouis par leur amour.

Ils passaient tout leur temps de loisirs et d'étude ensemble. Mme Webster appréciait Robb. « Un garçon très bien élevé, commentait-elle. Il n'est pas comme tous ces jeunes d'aujourd'hui. Je connaissais sa famille avant la mort de ton père, au moment où nous avons emménagé ici et où les MacDaniel se sont installés dans la ferme près de Marchfield. Ils sont plus âgés que moi : ils ont eu Robb sur le tard. »

Sa bienveillance leur simplifiait la vie. Souvent, les filles vivaient un enfer si leurs parents n'aimaient pas le garçon qu'elles fréquentaient. Pour Lily, cette période s'était passée sans heurts. Elle avait même été autorisée à aller chez Robb. C'était là qu'ils avaient fait l'amour pour la première fois, dans le bûcher. Ils avaient été bouleversés par l'expérience, émerveillés, emplis de culpabilité, et terrifiés par le risque… jusqu'à ce que Robb apprenne comment lui éviter de tomber enceinte.

Ensuite, il y avait eu les premières années d'université, les serments, la confiance absolue, un chemin tout tracé… et puis l'accident.

Comment décrire la souffrance, l'angoisse et l'humiliation que la rupture lui avait fait subir ? Tout le monde avait été témoin de ce rejet, de cet échec. Allongée dehors par ce bel après-midi d'été, elle revivait sa douleur avec la même force…

Quelle idiote ! Pourquoi ce masochisme ? Elle n'en voulait pas, absolument pas ! Il fallait plutôt penser à ce qu'elle était parvenue à accomplir par la suite. D'abord, il y avait la première année à Meredith, son nouveau travail, les deux petites pièces tout en haut de la maison de Mme Macy, meublées par elle seule. Elle s'était sentie très isolée dans cette ville inconnue, et plus d'une fois son oreiller avait été humide de larmes ; pourtant, elle s'en était mieux sortie loin de sa mère, de sa pitié et de ses réflexions : « Dommage que le meurtre soit interdit », ou encore : « Je souhaite qu'il n'ait pas une minute de bonheur de sa vie. »

Elle pouvait aussi penser au fameux été où, grâce à ses économies, elle avait pu prendre deux mois de vacances dans le parc national de Glacier en compagnie de trois amies. C'était son premier voyage hors du Mississippi, et elle n'en oublierait jamais la splendeur. Ses amies, comme elle, étaient seules. La fille de Mme Macy attendait que son fiancé, Tim, un militaire, revienne d'une mission à l'étranger ; sa collègue bibliothécaire était une femme d'un certain âge qui venait de perdre son mari ; quant à la troisième, il s'agissait d'une fille charmante mais pas très jolie, avec d'horribles dents gâtées, qui n'était quasiment jamais sortie avec un garçon. Aucune d'elles ne s'intéressait donc aux conversations romantiques, et cela lui avait fait un bien souverain.

Autre voyage merveilleux, un périple organisé par l'université pendant lequel elle avait visité les bibliothèques les plus célèbres d'Europe. Et puis elle avait créé une salle de lecture pour la jeunesse et organisé des cours d'alphabétisation à la bibliothèque de Meredith.

— Eh bien, disait sa mère, tu t'actives. On ne peut pas t'accuser de te laisser aller !

En dépit du compliment, on percevait une certaine retenue : Lily n'avait toujours pas trouvé de fiancé. Pour Emma Webster, une femme sans homme n'était pas une femme accomplie.

« Drôle d'état d'esprit, songea Lily, et pourtant, il y a du vrai dans ce que pense maman. » Durant ces six années, elle s'était sentie très seule sans pouvoir y remédier. Elle avait été échaudée, et, malgré sa solitude, elle ne faisait plus confiance aux hommes.

Un jour, un homme était venu à la bibliothèque en quête d'un ouvrage de référence. Il s'agissait de l'obscur livre de philosophie d'un biologiste, qui ne se trouvait pas dans le fichier.

— Je n'avais pas trop d'espoirs, dit-il plaisamment, mais ça ne coûte rien d'essayer.

— Vous avez bien fait. Vous devriez aller voir à la bibliothèque de Fairfax, ou à celle de Canterbury.

— Je vis à Canterbury, et c'est une bibliothécaire de là-bas qui m'a envoyé ici.

— Ah, dommage.

Il était bien habillé, plus élégant que les gens de la campagne. « Il a l'air d'un banquier, ou d'un principal de collège », s'était-elle dit, car elle aimait jouer aux devinettes. Elle l'oublia très vite.

Elle fut donc assez surprise de le revoir la semaine suivante.

— Je passais, expliqua-t-il, et, puisque je suis arrivé trop tôt pour mon prochain rendez-vous, je me suis dit que ça ne dérangerait personne si je venais m'asseoir ici pour lire un peu.

— Bien sûr, installez-vous, répondit-elle. Vous trouverez les magazines et les journaux là-bas.

Cette fois, elle lui prêta plus attention. Il avait une belle voix, sensible, celle de quelqu'un qui sait écouter les autres. Cela mis à part, il était assez… assez ordinaire. Sa taille, son visage, ses cheveux brun clair n'avaient rien de remarquable.

Il lut tranquillement pendant qu'elle travaillait à la banque de prêt. Au bout d'un moment, alors qu'elle relevait la tête, elle se rendit compte qu'il l'observait. Elle eut l'impression qu'il la regardait depuis un moment et prit peur. Que lui voulait-il ?

Aussitôt, il se leva et s'approcha d'elle.

— Je vous ai effrayée, je suis désolé. Tenez, voici ma carte.

« Walter Blair, docteur en médecine », lut-elle, et une adresse de Canterbury à la suite.

— Vous pouvez vérifier, ajouta-t-il.

— Mais pour quoi faire ?

— Parce que je voudrais vous revoir… en dehors de la bibliothèque.

Lily, lassée par les soirées en ennuyeuse compagnie, fit non de la tête. Elle voulait bien admettre que son insatisfaction venait seulement d'elle, mais elle en avait assez de se fatiguer.

— Pourquoi non ? insista-t-il.

— Je ne sais pas, soupira-t-elle.

— Vous ne voulez pas me donner ma chance ? Je suis un type bien, vous savez.

— Je n'en doute pas, mais je ne suis pas d'humeur.

— Vous avez eu des expériences traumatisantes, peut-être ? Ou une seule, mais très dure ?

Là, il allait trop loin. Elle ne répondit pas.

— Vous êtes charmante, Lily. Vous ne pouvez pas pleurer toute votre vie.

Suffoquée, elle s'exclama :

— Vous connaissez mon nom ?

— Oui, je suis venu chez vous, un jour, à Marchfield. J'étais stagiaire chez le Dr Sam… C'est bien comme ça que vous l'appeliez ? En tout cas, je l'accompagnais dans ses visites.

— Vous m'avez vue quelques minutes, et vous vous souvenez de moi ?

— L'occasion n'était pas banale, et vous êtes une jeune femme tout à fait remarquable, même si je reconnais que vous n'étiez pas au mieux de votre forme ce jour-là.

À la surprise de Lily se mêlait un grand embarras. Quel spectacle elle avait dû donner d'elle, se débattant sur le divan, hurlant son désespoir !

— J'ai hésité à vous reconnaître la première fois que

je suis passé. Je me disais bien que je vous avais vue quelque part, mais je n'arrivais pas à vous resituer. Alors je me suis déplacé de nouveau, je vous ai observée, et la mémoire m'est revenue à l'instant.

La salle de lecture s'était vidée, car l'après-midi avançait et l'heure venait de rentrer chez soi pour dîner et passer la soirée en famille. Des questions muettes planaient au-dessus du bureau qui séparait Lily de cet homme surprenant. Il se demandait si elle allait accepter de le revoir, et elle hésitait. Il y avait de grandes chances, de très grandes chances, pour que son intérêt à son égard ne soit inspiré que par la curiosité. Les médecins n'assistaient pas tous les jours à des drames comme celui qu'elle avait vécu.

Il devina sans doute ses soupçons, aussi intervint-il d'un ton très convaincant.

— Je n'ai aucune intention de vous questionner sur ce qui est arrivé ce jour-là. Je vous trouve simplement très, très jolie, et j'aimerais vous inviter à dîner. Ce n'est pas plus compliqué que ça.

Après tout, pourquoi pas ? Pourquoi refuser une soirée agréable, une conversation intéressante, on voyait bien qu'il était intelligent et avait des choses à dire. Cela ne signifiait pas pour autant qu'elle cherchait la passion ou un « engagement » – notion très prisée par les hommes qui justement s'engageaient le moins.

— J'ai l'impression que vous allez accepter, commenta-t-il.

Elle crut détecter un éclat malicieux dans son regard, et elle lui répondit par un sourire.

Ils prirent leur temps pour dîner et ne se levèrent de table qu'au départ des derniers clients car le restaurant fermait. Ensuite, ils marchèrent jusqu'à ce que l'écho de leurs pas résonne trop fort dans le silence de la rue. Les paroles ont beau s'envoler, certaines conversations restent. Tel fut le cas de celle qui occupa Lily Webster et Walter Blair cette nuit-là.

Elle lui raconta des anecdotes de voyage et se rendit

compte qu'elle l'intéressait. Depuis peu, elle s'était découvert de l'esprit ; elle fut ravie de constater qu'elle le faisait rire.

Au bout de la troisième heure, il se mit à lui parler de son travail. Il lui confia que ses amis s'étaient tous spécialisés, mais que lui adorait son métier de médecin de campagne. Il aimait le rapport privilégié avec ses patients et, tout comme le Dr Sam, il effectuait des visites à domicile en cas de besoin.

Le samedi suivant, il lui proposa d'aller nager au lac. Elle accepta avec joie. Peu de temps plus tard, il revint à la bibliothèque et ils dînèrent ensemble une deuxième fois. Il n'avait toujours pas essayé de la séduire. Le souvenir de cette prudence la faisait encore rire aujourd'hui.

— Tu comprends, lui expliqua-t-il vers la fin de ce premier été, je connaissais déjà ton histoire sans pouvoir te le dire. Le Dr Sam m'avait tout raconté en partant de chez toi. Je savais que j'aurais fort à faire. Je me souviens qu'au début, quand je t'adressais des compliments, tu ne voulais pas me croire. Tu trouvais ton nez trop retroussé, et tes cheveux « queue de vache », alors qu'ils ont une très jolie couleur de miel ! Tu as vraiment mis longtemps à reprendre confiance.

Oui, le temps lui avait semblé long. Et encore aujourd'hui, quand ses souvenirs revenaient, elle devait étouffer des accès de colère et de rancœur terribles…

Le caquetage des poules égayait le silence. C'était par un après-midi d'été exactement semblable que leurs regards s'étaient croisés et qu'ils avaient compris : pour eux, le bonheur était là. À cet instant, elle avait entendu le chant des oiseaux et avait ressenti, oui, un immense bonheur.

Elle s'était retrouvée dans ses bras, accueillant avec délice le retour de l'amour. Cette flamme, ce désir n'était pas mort… Non, pas mort du tout !

— Vous aurez un beau mariage, avait décrété Emma Webster, toute à son bonheur de mère. On ne va se priver de rien.

Ni Lily ni Walter n'avaient accepté ses largesses. Par un autre après-midi d'été, leurs quelques proches – famille et amis – les avaient entourés lors d'une cérémonie très simple, avec des fleurs et de la joie à profusion…

Elle avait dû s'assoupir, car la voiture était revenue devant le garage sans qu'elle s'en aperçoive. Walter était rentré. D'ici à une seconde, il déboucherait de derrière la maison. Elle l'entendrait l'appeler, et elle verrait son visage s'illuminer de plaisir.

11

1984

Robb se dépêcha d'appeler Eddy afin de lui annoncer la nouvelle. En fait, il n'y attachait pas une grande importance, mais il était flatté, il l'admettait volontiers.

— Tu te souviens ? Tu m'as prédit il y a quelque temps que Fowler allait m'offrir un job… Eh bien, c'est fait !

— Ah, maintenant tu me crois, s'écria Eddy, triomphant. Je le savais ! Je le savais ! Alors il t'a invité à déjeuner, tu dis, et puis il a glissé qu'il savait que tu envisageais de changer de cabinet. Vas-y, continue…

— Là, c'était du bluff. Il n'avait rien entendu dire du tout, parce que, pour commencer, je n'ai aucune intention de partir de chez Grant.

Eddy siffla à l'oreille de Robb.

— Quoi ? Arrête ! Tu ne lui as pas dit ça, j'espère ?

— Non, j'ai dit que je le remerciais pour sa proposition, que c'était un honneur pour moi, mais que je devais en discuter avec ma femme. Il a fort bien compris.

— Donc, tu vas quand même en parler à Ellen ?

— Eddy… Bien sûr que non. C'est impossible.

— Je ne te comprends pas. Tu es fou.

— Si tu ne comprends pas, tant pis. C'est juste que… que les chamboulements, ça suffit. Il y a Ellen et son père, le cabinet… Nous sommes tranquilles. Penn est plus facile maintenant, nous soufflons un peu et… je ne vais pas nous compliquer la vie encore une fois. Voilà.

— Tu dirais non pour avoir la paix ? Dans ce cas, soyons clairs, Robb. Je ne cesse de te répéter que ton fils aura un jour besoin d'une place dans une institution qui coûtera les yeux de la tête. Les spécialistes te l'ont dit. Bon sang, même moi je m'en rends compte bien que je n'y connaisse rien. Quand il aura seize ans et que Julie sera une jeune fille, tu imagines l'enfer pour elle de vivre avec lui ? Sans parler de toi et d'Ellen. Robb, tu vas avoir besoin d'argent, de beaucoup d'argent. À moins que tu ne comptes le parquer dans un asile.

Robb frémit. Il imagina un lieu sordide, des visages vides, des hurlements…

— Ce serait horrible.

— Alors, décide-toi.

— Ce n'est pas le moment.

— Qu'est-ce qui te retient ? Ton beau-père est tellement gentil avec toi que tu ne peux pas lui faire de peine ?

— Tu plaisantes. Non, c'est pour Ellen. Je ne veux pas la faire souffrir, ce serait trop dur pour elle. Et puis, ajouta-t-il très vite afin de prévenir les objections d'Eddy, j'aime bien mon boulot au cabinet. Nous nous occupons de beaucoup de cas sociaux sans honoraires. Tu peux trouver que ça n'a aucun intérêt, mais moi je m'identifie aux gens défavorisés plus que toi, sans vouloir te vexer, vu le milieu d'où tu viens.

— Foutaises ! Tu ne vas pas me dire que le cabinet de Fowler ne fait pas la même chose.

— D'accord, mais…

— Et puis, si tu veux parler de ton milieu : Peter Harte n'avait pas un centime de plus que toi. Ses parents ont même hypothéqué tous leurs biens pour lui payer ses études. Il avait trente-cinq ans quand il a fini de rembourser. Donc on peut dire qu'il vient de loin. Et maintenant, regarde, associé du cabinet Fowler. Il faut voir où il vit, à Lambert Pike. Et sa maison, il ne la doit à personne, lui. Vas-y voir, son nom est sur la grille.

Eddy, sans penser à mal, se rendait parfois si odieux qu'on avait envie de l'étrangler. Il fallait s'habituer à son manque de délicatesse...

— Tu es devenu détective privé ? demanda Robb d'un ton acerbe. Une nouvelle corde à ton arc ?

— Je rencontre du monde, c'est tout. Mes oreilles traînent. Bon, je te quitte. Devlin m'attend dans une minute, et je vais devoir bosser jusqu'à minuit. Pense à ce que je t'ai dit, c'est sérieux, Robb.

Après avoir raccroché, il resta là, à regarder fixement le téléphone sans le voir. « Sa maison, il ne la doit à personne, lui ! » C'était un coup bas. Merci, Eddy. Avait-il demandé à vivre chez son beau-père ? Lui avait-on donné le choix ?

Plus tard, en rentrant chez lui, Robb remonta au pas l'allée du garage et arrêta la voiture un moment afin de contempler la maison. Distinguée et sobre, elle ressemblait à Wilson Grant. Oui, elle était bien à lui, remplie de ses meubles, ou plus exactement des meubles de ses ancêtres.

Lorsque Robb ouvrit la porte, il trouva devant lui la haute horloge d'acajou, les chandeliers d'argent (fin XVIIe) posés sur la commode de l'entrée (cintrée, avec une marqueterie de bois précieux). Les seules possessions de Robb MacDaniel étaient des êtres vivants : la petite Julie, qui venait d'arrêter ses gammes en l'entendant rentrer et accourait pour se jeter à son cou, et, devant la télévision, le petit Penn, qui ne l'entendait pas, et ne s'en souciait guère.

— Je déteste travailler les morceaux, expliqua Julie. La seule chose que j'aime, c'est jouer un air une fois que je le connais par cœur. Là, c'est drôle, je me sens toute maligne.

Elle avait déjà de l'humour ! Il se demanda si ce trait était rare chez les enfants de son âge. Oui, sans doute, car bien peu d'adultes possédaient plus tard cette capacité à l'autodérision.

— Tu es un vrai génie ! s'exclama-t-il en la serrant dans ses bras.

— Tu sais quoi, papa ? Penn aime bien m'entendre jouer. Il est content même quand je me trompe et que je joue faux et que ça casse les oreilles. Il reste assis par terre à me regarder. Il me fait de la peine.

Une tendresse toute féminine transparaissait dans cette réflexion. Julie commençait à comprendre. Et puis, Penn devenait un peu moins difficile. Seulement… seulement quand on les voyait ensemble, on ne pouvait s'empêcher d'imaginer ce qui aurait pu être…

— Tu as l'air vraiment fatigué, ce soir, observa Ellen. Ta journée a été dure ?

— Non, pas vraiment, un peu quand même.

Il regrettait presque de ne pas pouvoir lui parler de la proposition. Une offre de Fowler, Harte & Fowler n'était pas rien. Un coup magnifique, même. Mais, à la place, il parla des prochaines élections.

Le lendemain, en quittant le palais de justice, il fit un détour bien inutile pour passer devant l'immeuble qui abritait les bureaux de Fowler, Harte & Fowler. Comme s'il ne l'avait jamais vu ! Le bâtiment, assez récent, était le plus haut de la ville, ce qui le rendait célèbre. D'architecture moderne, mais sans excès, il donnait une impression de succès et de puissance. C'était là que se réglaient des litiges importants, tels que le procès actuel qui entourait la construction du nouvel échangeur de l'autoroute. Les sommes versées aux avocats devaient être astronomiques.

De retour à son bureau, avec Jasper, il se surprit à mentionner les honoraires en jeu dans cette affaire.

— C'est phénoménal, non ?

Jasper semblait moins impressionné que lui.

— Tu trouves ? répondit-il, laconique.

Un instant plus tard, il releva les yeux des papiers que Robb venait de lui soumettre, et remarqua pensivement :

— Je me demande ce qui rend les gens aussi avides. J'ai l'impression qu'aujourd'hui on s'imagine avoir besoin de beaucoup plus d'argent que nécessaire. C'est presque une maladie.

En temps ordinaire, Robb aurait été d'accord avec lui, mais cette fois il se hérissa, comme avec Eddy. Ce n'était pas tant par esprit de contradiction que parce qu'il ne savait plus que penser. Il eut la prudence de se taire.

Dans le parking, à l'arrière du bureau, Wilson Grant s'apprêtait à monter en voiture. Robb ne l'avait pas vu depuis plusieurs jours. D'ailleurs, il le croisait seulement au hasard des couloirs ; jamais ils ne déjeunaient ensemble, par exemple. Il devenait difficile d'imaginer qu'ils avaient un lien familial.

— Dites-moi, Robb, je trouve qu'Ellen et vous vous devriez organiser une soirée pour le départ de Harold Bancroft. Il prend sa retraite du conseil d'administration de la Croix-Rouge et rejoint sa femme en Floride. Ils méritent un grand merci pour leur travail. Tout le monde organise des petits dîners. Je ferais pareil si j'avais encore la maison, mais, dans mon appartement, c'est bien sûr impossible.

— Quelle bonne idée ! J'en parlerai à Ellen dès ce soir.

— Je n'osais pas vous le demander. Vous êtes tellement débordés, avec ce pauvre garçon.

Il ne disait jamais « Penn », mais toujours « ce pauvre garçon », comme s'il le connaissait à peine.

— Penn sera sage, et d'ailleurs nous ne le cachons pas. Nous n'avons pas honte de lui.

Il avait répondu avec calme et respect, mais le sens de sa remarque n'en restait pas moins clair. Grant ne releva pas, pour rien au monde il n'aurait montré la moindre réaction.

— Parfait, répondit-il avec une indifférence courtoise. C'est très bien. Je vous souhaite une bonne soirée.

Les deux voitures démarrèrent. Très en colère, Robb

s'en voulait de se laisser atteindre. Quel homme froid et injuste ! Même sa générosité, inspirée uniquement par l'esprit de clan, était glaciale. « Ah ! Si nous pouvions déménager, pensa-t-il. Je voudrais habiter quelque part, avec Ellen et les enfants, où je ne sentirais pas que tout me vient de Grant, même mon appartenance à la Croix-Rouge. » Mais allait-il se laisser chasser par un vieil homme lunatique ? N'avait-il pas mérité la place qu'il occupait ? Les associés de Fowler, Harte & Fowler, eux, devaient bien lui trouver des mérites.

Il avait le cœur plein de colère, et il voulut se débarrasser de ce poids avant de rentrer. Garder ce poison enfermé à l'intérieur était néfaste, et ce n'était pas bon pour sa famille de souffrir de sa mauvaise humeur. Donc, une fois au coin de sa rue, il continua au lieu de tourner. Mieux valait rentrer tard que d'arriver dans cet état. Il roula droit devant lui et, quelques instants plus tard, se trouva face à un panneau : « LAMBERT PIKE ».

C'est là que vit Harte, avait dit Eddy. Parfait, on allait bien voir dans quel cadre doré évoluait cet homme parti de rien. Par simple curiosité, bien sûr.

Les maisons étaient séparées les unes des autres par environ un hectare de jardin chacune. L'architecture était raffinée dans ce quartier résidentiel très huppé. En fait, les maisons ressemblaient à celle de Wilson Grant, en deux fois plus grand. Il ralentit devant la propriété de Harte, et aperçut des murs de brique peints en blanc et des volets vert foncé, tout au bout d'une longue allée de graviers. Un enfant surgit au coin de la maison, un garçon. Ce genre de personne devait avoir trois ou quatre enfants, tous brillants, grands et heureux. Il fit demi-tour et rentra chez lui.

Cette nuit-là, il dormit mal. Ses pensées se bousculaient dans sa tête, semblables à des lapins affolés. Il se souvint de ceux qui, surpris par les chiens dans le potager de sa mère, tournoyaient de peur sur eux-mêmes. C'était si loin, il y avait presque un siècle, sur un autre continent. Il mesurait les pas de géant qu'il avait faits depuis le potager. Que de trajet parcouru !

Pourquoi ne pas avancer d'un pas de plus ? Eddy avait peut-être raison. De quoi avait-il peur ? Il se retourna doucement dans le lit afin de ne pas réveiller sa femme. Avec précaution, il se retourna encore, et encore.

— Que se passe-t-il ? chuchota Ellen. Ça ne va pas ?

Ce fut ainsi qu'il lui dit tout. Il lui fut plus facile de se confier dans le noir, le visage caché par l'obscurité. Lorsqu'il eut terminé, elle se tut quelques secondes puis s'écria :

— Tu n'hésites pas, tout de même ?

— Je ne sais pas… un peu quand même.

— Mais tu avais l'air… Tu dis toujours que ton travail te plaît. Ça fait presque dix ans ! Tu vas sûrement passer associé cette année. Grant, Taylor, Jasper & MacDaniel, tu ne trouves pas que ça sonne bien ? Tu gagneras autant que papa.

— Ce n'est pas assez.

Robb regretta aussitôt sa réponse qui semblait rabaisser le père d'Ellen.

— Comment ça, pas assez ? Je dois avoir mal entendu.

— Je t'assure. Pense à ce qui nous attend. Nous allons devoir trouver un endroit convenable pour Penn.

— Tu vois trop loin. Ce n'est pas sûr du tout.

— Bien sûr que si, et tu le sais.

— On peut toujours espérer.

— Tu te berces d'illusions. Demande à ton ami Phil Lawson. Il te l'a déjà dit je ne sais combien de fois.

— Nous pourrions nous servir de l'argent laissé par ma mère. Ce n'est pas une fortune, mais nous n'y avons pas encore touché. Ça devrait suffire.

— Rien n'est moins sûr. Et puis, c'est ton argent à toi. Je veux subvenir moi-même aux besoins de mon enfant. Je me débrouillerai tout seul.

— Tu me dis ça sur un ton… Il y a autre chose qui te tracasse.

— Disons que je suis un peu surpris que tu ne m'aies même pas un peu félicité. D'autres se vendraient pour qu'on vienne les chercher comme ça.

— Pardon. Je suis très impressionnée, je t'assure. Bien entendu… extrêmement. Mais… je le reconnais, j'ai d'abord pensé à mon père. Sa santé n'est pas très bonne et, si tu pars, ça va lui briser le cœur.

Peu probable. Il serait un peu gêné par ce qu'on dirait derrière son dos, un peu humilié face aux gens du métier, mais au-delà…

— Je ne veux pas lui faire de mal, Ellen. Je t'assure. Mais ce sont des choses qui arrivent. Parfois, les événements les plus inattendus surgissent. On est complètement pris au dépourvu. Je rencontre Fowler dans un café, et ma vie prend un nouveau départ.

— Comme le jour où nous nous sommes rencontrés ? Tu as vite oublié Lily.

C'était la deuxième fois en moins d'une semaine, et après des années, qu'on prononçait le nom de Lily devant lui.

— Ce sont des choses qui arrivent, répéta-t-il.

— Je vois. Et que va-t-il arriver d'autre ? Tu vas rencontrer une autre femme, un beau jour, dans un café ?

— Ellen, je t'en prie. Il ne s'agit pas de ça. Avec ce travail, on pourra déménager, on aura plus d'argent. Ça n'a rien à voir avec nous deux. Tu es la femme de ma vie, la mère de mes enfants.

Il l'attira à lui. Il la sentit se raidir, résister, mais il la retint.

— Comment ça, déménager ? lança-t-elle. Je ne veux pas bouger d'ici. Je te jure, Robb. J'adore cette maison. Ici, tout me parle, les hêtres, la frise de canards jaunes que j'ai peinte dans la chambre des enfants. L'ancienne de Julie qui est maintenant celle de Penn. Il aime beaucoup ses canards…

Sa voix s'étrangla.

« Je lui fais du mal, se dit-il, abattu. Je ne supporte pas ses larmes. N'ai-je pas assez gâché sa vie comme ça ? »

— Nous resterons ici, ne pense plus à ce que j'ai dit. J'ai parlé sans réfléchir.

Il y avait beaucoup réfléchi, au contraire, seulement il n'avait pas compté lui soumettre son idée aussi vite, ni de manière aussi brutale.

— Je ne sais plus où j'en suis, sanglota-t-elle. Tu m'annonces ça sans prévenir, c'est trop pour moi… trop d'un coup. Jure-moi que nous ne partirons jamais de cette maison. Tu me le jures ? Tu ne vois pas à quel point c'est important pour moi ?

— Oui, oui, je te le promets.

— Et ce nouveau travail, tu vas le refuser ?

— Sans doute. Je vais encore réfléchir. Je ne sais pas.

Plein d'incertitudes, il continua péniblement.

— Je verrai. Je ne suis pas sûr. Ne m'oblige pas à me prononcer tout de suite. Pas ce soir.

— Tu tournes en rond.

C'était tout à fait cela. Il tournait en rond depuis ce fameux après-midi au café.

— Que veux-tu que je te dise ? Je suis stupéfait ! s'exclama Jasper.

En lui apportant les documents, Robb n'avait pas projeté de parler de la proposition du cabinet Fowler. Ses idées étaient encore trop confuses. Un grand combat se livrait en lui, entre les promesses mirifiques de Fowler, les encouragements pragmatiques d'Eddy, et l'angoisse d'Ellen. Il fallait songer que tous les trois étaient guidés par leur caractère, leur intérêt personnel. Par contraste, Jim Jasper était un homme droit et rationnel, que n'influencerait aucun intérêt d'ordre financier ou affectif. Robb ne put résister à la tentation de se livrer.

Les sourcils de Jasper se levèrent très haut sur son front dégarni. Il posa son stylo et ôta ses lunettes, comme si cela devait l'aider à mieux comprendre.

— Une proposition ? répéta-t-il.

— Oui, il y a quelques jours.

Robb lui donna succinctement quelques détails.

— Eh bien, félicitations, c'est flatteur, mais, bien sûr, tu as refusé, j'imagine.

— Je ne sais pas trop ce que je dois faire, Jim, c'est ça qui m'embête. Je n'avais pas l'intention de t'en parler, et je préférerais que tu gardes ça pour toi.

Jasper ne répondant rien, Robb continua :

— J'hésite beaucoup. Je change d'avis tout le temps. Il y a de nombreux facteurs à considérer… surtout l'avis de ma femme. Je ne dors plus depuis plusieurs nuits.

— À mon avis, tu ferais une énorme bêtise en quittant notre cabinet. Je ne comprends pas comment tu peux même l'envisager.

— C'est une question d'argent. J'ai besoin d'argent.

— Vraiment ? Pourtant, je dirais que tu vis plutôt bien.

— Je pense à l'avenir. À mon fils.

— Il doit bien exister des solutions. Les assurances, des placements…

— Ce sera très cher. Et problématique. Cet argent, je peux le gagner, maintenant… tout de suite.

Cette déclaration fut suivie par un silence. Robb regarda par la fenêtre, d'abord le carré de gazon, puis la maison ancienne de l'autre côté de la rue, les chênes, puis enfin, par la porte ouverte de son bureau, les livres qui tapissaient les murs. Il était très attaché à cet endroit, il s'y sentait chez lui. Une partie de son cœur voulait rester. Mais ce n'était pas si simple…

— Enfin, bref, voilà l'histoire, dit-il abruptement. Je vais encore y réfléchir. Merci pour tes conseils.

En fin d'après-midi, alors que Robb s'apprêtait à partir, il fut convoqué à l'étage par Wilson Grant. En entrant, il vit aussitôt que son beau-père, assis derrière le bureau, était furieux. Malgré cela, il fut accueilli par une voix parfaitement maîtrisée.

— Il paraît que Fowler, Harte & Fowler essaient de vous récupérer et que vous envisagez de quitter notre cabinet. Est-ce exact ?

— Eh bien, oui, mais je ne me suis pas encore engagé ; voilà pourquoi je ne vous ai rien dit…

— Je voudrais bien savoir comment vous pouvez même envisager une chose pareille.

— Cette proposition, que je n'ai en rien sollicitée, je vous l'assure, est très tentante. On me propose une fois et demie ce que je gagne ici. Et pourtant, je ne suis même pas certain de vouloir accepter. Je regrette que Jim vous en ait parlé. Il n'aurait pas dû.

— Ainsi, vous étiez prêt à prendre votre temps pour réfléchir, et puis à vous défiler en nous donnant deux semaines de préavis comme une vulgaire dactylo ou une femme de ménage. De la part d'une petite employée, d'ailleurs, je le comprendrais très bien, mais de la vôtre, non.

— Je n'avais aucune intention de me « défiler », comme vous dites.

Il trouvait ce mot fort insultant.

— Je ne me suis jamais défilé, à aucun moment de ma vie, et je ne compte pas commencer maintenant.

Robb se dressait de toute sa taille. On ne l'avait pas invité à s'asseoir, et maintenant il n'en avait plus envie. Il se sentait mieux debout, car il prenait ainsi l'avantage sur l'homme assis dans son fauteuil.

— Peu importe, je peux employer un autre mot. « Malhonnête » convient peut-être mieux à la situation. Si vous étiez insatisfait, vous aviez le devoir de m'en informer.

— Je ne suis pas insatisfait. J'aime mon travail. J'ai tout appris ici. J'ai toujours pensé que ce cabinet m'apportait beaucoup.

Derrière Grant, sur le mur, étaient accrochées des photos : la mère d'Ellen, au sourire serein et au collier de perles, le frère d'Ellen, et, bien en vue, Ellen elle-même avec Julie bébé sur les genoux. Les grands yeux en amande de ses deux chéries suivaient Robb du regard, comme, disait-on, ceux de la Joconde observaient ses admirateurs.

Dans ce groupe de famille, Penn n'avait pas sa place.

— Quelle noblesse de sentiment, remarqua Grant, mais cela ne compense tout de même pas l'argent que je ne peux pas vous offrir.

— Si l'argent revêtait une telle importance pour moi, j'aurais accepté tout de suite la proposition de Fowler.

Les lèvres de Grant prirent un pli de dédain. « Est-ce que je le déteste ? se demanda Robb. Je n'ai jamais vraiment éprouvé de haine pour personne. Pourtant, je me demande comment j'ai pu l'admirer autant. Je le voyais chez lui, près du portrait de son ancêtre, son jumeau presque, des hommes probes, respectables et… oui, je l'admets, des notables. Une position bien méritée d'ailleurs. Avec de telles qualités, avec son admirable indifférence pour les choses matérielles, ses œuvres de charité, ses bonnes causes, comment peut-il avoir le cœur aussi sec ? Il n'aime qu'Ellen. Au début, il m'avait aussi ouvert son cœur. Mais, à la naissance de Penn, pauvre petit sans défense, il m'a détesté. J'ai commencé à me sentir de trop parmi eux, dans leur maison. Certes, j'ai étouffé ce sentiment, mais je n'y suis jamais parfaitement parvenu. Pas plus que je n'ai oublié la remarque d'Eddy. Il considère que je suis pendu aux basques de mon beau-père. On me dit que je suis hypersensible. C'est possible. Mais susceptible, là, non. »

— Si ce qui vous attire, ce n'est pas la renommée de Fowler et ses appuis politiques, qu'est-ce que c'est ?

Il aurait pu répondre qu'il voulait de l'argent pour Penn, et, pour être encore plus proche de la vérité, qu'il voulait de l'argent pour retrouver sa dignité. Au lieu de quoi, le sarcasme, l'ironie mordante de Grant le poussèrent à risquer une réponse plus courageuse.

— J'ai compris que vous me méprisiez.

— Pardon ? Je ne me suis jamais plaint de vous ni n'ai jamais manqué de courtoisie à votre égard.

— Vous n'avez pas critiqué mon travail, c'est vrai, parce que vous n'aviez aucun motif de mécontentement. Mais, depuis la naissance de Penn, vous m'avez traité avec mépris, monsieur. Vous avez ignoré cet enfant. Je finis par en avoir assez.

— Ce mot de « mépris » est un peu fort.

— C'est ce que j'ai ressenti.

— Tenez-vous ce genre de discours à Ellen ?

— Non.

— Je ne veux pas que vous lui parliez de ça. Elle a déjà assez à supporter, et je veux lui épargner ces disputes stériles. C'est ma fille.

— Et c'est ma femme, vous semblez l'oublier. Ma femme bien-aimée.

Ils se toisèrent. Dans un autre milieu, songeait Robb, ils en seraient venus aux mains. Ici, seul le langage servait à se battre.

— Vous avez épousé votre femme en lui cachant la vérité. On vous a bien dit que soixante pour cent des personnes anormales comme votre fils ont des antécédents. Soixante pour cent ! Vous deviez bien le savoir. Vous ne me ferez pas croire que vous en étiez ignorant. Vous avez menti. Menti par omission.

Le cœur de Robb battait à grands coups. Il avait un mauvais goût dans la bouche, chaud et amer, semblable à du sang.

— Cette conversation ne rime à rien, répliqua-t-il. Je vous remercie, au moins, de m'avoir enfin avoué franchement vos sentiments pour moi. Cela vaut mieux pour nous tous.

Il regagna la porte à grands pas.

— Je vous prie de demander à Jim de mettre au point les modalités de mon départ afin que le cabinet n'ait pas à en pâtir, merci. Nous n'aurons plus aucune raison de nous rencontrer. Bonsoir, monsieur.

Dans le couloir du rez-de-chaussée, il s'arrêta au distributeur d'eau. Il remplit un gobelet en carton, le vida d'un trait, puis le remplit de nouveau afin de se rafraîchir le visage et les mains.

Jamais il ne révélerait à Ellen la teneur exacte de cette entrevue, mais les conséquences étaient inévitables. Elle souffrirait forcément de cette brouille entre son mari et son père. Il devinait déjà son chagrin, la douleur qui resterait en elle. « Je ferai tout pour compenser ce désastre, se jura-t-il. Tout. »

Au moins, à présent, les jeux étaient faits. Grant avait simplifié sa prise de décision.

Jasper enfilait son pardessus quand Robb entra dans son bureau pour lui annoncer la nouvelle. Il l'écouta gravement.

— Robb, je suis navré d'être allé lui soumettre le problème. Je voulais bien faire. J'espérais qu'il arriverait à te dissuader avant que tu prennes une décision irréversible.

— Je comprends.

— Alors, les dés sont jetés ?

— Oui. Maintenant il n'y a plus de retour en arrière possible.

— Je persiste à penser que c'est une grosse erreur. J'espère seulement que tu n'auras pas à le regretter.

— Je ne pense pas, répondit Robb calmement.

Il aurait aimé se confier plus, lui expliquer le calvaire que lui avait fait vivre Grant, lui parler de ses sentiments pour Penn, et de tout le reste. Mais il se connaissait et savait que, étant de nature très discrète, il s'en voudrait plus tard d'avoir trop parlé. Il se contenta donc de donner une chaleureuse poignée de main à Jasper et promit de garder le contact. Après quoi, il retourna à son bureau, décrocha le téléphone et appela Eddy.

— Allô, Eddy ? Ça y est. J'ai lâché les basques de mon beau-père !

12

1986

En sortant du cabinet de Phil Lawson avec Penn, Ellen s'arrêta sur les marches de l'hôpital. À cet endroit, un souvenir fugitif la visitait parfois. Elle revoyait paraître Robb MacDaniel le jour de leur rencontre de hasard si bien orchestrée. Elle sourit, se rappelant la démarche d'homme pressé qu'il avait encore aujourd'hui, la lourde chaleur, le silence somnolent de la rue, le ruban vert qu'elle portait à son chapeau de paille, et l'air grave de Robb, qui lui donnait un petit air de héros national, à la Lincoln.

— Je veux une sucette ! réclamait Penn. Au chocolat.

— D'accord. Nous en achèterons une au parc.

— Je peux monter sur le dada ? demanda-t-il.

Il adorait les chevaux de bois du manège.

— Oui.

Elle lui prit la main pour traverser. Ils passeraient l'après-midi au parc. Elle avait apporté des crackers qu'il pourrait émietter pour les canards. Ensuite, ils reviendraient tranquillement jusqu'au parking et rentreraient à la maison accueillir Julie à son retour de sa leçon de piano.

Les journées s'organisaient toutes ainsi. Ellen devait jongler avec les inconciliables, par exemple les cauchemars de Penn et les nuits de sommeil bien méritées de Robb. Elle devait aussi préserver Penn de toutes sortes de dangers, comme, à l'instant, de la voiture qui sortait d'un garage… Ellen eut un frisson en pensant à l'alerte de la semaine précédente. Mme Vernon avait poussé un cri d'effroi quand Penn était parvenu à échapper à sa surveillance, et Ellen avait cru mourir de peur.

Mais, dans l'ensemble, la vie était plus facile à présent, beaucoup plus. À sept ans, Penn se comportait tel un enfant de quatre ans plutôt agréable. Il suffisait de savoir le prendre. Elle lui acheta donc sa sucette et l'aida à grimper sur le cheval… après une petite crise d'indécision entre une monture blanche et une noire.

Lorsqu'elle put enfin s'asseoir, elle s'aperçut qu'elle était très fatiguée. Peut-être ne prenait-elle pas assez d'exercice ; ce n'était pas facile de trouver le temps de faire du sport. Ou alors, il s'agissait d'une fatigue morale, mais elle avait du mal à l'admettre. À une époque, son journal intime l'avait aidée à comprendre ses états d'esprit, mais elle avait éprouvé une telle honte quand Robb l'avait lu qu'elle l'avait jeté au feu. Son frère et elle avaient été élevés avec l'interdiction de se plaindre, même par écrit, surtout par écrit. Son père le lui avait d'ailleurs encore rappelé lors de leur dernière entrevue.

Jouer les remparts entre les deux hommes n'était pas simple. La plus pénalisée, c'était elle. Au cours des deux ans qui avaient suivi la grande crise, ils en étaient arrivés à une guerre froide. Son père, comme il le faisait d'ailleurs depuis longtemps, continuait à lui rendre visite lorsque Robb était absent, et elle allait le voir à son bureau à l'heure du déjeuner. Pendant les fêtes, elle invitait des amis afin qu'ils jouent un rôle de tampons. Ainsi, aucun des deux hommes, assis chacun à un bout de la table ou à une extrémité de la pièce, n'empiétait sur le territoire de l'autre.

— C'est surtout lui qui m'en veut, déclarait Wilson Grant. Il ne m'aime pas car il a honte de nous avoir caché la vérité.

Chaque fois, Ellen laissait passer ce commentaire. Son père venait d'avoir une deuxième crise cardiaque, et elle avait beau le trouver très injuste, même cruel, elle ne voulait pas se disputer avec lui.

— Je suis trop vieux pour garder ce genre de rancœur longtemps, affirmait Robb dès que le sujet revenait perturber leur vie de couple.

Bien entendu, il disait cela uniquement pour démontrer que son beau-père se conduisait comme un gamin.

— Il est vexé parce que j'ai fini par oser lui tenir tête.

Robb, depuis quelque temps, avait le vent en poupe. Il était associé en second et, avant un an ou deux, deviendrait associé principal. Pour lui, cela ne faisait aucun doute, car, sans cette perspective, on ne l'aurait pas invité à se joindre au cabinet. Heureux tel un enfant qui vient de recevoir un jouet, il avait fait visiter à Ellen les vastes bureaux occupant les deux étages du fameux immeuble. Elle avait été touchée par son enthousiasme, et s'était sentie très fière de lui.

Peu à peu, il changeait, mais la transformation n'altérait en rien leur relation. Il était tendre, comme toujours, et même souvent plus passionné qu'autrefois. Il s'agissait d'un subtil changement d'humeur, son allégresse allant parfois jusqu'à l'exubérance. Quand il rapportait un chèque à déposer sur leur compte joint, il le lissait entre ses doigts, et cette sensation le transportait. Fini, les soirées passées à équilibrer le budget, car, à présent, ils avaient plus que le nécessaire. Il ne calculait plus, ne se privait plus pour joindre les deux bouts. Ellen était heureuse elle aussi. Heureuse qu'il apprécie son indépendance, le rythme infernal de son métier, les déjeuners d'affaires, les réunions avec les notables. Il avait rajeuni. Elle se disait que toute cette activité rattrapait peut-être les années mornes qui avaient suivi la naissance de Penn.

Un jour, il lui avait fait la surprise de ramener deux voitures, une pour chacun d'eux, achetées le jour même. Un peu plus tôt, il l'avait déjà étonnée par la commande au tailleur d'Eddy d'une demi-douzaine de costumes sur mesure.

— Eddy a raison. Maintenant je comprends à quel point c'est important, avait-il expliqué. Il faut faire bonne impression. Je sais, ça peut sembler superficiel, mais reconnaissons qu'on juge les gens à leur apparence.

Venant de sa part, cette réflexion surprit beaucoup Ellen. Elle n'avait rien contre, mais s'étonnait d'un tel renversement de ses opinions.

— Ce n'est pas une critique, mais je voudrais bien savoir ce qui te prend.

— La clientèle est différente. Ils s'attendent à autre chose.

Elle ne demandait qu'à le croire. Après tout, son expérience en la matière était nulle. L'écriture et l'illustration étaient des arts solitaires. Les deux petits livres qu'elle était péniblement parvenue à produire depuis le premier n'avaient pas plu. En les présentant à l'éditeur, elle avait pressenti le refus et ne s'était pas trompée. Elle n'avait plus rien fait depuis, et donc même ce contact limité avec le monde du travail avait disparu.

Le manège tournait. Le rythme syncopé de la musique battait aux oreilles, tandis que le visage de Penn reparaissait à intervalles réguliers. Il serait bien resté une heure entière si elle l'avait laissé, et elle le lui permettait souvent, donnant une liasse de tickets dès le départ au surveillant du manège qui le connaissait bien. « Penn n'est pas difficile à repérer, songeait Ellen ; un garçon grand pour son âge, beau, de toute évidence choyé, avec des réactions de bébé et une bouche souvent grande ouverte. Il éveille probablement autant de curiosité que de pitié. »

Deux écoliers passaient, cartable sur le dos. Ils étaient à peine plus âgés que Penn, qui pourtant jamais ne leur ressemblerait, jamais n'irait en classe de ce pas vif, en riant. Si seulement il y avait eu une école spécialisée à distance raisonnable ! Les rares établissements en ville ne voulaient pas les aider. On aurait pu leur donner une chance !

Même la charmante jeune femme qu'elle avait convaincue de venir donner des cours particuliers à Penn avait abandonné l'idée de lui apprendre l'alphabet.

— Je n'ai pas la formation nécessaire pour m'occuper d'un enfant tel que lui, avait-elle expliqué, navrée.

Sans doute, mais il était probable aussi que Penn ne serait jamais capable d'apprendre à lire.

— Peut-être plus tard, avait ajouté la jeune femme gentiment.

Elle avait un garçon de l'âge de Penn.

« Peut-être plus tard. »

Ellen était abîmée dans sa songerie lorsqu'on lui tapa sur l'épaule.

— Bonjour, dit Phil Lawson.

L'ayant quitté peu de temps auparavant, elle fut surprise de le voir, et surtout de le voir dans le parc.

— J'ai reconnu votre chapeau de paille, expliqua-t-il.

— C'est toujours de cette façon que les gens me repèrent. C'est pour me protéger des coups de soleil, j'en prends très facilement.

— Oui, j'ai remarqué que vous aviez la peau blanche.

— Qu'est-ce qui vous amène dans le parc ?

— L'automne et l'envie de respirer un peu d'air frais. Je me suis garé de l'autre côté, dans Fuller Street, de cette façon, je suis obligé de traverser le parc pour la reprendre.

— Ohé, Philip ! cria Penn tout excité en agitant les deux bras. Ohé !

— Attention, mon grand, tu vas tomber de ton étalon, avertit l'homme du manège en le prenant dans ses bras et en l'aidant à descendre.

— Je ne savais pas qu'il vous appelait Philip, remarqua Ellen.

— C'est tout nouveau. Il a dû entendre quelqu'un m'appeler comme ça.

— Philip, c'est un peu solennel, non ? Je n'arrive pas à vous associer à ce prénom.

— Oui, je comprends, mais en fait je préfère Philip à Phil, sans doute parce que ça m'évoque des souvenirs.

— Je ne savais pas. À partir d'aujourd'hui, nous vous appellerons tous Philip. Je préviendrai Robb.

— Ça n'a pas d'importance. Vous allez vous promener ?

— Oui, nous allons au lac. Penn a des crackers pour les canards.

En général, Penn courait en avant, ce qui obligeait Ellen à le poursuivre. Aujourd'hui, il marchait lentement en s'accrochant à la main de Philip comme si, se disait Ellen, il avait envie de prolonger le contact. Leur allure paresseuse s'accordait à la douceur de l'après-midi. Même en pleine ville, un parc pouvait être idyllique selon qui l'on y rencontrait. Il n'y avait pas foule, seulement des mères avec leurs jeunes enfants, des couples de personnes âgées bras dessus bras dessous, deux amoureux, des poussettes, un étudiant qui lisait sur un banc. Un vieil homme nourrissait les pigeons, tandis que sur le lac les canards nageaient près du bord, en guettant la nourriture.

— Attends, intervint Ellen, ne les jette pas entiers, chéri. Montre à Philip comme tu fais bien les miettes.

— Je sais ! Je sais ! protesta Penn.

Un peu en retrait, à l'ombre, ils l'observèrent. Penn souriait en écrasant les crackers qu'il lançait ensuite. Il adorait les canards.

— Penn progresse beaucoup, observa Philip.

— Oui, par petites étapes… Dire qu'il a sept ans !

Elle n'avait aucun désir d'accélérer le passage du temps. Après tout, elle avait déjà plus de trente ans ; cela passait bien assez vite. Et même, pour Penn, elle aurait voulu que tout s'arrête, car, plus il vieillissait, plus ils approchaient de la terrible décision. Un jour, il deviendrait adulte. Comme cela lui arrivait souvent quand elle se l'imaginait à quinze ou vingt ans, les larmes lui montèrent aux yeux. Elle pencha la tête et se dissimula derrière le bord de son chapeau. Par pudeur, elle aurait préféré que Philip s'en aille. Celui-ci ne dit rien, s'éloigna d'elle et rejoignit Penn près des canards.

Avant la disparition du dernier cracker, elle avait réussi à se reprendre. Elle était experte pour ravaler ses larmes, ayant horreur de se laisser dominer par ses émotions.

Ils se dirigèrent vers la distraction suivante : le tas de sable. De tout petits enfants y jouaient, surveillés par les mères. De son grand sac, Ellen sortit un seau et une pelle. Ensuite, elle retira les chaussures de Penn et lui demanda de s'asseoir sur le rebord en bois pour jouer. Trop consciente des regards méfiants qui observaient Penn et des coups d'œil qui s'échangeaient, elle fit l'indifférente. Elle en avait l'habitude mais aurait aimé pouvoir répondre aux questions muettes : « Oui, il est retardé, mais il ne fera aucun mal à vos enfants, ne craignez rien. »

— Philip, ne pars pas ! s'écria Penn.

— Non. Je vais m'asseoir là, sur ce banc.

Maintenant, elle était contente qu'il soit resté. Ils allaient pouvoir parler, ce qui lui permettrait d'oublier le silence réprobateur qui les entourait.

— Penn ne vous empêche pas de rentrer chez vous, au moins ? demanda-t-elle.

— Je n'ai aucune raison de me dépêcher. Personne ne m'attend, sauf mes chats, et comme ils sont deux ils ne s'ennuient pas.

Cette réponse la surprit. Même si leur relation était devenue chaleureuse au cours des ans, elle n'en était pas moins restée professionnelle. En sa qualité de psychothérapeute, il avait demandé beaucoup de détails à Ellen et à Robb sur leur vie privée, alors que, de leur côté, ils ne savaient pas grand-chose de lui. Bien qu'il n'y ait pas de photos de famille dans son bureau, Ellen avait imaginé qu'il partageait sa vie avec une femme. Il n'avait rien d'un célibataire seul avec ses chats !

— Oui, commenta-t-il comme s'il avait deviné ses pensées. Je vis seul depuis longtemps. Ce n'est pas le meilleur moyen d'être heureux, mais c'est devenu une habitude difficile à rompre. J'ai essayé, pourtant ; je me suis lié avec des femmes, mais ça n'a jamais duré, et donc je me suis rabattu sur mes chats.

Il la regarda. « Ses yeux sont étonnants, songea Ellen, je n'en ai jamais vu d'aussi bleus. »

— Je vous ai mise mal à l'aise, remarqua-t-il.

— Mais non… J'attendais simplement… Je croyais que vous alliez continuer et je ne voulais pas vous interrompre.

— Oui, je crois que j'étais sur le point d'ajouter quelque chose, et puis je me suis ravisé. Ce serait mal venu. C'est trop personnel. Je vous ennuie.

— Je ne trouverais une confidence ni mal venue ni ennuyeuse, Philip. Vous vous dites sans doute que mon fils est un de vos patients et que vos affaires ne m'intéressent pas. Détrompez-vous. Robb et moi, nous vous sommes infiniment reconnaissants. Vous nous avez soutenus, vous êtes notre ami.

Il sembla touché. Il se tut une minute, puis, détournant le visage, il reprit la parole.

— Aujourd'hui, c'est un anniversaire, pour moi. Un jour qui me torturera sans doute toujours. Je suis originaire du Canada. Là-bas, en cette saison, le climat est épouvantable. Voilà quinze ans, malgré mes réticences, j'ai laissé ma femme prendre la route alors qu'il y avait une tempête. Elle a perdu le contrôle de sa voiture sur le verglas et est entrée en collision avec un autre véhicule. Elle a été tuée sur le coup, et notre enfant est mort de ses blessures un mois plus tard. Je ne peux oublier ce long mois de souffrances. Je n'aurais jamais dû accepter de la laisser partir par ce temps.

Il se tut. « On ne connaît jamais vraiment les gens, pensa Ellen, à moins qu'ils ne décident de vous faire confiance. Il a toujours l'air si bienveillant, si raisonnable, si équilibré. »

— Ce n'était pas votre faute, protesta-t-elle d'une voix très douce. Votre femme était adulte, vous ne pouviez pas l'empêcher de faire ce qu'elle voulait.

— Oui, je sais, vous avez raison. C'est logique. Malgré tout, je ne peux pas m'empêcher de me dire que j'aurais dû trouver un moyen de l'arrêter. Comme je vous l'ai dit, le souvenir de notre enfant me torture. J'ai l'impression d'entendre ses reproches.

— Donc, c'est pour cette raison que vous êtes parti si loin de chez vous et que vous avez choisi de vous occuper d'enfants ?

— Oui.

— Vous cachez très bien votre chagrin, Philip.

— Vous aussi.

— Robb aussi.

— Oui. Il a une grande force de caractère.

En silence, ils restèrent à admirer le parc ensoleillé. Le vieil homme nourrissait toujours les pigeons ; une dame toute petite passait, tenant un énorme saint-bernard en laisse ; de gros nuages d'orage s'accumulaient à l'est, tandis que le soleil déclinait vers l'ouest. Les mères commençaient à appeler leurs enfants, enlevaient le sable de leurs vêtements et repartaient. Penn avait rempli et démoulé son seau une bonne centaine de fois. Sans s'en apercevoir, ils étaient demeurés sur le banc pendant plus d'une heure et demie.

— Julie doit être revenue de sa leçon, dit Ellen. Il est temps que je rentre.

— Comment va-t-elle ? J'ai l'impression de la connaître, et pourtant, je n'ai pas dû la rencontrer plus de six fois en tout.

— Je dois beaucoup parler d'elle…

— Non, pas tant que ça. En fait, ce n'est pas ce que vous dites qui m'aide à me la représenter, c'est votre expression. Robb et vous, vous vous illuminez lorsque vous en parlez.

— J'imagine qu'elle n'est extraordinaire que dans

notre regard… Mais… Je ne sais pas, elle est tellement sensible, courageuse, c'est un vrai bonheur. La vie que nous menons ne doit pas être facile pour elle, mais Julie s'épanouit. Ça vous dirait de venir nous voir, un jour ? Un dimanche, de passer la journée en famille avec nous… Dimanche prochain, si vous voulez ?

— C'est très gentil. Merci, avec plaisir.

— J'en parle à Robb, et je vous le confirme. Je ne sais jamais ce qu'il a prévu avant le soir.

— Bien sûr, je n'ai aucune objection, dit Robb. Phil Lawson est un type bien, et je suis certain qu'il est très intéressant.

— Il faut l'appeler Philip, il préfère. C'est de cette façon que l'appelle Penn.

— D'accord. Mais ce dimanche nous ne pouvons pas. Eddy veut nous faire rencontrer quelqu'un à son club.

— Tiens, c'est rare qu'Eddy nous propose ce genre de sortie. Il est peut-être tombé amoureux et il veut nous présenter l'heureuse élue.

Robb se mit à rire.

— Ce ne serait pas le genre d'Eddy. Non, ça n'a rien à voir. C'est son patron, Devlin. Dick Devlin, l'homme qui vaut des millions. Il veut me le présenter.

— On ne peut pas trouver une excuse ? D'après la description d'Eddy, il n'a pas l'air bien sympathique. Je préférerais passer la journée avec Philip.

— Écoute, il a arrangé le déjeuner exprès pour moi. C'est une bonne relation à se faire. Eddy dit qu'il faut s'habiller, c'est un peu formel.

— C'est-à-dire ? demanda Ellen avec un sourire amusé. Tu as des suggestions ?

— Moi ? Mais non. Je n'y connais rien. Mets ce que les femmes portent pour les déjeuners chic.

— Je ne suis pas allée à un déjeuner, chic ou pas chic, depuis des lustres.

— Alors habille-toi comme tu voudras. De toute façon, tu seras la plus jolie femme de l'assemblée.

Le dimanche venu, elle avait choisi une robe de lin brune très simple, et y avait épinglé la broche de sa grand-mère dont l'or et l'émeraude, à l'inverse, n'avaient rien de sobre. Se méfiant des conseils d'Eddy, elle avait décidé de jouer sur les deux tableaux.

— Ta grand-mère devait avoir deviné qu'il y aurait une fille aux yeux verts dans sa descendance, remarqua Robb. Viens te regarder.

Il l'entraîna devant le haut miroir entre les fenêtres. Elle contempla leur image. Elle était encore jeune et avait peu changé. Ses cheveux noir d'ébène, avec leurs généreuses ondulations, étaient plus longs qu'autrefois, à l'époque où Robb avait comparé sa tête bouclée à celle d'un athlète grec. Sa mère avait eu si peur qu'elle ne se mette à friser ! Son visage était un peu long et son menton, d'après elle, ressortait trop de profil. L'impression générale était néanmoins très agréable. Du moins était-ce l'opinion de Robb.

Quant à lui, il ne restait plus trace de ses origines paysannes. De cet homme neuf émanait une énergie intense, celle d'un coureur sur la ligne de départ. La tension se sentait dans son regard, son attitude, s'entendait dans sa voix.

— Je vois peut-être un peu loin, dit-il, mais je vais t'expliquer ce que je vise. Je voudrais que Devlin nous confie une partie de ses affaires. Le cabinet cueillerait les bénéfices, et moi je ferais la pluie et le beau temps dans la boîte.

— Tu es drôle, fit-elle avec affection.

— Ne te moque pas de moi, c'est important. J'assure nos arrières.

— Mon chéri, je ne me moque jamais de toi. Je me souvenais simplement du jeune homme que j'ai épousé, et ça m'attendrit.

— Eddy passera bientôt nous prendre. Ce n'est pas loin. Nous rentrerons tôt et nous aurons une longue soirée devant nous. Je suis tellement occupé, on n'a jamais le temps…

Il était très peu chez lui pendant la semaine, et même depuis plusieurs semaines. Leurs nuits étaient si courtes qu'ils n'avaient pas pu, comme le suggérait Robb, passer les longues heures de paresse amoureuse qu'ils aimaient partager dans leur grand lit.

— Oui, ce soir, dit-elle. J'en ai envie.

La route sinueuse s'enfonçait sous un tunnel de verdure luxuriante. Puis, soudain, elle débouchait après un virage sur une vaste pelouse plantée de vieux arbres. À quelques centaines de mètres se dressait une maison de brique imposante. Deux ailes basses flanquaient le corps principal doté d'une porte cochère.

— Nous y voici, annonça Eddy. Le Glen Eyre Club, ancienne propriété de la famille Armstrong. Il a été gouverneur de l'État pendant quarante-cinq ans avant d'entrer au Sénat. Maintenant, la moitié des hommes politiques de la région appartiennent au club.

Ce n'était pas le milieu des Grant. Ils n'auraient pas plus adhéré à ce club qu'ils n'auraient voté pour Armstrong ou pour son équivalent actuel. Chez eux, on n'estimait pas les arrivistes, les nouveaux riches. Aussitôt, Ellen regretta ces pensées : « Ne sois pas snob, ma chère. Les cachemires avec des coudes en cuir et les costumes vieux de dix ans sont tout aussi prétentieux. » Ce fut donc en affichant un sourire cordial qu'elle entra.

Comme on pouvait s'y attendre, les pièces étaient spacieuses, avec des portraits aux murs, des miroirs, beaucoup de fauteuils en cuir confortables, et des fleurs d'automne, chrysanthèmes et dahlias, un peu partout. Eddy, en guide parfait, les conduisit sur la terrasse où des tables et un buffet avaient été installés sous des auvents de toile. Des serveurs vêtus de blanc circulaient, présentant des plateaux de cocktails. Pendant qu'il cherchait Dick Devlin, Ellen et Robb dans son sillage, Eddy se faisait arrêter à chaque pas par des gens qui le saluaient. Le soleil brillait sur les soies pastel et les perles ; Eddy avait eu raison de leur demander de s'habiller. Ellen jeta un regard mélancolique aux arbres : c'était là qu'il aurait fait bon s'asseoir à l'ombre.

Ils trouvèrent Devlin au bar, avec son entourage. Eddy franchit cette barrière et fit les présentations.

— J'ai enfin réussi à l'attirer. Voici mon meilleur ami, Robb MacDaniel. Nous avons fait notre droit ensemble, vous vous rappelez ? Il travaille chez Fowler, Harte & Fowler.

— Je n'oublie pas ce genre de détail, commenta Devlin.

— Et Mme MacDaniel, Ellen.

Devlin la dévisagea de ses petits yeux, durs comme des noyaux d'olive. Il la détailla de la tête aux pieds, puis revint à son visage. Elle ne se priva pas de le mesurer de même : des joues plates et blanches d'escalopes de veau, de grosses mains rouges semblables à des jambons, un corps de taureau… Un amateur de viande.

— Ma moitié, dit-il. Olivia.

Ellen baissa les yeux et salua une minuscule personne vêtue d'un tailleur criard à carreaux rouges et noirs. Un assemblage de couleurs stupéfiant heurtait le regard : des cheveux mi-longs jaune canari, des joues pivoine.

Ellen lui tendit la main.

— Bonjour, madame.

— Enchantée.

— Si nous allions déjeuner ? proposa Devlin. J'ai réservé une table où on nous servira. J'ai horreur d'attendre au buffet. Ça me donne l'impression d'être à la soupe populaire. Eddy, j'espère que tu as bien précisé une table à l'ombre. Allons vérifier.

Suivi de sa cour, il se dirigea vers l'ombre et confia en route qu'Eddy Morse était son « pote », un excellent avocat, et que tous les amis d'Eddy étaient ses amis.

Comme la tradition l'exigeait, les hommes et les femmes s'assirent à table de façon alternée, mais, comme cela arrivait souvent aussi, les conversations se croisèrent, les hommes ne parlant qu'aux hommes et les femmes aux femmes. Tous semblaient déjà bien se connaître, les hommes par leurs affaires et leurs activités politiques, tandis que les femmes, sans se mêler de la vie de leur mari, cultivaient des intérêts propres. Peu d'entre elles travaillaient, ou du moins gagnaient leur vie dans le sens habituel du terme. Leur tâche n'en était pas moins lourde avec l'éducation des enfants, les réceptions, les œuvres de charité, et les heures passées au club. Olivia Devlin semblait posséder un grand ascendant sur ces dames.

Ellen observa les interactions avec intérêt. Rien ne prédestinait Olivia à être la figure de proue du groupe. Toutes étaient beaucoup plus jolies qu'elle – certaines même étaient ravissantes et fort élégantes. Son accoutrement lui donnait l'air d'une femme âgée qui se rajeunissait, ou d'une femme jeune, vieillie avant l'âge. Les autres épouses étaient sans exception plus intéressantes et plus cultivées qu'elle. Ellen en conclut qu'Eddy n'avait pas exagéré. Devlin devait posséder une fortune colossale.

Une anecdote d'Olivia confirma cette impression.

— Nous l'avons vu le mois dernier, et Dick est d'accord pour l'acheter. On nous l'a mis de côté, mais seulement jusqu'à la fin de la semaine. Je ne sais vraiment pas quoi décider. D'accord, c'est un Matisse, et les couleurs sont jolies, d'autant plus que celui-ci a beaucoup de rose. Seulement, nous venons de faire repeindre la bibliothèque, et avec toutes les reliures foncées, je me demande si…

La discussion se généralisa. Ellen se concentra sur la salade de poulet à l'ananas frais, qui était délicieuse. Elle avait faim. Rien que pour la nourriture, elle ne regrettait pas l'heure de trajet.

Lors d'une accalmie des conversations, elle entendit Robb prononcer son nom.

— Ellen… Elle est assise là-bas, en robe brune. Elle

est écrivain. Un de ses livres a été publié il y a peu de temps. Elle est illustratrice aussi, pleine de talent.

Ellen se recroquevilla, gênée. « Il y a peu de temps. » Huit ans, tout de même, et rien depuis ! Elle aurait préféré qu'il s'abstienne de faire ce genre de commentaire, mais il était si fier de sa petite réussite… Elle n'aurait pas dû lui en vouloir.

Sa voisine de droite avait entendu.

— Vous écrivez ? Sous quel nom ?

— Le mien. Ellen MacDaniel.

— C'est drôle, ça ne me rappelle rien. Pourtant je lis la liste des best-sellers.

— Non, vous ne m'aurez pas trouvée là. Ce n'était qu'un livre pour enfants.

— Ah, je vois.

L'autre se détourna d'elle.

Sa voisine de gauche lui demanda si elle comptait adhérer au club.

— Non, nous avons simplement été invités par Eddy Morse.

— Je connais bien Eddy. C'est un drôlc dc numéro. Un grand ami des Devlin, bien entendu. Mais vous allez adhérer, non ?

— Non, je ne crois pas.

— Je me suis trompée, alors. Pourtant, je l'avais entendu dire.

Ellen s'en voulut d'avoir pu sembler sèche. Il fallait rattraper cela.

— Nous avons deux jeunes enfants, expliqua-t-elle, et mon mari est si peu à la maison que, lorsqu'il a un moment, nous aimons rester en famille.

— C'est moins dangereux, commenta son interlocutrice, à la stupéfaction d'Ellen. Les jeunes couples font mieux de ne pas venir ici, surtout avec un mari aussi séduisant que le vôtre. Au club, il faut monter la garde comme une louve.

Prise de court, Ellen ne savait que répondre, mais l'autre attendait sa réaction.

— Je… J'imagine qu'il faut faire attention un peu partout, de nos jours.

— Oui, mais c'est bien pire dans les clubs. Quand on voit les gens semaine après semaine, on devient vite intimes. L'atmosphère s'échauffe, comme dans une serre. Les attirances fleurissent. Et puis avec le bar ouvert à longueur de journée, vous imaginez le reste…

Au grand soulagement d'Ellen, la conversation fut interrompue. Ce n'était pas le genre de sujet qu'on avait envie d'aborder par un bel après-midi à la campagne. Et pourtant, elle sentait qu'ici ce genre de fantasme devait être monnaie courante. Elle qui avait éprouvé une horrible culpabilité lorsque Robb avait rompu avec une fille avec laquelle il n'était même pas marié !

Son « séduisant » mari parlait avec animation, captivant son auditoire. Bien entendu, il aurait toujours infiniment plus de classe qu'Eddy, mais il avait adopté certaines de ses manières, était devenu plus disert, plus affable. Ce trait ne manquait pas de charme, il fallait l'avouer, cela le changeait. Oui, cela le changeait.

Son nouveau travail et ses nouveaux revenus étaient à l'origine de sa métamorphose. Ellen, en songeant à son père qui vieillissait à vue d'œil, sombra un instant dans la mélancolie. Mais c'était dans l'ordre des choses. Les gens évoluaient, ils se transformaient. Un homme dans la trentaine ne ressemblait plus à un garçon de vingt ans. Le mariage se concevait ainsi : changer ensemble, vieillir ensemble… Du moment que l'amour restait intact. Sur ce plan, elle ne voulait pas douter. Robb et elle vivraient comme leurs parents avant eux, fidèles jusqu'à la mort.

— Alors, qu'en as-tu pensé ? demanda Robb après qu'Eddy les eut déposés chez eux.

— Tu veux parler du déjeuner ?

— Oui, de cette journée, du club.

— C'était plutôt reposant. L'endroit m'a un peu fait penser à la maison où nous nous sommes connus.

— Le faux Versailles ? Je ne vois pas le rapport.

— Je ne parle pas de l'architecture, mais de l'atmosphère. Les gens trop habillés, le service pompeux, le snobisme.

— Ça ne me gêne pas trop. C'est partout pareil.

— Non, pas partout.

— Bon, mais presque. J'ai encore entendu dire que Devlin allait se présenter au Sénat. Pas pour cette législature, ni même la suivante, mais un jour. La rumeur doit être fondée, je l'entends très souvent.

— Le Sénat régional ou le Sénat fédéral ?

— Fédéral. Devlin a de l'ambition.

— Il n'est pas très sympathique, hein ?

Robb se mit à rire.

— Ça ne deviendrait pas mon meilleur ami, mais quelle relation extraordinaire pour moi !

— Mais pour quoi faire ? C'est Eddy qui t'a mis ça dans le crâne ?

— Comment ça ? Je suis assez grand pour m'en rendre compte tout seul !

Robb arracha sa cravate et jeta ses chaussures au bas de la penderie.

— Je ne vois pas ce que tu as contre Eddy.

Ellen, qui se brossait les cheveux, vit son froncement de sourcils dans le miroir. Il était en colère.

— Je n'ai rien contre lui. C'est ton ami. Mais il mène une vie instable. Il n'a ni femme ni enfants, même pas d'appartement…

— Mais enfin, coupa Robb, il est obligé de voyager sans arrêt pour son travail. Et s'il ne veut pas se marier, c'est son affaire, tout de même !

Elle posa sa brosse et se tourna vers lui.

— Je pense seulement, répondit-elle calmement, qu'il n'a pas une très bonne influence sur toi. Ces gens que nous avons rencontrés aujourd'hui… ils ne sont pas comme toi.

— Il ne m'influence pas ! Absolument pas ! Je ne suis pas du genre à me laisser influencer.

— Ne te fâche pas. J'ai bien le droit d'exprimer mon opinion.

— Bien sûr, seulement, ça ne te ressemble pas d'être aussi critique. D'habitude, tu es la première à essayer de trouver des qualités aux autres. Tu me conseilles toujours de t'imiter, non ?

« Il veut parler de papa », se dit-elle, et elle se garda bien de répondre.

— Quant à ces gens que nous venons de rencontrer, je sais que Devlin est un peu mal dégrossi, mais si je peux me le mettre dans la poche… Je te l'ai déjà dit, je ne vais pas le répéter cent fois ! D'ailleurs, il est peut-être plus sympathique qu'il n'en a l'air. Ils aiment la peinture : ils ont une collection de tableaux. Il m'a dit qu'ils venaient d'acheter un Matisse.

Ellen garda le silence. Elle pensait à la réflexion de sa voisine qui croyait leur adhésion au Glen Eyre Club déjà acquise.

— Olivia Devlin est décoratrice d'intérieur à ses heures perdues, continua Robb. Elle s'occupe des maisons de ses amies. Malgré les apparences, tu l'apprécieras peut-être. Vous vous intéressez toutes les deux à l'art. Tu peins.

— Non, je suis illustratrice, ou du moins je l'étais.

— Que d'amertume…

— Non, je ne suis pas amère, c'est la vérité.

— Bon, je ne dis plus rien.

— Une des femmes, pendant le repas, imaginait que nous allions adhérer au club. Tu y songes ?

— Eddy nous parraine, et Devlin aussi. C'est tout.

— Pourquoi ne m'en as-tu pas parlé ?

— Je n'étais pas encore sûr qu'on nous accepterait.

— Tu sais bien que ça ne fait aucun doute si Devlin nous propose. Moi, je suis contre, c'est une horreur, cet endroit. Nous n'avons rien à y faire.

— Tu n'as pas besoin d'adorer tout le monde. Ce sera très agréable de jouer au tennis et de profiter de la piscine. Julie sera ravie.

— Si tu veux adhérer à un club de loisirs, pourquoi

ne pas choisir celui de Harte ? Au moins, nous y connaissons du monde. Nous nous y sentirions mieux. Ce serait tout simple. Et puis tu cotoierais Harte, ce serait tout aussi bon pour ta carrière.

— Tu n'as pas l'air de te souvenir que seul le contact avec Devlin m'intéresse. Harte, je le vois tous les jours.

— Disons que, justement, c'est Devlin qui m'inquiète.

— Tu le juges sans le connaître.

— J'ai mon instinct. Je sens quelque chose de louche.

— Moi aussi, je sens quelque chose, mais ce n'est pas louche, c'est de l'argent. Ce type est un phénomène : il achète un terrain, il construit un centre commercial, et hop, une ville surgit tout autour. Enfin, pas exactement, mais Eddy m'a montré des chiffres qui t'épateraient.

— Ah ! Toi et ton Eddy ! Je me demande bien pourquoi il tient tant à te donner tous ces conseils !

— Eddy a été très gentil avec nous, au cas où tu l'aurais oublié. Il aime bien se donner de l'importance, voilà tout. Je le comprends. Ce n'est pas un intellectuel, mais il est malin. Et moi, je suis assez malin pour m'en apercevoir.

Ellen se sentait entraînée vers un univers inconnu. Elle se vit en voiture dans un épais brouillard avec Robb. Ils avançaient au pas sans rien voir. La route devant eux pouvait continuer tout droit, ou tourner au sommet d'une falaise.

— Je ne sais pas, dit-elle lentement. Je ne sais vraiment pas… Je n'ai jamais eu l'impression que tu étais spécialement « malin ».

— Merci ! En voilà une remarque digne d'une tendre épouse !

— Tu prends ça pour une insulte ? Détrompe-toi, c'est un compliment.

— Tu n'as pas arrêté de tout critiquer depuis que je t'ai proposé d'aller déjeuner au club.

— C'est faux. J'ai été très aimable avec tout le monde.

— Mais tu n'en pensais pas moins. Tu veux que je te dise ? Tu m'as tout gâché. Moi qui étais si enthousiaste, si content.

Debout devant elle, dans son pyjama trop grand, il était vraiment très séduisant. Elle avait prévu de lui répéter le compliment entendu au cours du déjeuner, en se réjouissant à l'avance de la gêne masculine avec laquelle il essaierait de cacher son plaisir. Ils en auraient ri ensemble, et elle l'aurait pris dans ses bras.

— Je suis fatigué, dit-il. J'ai envie de dormir.

Adieu leur belle et longue nuit d'amour. Sans doute, avec quelques efforts, parviendrait-elle à chasser sa mauvaise humeur, et ils l'auraient, leur belle nuit. Oui, peut-être. Mais elle aussi était fatiguée, et, comme lui, avait envie de dormir.

13

1987

Après le Nouvel An, les poinsettias du couloir furent remplacés par des azalées de serre en pleine floraison. On en avait même placé dans une jardinière à la fenêtre de Robb.

— Beau bureau, remarqua Devlin. Bon chic bon genre. Les locaux de Lenihan ne valent pas un clou, à côté.

— Le cabinet n'en est pas moins excellent, répondit Robb aimablement.

— Bien parlé, en vrai gentleman. Remarquez, je ne leur ôte pas ma clientèle. Je suis un type fidèle. Je divise mes affaires, c'est tout. Avec Eddy pour garder tout ce beau monde à l'œil.

Robb dut réprimer un sourire. Bien malin celui qui, Eddy ou tout autre, réussirait à avoir Will Fowler à l'œil.

— Dans les deux cabinets, vous êtes en de très bonnes mains.

— Vous ne vous occupez pas d'immobilier ?

— Non, c'est la spécialité de Fowler. Moi, je ne suis qu'un bavard qui traîne à longueur de journée au palais de justice.

Devlin éclata de rire.

— C'est ce que j'apprécie chez vous. Vous ne vous

poussez pas du col. Comme si je ne savais pas de quoi vous êtes capable. Eddy dit que vous avez un don d'orateur. Un gaillard qui n'a pas la langue dans sa poche, hein ? Je devrais venir vous écouter plaider, un jour. Il paraît que vous aimez vous battre pour la veuve et l'orphelin.

— S'ils sont dans leur bon droit, certainement.

— C'est bien, bravo ! Nous avons besoin de gens comme vous, qui ont du cœur. Il en faudrait plus au gouvernement, aussi.

— Très vrai.

Un dossier restait ouvert sur le bureau. Devlin l'avait interrompu, mais Robb ne devait s'en prendre qu'à lui-même car il avait demandé à sa secrétaire de faire entrer Devlin à n'importe quel moment. Il préférait ménager sa susceptibilité. Robb avait réussi un véritable tour de force en l'attirant dans son cabinet, et Eddy comparait cette réussite à de la haute voltige.

Donc, chaque fois que Devlin avait rendez-vous avec Will Fowler, Robb le voyait débarquer sans préavis. Heureusement, il ne le dérangeait pas trop souvent.

— Et votre petite femme, ça va ?

— Très bien, je vous remercie.

S'il s'était douté du mépris d'Ellen ! Au club, elle avait beau essayer de l'éviter, il parvenait toujours à la débusquer. Non seulement il la trouvait jolie femme, mais il appréciait sa classe. Elle sortait du lot, et Devlin en avait conscience.

— Ma moitié est descendue en Floride pour quelques mois, alors la maison est pratiquement fermée. Je ne vais plus recevoir jusqu'à son retour. Remarquez, je n'ai pas le temps. Je passe ma vie dans mon avion à aller d'un bout du pays à l'autre. Vous n'avez pas idée du boom de l'immobilier. C'est spectaculaire. On ramasse l'or à la pelle. Dites, ça vous dirait de faire un tour avec moi dans mon coucou un de ces jours ? Venez jeter un coup d'œil, ça vous changerait. Amenez Ellen, pour le paysage.

— Merci beaucoup, mais c'est impossible pour l'instant. Elle a trop de responsabilités à la maison.

— Ah, oui… J'ai entendu parler de votre fils. Pas de chance. Nous n'avons pas d'enfants, mais je me mets à votre place.

« Ça m'étonnerait », pensa Robb en attendant patiemment le départ de Devlin.

Ayant du mal à reprendre le fil de ses pensées, la visite l'ayant interrompu pendant l'étude d'une affaire fort complexe, il se renversa dans son fauteuil, étendit ses longues jambes et posa ses pieds sur le bureau. En temps ordinaire, il adorait l'atmosphère du cabinet. C'était presque physique, cette impression de dynamisme. Mais, aujourd'hui, il avait l'esprit trop plein pour se sentir régénéré.

Il devait tout de même essayer de se concentrer sur son dossier. Son client, petit cadre d'une petite banque, passait en jugement pour détournement de fonds. Cet homme le laissait perplexe. C'était un type besogneux et, bien entendu, très inquiet. Il ne semblait pas à Robb qu'il mentait à son avocat, seulement qu'il lui cachait une partie de la vérité, et que ces omissions l'angoissaient. Il paraissait se débattre entre l'envie d'en dire plus et la peur de le faire. Comme s'il protégeait quelqu'un, se disait Robb qui s'en convainquait de plus en plus à force d'y penser. L'accusé couvrait une personne, ou un groupe de personnes plus puissantes. La situation n'avait rien d'exceptionnel. Robb eut soudain la vision d'un petit pavillon de banlieue, avec un lourd crédit à payer, une femme apeurée attendant les nouvelles en fin de journée, et des enfants à protéger tant bien que mal du scandale. Ainsi allait le monde. C'était le genre d'affaire qu'auraient traité Grant et Jasper.

Robb poussa un soupir. La semaine avait été particulièrement éprouvante avec, le lundi, l'enterrement de Grant. Il était mort dans son bureau, sans semonce, sans douleur. Debout dans l'église pleine de monde à côté d'Ellen, et surtout de Julie qui avait adoré son grand-père, il avait analysé ses sentiments, parvenant à une conclusion somme toute banale : on ne pouvait jamais vraiment connaître personne. Dans le cercueil couvert d'œillets rouges reposait un homme charitable, droit et d'une honnêteté à toute épreuve. Cette personnalité sans concession avait exigé la perfection en toute chose. Or Penn n'était pas parfait. Grant n'avait donc pu trouver la moindre excuse à celui qui s'était introduit dans une famille sans tache et l'avait salie en y amenant Penn. On préservait les apparences, mais, au fond du cœur, pas de quartier.

Hérédité, hasard ? Personne n'en savait rien. Maintenant, on ne pouvait plus que plaindre Grant, et surtout Ellen dans sa douleur.

En fin de journée, en rentrant chez lui, il rencontra Will Fowler sur le parking. Lorsque celui-ci aperçut Robb, il lui demanda avec l'habituel clin d'œil s'il avait reçu sa petite visite de Devlin.

— Le contraire serait surprenant, répondit Robb sur le même ton ironique. Drôle de personnage, n'est-ce pas ?

— Ça oui. Mais j'admire son ambition. Franchement, je ne sais pas ce qu'il fait de tout son argent. Moi, je ne saurais pas comment le dépenser.

— Moi non plus.

Il éprouva un soudain bien-être à la pensée des coquettes sommes qu'il parvenait à mettre de côté pour la première fois de sa vie. Cette sensation le remplissait d'aise après l'après-midi désagréable qu'il venait de passer.

Will ne semblait pas pressé de partir. Il faisait doux sous le triste ciel hivernal, avec un petit vent vivifiant qui vous réveillait. Les deux hommes restèrent un moment à discuter plaisamment de choses et d'autres.

— Il vient de me donner une liste de ses propriétés, dit Will, reprenant leur premier sujet de conversation. Il a des immeubles de bureaux plus grands que le nôtre, des logements sociaux, des appartements de luxe, les centres commerciaux dont vous avez entendu parler, et ce n'est qu'un début. Il y a au moins un autre cabinet juridique qui gère ses affaires sur la côte Ouest, et sans doute d'autres ici. C'est comme Aladin et la lampe merveilleuse. Quand Devlin frotte un dollar, il en récolte dix.

— Mais l'immobilier, ce n'est pas risqué ?

— Non, pas si on investit dans la qualité. Bien sûr, il faut de l'argent pour commencer, ce qui limite l'accès au marché.

— Je me demandais surtout si l'immobilier ne risquait pas de s'effondrer dans la conjoncture actuelle. Je n'y connais pratiquement rien. Je n'ai aucun bien, sauf notre maison.

« Et encore, elle est à Ellen », songea-t-il.

Will haussa les épaules.

— On peut faire des affaires fantastiques, et, pour l'instant, le marché est bon. C'est un peu comme de jouer en Bourse.

— Mais les propriétés, la terre, c'est du concret. Ça donne l'impression d'être plus stable.

— Peut-être. Mais, au cas où vous vous sentiriez tenté, je vous conseille d'éviter Devlin comme la peste.

— Je n'ai aucune intention de m'y frotter, je vous assure.

— Tant mieux. Contentez-vous de l'observer, c'est intéressant. La comédie humaine… Bien, je vais rentrer. Bonsoir, Robb.

— Elle est adorable, cette petite, commenta Eddy.

— Elle n'est plus si petite que ça. En mai, elle aura douze ans.

Lors de la partie de tennis qu'elle avait disputée contre Robb le matin même, Julie l'avait obligé à courir pour remporter la victoire. À présent, il la regardait jouer un double avec des adolescents de son âge. En même temps, il la revoyait sur son premier vélo, sur son tricycle rouge, ou apprenant à marcher entre lui et Ellen, jetant en avant ses petites chaussures blanches…

— Je ne savais pas que tu viendrais au club aujourd'hui, dit Eddy, autrement, je serais arrivé plus tôt et on aurait pu déjeuner ensemble. Je ne vous vois pas assez souvent. Où est Ellen ?

— Elle est restée à la maison avec Penn. Mme Vernon a la grippe.

— Vous l'avez déjà amené avec vous une ou deux fois, pourtant. Il traverse une phase difficile ?

— Cela dépend de son humeur. En général, il est calme, mais parfois, comme aujourd'hui, il est trop dur. Crois-moi, plus il grandit, plus il devient fort, et plus il nous est difficile de le contrôler. Pauvre Ellen, elle ne dit rien, mais c'est terrible pour elle.

— Tu as épousé une femme merveilleuse.

— Oui, je sais. Je me creuse la tête pour lui trouver un beau cadeau.

— Un bijou. On ne peut pas se tromper.

— Avec elle, ce n'est pas évident. Elle en a déjà quelques-uns qui lui viennent de sa mère. Ils ne valent pas des fortunes, mais ils sont beaux. Elle ne les porte presque jamais, d'ailleurs. Elle a peu d'occasions de les sortir, à part les réceptions que donne le cabinet, et il n'y en a pas souvent.

— Alors, achète-lui une voiture. Une Mercedes deux places pour aller se pavaner en ville.

— Tu sais, Ellen ne se balade pas beaucoup. Tout de même, je voudrais bien lui trouver un beau cadeau.

— C'est son anniversaire ?

— Non.

— Tu meurs d'envie de claquer du fric, c'est ça, hein ? Tu as fait des économies, et maintenant ça te brûle les doigts. C'est normal. Tiens, je vais te montrer quelque chose.

Il tira de sa poche intérieure une grosse enveloppe dont il sortit un document.

— Ma part de la vente. Je m'étais associé à Devlin pour la construction de l'immeuble de luxe qu'il a financé à Wayne County. La valeur des propriétés est montée en flèche, là-bas. Il vient de revendre l'ensemble, et voilà ce qui me revient. Regarde-moi ça.

Robb obéit et émit un sifflement.

— J'ai pratiquement doublé ma mise, expliqua Eddy. Bien sûr, ce n'est pas aussi facile à chaque fois, mais ce n'est quand même pas compliqué quand on s'y connaît, comme Dick.

Dévisageant Robb, il ajouta avec enthousiasme :

— Tu devrais essayer, je te jure.

— Je n'ai pas envie de risquer ce que j'ai. Je ne suis pas libre comme toi. J'ai trois personnes à charge.

— Oui, je le sais. Bien sûr que je le sais. Mais tu me fais confiance, non ? Est-ce que je te pousserais à prendre des risques ? Est-ce que j'ai eu tort de te conseiller de sauter sur l'offre de Fowler ? Hein ?

— Non. Mais je ne suis pas promoteur, je n'y connais rien. Par exemple, avec qui s'associe Devlin pour passer ces marchés ? Et pourquoi voudraient-ils d'un rigolo comme moi ? Il n'a certainement pas besoin des quelques sous que je peux placer. C'est une misère pour un type qui manie les millions.

— Je te réponds tout de suite. Et d'un, qui s'associe avec lui ? De gros investisseurs, des gens connus, pour la plupart, surtout des hommes politiques ou des hommes d'affaires qui gravitent dans ce milieu-là. Ils marchent la main dans la main. Attends, tu as l'air de te méfier. Je t'assure qu'il ne s'agit que d'affaires propres. Complètement. Tout passe par les plus grandes banques du pays. Question suivante : pourquoi s'embarrasserait-il de toi ? Il faut bien que je te dise la vérité, alors trêve de modestie. Il le fera surtout pour moi. Je suis son bras droit. Et puis, en plus, il t'aime bien.

— C'est surtout ma femme qu'il aime bien.

— Bon, d'accord. Il admire les jolies femmes. Tu connais Olivia…

Ils éclatèrent de rire. Eddy donna une claque amicale sur le genou de Robb.

— Attends, je te propose quelque chose. Je dois faire un petit tour d'inspection de ses chantiers pendant sa semaine en Floride. Dans le courant du mois. Si tu peux te libérer quelques jours, accompagne-moi. Je prends l'avion privé de Dick. Allez, dis oui. Qu'est-ce que tu as à perdre ?

— On y prend goût, hein ? remarqua Eddy, tandis qu'ils survolaient les larges méandres du Mississippi.

Le bimoteur amorça sa descente vers la plaine.

— Pas d'agence de voyages, pas de billets, pas de salle d'attente d'aéroport. Super, non ?

Robb l'admettait volontiers. C'était « super », comme disait Eddy. Et impossible de ne pas être impressionné par ce qu'ils avaient vu jusqu'alors. En Californie, dans une banlieue chic, ils avaient visité un centre commercial d'inspiration hispanique carrelé de rouge, d'une élégance discrète. Le complexe était plutôt petit afin de garder un caractère intime et d'offrir un cadre agréable à ceux qui fréquentaient les boutiques de luxe et buvaient du thé glacé dans les patios ornés de fontaines.

— Celui-ci, on le garde, avait expliqué Eddy. On ne vendra pas tant que les bénéfices resteront corrects. Si le quartier périclite, en tout cas dès que nous en verrons les premiers signes, nous nous en débarrasserons.

Robb avait demandé pourquoi Eddy prévoyait un changement. Même s'il n'avait pas encore décidé d'investir dans l'immobilier, loin de là, la mécanique de ces placements l'intéressait. Il se rappela qu'Ellen se moquait toujours de son esprit inquisiteur. Une fois, elle avait nommé cela de la « curiosité éclectique », car il était allé à la cuisine pour voir Mme Vernon préparer de la pâte brisée et apprendre la différence avec la pâte sablée.

— Pourquoi le quartier changerait-il ?

— On parle d'ajouter une bretelle à l'autoroute pour rendre cette zone plus accessible depuis la ville. Le projet stagne depuis des années. Peut-être que les travaux ne se feront jamais, mais, si cela arrive, les promoteurs vont accourir, et ils construiront des logements moins chers, donc des centres commerciaux plus populaires. Il y aura des encombrements, du bruit, du monde. La population d'ici revendra, et notre centre commercial quatre étoiles n'aura plus de raison d'être. Finalement, tout gravite autour de la politique. C'est là que se prennent les décisions importantes, par exemple l'aménagement de cette bretelle d'autoroute !

L'avion était descendu si bas qu'on voyait même une voiture garée près d'une maison entourée de champs. Un filet de route séparait le maïs vert du blé blond.

— Nous sommes en avance. J'ai appelé de là-bas pour qu'on nous envoie une voiture.

Robb s'amusa du plaisir que son ami prenait à sa vie de pacha. Un grand enfant. Pourquoi pas, après tout ? Son travail était agréable, et l'on ne pouvait pas traiter son activité d'inutile. Des logements, des magasins, des usines… Il fallait bien que quelqu'un fasse construire tout cela.

Durant une demi-heure, Robb resta à admirer le ballet des machines. Les bulldozers, les camions, les bétonnières s'activaient sur la terre rougeâtre où l'on voyait déjà se dessiner la forme générale des bâtiments. C'était très impressionnant.

— Alors ? demanda Eddy, qu'en penses-tu ?

— Fascinant.

— N'est-ce pas ! Ça te tente ?

— Je ne veux pas risquer mes économies.

— Ce ne serait pas nécessaire. Vu ton boulot, les banques te feront crédit. Je peux t'emmener à ma banque, te présenter, et en deux temps trois mouvements tu signeras un bout de papier et tu auras ton argent. Tu achètes ta participation, et tu attends les bénéfices.

— J'hésite, c'est vrai.

Un long silence s'ensuivit. Robb ne reprit la parole qu'une fois l'avion reparti dans les airs.

— D'accord. Appelle la banque.

14

1989

Il était près de midi. Ellen lisait le journal du dimanche auprès de Julie sous la véranda lorsque Philip apparut.

— Nous en avons de la chance, aujourd'hui ! Tu n'es pas passé depuis des mois, reprocha-t-elle en riant.

— Quatre semaines, très exactement. Tu ne sais pas que j'ai des habitudes bien réglées ? Je me promène un dimanche sur quatre dans les collines, le dimanche suivant le long de la rivière, ensuite je me balade dans la campagne, et puis je reviens ici. Le tout dans un rayon de huit kilomètres, c'est ma distance. Où est Robb ?

— Parti pour la journée. Depuis hier, en fait.

— Il est allé inspecter ses placements immobiliers, expliqua Julie. Ça ne le gêne pas de revenir sur ses promesses. On devait jouer au tennis aujourd'hui !

— Je regrette de le manquer. Où est mon copain Penn ?

— À l'intérieur, devant la télévision, dit Ellen. Il a appris à zapper, et il regarde les séries les plus mauvaises… Je n'arrive pas à l'en dissuader, ajouta-t-elle avec un soupir.

— C'est bête, se plaignit Julie, parce que, quand il veut, il est très gentil. Il n'est plus pareil. Avant, il n'était pas aussi têtu, et puis parfois il est presque méchant.

Julie perdait sa candeur de petite fille, ce qui n'avait rien d'étonnant, à quatorze ans. « L'adolescence est pénible pour tout le monde, songeait Ellen, mais comment Penn réagira-t-il ? Philip n'a pas de certitudes. Penn peut franchir l'épreuve sans difficulté ou bien au contraire... On ne peut qu'espérer avoir de la chance. »

— Tu sais, Julie, intervint doucement Philip, il ne le fait pas exprès.

— Oui, je sais, mais c'est dur.

Comme personne ne la détrompait, le silence tomba, interrompu seulement par le roucoulement des colombes.

— Tu restes déjeuner ? proposa Ellen.

— Avec plaisir.

— Nous avons préparé des sandwichs et il reste de la tarte que Mme Vernon nous avait préparée pour hier soir.

— Connaissant les tartes de Mme Vernon, nous allons nous régaler.

Le roucoulement des colombes continua dans le silence.

— Vous avez une nouvelle voiture, remarqua Philip qui avait aperçu la voiture deux places garée dans l'allée.

— Le cadeau d'anniversaire que m'a offert Robb. Une folie. Je lui en ai fait le reproche.

— Elle est très belle.

— Cool, hein ? approuva Julie. Et attends de voir l'autre. Elle est dans le garage. Une super couleur, bleu nuit. Papa dit que c'est la voiture familiale, et que la petite est juste pour maman.

Ellen se sentait gênée. Deux voitures aussi chères en une seule fois ! Elles avaient dû coûter un prix fou. Elle avait fait les gros yeux à Robb. Pendant tout le déjeuner elle s'inquiéta de l'impression que les voitures avaient faite à Philip. Profitant de son silence, Julie mena la conversation, et Penn fut très sage, prenant grand plaisir à son repas.

Après le déjeuner, Julie partit passer l'après-midi chez sa meilleure amie, tandis que Penn retournait regarder la télévision.

— Je ne peux pas l'en détacher, se lamenta Ellen. Tu nous dis toujours qu'il faut le stimuler, mais ce n'est pas facile. Cet été, nous avons fait venir un étudiant très sympathique, quelques heures chaque jour, et il s'est ingénié à occuper un peu Penn. Maintenant, les cours ont repris, et je ne trouve personne d'autre.

— Laisse-le tranquille. Je donne beaucoup de conseils, mais tu n'as pas besoin de les suivre à la lettre.

— Comment veux-tu ? Je suis suspendue à tes lèvres. Tous les jours je prie pour que survienne un miracle.

— Ça, n'y compte pas. Plus les années passent, moins il y aura de progrès.

— Donc, tu penses toujours qu'il va falloir l'envoyer dans une institution ?

— Pour son bien, et pour le vôtre. Allez, ce n'est pas la peine de ressasser tout ça. Ne gâchons pas cette belle journée ensoleillée.

Oui, toutefois l'image de Penn adulte obsédait Ellen. Il deviendrait méconnaissable, un étranger effrayant, bizarre, et elle avait envie d'entendre dire qu'elle se trompait, qu'il ne changerait pas à ce point. Enfin, puisque Philip se refusait à la rassurer, elle n'en parlerait plus.

Le sort de Penn n'était pas sa seule préoccupation… Philip l'observait.

— Tu te fais tellement de soucis, remarqua-t-il, je voudrais pouvoir t'aider davantage.

— Non, ça va, je ne dis pas grand-chose parce que je profite du soleil, comme tu viens de me le conseiller, répondit-elle d'un ton léger.

— Ton visage est très expressif. Tu dois avoir du mal à garder les secrets.

Elle mesura d'un coup l'ampleur de l'inquiétude qui

l'habitait. Mais elle ne voulait surtout pas trop s'y attarder ni larmoyer sur son propre sort. Elle ne se confierait pas non plus. Les affaires de famille ne se divulguaient pas.

Philip interrompit ses pensées.

— Quelle journée paradisiaque, et quel endroit merveilleux ! La fraîcheur de la véranda, ton magnifique jardin avec ta bordure anglaise de fleurs vivaces… Comment s'appellent les bleues ? Je crois en avoir vu en Angleterre.

— Des échinops. C'est une sorte de chardon.

— Tu dois être heureuse ici, dans cette belle maison. Il y en a de superbes comme ça à Montréal. En revenant de mon travail, parfois je faisais un détour pour aller les admirer.

Il essayait de faire la conversation, mais cela sonnait faux.

— Robb ne l'aime pas, lâcha-t-elle.

— Non ? Et pourquoi donc ?

— Parce qu'il ne l'a pas achetée lui-même. C'est terrible, non ?

— Pour toi ou pour lui ?

— Les deux, sûrement.

Elle se tut, observant un gros bourdon qui grimpait le long d'une tige. Elle avait besoin de se confier, mais sa pudeur naturelle la retenait.

— Je n'arrive pas à parler, avoua-t-elle, les yeux fixés sur l'insecte.

Philip craqua une allumette, ralluma sa pipe et étudia le petit nuage de fumée qui s'en élevait.

— Ça t'ennuie si j'essaie ? Je suis désolée. Tu dis toi-même que c'est mieux d'exprimer ce qu'on ressent.

— Il me semblait que Robb et toi vous discutiez beaucoup, tous les deux.

— Peut-être, mais sur ce point c'est l'impasse. Je n'aime pas la voie qu'il choisit. Ses nouveaux intérêts prennent le pas sur le reste, comme s'il était subjugué par le démon du jeu. Il ne pense plus qu'à gagner de l'argent. Il en veut toujours plus, et il dépense tout. Ces voitures, par exemple, elles ne correspondent pas à notre mode de vie. Et maintenant, la maison… Nous n'en avons pas besoin d'une plus grande. C'est absurde, et en plus je ne veux pas partir d'ici. C'est hors de question.

— Alors, comme ça, c'est l'argent qui l'intéresse ? Beaucoup de gens sont comme lui.

— Sans doute, mais je n'aime pas le milieu qu'il fréquente. Je le lui ai dit dès le début. Tous ces hommes politiques qui investissent avec Devlin et qui vont au même club… ils ne m'inspirent aucune confiance.

À présent, elle était lancée, ses doléances sortaient toutes seules.

— J'aime bien Robb, dit soudain Philip.

La voix d'Ellen se brisa.

— Tu penses que je suis déloyale envers lui en te racontant tout ça ?

— Non. J'entends que tu l'aimes et que tu as peur de ce qui arrive.

— Je lui ai demandé pourquoi il voulait amasser tout cet argent, et il m'a répondu à peu près ceci : « Parce que c'est diablement bon d'être enfin son propre maître. » Il a tourné ça en dérision, mais je sais qu'au fond c'est ce qu'il ressent. Je voudrais pouvoir l'aider.

— Il n'a pas toujours été son propre maître ?

Elle en avait tellement dit qu'elle pouvait aussi bien continuer.

— C'est à cause de mon père. Il n'a pas du tout été correct avec Robb. Souvent, ça me désespère de m'en souvenir, et surtout de savoir que je n'ai rien fait pour que ça cesse. Mais je ne vois pas comment j'aurais pu m'y prendre…

Il lui sembla presque qu'elle commettait un péché en dénonçant ainsi son père disparu. Et pourtant, il méritait ces reproches.

— Je me dis tout le temps que, si papa n'était pas mort, ils auraient pu se réconcilier, avoua-t-elle tristement. Parfois, je pense que papa regrettait, mais qu'il ne pouvait pas, ou qu'il ne savait pas comment faire les premiers pas. Pour Robb, je ne sais pas. C'est pareil, soit il ne pouvait pas, soit il ne voulait pas. Et dire que tout ça vient de mon pauvre Penn, cet enfant innocent.

— Je veux un biscuit ! clama Penn du pas de la porte.

— Il mange trop de sucreries, reconnut Ellen, mais dès qu'on lui refuse quelque chose il pique une colère.

— Il faut détourner son attention. La diversion reste la meilleure tactique. Tu veux jouer au ballon, Penn ?

Comme Penn ne savait toujours pas rattraper la balle, Philip la fit rouler dans l'herbe. De sa chaise longue, Ellen n'entendait pas ce que disait son fils, mais elle le voyait rire. Quelles belles dents il avait... La gorge serrée, elle les regarda jouer.

— Je n'aurais pas dû te dire tout ça, murmura-t-elle plus tard, au moment où Philip s'apprêtait à prendre le chemin du retour. Tu nous connais si bien, c'est venu tout seul. En tout cas, merci d'avoir écouté mes jérémiades. Et merci d'avoir fait plaisir à Penn.

Il était en bas du perron, au-dessous d'elle, un pied sur la dernière marche, la main posée sur la rampe. Le soleil frappait le millimètre de barbe qui couvrait ses joues. Il n'avait pas dû se raser le matin. Sa chemise ouverte au col laissait paraître sa peau blanche sous la ligne de bronzage. Elle ne l'avait jamais approché de si près. Soudain, une image choquante la prit par surprise : elle eut la vision crue de Philip sans ses vêtements, dans les moindres détails.

Elle fut d'autant plus horrifiée qu'il la regardait comme s'il lisait en elle. Sans ajouter un mot, il leva la main, la salua et s'en fut rapidement vers la rue.

— Tu lui plais, remarqua Julie.

— Nous lui plaisons tous. Nous sommes amis.

— Ce n'est pas ce que je voulais dire, maman.

— Ah ? Et que voulais-tu dire, alors ?

— Maman, voyons ! Tu sais bien. Je vois la façon dont il te regarde.

— Que tu es bête. Toi aussi, il te regarde.

— Pas pareil.

— Tu dis des sottises !

— Pas du tout.

« Cette conversation doit cesser tout de suite, pensa Ellen, trouve quelque chose, n'importe quoi. »

— Tu regardes trop de mauvais films, Julie.

15

1989

— Mais non, je ne suis pas venu te faire perdre ton temps, protesta Eddy, je sais que tu es très pris.

Robb, en effet, était surchargé de travail et il avait un rendez-vous imminent. L'arrivée impromptue d'Eddy l'avait mis de mauvaise humeur, si bien qu'il répliqua vertement :

— Je n'ai pas le temps de parler d'investissements, ce n'est ni le moment ni l'endroit.

— Mais ça n'a rien à voir. Il s'agit d'une maison pour toi. Ça ne prendra qu'une minute. Tu te souviens du terrain après Lambert Street dont je t'ai parlé ? Eh bien, il est mis en adjudication, et Dick peut l'acheter pour une somme dérisoire. Il y a cinquante hectares sur une colline qui domine la rivière. La vue est sensationnelle.

Eddy balaya le bureau d'un grand geste afin d'illustrer ses dires.

— Je suis sûr que ça te plaira. On sent bien que tu es nostalgique quand tu parles de la ferme de ton enfance.

— Je ne vois pas le rapport.

— Ça ne ressemble pas à une ferme, d'accord, mais ça te plaira, tu verras. Il y a de l'espace. J'y suis passé hier. Tu peux me croire.

— Ce n'est pas le moment. Ellen ne veut pas déménager.

— Elle accepterait, si tu insistais un peu.

— Je ne suis pas sûr d'en avoir envie non plus.

— Alors, pourquoi n'arrêtes-tu pas de parler de trouver une maison ? Depuis que tu es parti du cabinet de Grant, c'est ton obsession.

— Eddy, j'ai des clients qui arrivent dans dix minutes.

— OK ! Je voulais juste te prévenir. Va faire un tour là-bas quand tu auras le temps, tu jugeras par toi-même. Passe-moi un bout de papier, je vais te dessiner le plan.

Un après-midi, à l'approche du printemps, Robb profita d'un trou de deux heures dans son emploi du temps pour satisfaire sa curiosité. Il fouilla dans son bureau, y retrouva la feuille où Eddy avait inscrit les indications, puis il descendit au parking prendre sa voiture.

Pourquoi s'était-il soudain décidé ? Il aurait été bien en peine de l'expliquer. À moins que le portrait du général confédéré n'y ait été pour quelque chose. Ellen l'avait récupéré en vidant l'appartement à la mort de Wilson Grant, et l'avait raccroché à sa place dans la galerie de portraits de ses ancêtres. Dans l'église, devant le cercueil de Grant, la terrible solennité de la mort avait empli Robb de compassion. À présent, au contraire, le spectacle du visage dur, du regard fixe et intransigeant dans son cadre trop doré, lui inspirait de l'aversion. Sa répulsion prenait de telles proportions qu'il devait changer de fauteuil pour éviter de le voir. Quoi qu'il en soit, le souvenir de la propriété « sensationnelle » lui était revenu, et il avait eu envie d'aller la voir.

Les douces courbes vallonnées qui descendaient jusqu'à la rivière prenaient des couleurs tendres de coussins de soie. La rivière était large et lente, comme les cours d'eau du Sud, et peu passante, mis à part quelques bateaux de plaisance. Une barque avançait près du bord. Arrivée au tournant, elle disparut et le paysage se figea. Seul mouvement dans ce paysage immobile, un vol d'oiseaux, trop haut pour en identifier l'espèce. Les hautes graminées séchées par l'été se courbaient dans la brise. La lumière était douce en cette journée un peu grise, et, en l'absence de soleil qui aurait ébloui l'œil, les contours prenaient une précision de gravure.

Robb avait tout de suite évalué la valeur du terrain. Habitué au marché de l'immobilier depuis quelques années, il pouvait même en deviner le montant précis. Évidemment, cette immensité serait divisée en lots, mais chacun serait d'une taille bien supérieure à la moyenne. Devant ses yeux s'étendait une propriété de grand luxe.

« Et pourquoi pas... », se dit-il tout haut.

Il resta un long moment les mains dans les poches, immobile, hors du temps, le regard vers l'horizon. Sa vie n'avait cessé de progresser. Il n'en concevait d'ailleurs pas la moindre vanité ; en ce domaine, il était plutôt fataliste. Les changements s'étaient produits comme si une main géante avait déplacé des pièces sur un échiquier. Il n'avait pas planifié de faire son droit, pas plus qu'il n'avait prévu de quitter Lily – ce mauvais souvenir l'arrêta une seconde –, ni de tomber amoureux d'Ellen. Et, finalement, il n'y avait rien à regretter, même pour Lily qui, le premier choc passé, avait fini par épouser un autre homme.

Cependant, si le destin l'avait servi, il lui fallait quand même faire preuve de prudence et ne pas avancer trop vite. En pleine réflexion, il s'assit dans l'herbe et sortit calepin et stylo de sa poche. Après quelques calculs, il les rangea. Il s'était associé à des hommes très capables. Si Devlin jugeait bon d'acheter cette propriété, elle ne pouvait que lui convenir. Une maison ici, une demeure familiale, ce serait le meilleur investissement possible. Construire dans toute cette beauté, dans ce calme, ce silence ! Il réaliserait son rêve, aurait gagné sa maison à la sueur de son front, sans rien devoir à un héritage qui n'était pas le sien. Il serait maître en son château.

Le visage caressé par le vent, il sentit monter en lui une brûlante exaltation. Il entrait dans une ère nouvelle, une puissance toute neuve le pénétrait. Eddy ne savait pas bien s'expliquer, pourtant il avait eu l'intuition de ce que son ami éprouverait en ce lieu magnifique.

Le samedi suivant, Robb proposa une sortie à la campagne.

— Je dois voir un terrain en litige, expliqua-t-il, mentant sans préméditation.

Sur l'autoroute, ils dépassèrent des centres commerciaux, des stations-service, des fast-foods, puis entrèrent en pleine campagne. La route traversait des champs avec des granges, des vergers ; des fauteuils à bascule oscillaient sous les vérandas. Une colonne d'oies franchit la route en se dandinant, les forçant à s'arrêter.

— Allez-y, prenez votre temps, leur dit Robb. Regardez-moi comme elles sont contentes d'elles.

— Oui, approuva Ellen. C'est vraiment joli par ici. Je suis contente d'être venue.

— Regarde bien. Ça ne va pas durer. Ces terrains seront bétonnés avant qu'on ait le temps de dire « ouf ! ».

— Tu nous emmènes dans un lotissement ?

— Pas exactement. Ce sera un village privé.

— Privé ? C'est-à-dire clôturé ? Je ne vois pas l'intérêt. À la campagne, on n'a pas besoin de s'enfermer. Je déteste ça.

— Comment peux-tu être si catégorique sans avoir vu l'endroit ?

— Je sais ce que j'aime.

Il ne répondit rien, refusant de se laisser décourager. Il attendit d'être arrivé pour repartir à la charge.

— C'est bien, hein ?

— C'est bien tel que la nature l'a conçu, répliqua Ellen. Mais ce sera totalement gâché dès qu'on aura couvert le terrain d'horribles maisons tape-à-l'œil.

Il continua comme s'il ne l'avait pas entendue.

— Tu sens ce calme ? Moi, ça ne me déplairait pas du tout de vivre ici. Vraiment pas.

Un éclair de suspicion traversa l'esprit d'Ellen.

— Tu ne nous as pas amenées ici avec une idée derrière la tête, j'espère ?

— Je t'ai dit qu'il fallait que je passe.

— C'est drôle, mais je ne te crois pas. Toi, tu mijotes quelque chose.

— Maman ! s'écria Julie. Ce n'est pas gentil de parler comme ça à papa.

— Pourquoi ? Je ne vois pas ce que j'ai dit de mal, c'est une expression courante.

— Ce n'est pas ce que tu as dit, c'est ta tête quand tu l'as regardé.

— Je ne sais pas quelle tête j'ai faite, mais je vais te dire une chose, Robb. Ça ne te déplairait peut-être pas de vivre ici, mais à moi, si. Ça ne me plairait même pas du tout.

Julie suivait avec attention la conversation.

— Moi, j'adore, maman. Regarde la rivière. On dirait un œil qui cligne.

— Observation très poétique, approuva Robb.

Il sentait que Julie le soutiendrait, mais il était plus habile d'attendre un peu. Il devait y aller progressivement, pour habituer Ellen. Seulement, il ne fallait pas trop traîner non plus, sinon l'affaire risquait de lui passer sous le nez.

— Papa aime beaucoup le terrain qu'on a vu à la campagne, déclara Julie le lendemain.

Robb jouait au ballon sur la pelouse avec Penn pendant qu'Ellen réglait des factures, assise à son secrétaire. Elle releva la tête.

— Ah oui ?

— Oui. Il dit que ça serait amusant de construire notre maison, et qu'on pourrait avoir une petite écurie avec des chevaux.

« Bonne tactique, songea Ellen. Toutes les filles de cet âge adorent les chevaux. »

— Et comment ferais-tu pour aller en classe ?

— Papa dit que ça ne serait pas si dur de changer de collège. Moi, ça m'amuserait plutôt. Je vais au même endroit depuis toujours.

— Tes amis ne te manqueraient pas ?

— Non, je te jure. De toute façon, il faudra bien que je les quitte quand j'irai à l'université.

En effet, elle vivrait sans doute très bien le changement. Julie était une grande indépendante. Quant à savoir si ce trait de caractère était enviable ou non… En tout cas, Julie adorait Robb et serait d'accord avec tout ce qu'il proposerait. Ellen, elle, n'accepterait jamais de se laisser convaincre. L'idée lui déplaisait profondément, elle trouvait le projet risqué et insensé.

— Qu'es-tu allé raconter à Julie ? attaqua-t-elle dès que Robb entra dans la pièce. Tu ne devrais pas la mêler à nos disputes.

— Ce n'est pas si grave que ça. Et puis, en tant que membre de la famille, elle a voix au chapitre.

Il avait répondu sans animosité, cependant ses lèvres pincées ne disaient rien qui vaille à Ellen.

— Mais nous sommes en désaccord, et, justement, je ne voudrais pas que ça s'aggrave. Comment peux-tu envisager de chambouler nos vies pour un caprice ? Parce que tu es tombé amoureux d'un paysage…

— Ce n'est pas un caprice. Je ne suis pas heureux ici.

— Tu n'exagères pas un peu ?

Elle n'en revenait pas. Le coup était rude.

— Écoute, dit Robb, ce n'est pas l'endroit qui compte. Je serais heureux sous une tente dans le désert avec toi si nous étions chez nous.

— Tu ne disais pas ça, dans le temps ! Je me souviens de notre bonheur quand papa nous a donné la maison.

— C'est vrai. Mais beaucoup d'eau a coulé sous les ponts.

— D'accord. Mais ne peux-tu pas oublier le passé ?

— Sûrement pas.

— Au moins mettre certaines choses de côté.

— Je ne sais pas… Soit j'ai simplifié mes sentiments, soit, au contraire, j'ai tout compliqué. Et si on disait, tout bêtement, que j'ai envie de changer d'air ? Ça arrive, non ?

Il lui sourit, charmeur comme un enfant qui espère obtenir un bonbon ou une demi-heure de sursis avant d'être envoyé au lit. Elle n'avait pas envie de se mettre en colère. La colère l'épuisait ; son éducation ne lui avait pas appris à extérioriser ses émotions.

Elle se leva et s'approcha de la fenêtre. Sous ses yeux s'étendait le parterre de narcisses. Les premières feuilles vert tendre pointaient, marquant le vaste demi-cercle tel qu'elle l'avait toujours connu, à chaque printemps, depuis sa naissance.

Robb plaidait toujours, comme à la barre, de sa voix convaincante et enjôleuse.

— Tu seras entièrement libre. Tu auras carte blanche pour la décoration. Tu pourras te réserver un beau bureau afin d'écrire. Un jour, tu t'y remettras, tu verras. Et puis, une vraie pièce avec des fenêtres, où Julie pourra organiser des fêtes, pas comme ici, au sous-sol. Nous pourrions aussi avoir une piscine intérieure, un jardin d'hiver… Tu adores tellement les plantes… Et…

Elle fit volte-face.

— Robb ! Ce que nous avons ne te suffit plus ? Notre sous-sol est très bien. C'est ce que j'ai toujours connu. Et puis nous n'avons aucun besoin d'une piscine couverte… Avec tous tes désirs grandioses, je te reconnais à peine parfois, et ça m'inquiète. Je me fais un sang d'encre.

— Ça n'a rien de grandiose, quand on peut se

l'offrir. Et, à t'entendre, on croirait que je te propose des escaliers de marbre et des dorures au plafond.

— Si tu ressemblais à Devlin et à ses amis, nous n'y échapperions pas. Ces gens-là ont la folie des grandeurs. J'espère que tes investissements sont raisonnables, au moins.

— Mes investissements ? C'est de la roupie de sansonnet ! Un moustique sur le dos d'un éléphant. Bon, résumons-nous. J'ai envie de déménager, de construire une maison pour ma famille, et toi, tu réagis comme si c'était la fin du monde.

Peut-être, mais aurait-elle réagi de la même façon si le travail de son mari et leur avenir en dépendaient ? Les déménagements pour raison professionnelle, c'était différent. Dans ces cas-là, on préparait ses paquets sans mot dire, avec courage, cachant sa tristesse sous de la bonne humeur. Il ne s'agissait pas de cela pour eux.

— Tu ne te rends pas compte, expliqua-t-elle. Toi, tu passerais ton temps au bureau, tu nous verrais encore moins, nous serions isolés. Tu travailles sans arrêt… Ce qu'il nous faut, au contraire, c'est plus de temps ensemble.

— Pour toi, trente kilomètres c'est le bout du monde ? Ellen ! C'est ridicule de dramatiser ainsi ! À t'entendre on ne devinerait jamais qu'il s'agit de quatre murs et d'un toit. On croirait qu'un membre de la famille a un cancer, ou qu'un de nous a trompé l'autre. Bon sang, Ellen ! Tu…

— Philip vient d'arriver, interrompit Julie en entrant. Je crois qu'il t'a entendu hurler, papa. Il s'est arrêté sous la véranda.

— Je ne hurlais pas, protesta Robb.

De toute évidence, Philip avait entendu au moins des bribes de la dispute, car, gêné, il faisait semblant de rattacher ses lacets.

— C'est le dimanche sur quatre où je passe vous voir, expliqua-t-il en se redressant. J'espère que je ne vous dérange pas ?

— Mais pas du tout, tu es toujours le bienvenu, dit Robb cordialement.

Philip ne leur avait pas rendu visite depuis plusieurs semaines, et Ellen ne l'avait vu qu'en consultation avec Penn, une fois en compagnie de Robb, et deux fois seule. Dans sa tenue décontractée de promeneur, il ne ressemblait plus à l'homme en costume cravate qui consultait à l'hôpital. Elle se souvint d'un coup du dernier dimanche passé en sa compagnie. Elle lui avait trop parlé, lui avait confié des sentiments trop personnels, et il l'avait écoutée, l'avait vraiment comprise. Elle se doutait aussi qu'il avait deviné les coupables pensées qu'elle n'aurait pas dû avoir. Elle en avait la certitude, et cela lui faisait peur.

Elle parvint malgré tout à garder son naturel.

— Nous avions un petit désaccord. Robb veut déménager, et pas moi.

— Philip n'a que faire de nos escarmouches, Ellen.

Robb était furieux, mais ses bonnes manières le retenaient de le montrer. Aussitôt honteuse, Ellen essaya de se rattraper.

— Excuse-moi, Philip. Robb a raison. J'ai mentionné l'affaire parce que tu nous as toujours donné de si bons conseils pour Penn. Je n'ai pas réfléchi…

Philip détourna la conversation avec tact, cherchant Penn du regard.

— Où est mon ami Penn ?

— Il jouait au ballon avec Robb.

Ellen se sentit obligée de flatter Robb afin de compenser le faux pas dont elle venait de se rendre coupable.

— Ils se sont bien amusés ensemble. Robb sait le prendre. Penn doit être en train de regarder la télévision. Rien de pire, j'espère, que des dessins animés.

— Je vais lui dire que son ami Philip est là, annonça Robb.

Quelques instants plus tard, il revenait seul.

— Je ne le vois nulle part.

— Il doit embêter Julie dans sa chambre. Elle est censée faire ses devoirs.

Quand elle eut parcouru la maison de haut en bas sans le trouver, Ellen s'inquiéta un peu, mais sans plus. La semaine précédente, il était allé jusque chez les voisins, des gens charmants qui l'avaient ramené à peine cinq minutes plus tard, avant même qu'Ellen et Mme Vernon se soient aperçues de son absence. Elle fit donc un saut chez eux. « Au moins, se dit-elle, quand il fait froid, on peut fermer les portes à clé, puisqu'il ne sait pas ouvrir. Mais dès qu'il commence à faire beau on a envie d'un peu d'air, et… »

La maison des voisins était fermée, la voiture ne se trouvait pas dans le garage. Penn ne pouvait pas être là. Elle essaya la maison suivante et, ne le trouvant toujours pas, elle commença à prendre peur. Aussitôt, elle courut chez elle pour chercher de l'aide.

Robb se leva d'un bond.

— Appelle Julie. Prenons chacun une rue. Il ne peut pas être allé bien loin.

— Pourvu qu'il ne soit pas parti vers Calhoun Street ! C'est la plus passante, et il ne sait pas traverser !

Ils partirent tous les quatre en courant, chacun dans une direction. Leurs appels résonnèrent dans la paix dominicale.

— Vous avez vu Penn ? demanda Ellen à deux garçons d'une dizaine d'années qui traînaient devant une maison.

— C'est qui, Penn ? demanda l'un.

— Tu sais, celui qui est drôle, répondit l'autre en tournant son doigt sur sa tempe. Il s'est sauvé ?

— Oui. Si vous le voyez, prévenez vos parents, s'il vous plaît. Ils le ramèneront. Ils savent où il habite.

Tout le monde dans le quartier connaissait Penn MacDaniel. Au début, comme elle en avait souffert ! À présent, ce que les gens pensaient de son fils la laissait froide. Pour l'heure, plus rien ne comptait que de le retrouver sain et sauf !

Elle courait à toutes jambes, sans regarder où elle allait, si bien qu'elle trébucha sur un trottoir et s'égratigna le genou. Sans perdre une seconde, elle se releva et repartit. À Calhoun Street, seule la pharmacie était ouverte. Personne n'avait vu Penn. En si peu de temps, il ne pouvait pas être allé plus loin. Il fallait essayer ailleurs, rentrer par une autre rue. « Mon Dieu, faites que quelqu'un l'ait vu ! »

Essoufflée, elle dut cesser de courir et continua à pas lourds. Dire que quelques instants plus tôt ils se disputaient pour une futilité… Déménager, mais quelle importance !

Des cris éclatèrent. Penn ! Lorsqu'il était en colère, sa voix montait d'une octave. Elle le retrouva enfin, à cinq rues à peine de chez eux, entouré d'une troupe d'enfants qui gesticulaient et d'un groupe de parents dérangés par le tintamarre.

— Maman ! hurla Penn en la voyant.

Il était tout rouge et se débattait en lançant des coups de pied pour repousser trois petits garçons qui l'attaquaient. L'un d'eux le fit tomber.

— Pousse-toi de la marelle, abruti !

— Non, non ! Tu peux pas me pousser. Ouille ! Tu vas voir !

Une gamine se mit à sangloter :

— Il m'a tapée ! Y a pas le droit de taper les filles ! Je vais le dire à mon père, et il va lui taper dessus !

Deux hommes attrapèrent Penn par les bras et le tirèrent de la mêlée juste au moment où Robb, Philip et Julie arrivaient, débouchant chacun d'une rue différente. Les hommes leur abandonnèrent Penn, qui gigotait comme un beau diable. Une dame se mit en colère.

— C'est vous, ses parents ? Un garçon comme ça, il faudrait l'enfermer chez vous. C'est dangereux de le laisser venir attaquer les autres enfants.

On voyait qu'elle était nouvelle dans le quartier. Que

répondre ? Une voisine qui connaissait Penn depuis sa naissance intervint.

— Il n'est pas méchant. C'est un malentendu, rien de plus. Ces petits jouaient à la marelle sur le trottoir, et il s'est mis sur les lignes de craie. Comme il ne voulait plus bouger, ils l'ont poussé, et lui, il s'est défendu. Évidemment, il est beaucoup plus grand et plus fort, alors… Ellen, Robb, rentrez chez vous. Ne vous en faites pas.

Ils rentrèrent, Penn, toujours rugissant, encadré par Robb et Philip. Ellen et Julie fermaient la marche en silence, malheureuses et fort embarrassées.

— Je vais lui donner de la glace, maman, dit Julie en arrivant. Ça le calmera.

Elle regarda sa mère.

— Je sais que tu as envie de pleurer. Moi aussi, mais à quoi ça nous avancerait ?

— Tu as raison, chérie. Ça ne servirait à rien du tout. Il va seulement falloir qu'on prenne l'habitude de fermer la porte à clé. C'est parce qu'il a envie de jouer, mais il ne sait pas comment s'y prendre et personne ne veut de lui.

La petite procession entra dans la maison. Penn se tut devant l'énorme bol de glace qu'on lui apporta, Julie retourna à ses devoirs, et les trois adultes se retrouvèrent seuls face à leur lassitude.

Au bout d'un moment, Robb déclara :

— Je suis content que tu sois là, Philip. Tu te rendais compte qu'il était devenu aussi fort ?

— Ça va devenir un sacré grand gaillard.

— Et très rapide. Il court déjà plus vite que moi.

Ils regardèrent Ellen. « Bientôt, tu ne pourras plus le maîtriser », signifiaient-ils en silence.

— Qu'allons-nous devenir ? murmura-t-elle.

— Nous n'avons pas besoin de te dire ce qu'il faut faire, répondit Philip.

— Nous ne prendrons ce parti qu'en cas d'absolue nécessité, intervint Robb.

Se séparer de lui ! « Personne ne sera jamais aussi

patient avec lui que moi, sa propre mère », songea Ellen. Elle se l'imagina terrifié et malheureux avec des étrangers qui, dans le meilleur des cas, ne lui montreraient que de l'indifférence. Elle ne voulait même pas penser au pire.

— Je vous accorde que c'est un peu prématuré, reprit Philip, mais je veux vous mettre au courant d'une information qu'on vient de me transmettre. Vous vous souvenez de la résidence près de Wheatley où j'ai emmené Ellen il y a environ six ou sept ans ? Les responsables faisaient du bon travail, mais l'endroit devenait d'une vétusté terrible. Je n'y aurais plus envoyé personne qu'en dernier recours. On m'a dit que l'établissement venait de recevoir un don très généreux, et que de grands travaux avaient été entrepris. Cela pourrait valoir la peine de retourner se renseigner.

— Non, dit Robb, nous ne sommes pas prêts.

— Je sais, mais il vaut mieux ne pas attendre la dernière minute. Il est préférable de se préparer.

Robb s'examinait les ongles, et Ellen demanda d'une voix faible :

— Tu penses qu'il va falloir nous séparer de lui bientôt, Philip, c'est ça ?

— Je ne peux pas te donner de date. Si je pouvais prédire ce genre de choses, on m'amènerait des patients de Tombouctou. Je dis seulement que ce serait plus raisonnable d'envisager son départ à plus ou moins long terme.

Robb redressa la tête.

— Oui, tu as raison. Est-ce que tu veux bien mener l'enquête pour nous ? Tu auras le temps ?

— Bien sûr, mais je pense que nous devrions y aller tous ensemble.

— D'accord, mais pas cette semaine ni la suivante. Je dois plaider ici, et après je fais un saut à Washington. Attendez, je vais chercher mon agenda.

L'agenda à couverture de cuir rouge dans lequel Robb notait méticuleusement ses rendez-vous ressemblait comme deux gouttes d'eau à celui que Wilson

Grant lui offrait tous les ans à Noël, du temps où Robb était encore un gendre apprécié. Ellen se rendit alors compte de l'omniprésence de la générosité de son père. La maison était pleine de ses cadeaux : une belle trousse de voyage pour les déplacements de Robb, des raquettes de tennis, des livres rares…

— Lundi, dans trois semaines, ça vous irait ? Philip ? Et toi, Ellen ?

Elle fit oui de la tête. Comme si elle avait d'autres priorités ! Une immense tristesse la submergeait, pareille à la marée haute.

16

1989

Le lundi, trois semaines plus tard, Robb appela Ellen du bureau et lui annonça qu'il venait d'être convoqué à une réunion impromptue.

— Vas-y avec Philip, sans moi. Fais-toi une idée, seulement ne va pas imaginer le pire tout de suite. Nous devons disposer d'une solution en cas d'urgence, mais nous n'en aurons peut-être jamais besoin malgré ce que tout le monde prétend.

Comme Ellen, il se réfugiait dans les pensées toutes faites, disait ce qu'on attendait de lui. Ni l'un ni l'autre n'avait mentionné le triste sujet depuis la mésaventure du dimanche après-midi. Ils n'avaient plus abordé non plus le thème du déménagement. Ellen espérait qu'à présent, avec les soucis plus immédiats que leur causait Penn, Robb avait abandonné.

— Remettons la visite, proposa-t-elle. Quel jour serais-tu libre ? J'appelle Philip.

— Non. Allez-y aujourd'hui, il ne faut pas remettre au lendemain ce qu'on peut faire le jour même. Et puis prends ta voiture, elle a besoin de rouler.

Ce pauvre Robb avait été bien optimiste : son joli cadeau ne lui servait quasiment à rien. C'était une voiture destinée à une vie heureuse, une voiture que l'on prenait pour faire un saut en ville, pour partir en excursions joyeuses. Elle soupira en raccrochant. Quel dommage de se sentir abattue en cette belle journée, la première de véritable printemps.

Robb n'aurait pas dû la pousser à maintenir la visite. Il en attendait trop d'elle. Ils allaient rentrer très tard. Et puis elle regrettait d'avoir parlé de Robb et de son père à Philip. Pourquoi lui avait-elle confié tout cela ? Comment allaient-ils remplir les longues heures de route ? Penn ne suffirait pas à occuper la conversation tout ce temps. Ils allaient devoir aussi s'arrêter en route pour déjeuner, en tête à tête à une petite table... Non, elle se sentirait trop mal à l'aise. Quelques sandwichs et une Thermos de café conviendraient beaucoup mieux. Plus rapide, plus impersonnel.

— Ça ne t'ennuie pas qu'on prenne cette voiture ? demanda-t-elle à Philip dès son arrivée. Robb veut que je la fasse rouler.

— Pas du tout, dit-il en passant les doigts sur le cuir souple des sièges gris. C'est un vrai bijou.

— Tu trouves ? Oui, c'est vrai.

Même en gardant les yeux sur la route, elle sentait le regard de Philip sur elle.

— Comment va Penn, aujourd'hui ? demanda-t-il.

— Je lui ai donné des jouets neufs en partant. Je lui ai trouvé un labyrinthe avec une petite bille qu'il faut faire rouler en inclinant le jeu. J'adore sa tête quand il s'absorbe dans ce genre d'occupation. Il est adorable, c'est trop mignon.

Dire que son père n'était jamais parvenu à se laisser attendrir !

— Je ne comprendrai jamais mon père ! s'écria-t-elle. Tu peux m'expliquer son attitude, toi ?

— Je ne l'ai pas rencontré, tu sais. Sans doute s'était-il formé une certaine image de lui et de sa famille... Tout le monde fait plus ou moins ça. Moi, par exemple, je me vois souvent comme « un grand sage qui donne des conseils et guide les pauvres gens en détresse ».

Il éclata de rire.

— Parfois je me trouve bien ridicule. Je me demande pour qui je me prends. Mes efforts servent-ils, en fin de compte ? Je n'ai pas réussi à transformer votre vie, à toi et à Robb. Vous êtes venus me voir il y a des années pour me présenter votre problème, et rien n'a changé pour vous.

Il avait vite dévié la conversation, involontairement sans doute, passant du père d'Ellen à son métier. Elle comprenait qu'il veuille partager ses propres préoccupations, mais elle ne se sentait pas le courage de l'écouter. C'était la faute de la main de Philip, qu'il tenait posée sur son genou. Elle était troublante, avec des doigts souples et longs ; sa blancheur lui rappelait le triangle de peau pâle aperçu un jour sous un franc soleil. Elle s'en souvenait bien. La mémoire retenait trop de choses qu'on aurait préféré oublier, des sensations confuses, des détails, même le V formé par un col blanc et une cravate rayée, le timbre d'une voix… « Je perds la tête », se dit-elle, mortifiée.

— Si on écoutait de la musique ? proposa-t-elle.

Il se pencha et tourna le bouton.

— Quel genre ?

— N'importe.

Elle écouterait ce qu'il voudrait, rock, classique, country. Il choisit de la musique classique, la *Septième* ou la *Huitième* de Schubert, qui les occuperait une bonne heure.

Ils roulaient vers l'ouest, le soleil derrière eux. La ligne sombre des pins montait à l'horizon, et l'air frais s'engouffrait par les vitres ouvertes. Ellen roulait très vite, ce qui l'obligeait à se concentrer sur sa conduite ; cela lui vidait la tête, la purifiait. Elle aurait bien continué pendant des heures, sans passé, sans avenir ni pensées.

Lorsque la musique s'arrêta, ils gardèrent le silence. Ils durent consulter la carte une fois, mais ensuite continuèrent sans un mot jusqu'à leur arrivée à Wheatley. Là, ils sortirent de la ville, prirent une petite route caillouteuse et descendirent de voiture devant une grande bâtisse en bois qui n'avait pas été repeinte depuis des années.

— Tu n'as pas envie d'y aller, remarqua soudain Philip.

— Je suis là pour ça.

— Tu tiens à peine sur tes jambes. Assieds-toi d'abord quelque part.

Le spectacle qui l'avait accueillie ici la dernière fois lui revenait : les couloirs sombres, l'odeur de graillon en provenance des cuisines, la terrible tristesse de la vieillesse associée à la pauvreté. Le plus douloureux restait surtout le souvenir des visages apathiques.

— Attends-moi sur ce banc à l'ombre. J'en ai pour une minute.

Comment s'était-il douté que ses jambes se dérobaient sous elle ? Son cœur battait à coups sourds dans sa poitrine. Elle s'assit afin de lui laisser le temps de retrouver un rythme normal, les yeux posés sur deux écureuils qui se poursuivaient dans les arbres.

Très vite, Philip reparut, expliquant que ces vieux bâtiments se vidaient peu à peu, et que les nouveaux se trouvaient au bas de la pente. Il l'observa attentivement.

— Je vois que tu te sens mieux. Si on y allait à pied ?

En descendant la colline, ils aperçurent d'abord les toitures de bardeaux neuves. Le bruit des marteaux, les cris des ouvriers et le vacarme des marteaux piqueurs montaient jusqu'à eux, rumeur de chantier en pleine activité. On pavait une allée. Un bulldozer aplanissait le sol, sans doute en prévision d'un terrain de jeu. La compagnie du téléphone posait des câbles. Un camion déchargeait des épicéas et des buissons ornementaux devant un long bâtiment de brique aux boiseries blanches.

Un ouvrier, les voyant hésiter, les interpella.

— Vous cherchez l'accueil ? C'est la porte verte.

Ils se tournèrent dans la direction indiquée et virent

une entrée large et accueillante encadrée de grands pots en terre cuite où rien n'était encore planté.

— Entrez. Ils reçoivent déjà des visiteurs, allez-y.

Ellen n'en croyait pas ses yeux. Devant elle, gravée en belles lettres sur une plaque de pierre, elle venait de lire avec stupéfaction l'inscription suivante : « Centre de vie Richard et Olivia Devlin ».

— Devlin ! Regarde, Philip ! Devlin ! Ce n'est pas possible !

— Et pourquoi pas ?

— Mais je ne sais pas, moi ! C'est juste qu'il n'a pas l'air… J'aurais juré que cet homme n'avait pas de cœur.

— Les gens nous réservent toujours des surprises. Viens, entrons voir où ils en sont.

Une aimable dame d'une cinquantaine d'années les accueillit. Sa chaleur humaine devait rassurer les visiteurs en détresse et les personnes timides. Philip se présenta, ainsi qu'Ellen.

— Inutile de vous nommer, docteur Lawson. J'ai assisté à l'une de vos conférences il y a deux ans. Alors, comme ça, vous venez nous voir ? Voyez tous ces changements ! Un ange descendu du ciel nous a fait don de dix millions de dollars. Et ce n'est qu'un début. Un tel cadeau, ça attire le succès. Vous connaissez la musique. Venez, je vous fais visiter.

Emportés par son enthousiasme, ils traversèrent une série de pavillons reliés par de larges passages intérieurs. L'ensemble donnait une impression d'espace et de lumière. Peu à peu, Ellen sentit que, dans le pire des cas, elle pourrait emmener Penn ici. Peut-être ne serait-ce pas un choc trop épouvantable de partir de chez soi pour venir dans cet endroit. Elle repensa à Devlin, et n'en revenait pas.

Lorsqu'ils eurent tout vu, ils remontèrent la colline, se choisirent un banc délavé par les intempéries ct déballèrent leurs sandwichs. Au-dessous d'eux, ils voyaient les toits neufs où se reflétait le soleil. Les oiseaux chantaient.

— Écoute, dit Philip, ils font leur nid.

Ces gazouillements mis à part, on n'entendait pas un seul bruit.

— Devlin..., répéta Ellen, plongée dans ses pensées. Olivia, passe encore. Elle n'a pas grand-chose dans la tête, mais elle est bien gentille. Seulement, l'argent est à lui, et je ne le vois pas déboursant une telle somme pour financer un projet comme celui-ci.

— Tout ce que je connais de Devlin, c'est sa réussite phénoménale. C'est un grand nom de l'immobilier.

— Robb dit qu'il veut devenir sénateur, ou gouverneur.

— Dans ce cas, ce don ne fera pas de mal à son image de marque. Inutile de te dire qu'il y a pénurie d'établissements de ce genre, modernes et bien conçus. On voit des articles partout dans la presse à ce sujet. En associant son nom à cet endroit, il va récolter quelques milliers... que dis-je, quelques centaines de milliers de voix supplémentaires.

— Il ne m'inspire aucune confiance.

— Je te crois, mais quelles que soient ses motivations, son cadeau n'en est pas moins inespéré.

— Oui, je sais... et pourtant...

Elle s'interrompit.

— Je suis peut-être trop curieux, mais j'aurais aimé en savoir plus.

— Je ne sais pas. Je n'aime pas la façon dont il me regarde. Ses yeux lui en sortent de la tête.

Philip sourit.

— Désagréable pour toi, j'en conviens, mais est-ce anormal d'admirer une jolie femme ?

— Flatteur ! Non, je t'assure... Ce n'est pas ça. C'est difficile à expliquer. On dirait qu'il calcule le prix de tout ce qu'il approche, même des gens. Je l'ai vu négocier l'achat de vin à mille dollars la bouteille. C'était écœurant. Je sais bien que ça ne me regarde pas. Tu me trouves trop critique ? J'exagère.

— Non. Tu as le droit d'avoir tes antipathies. Mais

ce pauvre Devlin, je le plains presque. J'espère pour lui qu'il ne se doute pas de ce que tu penses de lui.

— Sûrement pas ! Je suis obligée d'être aimable avec lui, il est trop important pour Robb. D'ailleurs, ça ne me plaît pas du tout.

Elle regretta aussitôt d'avoir laissé échapper ce nouveau commentaire. C'étaient des réflexions trop personnelles. Pourquoi parlait-elle si librement à Philip ? Les mots jaillissaient tout seuls. Elle ne pouvait s'en empêcher.

Il avait terminé ses sandwichs et, méticuleux, avait jeté ses restes dans un sac en papier. Profitant de ce qu'il semblait perdu dans ses pensées, elle l'observa. Son visage irrégulier, avec son nez busqué et ses joues presque creuses, contrastait avec la gentillesse de ses yeux ; c'était leur bleu si étonnant qui l'avait d'abord frappée. Peut-être cette couleur étonnait-elle tous ceux qui le rencontraient. Ses gestes, calmes, mesurés, étaient empreints de puissance, comme s'il possédait une force illimitée. On ne l'imaginait pas s'inquiétant pour des riens, s'énervant bêtement. Robb, lui, était beaucoup plus instable. Autrefois il avait été calme, mais il avait bien changé.

Jamais elle n'aurait dû s'autoriser de telles pensées ! Comparer Robb à Philip était de la traîtrise. Et ne menait à rien.

Ce qui ne l'empêcha pas de remarquer :

— Tu sais, je comprends ce qui m'effraie tant chez Devlin et les gens qu'il fréquente. Ils ont transformé Robb. Cela se sent jusque dans notre mode de vie. C'est à cause d'eux qu'il veut déménager ; il les envie. Il veut s'acheter une maison parce que la nôtre n'est pas à lui. Je sais bien que mon père l'a traité avec froideur. Je t'ai dit que je ne comprenais pas comment il avait pu se conduire comme ça. Il a eu tort. C'était bête, étroit, mais on ne peut pas nier non plus que mon père était un homme de valeur. Ils auraient pu discuter, finir par s'entendre, se pardonner, se tolérer ! Et maintenant qu'il est mort, pourquoi continuer de lui en vouloir ?

Ça le mine. Je le sens, je le vois. Je ne veux pas de tout son argent. Je n'aime pas ces gens. Je te jure que je ne suis pas paranoïaque. Il a des amis charmants par ailleurs, mais ce petit milieu, le groupe que fréquente Robb avec son imbécile d'Eddy… Eddy est gentil, mais il n'a pas beaucoup de discernement, et Robb non plus, depuis quelque temps. Ils ont la folie des grandeurs. Et quand je pense que tout a commencé avec mon pauvre bébé…

— Non, protesta Philip. Je ne crois pas. Les gens sont plus complexes que tu ne sembles le croire. Penn a joué le rôle de révélateur, mais, tôt ou tard, cette faiblesse de caractère aurait fini par se déclarer.

— Je n'en suis pas si sûre. Nous étions tellement heureux.

Philip posa la main sur la sienne et la retira après une pression brève et ferme.

— Attends, ne dis pas de bêtises. Vous êtes toujours heureux. Et vous le resterez longtemps. Vous vous heurtez simplement à un obstacle. Vous allez le franchir, tu verras.

Ellen se souvint du jour dans le parc où il lui avait parlé de la mort de sa femme et de son enfant, de son travail et de ses chats. Elle se l'imagina en train de lire dans une petite pièce, les chats endormis dans un panier ; il écoutait des disques classés par ordre alphabétique, d'Albéniz à Wagner.

— Notre visite d'aujourd'hui t'a perturbée. Tu vois tout en noir. Oui, pleure, tu en as besoin. Laisse sortir tes émotions, c'est bien…

Elle s'essuya les yeux.

— Je te demande pardon. Drôle de façon de te remercier de m'avoir accompagnée…

— Ne t'excuse pas.

Les larmes qu'elle tâchait de retenir brouillaient les couleurs de la voiture, des pommes dans le panier. Deux papillons brun foncé avec des ailes bordées de jaune voletaient dans le soleil, se poursuivant en un ballet effréné.

— C'est un peu tôt pour les papillons, déclara Philip pour la distraire.

— Ceux-ci sont les premiers du printemps. On les appelle des morios. Pas très joli, hein ?

— Comment te débrouilles-tu pour savoir tout ça ?

— Par le plus pur hasard. J'avais commencé à illustrer un livre pour lequel j'avais besoin de papillons.

— Seulement commencé ? Tu n'as pas terminé ?

— J'ai laissé tomber.

— Il faut reprendre ton travail, tu sais.

— Je n'ai pas le temps !

— Peut-être pas tout de suite. Mais, un jour, tu t'y remettras. Le plus tôt sera le mieux, ajouta-t-il gravement.

— Tu veux dire que je ne dois plus garder Penn trop longtemps ?

Voyant qu'il ne répondait pas, elle poursuivit.

— J'imagine qu'il viendra vivre ici un jour. Robb met de l'argent de côté afin que nous puissions lui offrir ce qu'il y a de mieux.

— J'admire beaucoup Robb. Je crois que je ne te l'ai jamais dit, un jour je suis allé au palais de justice après avoir lu un article dans le journal. Il défendait un type qui voulait alerter l'opinion en attaquant une entreprise du service public. David contre Goliath. Il a été extraordinaire.

— Oui, ce sont les procès qu'il préfère.

— J'ai aperçu Julie au fond de la salle. J'ai eu l'impression qu'elle ne voulait pas que son père la remarque.

— Elle assiste parfois aux procès, mais elle ne le lui dit qu'après. C'est bien sa fille. Ils sont très proches.

— Tu as connu aussi de grands bonheurs dans ta vie.

Elle hocha la tête. Oui, elle le savait. Elle devinait que l'hommage rendu à Robb par Philip avait pour but de désamorcer quelque chose ; leur attirance s'intensifiait à chaque rencontre, et c'était dangereux. « Soyons sages », semblait-il dire.

Mais il avait aussi voulu la réconforter, et, en retournant à la voiture, elle leva les yeux vers lui et le remercia.

— Tu m'as fait beaucoup de bien, merci.

— C'est mon métier, répliqua-t-il avec un rire léger.

Elle rit avec lui, parce qu'il le fallait.

Elle arriva chez elle en piteux état. Le chemin du retour s'était de nouveau passé sans conversation, car Philip avait d'office allumé la radio, la musique servant d'écran. Et tant mieux, Penn devait rester l'unique raison de leurs rencontres.

On entendait le piano depuis la porte d'entrée. Ellen aperçut Julie, sagement penchée sur le clavier, et Penn qui la regardait avec admiration, assis par terre. Elle leur fit signe de loin et courut à l'étage.

Elle se sentait malade. Affaiblie par la nausée d'un début de migraine, elle s'allongea sur le lit. L'angoisse lui nouait le ventre ; elle n'avait pas ressenti ce genre de terreur depuis ses derniers examens à l'université. Tout se mélangeait. Penn, d'abord, et la perspective dramatique de son départ, et puis… Et puis quoi ? Comment définir les sentiments naissants entre Philip Lawson et elle ? Bien sûr, il ne pouvait s'agir que d'une attirance superficielle. Bien sûr. Mais était-ce si certain ? Leurs sentiments n'allaient-ils pas, après avoir germé, prendre racine ?

Non, c'était du rêve, un fantasme d'étudiante de première année qui lisait trop de romans-photos. Ils étaient adultes, responsables, intelligents… Elle ne se comprenait plus. Enfin, voyons, elle avait des enfants, elle était mariée, et elle aimait Robb ! En dépit de leurs difficultés – et quoi de plus naturel dans une vie de couple –, elle l'aimait.

Cela ne l'empêchait pas d'avoir peur.

Elle regarda tout autour d'elle. Tout lui était si familier et si cher : les photos, ses aquarelles du port de Naples, le volume de Walt Whitman relié de cuir sur le guéridon de sa mère, le couvre-lit de chintz, et le lit lui-même où elle dormait chaque nuit avec Robb.

Sans doute pouvait-on prendre tous ces objets et les installer ailleurs…

Mais ce serait différent. Il lui semblait que, hors d'ici, elle se perdrait. Cette maison l'enveloppait dans de grands bras réconfortants, les protégeait tous. C'était la permanence, la sécurité.

En entendant la voiture s'engager dans l'allée, elle se leva d'un bond et tira le dessus-de-lit. Puis elle courut au miroir, remit de l'ordre dans ses cheveux, raviva son rouge à lèvres, s'amusant de sa ressemblance avec son père. Les Grant se devaient de présenter – même à leur conjoint – une façade impeccable. Absurde, mais on ne se refaisait pas. Elle descendit raconter à Robb sa visite à Wheatley.

— Philip pense que Devlin cherche surtout à récupérer des voix, conclut-elle. Pour prouver qu'il tient aux causes humanitaires.

Robb éclata de rire.

— Il a trouvé ça tout seul, l'innocent ? Mais bien entendu, même un enfant l'aurait deviné ! Il est évident que Devlin prépare le terrain. Ça crève les yeux. Le président d'une grande banque du Sud a une sœur comme Penn, et c'est l'un des plus généreux donateurs du parti. Donc en additionnant deux et deux… Au fond, qu'importent ses motivations ? Seul le résultat compte.

— Philip a dit la même chose.

Encore Philip ! Elle devait mieux surveiller sa langue.

— Raison de plus pour que tu sois aimable avec Devlin la prochaine fois que nous le verrons.

— Je suis toujours aimable avec tout le monde !

— C'était juste un conseil. Ne te vexe pas. À propos, j'ai acheté une part de la propriété près de la rivière. Une toute petite part qui nous donne juste droit à une maison avec un hectare et demi de terrain.

— Sans me demander mon avis ? s'écria-t-elle.

— Du calme ! Ça ne veut pas dire que je vais construire. Évidemment, ça me plairait, je ne m'en cache pas.

Il leva la main comme s'il réglait la circulation pour la faire taire. Une manie récente.

— Si tu t'y opposes toujours... Que veux-tu, je ne t'y traînerai pas par les cheveux.

— Merci. Et je voudrais que tu arrêtes d'en parler. Je ne veux vraiment, vraiment pas quitter cette maison, du fond du cœur. J'aurais l'impression d'être un arbre arraché avec ses racines en l'air.

Robb poussa un soupir.

— Tu sais, je comprendrais si tu étais une aristocrate anglaise et que tu vives dans ton manoir de famille du XVe siècle. Mais nous sommes en Amérique, et il ne s'agit que de déménager d'une banlieue à une autre. Tu fais du sentimentalisme.

Il ne s'exprimait pas avec méchanceté, cela lui arrivait d'ailleurs fort rarement, mais sur un ton nouveau, très assuré, autoritaire, même. Les craintes confuses qu'elle avait combattues là-haut, dans la chambre, revinrent en force. S'accrochant à lui, elle supplia :

— Robb, ne te fâche pas contre moi.

— Mais non, mais non, dit-il en lui caressant les cheveux. Je suis désolé, Ellen, c'est un peu trop pour toi, tout ça. Tu viens de passer une journée pénible. J'aurais dû y aller à ta place.

Au club, en se dirigeant vers la salle de restaurant, Robb murmura à l'oreille d'Ellen :

— Le type à côté de la femme en robe à fleurs, c'est Harry Glover, le président de la Danforth Savings Bank. Je suis en relations d'affaires avec lui, c'est sans doute pourquoi Devlin nous a invités à nous joindre à eux. C'est vraiment gentil de sa part. Glover est de passage pour deux jours. Devlin et lui sont comme les deux doigts de la main. Au fait, tu es splendide. Tu ne regrettes plus d'avoir mis le collier ?

Ellen sourit. Le bijou était beaucoup trop habillé pour cette soirée. Elle avait essayé de le lui expliquer avec tact, mais l'air déconfit de Robb lui avait fait pitié. Il était si fier de son cadeau d'anniversaire qu'elle avait gentiment cédé.

— Je suis ravie, dit-elle. Il est splendide.

— Je n'ai pas vu Devlin depuis deux mois, donc il ne doit pas savoir que nous sommes allés au Centre de vie de Wheatley. Tâche de mentionner ta visite avant qu'il en parle.

— Bien sûr.

Même Robb, se disait-elle, en dépit de l'assurance qu'il avait acquise, de sa réputation, faisait des courbettes à ce rustaud. Rien n'avait beaucoup changé depuis l'Empire romain…

Pendant que les convives s'installaient, au cours des présentations, Devlin lança :

— Il paraît que vous êtes allés visiter mon centre pour les handicapés, à Wheatley.

— J'allais vous en parler, répondit Ellen. C'est magnifique. Le personnel est efficace, charmant… l'ensemble tout à fait merveilleux. Le plus frappant, c'est de voir vos noms à l'entrée. Quel don extraordinaire !

L'épais visage de Devlin se fendit d'un large sourire.

— Un beau compliment, venant d'une bien jolie femme.

— Tout à fait, approuva Olivia qui faisait toujours écho à son mari.

« Elle aurait de bonnes raisons de me détester, pensa Ellen, ainsi que toutes les destinataires de ses attentions sirupeuses. »

Quelqu'un fit remarquer que ce n'était pas le premier don effectué par les Devlin, et de loin. La nation avait grand besoin de citoyens aussi généreux qui comprenaient l'homme de la rue.

— Un jour viendra où Dick…, coupa quelqu'un, interrompu à son tour par un geste amical de Devlin.

— Merci, mes amis, merci. Mais chaque chose en son temps.

Ayant dit cela, il alla s'asseoir, accompagné par un concert de louanges.

Dès qu'il eut pris place à table, on servit la bisque de homard glacée, et la conversation générale fut remplacée par des échanges entre voisins de table. Le banquier Harry Glover, placé à la droite d'Ellen, se tourna vers elle.

— On ne sait pas, à moins de l'avoir vécu, quel miracle c'est de trouver un homme comme Dick Devlin. J'ai une sœur de seize ans, mais qui a l'intelligence d'un petit enfant. C'est pour cette raison que ma femme n'est pas ici aujourd'hui : nous n'avions personne pour la garder cette semaine. Je ne peux pas cacher que Dick nous a sauvé la vie.

— Comment cela ? demanda Ellen, soudain pleine d'intérêt.

— Il a organisé un système de pension à vie pour Susie à Wheatley. Quoi qu'il arrive, inflation, mort de ses tuteurs, sa place est garantie par le conseil d'administration. Nous sommes en possession d'un accord en bonne et due forme.

— C'est incroyable, presque trop beau pour être vrai.

— Ce n'est pas très courant, mais on peut y parvenir si on connaît les bonnes personnes. Et puis, évidemment, on doit disposer d'un gros capital de départ.

— Ce qui n'est pas évident non plus.

— En effet, pas du tout. Mais comme je travaille dans les finances, j'ai pu me débrouiller. Quand les millions vous entourent toute la journée, on s'habitue aux gros chiffres.

Pour une fois, Ellen ne se laissa pas rebuter par cette vantardise apparente. L'homme n'essayait pas de se monter en épingle ; il se réjouissait simplement de la solution apportée à ses problèmes familiaux. Il ne pouvait s'empêcher d'exprimer sa joie, même devant une parfaite inconnue.

Assis de l'autre côté de la table, Devlin n'avait rien perdu de leur échange. Il intervint à voix basse :

— Vous parliez de Susie ? Je vous avais pourtant

demandé de ne pas ébruiter l'histoire, Glover. Il ne faut pas créer de précédents, même si une ou deux exceptions confirment la règle. Enfin, vous pouvez parler devant Ellen. Elle a un enfant dans le même cas que Susie.

Ellen se posa aussitôt des questions. Signifiait-il par là qu'un aménagement semblable pourrait être envisagé pour Penn ? Ses espoirs furent de courte durée car elle se rappela l'important capital de départ à verser. Sans doute des millions ! Elle ignorait comment Robb avait investi son argent, mais elle savait que ses honoraires ne couvriraient jamais une somme aussi colossale.

Elle remâchait ces pensées lorsque l'orchestre attaqua un air, et que Dick Devlin l'invita à danser. Il était un peu plus petit qu'elle, si bien que son souffle chaud lui frappait directement le tympan.

— Bonne idée, non, la petite combine dont vous parlait Glover ? Bien entendu, il s'agit d'un cas exceptionnel. On pourrait croire que ces pensions à capital fixe tentent les directeurs de centre, mais c'est loin d'être le cas. Ils préfèrent les règlements échelonnés. D'abord cela laisse toute latitude d'augmenter les tarifs en cours de route si besoin, et puis cela évite aussi les récriminations. Certains mauvais coucheurs croiraient que tout leur est dû. Vous devriez y songer pour votre fils. Le mieux, ce serait de régler la question tout de suite. Eddy m'a dit que le moment approchait.

— C'est tentant, en effet, mais il faut en avoir les moyens.

— Un détail, ma chère Ellen, un détail. Les banques sont là pour ça. Comment imaginez-vous que Glover s'est débrouillé ?

— Il est banquier.

— Voyons, ma chère Ellen, comprenez-moi. Je vous dis que, pour vous, ce serait possible.

— C'est très gentil. Je ne sais pas quoi dire.

Ce qui était faux, d'ailleurs ; elle aurait bien voulu lui dire, par exemple, de cesser de se coller à elle, de ne plus l'appeler « ma chère Ellen » à tout bout de champ, et qu'elle ne le comprenait que trop bien.

— Ce qui arrive à votre petit est triste. Une charmante jeune femme comme vous ne devrait pas avoir cette charge. Si je peux vous aider en quoi que ce soit, je serai trop heureux, ma chère Ellen.

— Vous êtes bien aimable. Je dois réfléchir.

Il pressait sa cuisse contre les siennes, et elle résistait avec peine à l'envie de le repousser. Toutefois, s'il était prêt à lui apporter la même aide qu'au banquier, elle pouvait bien souffrir le temps d'une danse.

— Vous me plaisez, Ellen. J'admire les femmes belles et intelligentes comme vous. C'est rare. Je voudrais que nous soyons amis.

Avec l'innocence d'une toute jeune fille, elle s'exclama :

— Mais vous êtes déjà notre ami !

— Nous devrions déjeuner ensemble et discuter de tout ça. Je pars une dizaine de jours, mais je vous appellerai à mon retour.

Elle ne répondit rien, et, à son grand soulagement, la musique s'arrêta.

Sur la route du retour, elle raconta les deux conversations à Robb.

— Je me demande si on peut s'y fier, conclut-elle.

— Devlin ne t'en aurait pas parlé s'il ne comptait rien faire. C'est un homme de parole, on peut lui reconnaître cette qualité.

— Et le reste ? Il s'est conduit de façon immonde. Tu ne trouves pas scandaleux qu'il me traite comme ça ?

— Ça m'ennuierait s'il avait trente ans de moins et s'il était beaucoup plus beau gosse, rétorqua Robb en riant.

— Oui, mais quand il m'invitera à déjeuner ? Je me demande ce qu'il s'imagine. Il te connaît, pourtant.

— Pour commencer, il ne me connaît pas beaucoup. Ensuite, nous savons très bien ce qu'il s'imagine. Et puis il ne t'appellera pas, je lui téléphonerai le premier pour le remercier de son extraordinaire générosité, et accepter au nom de Penn. Nous saurons très vite s'il ne nous a pas raconté d'histoires.

— Où trouverons-nous l'argent ?

— Je prendrai nos économies et j'emprunterai le reste à la banque de Glover. Aucun problème.

Quelques semaines plus tard, Robb rencontrait Devlin à son bureau, un endroit assez miteux de quelques pièces, situé dans un vieil immeuble de l'autre côté de la ville.

— Ses bureaux sont toujours très modestes partout, lui avait expliqué Eddy qui devait assister à la réunion. Quand les gens viennent négocier des affaires, il préfère ne pas avoir l'air trop riche. C'est une bonne image de marque du point de vue politique, aussi.

La rencontre fut brève. Le conseil d'administration de la fondation avait mis au point le document. Robb transférerait les fonds le jour où Penn serait obligé d'entrer à Wheatley, et seulement dans cette hypothèse. Avant de signer, Robb avait soumis les termes de la proposition aux Fowler, le jeune et l'ancien, et avait reçu leur feu vert. Devlin, privilège de philanthrope, s'était réservé la tâche gratifiante de donner les papiers signés à Robb. Les trois hommes étaient enchantés ; Robb surtout, parce qu'il était soulagé de voir ses difficultés si providentiellement résolues, Devlin parce qu'il se délectait du pouvoir d'influer sur la destinée des autres, et Eddy parce qu'il adorait que tout s'arrange grâce à lui.

Devlin se renversa dans son fauteuil presque à l'horizontale et alluma un cigare.

— Eddy m'a dit que vous aviez envie de vous faire construire une maison.

Un peu coupable, car Robb lui avait confié ses projets sous le sceau du plus grand secret, Eddy intervint :

— J'ai seulement mentionné qu'il trouvait la propriété belle, et qu'il appréciait votre concept de village privé. Il a même pris une part. Une toute petite part, ajouta-t-il à la hâte.

C'était au tour de Robb de répondre.

— Oui, c'est magnifique, mais je ne veux pas déménager.

— Et pourquoi pas ? Vous auriez des tonnes d'avantages. La maison de base pratiquement à prix coûtant, par exemple. Ce serait bien pour vous et bon pour le projet.

« Oui, rêvait de répondre Robb. Rien ne me ferait plus plaisir, mais c'est impossible, ma femme ne veut pas. » Seulement il préférait ne pas trop parler d'Ellen devant Devlin. Il se contenta donc d'expliquer qu'il ne pouvait pas se le permettre.

Devlin poussa une sorte de ricanement.

— Comment ça ? Avec vos investissements en béton !

— Je parle de liquidités, d'autant qu'il faut que je sois prévoyant pour mon fils.

— Mais votre fils, si Dieu le veut, n'entrera jamais à Wheatley ! Dans ce cas, une maison à la campagne ne pourra que lui faire du bien, à lui et à toute votre petite famille.

Avec ou sans l'aide de Dieu, Robb savait pertinemment que Penn finirait à Wheatley. Quelques jours auparavant, il s'était de nouveau enfui, poussant de grands rires d'enfant de deux ans qui se réjouit de ses bêtises.

Devlin continua.

— Nous allons créer une petite colonie de privilégiés dans le plus beau coin de la région. Nous construirons de grandes maisons pour des familles, il y aura donc des enfants, de jeunes parents vous tiendront compagnie, des adolescents pour votre charmante fille. Si vous voulez des chevaux, il y a toute la place disponible pour construire une écurie. Vous aurez la rivière si vous désirez faire du bateau. Et, bien entendu, votre piscine privée. Ça ne coûtera pas les yeux de la tête : on la creusera en même temps que les fondations. Vous seriez fou de refuser une telle opportunité.

Robb s'y voyait déjà, avec l'horizon immense, la beauté de la rivière et de la prairie vallonnée qui y descendait… S'il insistait, Ellen céderait. Mais au prix de combien de larmes et de disputes ? Il ne s'en sentait pas le courage.

— Bien sûr que c'est possible, continua Devlin qui s'impatientait. Je ne vous comprends pas, vous autres avocats. Pour la plupart, vous n'y comprenez strictement rien en affaires. C'est tout de même drôle, vous admettrez. La semaine dernière, quand je suis venu à votre cabinet, j'ai passé au moins une demi-heure à essayer de persuader le jeune Fowler de prendre une maison là-bas. Il est pire que vous. Il n'a même pas daigné aller y faire un tour. Il dit qu'il se plaît là où il est. Les gens ne savent pas bouger. Ils n'ont aucune imagination. Pourtant, c'est l'imagination qui fait la richesse de ce pays, mon cher.

Il s'interrompit et regarda sa montre.

— Bien, je dois me dépêcher. Réfléchissez, mais ne traînez pas trop.

— Oui, merci, c'est entendu. Et merci pour tout le reste.

Robb n'y comprenait rien. Sur le trottoir, il interrogea Eddy.

— Quel est son intérêt de me vendre une maison ? Je n'aurais jamais cru qu'il y attacherait la moindre importance.

— C'est pour ton nom, tout simplement. Il préférerait récupérer Fowler ou Harte, tu vois, je suis franc. Mais tu es déjà assez connu. En fait – je sais que je ne devrais pas le dire –, le terrain est trop loin de la ville. D'ici deux ans, les gens vont se précipiter, les signes sont évidents, mais, pour lancer le mouvement, Devlin doit se donner un peu de mal. En y installant une personnalité respectée, il démarrera les ventes. C'est tout simple. Et puis, il a raison, tu sais. Tu devrais construire, tu ne le regretteras vraiment pas.

Plusieurs semaines plus tard, un samedi soir, Robb annonça à Ellen qu'il avait invité Philip Lawson à déjeuner le lendemain.

Elle posa son recueil de poèmes et lui lança un regard noir. Progressivement au cours des dernières semaines, Robb lui avait annoncé son intention de construire. Il avait d'abord essayé de la gagner à sa cause par la persuasion et le charme, puis il était passé à l'argumentation directe. À bout de ressources, ils avaient fini par se murer dans le silence. Voyant qu'elle ne cédait toujours pas, il s'était résolu à la mettre devant le fait accompli. Elle avait alors pris refuge dans la lecture.

— Tu aurais pu me prévenir avant de l'inviter ! s'insurgea-t-elle.

— Pourquoi ? Voilà je ne sais combien de temps qu'il ne nous a pas vus lors de ses balades du dimanche. Et puis, on le lui doit bien. C'est grâce à lui que nous avons trouvé Wheatley. Sans lui, je ne sais pas ce que nous serions devenus.

Il avait raison, mais elle ne se sentait pas la force de voir Philip. Son équilibre était trop fragile. Elle se contenait à peine, oscillant entre la colère et les larmes. Ses humeurs perturbaient toute la famille, surtout Julie, si vulnérable à l'adolescence. La visite de Philip Lawson ne lui ferait que du mal.

Il vint, pourtant. Peut-être n'avait-il pas souhaité répondre à l'invitation de Robb sans savoir comment la refuser.

— Je suis bien content ! s'exclama Robb, jovial. Ma femme et mon fils ont l'occasion de te rencontrer plus souvent que moi.

En fait, Ellen et Penn ne l'avaient pas beaucoup vu non plus. Voilà quatre rendez-vous qu'ils manquaient. Ellen s'était contentée de téléphoner et d'annoncer qu'il n'y avait rien de nouveau dans l'état de Penn, et Philip avait reconnu que, dans ce cas, leur visite était inutile. Elle fut touchée de voir Penn se précipiter vers Philip, au comble de la joie. Ne maîtrisant pas la notion du temps, il ne pouvait pourtant pas savoir depuis quand il n'avait pas vu son grand ami.

— Philip ! s'écria-t-il en se jetant dans ses bras.

Julie vint l'accueillir en parfaite jeune fille de la maison, sourire aux lèvres et main tendue. À ces moments-là, on avait du mal à se souvenir de l'enfant qui, la veille encore, cavalcadait avec ses amis dans toute la maison en hurlant à tue-tête.

— J'espère que tu as faim, dit Robb. J'ai fait mariner le poulet dans ma sauce spéciale avant de le griller.

Ils se dirigèrent vers la salle à manger. Philip avait inclus Ellen dans ses salutations générales, mais il ne l'avait pas regardée. En passant devant le miroir accroché au-dessus de la commode de l'entrée, elle se vit dans sa robe vert jade qui, tout en convenant très bien à l'occasion, avait été choisie avec un peu plus de soin que ne l'exigeait ce déjeuner. Le vert lui agrandissait les yeux. Ils lui semblèrent immenses, et elle avait les joues roses d'émotion.

— Alors, Philip, je suppose que tu as beaucoup entendu parler de notre nouvelle maison, commença Robb.

— Je savais que tu songeais à déménager il y a quelque temps, mais j'ignorais que tu t'étais décidé.

— Comment ? Ellen ne t'a rien dit ?

Au lieu de répondre qu'elle ne lui avait pas amené Penn depuis des semaines, Philip se contenta de secouer la tête.

— Nous sommes de si vieux amis ! Je ne vois pas l'intérêt de te cacher ça, protesta Robb. Ellen le prend assez mal, ce qui m'ennuie mais pas trop quand même. Je suis sûr qu'elle adorera cet endroit dès qu'elle y sera installée.

Philip ne répondit rien, trop occupé à savourer son poulet. Ellen fit passer la salade.

— Julie est aux anges, continua Robb.

— Papa et moi, on est allés regarder des chevaux, dimanche dernier ! C'est mon rêve d'avoir mon cheval à moi ! Il y a des beaux sentiers, dont un au bord de l'eau. Nous aurons une petite écurie près de la maison. Maman, tu devrais prendre un cheval pour toi. Ce n'est pas plus compliqué d'en acheter trois.

— Ta mère pense que nous ne resterons pas assez longtemps là-bas pour que ça en vaille la peine, remarqua Robb.

Le ton calme, plutôt agréable, cachait assez bien son amertume, mais, quand on le connaissait, on percevait sous la surface une rancœur mal contenue.

— Il n'y a encore que la structure en bois, continua Julie avec entrain, mais on devine déjà la forme qu'elle aura. C'est super de voir monter une maison à partir de rien. Je me demande comment ce sera possible, mais il paraît qu'elle sera terminée cet automne.

— Les délais seront tenus, confirma Robb. Nous avons un des meilleurs architectes de la région. J'aurais préféré le choisir moi-même, et je dois dire que je suis un peu déçu, mais puisque Devlin tient à une unité de style, c'est le même type qui conçoit toutes les maisons. Je m'en fais une raison, de cette façon l'ensemble sera plus harmonieux.

— Oui, bien sûr, commenta Philip après un trop long intervalle.

« Il faut bien que quelqu'un réponde », pensa Ellen, et ce « Oui, bien sûr » avait le mérite de combler le silence.

— Après ce qu'il a fait pour Penn, poursuivit Robb, je pouvais difficilement refuser de…

Il s'interrompit car Penn venait de renverser son lait. Une coulée blanche glissa sur la serviette et mouilla sa fine chemise de coton, provoquant un hurlement de colère qui vira aux sanglots.

— Ce n'est rien, ce n'est rien, répétait Ellen pour le faire taire. Je vais changer ta chemise. Viens, on monte dans ta chambre. Julie, essuie la table et apporte-lui un autre verre de lait.

— Du chocolat ! Je veux du chocolat !

— Oui, oui, sois mignon, calme-toi.

Elle aurait préféré rester en haut, car l'atmosphère artificielle de la salle à manger était difficile à supporter. La colère de Robb, sa tristesse à elle et la gêne de Philip n'étaient masquées que par leur conversation factice.

Seul l'enthousiasme de Julie était sincère. Elle pétillait encore de plaisir au retour d'Ellen.

— L'architecte a laissé des plans à papa pour me les montrer. On comprend très bien. La maison est gigantesque. Je parie qu'elle est au moins deux fois plus grande que la nôtre. L'entrée aura la taille de notre salon.

— Là, tu exagères un peu, Julie, coupa Robb avec un regard inquiet à Ellen.

— Mais non, papa, je t'assure. Et je suis sûre que ça fera encore plus grand parce qu'il n'y a pas de plafond.

— Pas de plafond ? s'étonna poliment Philip.

« Il s'en fiche, pensa Ellen. Il en a plus qu'assez d'entendre parler de la maison. »

— Elle veut dire, expliqua Robb, que l'entrée est ouverte sur les deux étages. Elle est éclairée par le haut grâce à un Velux.

— Et il y a un escalier qui tourne… en colimaçon, ajouta Julie.

Ellen profita de ce qu'elle devait aller chercher quelque chose à la cuisine pour s'y attarder le plus longtemps possible. Pendant ce temps, Philip bavardait avec Penn tandis que Robb et Julie continuaient leur description en se renvoyant la balle. On ne pouvait rien reprocher à Julie. À son âge, n'ayant jamais vécu ailleurs, n'ayant jamais connu de changement, il y avait de quoi sauter de joie. Et la perspective d'avoir un cheval la comblait.

« Ma petite Julie…, songea Ellen. Aussi grande que

moi, mille fois mieux informée que je ne l'étais à son âge, et pourtant, quelle innocence. Elle ne sait rien, rien du tout. » Son cœur se gonfla d'attendrissement.

Ils poursuivaient leur dialogue, le père béat d'admiration devant la fille qui l'adorait. Le reste de la tablée se taisait. Philip beurra un petit pain. Ellen découpa le deuxième morceau de poulet de Penn qui ne se débrouillait pas très bien tout seul.

— Voilà, maintenant tu peux manger, dit-elle.

En redressant la tête, elle aperçut Philip qui l'observait dans le miroir rond accroché au-dessus de la desserte.

Elle n'eut pas le temps de déchiffrer son expression, car, s'étant aperçu qu'elle l'avait surpris, il se mit à lui parler. Il lui adressait là ses premiers mots depuis son arrivée.

— J'imagine qu'à présent, du moins après votre déménagement, je ne verrai plus Penn très souvent.

— Sans doute, répondit-elle.

Ellen essaya de rattraper cette réponse un peu brève.

— Nous viendrons dès qu'il en aura besoin, bien sûr…

Elle s'interrompit. En temps normal, les regards se trouvent et se quittent au gré de la conversation. On ne reste pas les yeux dans les yeux pendant de longues, d'interminables secondes… Elle reprit sa fourchette. La nourriture n'avait aucun goût. Il n'était ni sorcier ni magicien après tout, néanmoins, il avait dû percevoir sa confusion ; ou alors il était aussi désorienté qu'elle.

En silence, elle se faisait la leçon : « Je suis ici avec mon mari, Robb, avec nos enfants. Je suis sa femme. » Tenant scrupuleusement son rôle de maîtresse de maison, elle apporta le dessert, puis retourna à la cuisine. Elle les rejoignit bien plus tard sous la véranda, et assista à la conversation sans l'écouter. La visite s'acheva après une autre heure. Il y eut un dernier échange de politesses. Tandis que l'attention générale se centrait sur Penn, Ellen entendit Philip murmurer à son oreille :

— Accepte la maison, ce sera mieux pour toi, je t'assure.

Il descendit l'allée, se retourna et leur fit un dernier signe d'adieu avant de disparaître au coin de la rue. Les inévitables commentaires fusèrent.

— Un type bien. Il a de la personnalité, dit Robb.

— Je l'aime, Philip ! Je l'aime ! s'écria Penn en claquant des mains et en sautillant.

Julie remarqua à voix haute et claire avec un petit rire :

— Tu te souviens, maman, quand je t'ai dit que tu lui plaisais ?

— Et pourquoi n'apprécierait-il pas ta mère ? protesta Robb.

— Mais non, plaire, aimer, je veux dire. Tu sais bien !

— Tu étais bien plus jeune à l'époque, remarqua Ellen calmement. Maintenant tu es trop grande pour faire ce genre de remarque idiote.

— Maman ! Et puis d'abord, je n'ai pas dit que c'était encore le cas ! Si jamais tu lui as plu un jour, on voit bien que c'est fini.

— Bon, va aider ta mère à faire la vaisselle et cesse de la taquiner, ordonna Robb avec une indulgence amusée.

La nouvelle maison monta de terre, drue comme blé ou maïs en été. Elle était dotée d'une allée d'accès circulaire qui se terminait par un vaste espace de parking, indispensable aux grandes réceptions, affirmait l'architecte. La cuisine était pourvue d'une cuisinière digne d'un restaurant, il y avait sept chambres à coucher, une salle de jeux, une salle de gymnastique assez spacieuse pour y installer un club de musculation. La lumière entrait par d'immenses baies vitrées et de nombreuses fenêtres. La forme de l'ensemble était complexe, cassée par des angles, rehaussée de pignons, empruntant à tant de styles divers qu'au bout du compte on n'en reconnaissait plus un seul.

Ellen, en la voyant terminée, fut horrifiée. Cette maison était laide, très laide, et prétentieuse. Le choc fut d'autant plus grand qu'elle s'était tenue à l'écart pendant la construction, trouvant bien suffisants les rapports de Robb et de Julie chaque dimanche.

— Là-bas, dit Robb, là où tu vois les buissons qui viennent d'être mis en terre, on va rajouter des plantes. Ce n'est que le début des plantations d'automne.

Ellen hocha la tête. S'étant résolue à faire contre mauvaise fortune bon cœur, elle se demandait comment elle pourrait vivre dans cet endroit glacial. Pourtant, Robb avait l'air tellement fier, tellement heureux ! Elle lui devait bien de l'aider à trouver le bonheur, il le méritait. Difficile, cependant, de comprendre comment, avec ses goûts raffinés, il pouvait ne pas remarquer la monstruosité de la nouvelle demeure.

— Tu ne l'aimes pas, commenta-t-il.

— La vue est à couper le souffle.

— Est-ce que tu sais combien ça a coûté ?

— Cher, j'imagine.

— Tu ne pourrais rien dire d'autre ?

— Que veux-tu que je te dise ?

— Je vois. Tu serres les dents et tu attends que ça passe, en somme !

Elle s'efforça de répondre gentiment, ne voulant pas se laisser provoquer par l'ironie mordante de Robb.

— Robb, si nous cessions de nous disputer ? La décision est prise, la maison construite, et j'essaierai de nous y recréer le nid le plus douillet possible.

— Je voudrais être heureux ici. Nous avons eu beaucoup de coups durs, mais nous avons toujours fini par en triompher. Ce serait bête de laisser une maison nous séparer.

Ce verbe « séparer » lui causa un choc. Devant elle, Julie et Penn remontaient de la rivière ; ils firent signe de loin à leurs parents qui répondirent. Une séparation ? Jamais de la vie, par pitié !

— Julie est tout excitée par les chevaux. Attends de les voir ! Deux magnifiques juments miel.

Il essayait de l'amadouer, quêtait son approbation comme s'il avait besoin qu'elle ressente la même joie que lui. Soudain, elle comprit : et si vivre ici représentait autant pour lui que rester dans leur ancienne maison pour elle ? Cette pensée la bouleversa à tel point qu'elle saisit la main de Robb et lui promit que tout irait bien.

Il l'enlaça, et, dans les bras l'un de l'autre, ils regardèrent Penn et Julie grimper la colline jusqu'à eux.

Ils déménagèrent la semaine de Halloween. Ellen accrocha le traditionnel squelette en carton au lampadaire qui éclairait le bas de l'allée de sa chère maison. Pour la dernière fois, elle plaça les citrouilles creusées devant la porte, sous les jardinières de pierre où des soucis remplaçaient les géraniums de l'été. Sur une table de l'entrée, un immense saladier attendait, comme toujours, qu'elle le remplisse de bonbons. De maison en maison, depuis la fin de l'après-midi jusqu'au soir, des petits fantômes et des pirates frappèrent à la porte et réclamèrent des friandises. À leur grande joie, elle faisait semblant de ne pas les reconnaître, aussi bien les jumelles de Sally que le rouquin des Williams, ainsi que tous les autres enfants du voisinage qu'elle avait vus naître.

Dans le crépuscule de cette journée d'automne, elle fit le tour du jardin pour achever ses adieux. Ici, les nichoirs, vides en cette saison jusqu'au printemps ; là, les pivoines de sa mère. Là encore, les grands hêtres, deux fois plus hauts que la maison. Elle ramassa quelques feuilles de ces arbres qu'elle aimait tant avec l'intention de les presser entre les pages d'un livre.

Ensuite, calme en apparence, elle retourna terminer les préparatifs du déménagement. Le désir de Robb se réalisait et Julie était heureuse. De son côté, elle parvenait à accepter la situation. Mais un sentiment étrange l'habitait, comme si une porte venait de claquer toute seule dans le silence. Ce n'était pas seulement le déménagement qui l'inquiétait. C'était autre chose, un sentiment plus global. Ce départ semblait marquer la fin d'une époque.

17

1994

Le week-end, Robb allait souvent se promener dans le parc dès son lever. Ce matin-là, il trouva l'herbe mouillée sous ses pieds après une forte pluie tombée durant la nuit. Mais comme il était plus matinal que Julie, le chaud soleil de ce début du mois de mai aurait séché les sentiers pour leur sortie à cheval.

Julie, son amour de Julie ! Depuis son départ pour l'université, dans le Nord, l'attente lui semblait interminable entre les vacances. De Noël à la pause de printemps, du début de ses petits boulots d'été jusqu'au mois d'août, puis pendant un nouveau tour de calendrier, il espérait son retour comme un naufragé rêve d'une boisson fraîche, d'un grand feu, ou d'une bonne brise. L'homme qui gagnerait le cœur de sa Julie aurait bien de la chance, et il aurait intérêt à la rendre heureuse ! C'était drôle, il réagissait comme tous les pères et oubliait la façon dont lui-même avait osé traiter la fille d'un autre.

L'amertume de ses regrets lui monta à la gorge. Pourtant, en un an, sa honte s'était atténuée – Dieu sait pourquoi d'ailleurs. Il avait mis un terme à sa liaison, un accident qu'il n'aurait jamais cru pouvoir lui arriver. L'aventure avait commencé à un cocktail, au cours d'un de ses déplacements de deux jours qu'il effectuait pour inspecter des propriétés. Quelqu'un avait invité des filles. Il avait bu plusieurs verres, pas trop, il n'aimait pas beaucoup l'alcool, mais un peu tout de même car ce n'était pas facile de refuser de faire comme tout le monde.

Si l'histoire s'était arrêtée là, il n'y aurait pas eu de mal. Il aurait pris un peu de bon temps, personne n'en aurait rien su ni souffert, et il aurait eu vite fait de tout oublier. Mais la fille – il voulait effacer jusqu'à son nom de son esprit –, la fille, donc, ne l'avait pas entendu de cette oreille. Elle l'avait appelé à son bureau, tout proche de l'endroit où elle travaillait, et ils avaient dîné ensemble un soir.

— Nous nous sommes bien amusés, non ? avait-elle dit.

Oui, en effet, ils s'étaient bien amusés.

— La prochaine fois, quand je n'aurai pas bu, ce sera encore meilleur, avait-elle promis.

— Au moins, c'est clair ! s'était-il exclamé en riant.

Il avait été flatté, et aussi un peu curieux. En fait, elle lui avait rappelé Lily, avec son nez retroussé, sa fragilité d'oiseau et sa blondeur. Cette fille l'avait un peu fait revivre... Étrange, quand il pensait si peu souvent à elle.

Bref, il n'avait pas résisté. Chaque fois, il se jurait que ce serait la dernière. Puis, au bout de une, deux semaines, il y retournait et le regrettait aussitôt. Cela n'avait aucun sens. Il s'obligeait à mentir alors qu'il aspirait seulement à mener une vie simple et honnête. Il aurait voulu de tout son cœur que ce ne soit pas arrivé, sans plus savoir comment se dépêtrer d'une relation qui s'installait trop à son goût. Comment, comment avait-il pu faire cela à Ellen ?

Au bout du compte, c'était Ellen qui l'avait libéré. Tout en marchant dans le parc les mains dans les poches, il se remémora avec épouvante le visage de sa femme quand elle avait tout découvert. Si seulement on pouvait effacer de tels souvenirs avec une éponge ! Les larmes, la fureur, la surprise, l'incompréhension...

Puis, après la tempête, dans un calme effrayant, était venue l'heure des questions. Il avait fallu tout analyser : l'analyser lui, l'analyser elle. « Pourquoi, Robb ? Est-ce que je t'ai déçu ? Dis-le-moi franchement, dis-moi ce que j'ai fait. »

Bien sûr que ce n'était pas sa faute ! Il le lui avait dit et répété, avait tâché de lui expliquer, du mieux qu'un homme peut le faire, comment ce genre de choses se produit. C'était comme de tomber quand on ne regarde pas où on met les pieds ; et une fois au fond du fossé on n'en ressortait plus qu'à grand-peine. Il savait l'excuse bancale, mais ne pouvait pourtant mieux approcher de la vérité. On avait écrit des pages et des pages sur l'adultère. Les hommes étaient ainsi faits.

Après une longue crise, ils s'étaient réconciliés. Il lui avait présenté ses excuses les plus sincères, les plus humbles, avait été pardonné, et la mésaventure n'avait plus jamais été mentionnée. L'affaire était enterrée. La vie avait repris son cours. Ainsi donc, en cette belle matinée, il ne pouvait que se réjouir.

Bien entendu, l'état de Penn restait préoccupant, mais tant que Penn lui-même n'en souffrait pas, on ne pouvait trop se plaindre. Par miracle, ils avaient trouvé Rusty, un garçon sérieux qui venait tous les jours du village pour s'occuper de lui. Ensuite, si la situation empirait… eh bien, grâce à Dick Devlin, ils disposaient d'une place réservée dans une institution de tout confort.

Ellen avait repris l'écriture et l'illustration. Il était très heureux qu'elle exploite enfin son grand talent tout en regrettant un peu que son travail l'ait empêchée de consacrer du temps à l'installation de la maison. Certaines pièces, encore à peine meublées, donnaient l'impression qu'ils venaient d'emménager. Enfin, il ne lui chercherait pas querelle pour si peu. Il savait qu'elle n'aimait pas la maison, et pourtant elle ne lui reprochait jamais d'avoir passé outre à ses désirs comme tant d'autres femmes l'auraient fait. Peut-être s'y habituaitelle, au fond ? Il n'en savait rien, ils n'abordaient jamais le sujet.

Parfois, il en aurait eu envie. On parlait tant de communication partout ! Pour sa part, il se méfiait des théories. D'après lui, tant que les gens s'aimaient, la communication devait se faire toute seule. Sans doute, mais, pendant les longues soirées glacées et pluvieuses du dernier hiver, d'étranges questions étaient venues lui chatouiller le bout de la langue. Où était parti leur amour, leur passion ? Ils menaient l'un près de l'autre une vie agréable, mais sans se voir.

Qu'espérait-il au juste ? Il ne fallait pas être naïf. Les mariages évoluaient avec le temps, il le savait. Tout le monde vivait la même chose. Cela ne l'aurait avancé à rien de disséquer leur couple sans raison. Il n'y avait pas de quoi s'inquiéter.

Il aperçut Julie qui se dirigeait vers l'écurie.

— Bonjour, papa ! appela-t-elle de loin. Tu es prêt ?

À cheval sur leurs juments couleur de miel, Duchess et My Lady, ils descendirent la colline et rejoignirent le sentier de la rivière. Aux endroits où le chemin se rétrécissait, Julie passait devant Robb qui avait alors le plaisir d'admirer son assise parfaite, sa veste élégante et ses boucles noires sous sa bombe, semblables à celles d'Ellen. Enfant privilégiée, et tant mieux, songeait-il. Qu'elle profite de tout ce qu'il n'avait pas eu. Tous les parents voulaient offrir ce qu'il y avait de mieux à leurs enfants, sans toujours pouvoir se le permettre, malheureusement.

« Si mes parents voyaient où je vis ! De leur temps, je montais Joey, le cheval de la ferme. Je jouais à Lawrence d'Arabie sur son pur-sang arabe. »

— Qu'est-ce qui te fait rire ? demanda Julie au moment où il reprenait sa place à côté d'elle.

Il lui raconta son souvenir.

— J'ai toujours adoré les chevaux, continua-t-il. À ce propos, je t'ai acheté un cadeau. Je voulais te faire la surprise pour ton anniversaire, mais je ne pourrai jamais attendre aussi longtemps. Je vais te le donner avant que tu retournes à l'université demain matin.

Dans un catalogue d'articles de luxe, il avait découvert une paire de chevaux de cristal anciens. Des trésors à conserver toute une vie. Il adorait pouvoir offrir de beaux objets.

— Et à maman, tu vas lui donner quoi pour son anniversaire ?

— Je ne sais pas. Tu as des idées ?

— Non, mais je vais réfléchir. Je te dirai si je trouve.

— Elle n'a jamais envie de rien.

— C'est vrai, elle dit toujours qu'elle a déjà tout.

— Surtout depuis qu'elle a repris son travail. Si on aime ce qu'on fait, sans doute est-on comblé.

Il se trouva un peu sentencieux, mais cela ne sembla pas gêner Julie, qui répondit avec enthousiasme :

— Quand j'étais jeune, c'est exactement ce que je pensais en te voyant ! On sentait bien que tu adorais ton métier lorsque tu te levais pour plaider devant la cour. Je n'y comprenais pas grand-chose, mais je me rendais compte que tu étais heureux.

Quand elle était jeune ! Elle avait à peine dix-neuf ans…

— Moi, ça y est, j'ai décidé ce que je voulais faire dans la vie. Évidemment, c'est toujours le journalisme, là, tu es au courant depuis longtemps. Mais j'ai envie de m'intéresser de plus près à l'écologie. Le journalisme d'investigation me passionne. Je veux faire des enquêtes sur l'environnement. Les villes qu'on laisse se dégrader, la campagne saccagée, l'air et l'eau empoisonnés, les animaux exterminés… Tu vois ? C'est toi qui m'as intéressée à ce sujet, et j'ai envie de me battre.

Ah ! Les grandes causes ! Robb s'émut de la ferveur de sa jeunesse.

Parvenus à un tournant du sentier, ils débouchèrent sur son coin favori. Du pied de la colline, on avait une vue superbe de la maison perchée à flanc de coteau, presque au sommet, dans son écrin de verdure.

— Comment se fait-il qu'aucune autre maison n'ait encore été construite ? demanda Julie.

— C'est en projet, mais les gens ne sont pas encore attirés par ce coin. Ils manquent d'imagination.

— Que c'est beau !

Sur la gauche avançait un bosquet, vert des premiers bourgeons. Sur la droite, le terrain descendait en pente douce vers les champs, invisibles de là où ils se trouvaient, avec des hectares de maïs, de prairies et de vergers.

— C'est tellement beau..., reprit-elle. Ce serait dommage de gâcher le paysage en y construisant des tas de maisons. Même la nôtre est de trop.

— Tu sais, on ne peut pas protéger toute la campagne.

— On n'a pas besoin de tout bétonner non plus. Quand je te dis que je veux défendre l'environnement, je le pense vraiment, tu sais.

— Tu as bien raison. Je suis de tout cœur avec toi.

Les chevaux s'impatientaient, et les deux cavaliers repartirent au trot.

Une idée germait dans l'esprit de Robb. Pourquoi ne pas acheter tout le terrain ? Une grande maison méritait un parc généreux. Dès qu'il avait posé les yeux sur cet endroit, il avait imaginé une demeure familiale pour les générations à venir. Au fond, pourquoi pas ?

Et puis, vu la conjoncture, Devlin et son équipe seraient sans doute ravis de s'en débarrasser. La propriété ne rapportait rien, au moins pour l'instant, et les investisseurs n'aimaient pas immobiliser leurs fonds. Il aurait peut-être un peu de mal à réunir l'argent, mais l'endroit en valait largement la peine. Il y arriverait.

C'était comme un rêve, d'apprendre à manipuler l'argent, à le faire fructifier. On empruntait, on achetait, on revendait, on dégageait des bénéfices et on empruntait de nouveau pour continuer ; on allait toujours de l'avant tout en se mettant une partie du profit dans la poche.

— Et si j'achetais tout ? dit-il.

— Tout ? Tout le terrain ? Mais ça doit coûter une fortune !

— Tout dépend de ce que tu appelles une fortune. Je pense que j'en ai les moyens.

— Papa ! Ce serait fantastique ! Mais…

Elle se tourna sur sa selle, l'interrogeant de ses yeux verts si tendres.

— Je ne savais pas qu'on avait autant d'argent, papa…

— Nous ne sommes pas riches, mais nous sommes à l'aise.

Sa vie, quel miracle ! Sa fortune, très certainement, dépassait celle de tous les partenaires du cabinet Fowler réunis. Quel réconfort d'avoir une telle marge de manœuvre qu'on pouvait se permettre de rester modeste. Il répéta les quelques mots magiques :

— Pas riches, mais à l'aise.

Puis, avec Duchess et My Lady, ils continuèrent leur promenade dans la campagne qui embaumait des senteurs matinales.

De sa table à dessin, Ellen avait une vue panoramique du parc. Lorsqu'elle vit les chevaux revenir du sentier de la rivière, elle posa son crayon et s'approcha de la fenêtre. Elle avait sous les yeux un tableau saisissant aux couleurs vives : le vert cru de l'herbe de printemps, les chevaux blonds et la veste d'équitation rouge de Julie.

Malheureusement, c'était le dernier jour des vacances de sa fille. Demain, la maison retrouverait son silence, un silence profond comme une présence humaine. Elle y était habituée au point que la voix rauque de Penn et le bavardage aimable de Mme Vernon avec le postier finissaient par heurter son oreille.

Après de si nombreuses années, Mme Vernon ne s'était pas remariée et ne songeait pas à changer son statut de veuve. Cet ange n'avait pas envisagé un instant de quitter une famille qu'elle considérait comme la sienne. Elle les avait suivis, et semblait se satisfaire de son généreux salaire, de son appartement privé de trois pièces, et de l'aide de Rusty pour s'occuper de Penn.

— Ça me réjouit de vous revoir à vos dessins, avait-elle encore remarqué la veille. Je n'y croyais plus ! Je me demande bien ce qui vous a poussée à vous y remettre après si longtemps.

Philip Lawson, qui d'autre ? Cette pièce, elle l'avait installée en pensant à lui. Elle s'était créé un espace bien à elle, transformant un immense dressing vraisemblablement prévu pour une femme qui se changeait trois fois par jour. Réconfortée par l'existence de Philip, elle était parvenue à quitter sa maison et à prendre possession des lieux avec tant de bonne grâce que Robb finissait par croire qu'elle s'y plaisait.

Elle n'avait rien d'une martyre. Dans un tel cadre, le terme n'aurait guère convenu. Elle s'était simplement montrée réaliste en acceptant l'inévitable. Sans doute aurait-elle pu obtenir gain de cause, mais à quel prix ? En sacrifiant la paix de son foyer, le bonheur de son mari et de sa fille. C'était trop cher payer. Philip n'avait dit qu'un mot, mais cela lui avait suffi pour y voir plus clair.

Il la comprenait... Il la comprenait même beaucoup trop ! Sans doute savait-il tout d'elle, et la connaissait-il même mieux qu'elle ne se connaissait elle-même. Il fallait que cela cesse, qu'elle arrête de jouer aux petits jeux puérils qui l'occupaient : « Est-ce qu'il m'a regardée comme si... ? Ce regard échangé prouve-t-il que... ? »

Elle n'avait pas emmené Penn le voir plus d'une douzaine de fois en cinq ans, depuis le déménagement. Plusieurs dimanches, Robb avait suggéré de l'inviter afin de renouer avec la tradition de leurs déjeuners, mais chaque fois elle avait trouvé une excuse, et, après un certain temps, Robb avait cessé de le proposer.

La porte d'entrée se referma avec un bruit retentissant. Il y avait trop de marbre partout, le moindre son se réverbérait dans toute la maison. La voix de Julie monta du rez-de-chaussée.

— Bonjour, Penn. Viens, je vais te jouer du piano.

Penn la suivait partout, mais qui pouvait ne pas tomber sous le charme de son joli visage ouvert, de son esprit et de son humour, puis, quand on apprenait à mieux la connaître, de son grand cœur ? Son père l'idolâtrait.

Robb entra dans la pièce, s'assit sur le sofa et ôta ses bottes. Le soleil avait coloré son visage. Il respirait la santé, et Ellen lui en fit la remarque.

— Il n'y a rien de tel que de se dépenser au grand air, répondit-il. Tu devrais te mettre à l'équitation.

— Je marche beaucoup. Julie et moi, nous avons dû faire une balade d'au moins huit kilomètres hier.

— Par où ? Vers la rivière ?

— Cette fois, oui.

— Quel paradis, hein ? Nous avons arrêté les chevaux une ou deux fois rien que pour profiter du spectacle. La maison est vraiment majestueuse, toute seule au sommet de la colline.

Comme elle ne relevait pas, car le qualificatif lui semblait mal choisi, il poursuivit :

— Une maison de cette taille doit être entourée d'un terrain généreux, c'est une question de proportions.

— Le jardin est plus que suffisant. D'ailleurs, quand vont-ils se décider à construire le reste du village ?

— C'est une période creuse pour l'immobilier dans ce secteur.

Robb hésita, changeant de position sur le canapé comme s'il était mal à l'aise, de sorte que, sans le vouloir, il signala à Ellen qu'il allait aborder un sujet délicat.

— Et justement, reprit-il, je me disais que ce serait le moment d'en profiter pour acheter l'ensemble du terrain. Plus j'y pense, plus l'idée me plaît.

— Tout acheter ? s'écria-t-elle. Attends, tu es devenu fou !

— Mais pas du tout. Ce serait une excellente affaire.

Pressentant une longue dispute, Ellen se sentit épuisée d'avance.

— Écoute, Robb. Je ne veux pas être méchante, mais il faut voir les choses en face. C'est une maladie de dépenser comme ça. Certaines personnes se promènent avec des dizaines de cartes de crédit dans la poche et achètent tout ce qu'elles voient. On en a envie, alors on achète même si ça ne sert à rien.

— Je ne vois pas le rapport !

— Ne te vexe pas. Tu n'es pas le seul dans ton cas. Il y a des gens qui ne possèdent rien de ce qu'ils ont chez eux. Leurs belles maisons, leurs meubles, leurs grosses voitures... Ils achètent tout à crédit. En fait, tout appartient aux banques.

— Ce n'est pas le cas pour nous, tu le sais très bien.

— Écoute, il va falloir arrêter un jour. Nous n'avons aucun besoin de tout ce terrain. Nous n'exploitons pas un ranch dans l'Ouest, nous n'avons aucune intention d'élever des moutons.

— À t'entendre on croirait que je veux acheter mille hectares ! Il y a beaucoup de gens, des gens connus, qui possèdent des domaines de cent hectares ou plus.

— Oui, des gens qui ont une fortune personnelle. Des industriels, ou...

Ellen, qui tâchait de se dominer, commençait à perdre son calme. Pratiquement tous les jours, il trouvait le moyen de revenir avec un nouvel achat inutile. La semaine précédente, il avait fait livrer une serre. Qui allait s'en servir ? Certainement pas lui qui passait toutes ses journées au palais de justice et à son bureau. Pas elle non plus, qui avait sa vie à mener. Perdant son sang-froid, elle explosa.

— Tu as la folie des grandeurs ! Voilà le problème. Tu es avocat dans une petite ville de province. Tu gagnes très bien ta vie, soit, mais tu n'es pas capitaine d'industrie. Et quelle importance ? Tu n'es pas content de ton sort ?

— Nous n'allons pas revenir là-dessus ! Ça devient lassant. Nous en sommes déjà passés par là quand j'ai décidé de construire la maison, et regarde, j'avais raison.

— Vraiment ? Eh bien, moi, je ne l'aime toujours pas, et je me demande bien ce que les autres en pensent. Je ne voudrais pas être une petite souris dans un coin quand nous avons le dos tourné ! Nous en entendrions de belles. J'étais morte de honte lorsque tu as invité les associés du cabinet à la pendaison de crémaillère. Que penses-tu que les Fowler et les Harte se sont dit sur le chemin du retour ? Notre maison est mille fois plus chère que les leurs. Oui, à ton avis ? Ils ont été écœurés par tout ce mauvais goût tape-à-l'œil. Nous vivons dans une maison prétentieuse qui n'est pas faite pour nous.

Robb avait l'air assommé par sa tirade, comme si elle lui avait tapé sur la tête. Aussitôt, Ellen fut assaillie par les remords. Pendant des années, elle avait joué son rôle de bonne épouse, envers et contre tout. Et voilà qu'elle venait de gâcher ses efforts en une minute. Elle avait cédé à la colère pour la première fois, et elle le regrettait déjà.

N'empêche, cela soulageait de dire ce qu'on avait sur le cœur. Ils étaient encore face à face, en état de choc, lorsqu'un dernier accord sonna sur le piano. Julie montait les rejoindre. Ils firent en sorte de lui cacher ce qui venait de se passer.

Ils déjeunèrent donc comme si de rien n'était, passèrent un après-midi normal, puis dînèrent. Le matin, ils partagèrent un dernier petit déjeuner, puis firent leurs adieux à leur fille à l'aéroport.

— Je me suis bien amusée, leur dit Julie. Je vous aime. Au revoir, à bientôt.

Ils l'embrassèrent et la regardèrent s'éloigner dans le couloir de la salle d'embarquement. Elle se tourna pour leur faire signe, et juste après son petit sac à dos disparut parmi les voyageurs. Robb devant partir directement en voyage d'affaires, ils étaient venus à deux voitures. Ils se dirent froidement au revoir dans le parking de l'aéroport et s'en allèrent chacun de son côté.

Robb allait vers le sud, en direction du golfe du Mexique. Son moteur puissant, construit pour les rapides autoroutes européennes, le conduirait à destination en fin d'après-midi. La circulation était rarement dense dans cette région, et particulièrement fluide aujourd'hui, sans doute à cause de l'avis de tempête. On redoutait l'arrivée d'un cyclone. Lorsqu'il avait appelé son bureau, même sa secrétaire lui avait signalé le danger. Malgré le risque, il n'avait pas renoncé, sachant qu'il n'aurait plus un seul moment libre avant plusieurs semaines. Et puis, il avait envie de partir. La dispute de la veille l'avait énervé, il ne tenait plus en place.

Pour éviter d'y repenser, il alluma la radio. Le cyclone approchait de la côte avec des vents de cent soixante-dix kilomètres à l'heure, mais il se pouvait qu'il dévie pour aller se dissiper au-dessus du Pacifique. En fait, en dépit des prévisions pessimistes, personne ne savait vraiment ce qui allait se passer.

Il traversait un paysage familier, avec les terres plates de son enfance, les hameaux de planches grises, les petites bourgades animées qui desservaient les fermes, et les plus grandes villes en pleine croissance, avec leurs rues prospères et leurs jolies banlieues neuves. Il roulait dans une sorte de torpeur qui le protégeait de sa mauvaise humeur.

Sa paralysie psychique fut brusquement interrompue par de longues files de voitures à l'arrêt et les gyrophares de la police. Un obstacle sur la route, accident ou travaux importants, avait stoppé la circulation. Il coupa le moteur et s'appuya à son dossier pour contempler le ciel à travers le pare-brise. Impatient, il consultait sa montre toutes les minutes. Son attention fut soudain attirée par une voiture dans la file voisine, arrêtée presque à son niveau. Il venait de voir Lily.

Pas d'erreur, c'était bien elle. Parfois, on a un coup au cœur en croyant reconnaître quelqu'un, et puis on doute. Dans ce cas, aucune erreur possible. Le choc n'avait été suivi par aucune hésitation. Il voyait là ses cheveux blonds, sa frêle silhouette, et le profil impertinent au petit nez retroussé. L'ancien surnom qu'il lui donnait lui revint en mémoire : « Petite fleur ».

Un mélange de sentiments complexes l'envahit, dominé par la gêne. Bon sang ! Si au moins il avait pu changer de file… Mais il était entouré de toutes parts, complètement bloqué. Il n'avait pas même un journal pour se cacher. Les vitres de leurs deux voitures étaient baissées. Il se demanda si elle lui adresserait la parole, et ce qu'elle lui dirait après si longtemps. Il ne pouvait que regarder droit devant lui afin d'éviter de croiser son regard.

Au bout d'un moment, il ne put résister à la tentation de lui lancer un nouveau petit coup d'œil prudent. C'est alors qu'elle le vit. Ils étaient face à face… Elle ne trahit aucune émotion. Mais peut-être cette expression figée cachait-elle un sentiment profond. Peut-être, de son côté, décelait-elle sur ses traits un message important. Que pouvait-elle bien lire sur son visage ? Lui-même se sentait vide, trop mal à l'aise pour penser.

Cela dura à peine quelques secondes. Soudain, Dieu merci, les voitures se remirent en branle. Un tel hasard n'avait aucune chance de se produire deux fois dans leur vie. Tout en redémarrant, il transpirait à grosses gouttes. Surpris que l'événement produise une aussi forte impression sur lui, il fut obligé de s'arrêter sur le bas-côté pour attraper sa bouteille d'eau et boire à grands traits. Ensuite il se remit en route, et, peu à peu, la curiosité prit le dessus. Il se calma tout en pensant à elle. Les années l'avaient-elles changée ? Était-elle toujours aussi tendre, aussi docile ?

« Docile. » Le mot s'imprima dans son esprit pendant que la voiture reprenait de la vitesse. Une femme docile se laissait influencer, acceptait les autres. À l'inverse, il y avait les femmes rigides, telle Ellen. Ellen résistait à tout. Avec elle, il était obligé de se battre pied à pied pour obtenir la moindre concession. Elle lui rappelait une maîtresse d'école qui réprimandait un élève turbulent. Quelle humiliation pour lui. Lily aurait-elle été différente ? Oui, certainement. Lily était effacée, tout au moins du temps où il la connaissait. Mais ne se montrait-il pas très injuste envers Ellen ? Après tout, n'était-ce pas son caractère bien trempé qui l'avait attiré ? Elle était tenace, il s'en était aperçu avec admiration dès leur première rencontre. Et puis il avait gagné, puisqu'il avait quitté le cabinet du père Grant, acheté la maison. Chaque fois, le résultat lui avait donné raison. Entièrement raison. Et voilà qu'elle recommençait à s'opposer à lui…

Il remuait toujours les mêmes pensées furieuses quand il s'arrêta deux heures plus tard. Eddy était entouré d'un groupe d'architectes, d'entrepreneurs et d'ingénieurs à l'entrée du centre commercial en cours de construction.

— Je pensais que tu ne viendrais pas à cause du cyclone, dit Eddy. Nous avons commencé hier la visite détaillée du chantier, mais je ne suis pas tranquille. Le dernier bulletin météo est très alarmant. Dans deux heures, nous serons en plein dedans.

Les arbres s'agitaient déjà avec violence. Seule une lumière glauque filtrait à travers l'épaisse couche de nuages.

— Je voudrais tout de même voir où en sont les travaux, dit Robb.

— Bien sûr. On va faire un petit tour rapide.

Le centre commercial, énorme structure sur deux niveaux, dessinait un grand U. De vastes espaces vides séparés par des murs s'étendaient de part et d'autre d'une voie cimentée. Plein d'orgueil, Eddy le mena dans le chantier au pas de charge.

— Là où tu vois les excavatrices, il y aura un troisième niveau en sous-sol. Nous aurons sans doute une petite salle de cinéma pour des films d'art et d'essai.

Il débordait d'enthousiasme.

— Là-bas, continua-t-il, ce sera la patinoire. Tu imagines le succès, dans ce climat ! Les murs seront couverts de miroirs. Pas mal, comme idée, non ? Le bureau de placement nous annonce tous les jours de nouvelles locations par des grandes chaînes nationales. Un bon restaurant est intéressé. Dépêchons-nous avant que le cyclone nous tombe dessus. Je voudrais te faire voir tout ça d'en haut pour te donner une idée de l'ensemble. Je vais chercher ma voiture.

Une route en lacet gravillonnée traversait la forêt de pins et de chênes, et menait à un promontoire d'où on voyait la totalité du chantier comme sur une maquette. Une fois arrivés, Eddy montra à Robb le golfe du Mexique à une quinzaine de kilomètres à l'horizon.

— C'est suffocant le prix que les gens sont prêts à débourser pour avoir vue sur la mer. Alors, tu en penses quoi ? Une mine d'or, non ? Cette fois, on tient le filon. Devlin a un flair d'enfer. Allez, viens, on va rejoindre les autres. Je crois que tu connais tout le monde.

— Je leur dis bonjour en vitesse, et puis je file. Je ne serai pas chez moi avant le milieu de la nuit.

— Mais tu es fou ! Tu ne vas pas rentrer ce soir en plein cyclone !

Le petit groupe se tenait nez en l'air, tournant des yeux inquiets vers le ciel qui s'était obscurci en quelques minutes et ne dispensait plus qu'une vague lueur jaunâtre. « Comme ils ont l'air fragiles », songea Robb sous l'immensité sombre des nuages tumultueux.

— Ça s'annonce mal, déclara quelqu'un, alors que les premières gouttes s'écrasaient sur eux. En nous dépêchant, nous aurons juste le temps de précéder le pire. Heureusement qu'on s'éloigne de la côte pour aller à l'hôtel, mais c'est tout de même à soixante-dix kilomètres d'ici.

Robb avait envie de rentrer et de discuter avec Ellen. Il y avait trop de malaise entre eux, trop de malentendus qui les dépassaient. Il fallait crever l'abcès.

— Je rentre, j'arriverai bien à passer, dit-il à Eddy.

— Comme tu voudras, si tu y tiens. Tu n'as qu'à suivre le minibus. Quand nous arriverons à l'hôtel, tu continueras si le temps le permet. Autrement, tu resteras au sec avec nous.

Finalement, ce fut à grand-peine qu'ils parvinrent à

atteindre l'hôtel. Il devenait impossible de circuler dans la tempête. Le vent secouait la voiture, les essuie-glaces ne parvenaient plus à écarter le déluge. Robb conduisait à l'aveuglette, s'aidant des rares éclairs de phares qui indiquaient la route. Il abandonna donc sa voiture devant l'hôtel et se précipita à l'intérieur.

De sa chambre, il appela chez lui. Mme Vernon lui demanda de ne pas quitter pendant qu'elle appelait Ellen, mais il lui dit de ne pas se déranger.

— Prenez simplement le numéro de l'hôtel en cas de besoin.

Ensuite il descendit dîner. Malgré la qualité du repas et une journée passée sans rien avaler, il n'avait pas faim. Il prit quelques bouchées pour la forme et participa à la conversation animée qui touchait surtout au projet en cours. Il s'y intéressait de très près car il avait pris une deuxième hypothèque sur la maison afin d'y participer, pourtant il n'était pas vraiment présent.

— Et maintenant, on fait quoi ? se demandèrent les convives après le dessert et le café. Il n'est que huit heures et demie, nous avons la soirée devant nous.

— Il n'y a rien à faire dans ce bled. Et même s'il y avait des distractions, on n'aurait aucune envie de sortir par ce temps.

— Je connais une fille qui doit habiter par ici, dit le plus jeune d'entre eux. Elle s'appelle Angelica. Je l'ai rencontrée à la plage en Floride.

— Quand ça ?

— Il y a environ deux ans.

— Depuis elle doit avoir pris dix kilos, et être mère d'un enfant avec un autre en train.

— Sûrement pas, telle que je la connais !

— Eh bien, va lui passer un coup de fil. Tu as son numéro ?

— Justement, j'ai pris mon carnet. On ne sait jamais.

— Oui, c'est ça, téléphone-lui et demande-lui si elle a des copines. On leur enverra des taxis.

« J'ai juré à Ellen d'arrêter, se dit Robb, mais c'est impossible. Les types qui sont ici sont presque tous mariés… Ils ne doivent pas s'entendre avec leur femme. Peut-être que, eux aussi, tout en dînant à la même table et en dormant dans le même lit, ils s'éloignent l'un de l'autre en silence. C'est la vie. »

— Je ne sais pas ce qui te tracasse, remarqua Eddy, mais ça n'a pas l'air d'aller. Tu as besoin de t'amuser. Attendons de voir qui on nous trouve.

Ils attendirent moins d'une heure, et virent arriver un groupe de très jolies filles qu'ils emmenèrent au bar. Elles n'étaient que sept mais apportèrent un vent léger avec leur parfum, leur bavardage et leurs robes colorées. Au début, il y eut un flottement pendant que des couples se formaient. Ce qui aurait pu sembler le fruit du hasard répondait en fait à un rituel assez codifié. Robb eut le choix entre deux jeunes femmes ayant jeté leur dévolu sur lui. « Sans doute, songea-t-il avec un soupçon de cynisme, devrais-je me sentir flatté… » Il aurait presque préféré pouvoir s'excuser pour aller se coucher seul. Presque, mais pas vraiment, et d'ailleurs il ne pouvait plus refuser.

Une des filles, la moins jolie des deux, avec des taches de rousseur, lança une plaisanterie. Il ne saisit pas ce qu'elle disait dans le brouhaha, mais il entendit son rire et vit son gentil visage pétiller de joie. Elle devint toute rose, agita ses cheveux avec naturel, et ses yeux de charbon se mirent à briller. Sa bonne humeur lui fit chaud au cœur.

Il lui prit le bras. Ce soir, elle serait l'antidote au poison qui le rongeait.

18

1994

La rencontre de l'après-midi avait profondément marqué Lily, elle aussi ; lorsque les voitures s'étaient remises en marche, elle avait même dû sortir sur une route secondaire et s'arrêter.

Elle avait été étonnée de constater que ses mains tremblaient sur le volant. Mais quoi de plus naturel ? Bien entendu, cela ne pouvait pas la laisser indifférente de revoir après tant d'années l'homme qu'elle avait aimé. Et surtout de façon si soudaine, dans ces circonstances angoissantes… Il y avait de quoi avoir les nerfs à vif.

Elle l'avait vu tout à coup près d'elle, assis dans sa grosse voiture, prospère à l'évidence, car, autrement, comment aurait-il pu se l'offrir ? Elle ne la lui enviait pas, ni elle ni Walter n'auraient voulu d'une voiture aussi m'as-tu-vu même s'ils en avaient eu les moyens. C'était son allure qui l'avait impressionnée, sa façon de se tenir, élégant, nonchalant, content de lui. Il lui avait lancé un regard indifférent, si froid qu'elle en frissonnait encore.

— Eh bien, tu en as fait, du chemin, Robb MacDaniel, dit-elle tout haut. Et sans doute en marchant sur le corps de tous ceux qui se trouvaient sur ton passage, comme avec moi.

Les souvenirs lui revenaient, décousus, évoquant tant d'images : la façon dont il l'appelait « Petite fleur » et son visage long au menton volontaire, et ses beaux yeux pensifs… Trop beau garçon pour être honnête, avait dit sa mère.

« Je me demande comment il traite sa femme. » Elle ne bougeait pas, comme si elle devait rester toute la journée au bord de cette route déserte, sous le ciel noir et menaçant. Comment se conduisait-il avec cette belle femme ? – car elle était belle, Mme MacDaniel, avec son teint clair, son sourire nacré, ses dentelles. Sûrement pas de la même façon qu'avec elle.

Comme si la rupture avait eu lieu la veille, Lily sentit monter la lame de fond du désespoir, le raz de marée qui engloutissait tout sur son passage.

C'est vrai, mais je ne voulais pas…

Il ne voulait pas, il ne voulait pas… mais il l'avait fait quand même ! Et, en partant, il l'avait laissée avec une colère d'une violence dont elle ne se serait jamais crue capable.

Le vent agitait les branches avec de plus en plus de force. Les premières gouttes de pluie s'écrasèrent sur le pare-brise, sauvant Lily de l'ouragan intérieur qui la dévastait. Elle repartit vers l'autoroute. À l'origine, elle avait prévu d'aller s'acheter un manteau à quelques kilomètres de là, mais elle n'en avait plus aucune envie. Au lieu de repartir dans cette direction, elle prit le chemin du retour.

En arrivant chez elle, elle trouva Walter qui venait de rentrer.

— Ça n'a pas l'air de s'arranger, commenta-t-il. Je suis bien content que tu aies eu la prudence de changer d'avis. Le manteau peut attendre.

Une atmosphère de fin du monde commençait à monter. Pendant plus d'une heure, ils se préparèrent à la tempête ; Walter enferma les poules, Lily sortit les bougies et prépara le dîner en toute hâte de peur que l'électricité ne soit coupée. Tout en mangeant, ils écoutèrent la radio diffuser en continu des avis de tempête.

Toute cette effervescence permit à Lily, toujours très affectée par la rencontre, de cacher un moment à Walter ce qui la perturbait. Cela ne dura pas. Alors que l'obscurité s'épaississait et qu'un volet claquait au grenier, il lui posa des questions qu'elle ne parvint pas à éluder.

— Tu es bien silencieuse, remarqua-t-il. Ça ne va pas ?

— Ce doit être le cyclone qui m'inquiète. La radio prévoit beaucoup de dégâts. C'est angoissant.

— Ça ne te ressemble pas, toi qui n'as jamais peur de rien.

Et, de fait, elle n'avait pas peur mais le cœur gros. Elle en voulait à Robb, elle était pleine d'amertume, mais trouvait difficile d'en parler. D'ailleurs, elle n'avait jamais vraiment fait part de ses sentiments à Walter, ni ne lui avait expliqué la profondeur du lien qui l'avait unie à Robb. À quoi bon ?

Après bien des hésitations, elle s'ouvrit à lui.

— Tu as raison, ce n'est pas le cyclone. J'ai vu Robb aujourd'hui.

Elle lui raconta tout.

— Je ne comprends pas, conclut-elle. Je ne comprends pas comment on peut vivre en toute bonne conscience après avoir traité quelqu'un de cette façon inhumaine. À moins, bien sûr, de n'avoir ni cœur ni sens de l'honneur.

Walter plia son journal en deux, puis le replia afin de le faire entrer plus commodément dans la corbeille à papier. Elle eut soudain peur de l'avoir blessé, et que ces gestes mesurés soient une façon de lui cacher sa peine. Horrifiée, elle s'écria :

— Ça n'a rien à voir avec toi, tu sais ! Je suis heureuse, vraiment heureuse que ce soit arrivé, autrement je ne t'aurais jamais rencontré, et tu es tout pour moi, Walter. Tout ! Ce n'est que de la colère, parce que je n'arrive pas à supporter qu'un homme aussi malhonnête, un homme aussi bas, soit heureux sur terre après avoir fait ça.

— Lily, ma chérie, je sais que tu m'aimes. Ce n'est

pas pour cette raison que je fronçais les sourcils. J'ai quelque chose à te raconter depuis longtemps... j'hésitais à te livrer ma petite histoire, parce que je sais bien, même si tu ne t'en rends pas compte, que tu gardes en toi une zone de douleur et de colère encore à vif, et je ne voulais pas réveiller tes souvenirs en te parlant de Robb.

Il lui adressa un petit sourire.

— Vas-y, n'aie pas peur, dit-elle, intriguée.

— Tu te souviens des Hubert, qui ont déménagé il y a deux ans ? La famille avec les enfants roux qui jouaient dans le jardin pendant que la mère venait en consultation. Eh bien, ils ont vécu une mésaventure intéressante avant notre mariage.

Il alluma sa pipe et s'installa dans son fauteuil. Elle le connaissait assez pour savoir qu'il allait prendre son temps pour raconter l'histoire, mais que cela en vaudrait la peine.

— Hubert était fermier, commença Walter. Il élevait des vaches laitières, des poulets, et faisait pousser du maïs, ce qui n'a rien d'étonnant par ici. Mais il s'occupait aussi de porcs, et c'est là que ça devient intéressant. Pas loin de chez eux, en amont de la rivière, il y a une fabrique de meubles. Elle est là depuis la nuit des temps. Durant les mois creux, quand il était à court d'argent, Hubert y travaillait en intérim. Je te passe quelques péripéties, mais, un jour, il s'est aperçu que l'usine se débarrassait de déchets polluants dans la rivière. Il en a parlé au contremaître qui l'a mal pris. Ils se sont accrochés, après quoi Hubert a écrit une lettre de dénonciation, à Washington qui plus est, puisque les Eaux et Forêts sont sous l'égide de l'État fédéral. L'affaire a pris de l'ampleur. L'usine n'a plus appelé Hubert pour lui donner du travail, évidemment, ce qui l'a rendu furieux. Il faut l'avoir connu pour bien imaginer sa réaction. C'était un petit type profondément honnête, coléreux et fonceur qui s'est lancé un peu naïvement dans la bagarre.

« Naturellement, les journaux ont monté l'affaire en

épingle. Hubert, qui avait accusé ses employeurs nommément, s'est fait traîner en justice pour diffamation. Ensuite, on l'a accusé de déverser le lisier de son élevage de porcs dans la rivière, ce qui n'était d'ailleurs pas totalement faux. L'affaire est devenue un imbroglio inextricable. Les frais de justice montaient. J'imagine qu'à ce moment-là il aurait volontiers tout laissé tomber s'il l'avait pu, mais il était trop tard. Il était coincé.

« Bon, je termine. On l'a fait venir à Washington en tant que témoin à charge, je crois, ou comme défendeur ou plaignant, je ne sais plus. L'important, c'est que ce pauvre type, un fermier sans le sou, se retrouvait dans un pétrin infernal. Il n'avait plus le temps de s'occuper de sa ferme, ses maigres économies y étaient passées. Dieu sait ce qui serait advenu si un avocat renommé n'était intervenu, à titre gracieux, pour le défendre. Et il a gagné. Le fermier contre l'industriel. David et Goliath.

Walter fit une pause puis demanda :

— Et comment crois-tu que s'appelait l'avocat en question ?

Comme Lily ne répondait pas, il le fit à sa place.

— Oui, c'était MacDaniel. Je ne t'en ai jamais parlé, mais je pense que ça doit t'intéresser. Hubert est revenu au pays avec des yeux comme des soucoupes. « Là-bas, m'a-t-il dit, les avocats gagnent deux cents dollars de l'heure, et ce type ne m'a pas demandé un sou ! Je me jetterais au feu pour lui, je vous assure. »

Dehors, le vent mugissait. Une branche fut arrachée et balayée à travers le jardin.

— J'espère que ce n'était pas le vieux magnolia, remarqua Walter. Heureusement, j'ai posé des pierres sur le toit du poulailler. Pourvu qu'il résiste…

Pour Lily, le poulailler évoquait encore des souvenirs. Bien des années auparavant, Robb avait nommé le coq « Napoléon », amusé par un cocorico qu'il trouvait impérieux alors qu'elle y entendait une plainte lugubre. Drôle de faculté que la mémoire…

— Alors, qu'en penses-tu ? demanda Walter.

— Oui, Robb avait un côté comme ça.

Elle ne se souvenait que trop bien de cet aspect de sa personnalité. Le simple fils de fermier ou l'arriviste ?... Impossible de s'y retrouver. Mieux valait ne plus y penser.

19

1994

Avec la nuit, la tempête s'était étendue vers le nord. À dix-neuf heures, Ellen commença à s'inquiéter du retard de Penn et de Rusty. Rusty était une personne de confiance, et elle se raisonnait, mais c'était plus fort qu'elle. Dans l'après-midi, il était allé avec Penn à un match de base-ball, car, même si Penn ne comprenait pas les règles, il adorait ce jeu. Parfois, après leurs sorties, Rusty l'emmenait chez lui, où sa nombreuse famille l'accueillait à bras ouverts. Les parents de Rusty avaient connu plus que leur part de malheurs, ce qui, pensait souvent Ellen, les rendait plus compréhensifs et plus généreux que bien des gens. Voilà qui expliquait fort probablement ce retard.

Il avait commencé à pleuvoir, non pas en douceur, par quelques premières gouttes hésitantes, mais avec une explosion soudaine qui avait lâché des cataractes tel un robinet ouvert à plein régime. Si, comme on l'annonçait, il ne s'agissait que de la queue du cyclone, Ellen osait à peine imaginer la violence des vents avançant sur la côte, emportant arbres et constructions, et ravageant tout sur leur passage. La pluie dégringolait sur les vitres et mitraillait le toit de la véranda. Une branche cassa avec un craquement sinistre et s'effondra.

Dans la cuisine, où elle venait de dîner d'une soupe en conserve, Ellen resta les yeux fixés sur les reflets froids de la porcelaine, du métal chromé et du carrelage. Lorsqu'elle était seule, elle n'avait pas d'appétit, surtout aujourd'hui, après le départ de Julie et sa dispute avec Robb. Mme Vernon passait la nuit chez sa nièce qui fêtait son anniversaire, et un silence lugubre pesait sur la maison.

Elle se leva et ouvrit la porte d'entrée. Les lampadaires éclairaient toute l'allée jusqu'à la route. Personne en vue.

— On se croirait dans un mausolée, marmonna-t-elle.

Au téléphone, la mère de Rusty venait de lui apprendre que son fils avait emmené Penn acheter une glace. Elle n'en avait plus dans son congélateur et « vous savez les scènes que fait Penn quand il a envie de glace ». Oui, Ellen ne le savait que trop bien. Cela n'arrivait pas souvent, mais quand cela le prenait…

Le téléphone sonna dans la bibliothèque. En courant pour traverser l'entrée, elle glissa sur le sol de marbre, faillit tomber et se rattrapa de justesse en étouffant un juron. La sonnerie insistait, inquiétante.

À l'autre bout du fil, Rusty était en larmes.

— Madame MacDaniel, je ne sais pas comment vous annoncer ça. Vous allez me tuer ! Je ne trouve plus Penn. Il s'est sauvé !

Le cœur d'Ellen cessa de battre, puis se mit à galoper.

— Calmez-vous, Rusty, dit-elle en crispant le poing. Où êtes-vous ? Que s'est-il passé ?

Il bégayait, sanglotait, et quelqu'un lui prit le combiné des mains.

— Allô, madame MacDaniel, sergent Herman à l'appareil, au poste de police. Le jeune Rusty ramenait votre fils chez vous quand il s'est arrêté en route au supermarché. Le gamin était derrière lui à la caisse, et on ne sait pas ce qui s'est passé. En tout cas, en se retournant, il ne l'a plus vu. Il y a beaucoup de buissons autour du parking. Tout le monde est en train de fouiller les environs, au cas où il se cacherait quelque part. Nous avons envoyé des hommes ; ils n'ont rien trouvé pour l'instant. Voilà où nous en sommes à cette heure. Vous êtes toujours là, madame ?

Son cœur était devenu fou, il battait à coups sourds jusque dans ses jambes…

— Oui, je vous écoute, dit-elle.

— Je comprends votre inquiétude, mais restez chez vous. Nous faisons tout notre possible. En plus de nos trois agents de service, deux de nos hommes se sont portés volontaires. Votre fils ne peut pas être allé bien loin à pied, par ce temps.

— Rusty vous a dit que mon fils n'était pas… Qu'il est un peu… ?

— Oui, madame. Nous sommes au courant. D'ailleurs, tout le monde vous a vue avec lui au village. Bon, je vais raccrocher. On vous rappellera toutes les heures pour vous tenir au courant, ou même toutes les demi-heures.

— Merci, sergent.

Ellen fut incapable de se relever de sa chaise. Sans doute ressentait-elle pour la première fois de sa vie une panique véritable. La peur, l'angoisse, ce n'était rien par comparaison. Elle devait se calmer. Quand on se perdait en promenade, on conseillait de ne surtout pas paniquer. Il fallait rester rationnel, autrement on tournait en rond. Mais, dès qu'elle essayait de réfléchir, elle pensait aux histoires horribles relatées par les journaux et la télévision, sans parler des rumeurs. Penn ne faisait jamais attention, il ne savait pas évaluer le danger. Malgré sa force, car il avait déjà presque la carrure de son père, il était totalement vulnérable. Des images terribles, imprimées à l'encre noire tels des gros titres dans les journaux, lui passaient devant les yeux. Un pervers immonde l'avait enlevé ; il s'était fait renverser sur une route obscure au milieu de la tempête. Il s'était noyé dans la rivière.

Une bourrasque d'une violence inouïe secoua la baie

vitrée du jardin d'hiver. Cela la fit réagir. Elle retrouva l'usage de ses jambes et courut voir si les vitres s'étaient cassées. Tout allait bien, mais un jour la verrière se briserait et risquerait de provoquer un accident fatal. Cet imbécile d'architecte avait utilisé assez de carreaux pour construire un aquarium géant.

La sonnerie du téléphone retentit. Cette fois, il s'agissait de la mère de Rusty.

— Madame MacDaniel ! Je suis dans tous mes états. Vous êtes seule ? Rusty m'a dit que votre mari était en déplacement. J'aurais voulu pouvoir venir vous tenir compagnie, mais je garde la petite dernière de ma sœur, et Rusty et mon mari aident la police dans leurs recherches. Ma pauvre ! Ça doit être affreux !

— Surtout, que Rusty ne se sente pas responsable, ce n'est pas sa faute. Ce n'est pas la première fois que Penn fait une fugue. Si ça ne vous ennuie pas, je vais raccrocher. On essaie peut-être de me joindre.

Elle alla de nouveau à la porte d'entrée qu'elle ouvrit en grand. La pluie, épais rideau gris, isolait la maison du reste du monde.

— Toi et tes investissements ! s'écria-t-elle.

Elle demeura à scruter en vain l'allée jusqu'à ce que le vent lui arrache la porte des mains et la referme en claquant. Pourquoi n'était-il pas là ?

Cela n'avait aucun sens d'en vouloir à Robb. La disparition de Penn n'avait rien à voir avec leurs difficultés de couple. Autant ne pas l'effrayer alors qu'il était trop loin pour agir. Elle lui téléphonerait uniquement en cas d'absolue nécessité… si, par le plus grand des malheurs, elle apprenait une mauvaise nouvelle.

Que faire ? Elle ne savait plus à quel saint se vouer. Elle mourait d'envie de prendre la voiture et de partir à la recherche de Penn, mais si la police avait besoin de la joindre ? Elle n'en pouvait plus, elle avait trop envie de parler à Robb. Le numéro de l'hôtel en main, elle décrocha le téléphone. Elle devait à tout prix parvenir à se contrôler.

— Allô ? Je voudrais parler à M. MacDaniel, je vous prie.

Après le transfert de l'appel, elle entendit une voix de femme. Elle raccrocha et recomposa le numéro.

— Allô, dit-elle avec une certaine impatience. Je viens de demander M. MacDaniel.

Quand on est désespéré, on prend moins de gants avec les autres.

— Mais je viens de vous passer sa chambre, madame.

— En êtes-vous sûr ? Pouvez-vous me la repasser, s'il vous plaît ?

La même voix féminine répondit, entrecoupée de fous rires.

— Allô ? Allô ?

— Désolée de vous déranger, dit Ellen, mais je cherche à joindre M. MacDaniel, et on me passe à chaque fois votre chambre par erreur. Pouvez-vous me donner votre nom, que je puisse expliquer la situation au standard ?

— Mais c'est Mme MacDaniel à l'appareil !

Le rire repartait de plus belle quand Ellen raccrocha. C'était donc cela. Elle n'aurait jamais cru que Robb recommencerait. Inerte sur sa chaise, la main paralysée sur le téléphone, elle était abasourdie. « C'est drôle, je ne pensais pas… Il avait l'air tellement sincère… »

Après une ou deux minutes, elle entendit le chat rentrer. Il avait un grelot accroché au collier afin d'éloigner les oiseaux. Robb se passionnait pour les oiseaux, et il aimait aussi beaucoup les chats. C'était une chatte du nom de Lulubelle qu'ils avaient trouvée dans la boutique où, tant d'années auparavant, ils avaient admiré une portée de chatons blancs aux yeux turquoise. Il y avait si longtemps de cela…

Elle ne bougea pas. Toutes ses forces l'avaient abandonnée.

À la demie, puis une demi-heure plus tard, la police appela et lui fit son rapport. Toujours rien. Dehors, la tempête se déchaînait. Une des voitures de patrouille avait eu un accident : une grosse branche était tombée sur le capot, heureusement sans faire de blessés. La disparition avait été signalée à chacun des postes de police de la région. Il fallait qu'elle essaie de se tranquilliser. Ils téléphoneraient à la seconde où il y aurait du nouveau.

La pendule sonna onze heures. Soudain, Ellen craqua. Elle ne supportait plus le silence, cette terreur solitaire qui la tuait.

— Je n'en peux plus ! s'écria-t-elle.

Elle se tourna une nouvelle fois vers le téléphone. À la cinquième sonnerie, elle regretta d'avoir appelé. C'était une intrusion impardonnable dans sa vie privée. Elle allait raccrocher quand il répondit au sixième coup.

— Allô ? dit Philip.

— C'est Ellen, lâcha-t-elle d'une voix tremblante. Je suis désolée de te réveiller si tard, mais c'est à cause de Penn, il s'est sauvé.

— Quand ?

— En début de soirée. Il a disparu au supermarché et on n'arrive pas à le retrouver. Je suis désolée. Je ne sais pas pourquoi je t'ai appelé, il n'y a rien que tu puisses faire.

— Passe-moi Robb.

— Il n'est pas là. Il est en voyage d'affaires.

— Tu es toute seule ?

— Oui, mais ce n'est pas grave. Je me disais juste que peut-être… Tu connais si bien Penn… Je me disais que tu pourrais avoir une idée. Je ne sais plus ce que je dis. Je suis désolée.

— La lumière est allumée dehors ? Allume si ce n'est pas déjà fait, et attends-moi, j'arrive tout de suite.

— Non ! Ne sors pas par ce temps ! Les vents sont horriblement violents. Un arbre s'est abattu sur une voiture de police. Les lignes électriques sont arrachées…

Elle entendait monter la panique dans sa voix. Jamais elle n'aurait dû l'appeler.

— Tu ne connais même pas le chemin pour venir ! cria-t-elle encore.

Il avait déjà raccroché.

Les lumières extérieures brillaient le long de l'allée. Ellen approcha une chaise de la fenêtre et se mit à guetter. Pourvu qu'une voiture lui ramène Penn sain et sauf, elle ne demandait rien d'autre. Par pitié, que l'attente finisse !

Il était minuit lorsqu'elle vit venir quelqu'un. Elle alla ouvrir et vit Philip sous le déluge, son ciré jaune dégoulinant d'eau.

— Des nouvelles ? demanda-t-il.

Elle fit non de la tête.

— C'est tellement gentil d'être venu… Je ne voulais pas que tu te déranges. Comment t'es-tu débrouillé pour trouver la maison ? Ces petites routes, c'est un vrai dédale.

— Je suis déjà passé par ici. Maintenant, raconte-moi tout.

Unc fois qu'elle lui eut fait un résumé de la situation, elle ne sut plus que dire. Quelques heures plus tôt, elle aurait tout donné pour la chaleur d'une présence humaine. Même le chat lui avait fait du bien. Et maintenant, alors qu'elle avait quelqu'un auprès d'elle, elle n'en tirait pas le moindre réconfort.

— Quelle humidité, dit-elle. Je vais préparer une boisson chaude. Thé, café ?

— Assieds-toi. Je ne m'attends pas que tu me serves !

— C'est surtout pour m'occuper un peu, expliqua-t-elle.

— Dans ce cas, je prendrai un cognac. Dis-moi où vous le rangez.

— À côté, dans la bibliothèque, sur une étagère près du secrétaire.

Il se dirigea dans la direction qu'elle indiquait avec des grincements de semelles mouillées sur le marbre. Quelques secondes plus tard, il reparaissait avec deux verres à cognac et une carafe en cristal. Elle se demanda ce qu'il pensait de la maison.

— Réchauffe le verre entre tes mains et bois par petites gorgées, conseilla-t-il, puis il se reprit avec un sourire : Je n'ai sans doute pas besoin de t'apprendre à boire du cognac !

— En fait, je n'en bois jamais. Je n'aime pas ça.

— Ça te fera du bien, c'est un excellent remontant.

La pendule sonna un coup. Une heure du matin. La faible lueur de la lampe tombait sur le parquet, jetant un rai de lumière jusqu'aux pieds de Philip.

— Ne regarde pas mes chaussures, dit-il. Je viens de m'apercevoir que j'en ai mis une noire et une marron dans ma précipitation.

— Tu t'es dépêché parce que tu aimes Penn, répondit-elle, la voix brisée par l'émotion.

— Oui.

Un instant plus tard, il reprenait.

— Laisse-toi aller, Ellen. Tu as besoin de pleurer.

— C'est drôle, tu m'as déjà dit ça une fois, je me souviens.

C'était lors de leur deuxième visite à Wheatley, le jour où elle s'était juré de ne plus jamais le revoir en tête à tête. Oui, c'était bien cela.

— Tu es toujours si retenue, si maîtresse de toi…

— Je sais. C'est mon éducation qui veut ça.

Elle baissa les yeux vers les chaussures dépareillées. Le silence tomba dans la pièce. Dehors, le vent et la pluie s'épuisaient. Dans quelques heures, le soleil se lèverait et brillerait sur une douleur insurmontable. Comme toujours lorsqu'elle avait peur, elle crispait les poings.

La pendule sonna deux heures. Au même instant, le téléphone les fit sursauter.

— Je vais répondre, déclara Philip. Reste ici.

Il ne voulait pas qu'on lui annonce directement la mauvaise nouvelle. Car, après toutes ces terribles heures d'angoisse, restait-il le moindre espoir ? Philip prenait trop de temps au téléphone, c'était mauvais signe.

Elle se tenait droite sur sa chaise, tâchant de ne pas s'effondrer jusqu'à son retour.

Il revint en courant et l'arracha à sa chaise en criant :

— Il va bien ! C'est incroyable ! Ils l'ont retrouvé et il n'a rien, rien du tout. Il est à Hendersonville chez de braves gens, dans une ferme. Ce sont eux qui l'ont retrouvé. On te le ramène demain matin. Il va bien, Ellen !

Elle éclata en sanglots.

— Que s'est-il passé ? Raconte.

Les yeux de Philip brillaient de soulagement.

— Le type rentrait chez lui à Hendersonville dans son camion. Il a vu Penn sur le bord de la route. Je ne sais pas s'il marchait ou s'il attendait… Il était à environ trois kilomètres du supermarché, tout seul en pleine tempête. Le type a pensé qu'il était en panne et s'est arrêté pour le prendre. Évidemment, quand Penn est monté, le fermier a vu… a vu à qui il avait affaire. Il ne savait plus que décider. Il s'inquiétait pour sa femme et ses enfants qui l'attendaient chez lui, et puis il avait hâte de se mettre à l'abri de la tempête, mais il ne pouvait pas faire redescendre Penn et l'abandonner au bord de la route sous cette pluie. Du coup, il l'a ramené chez lui. Tout de même, il y a des gens bien, sur terre ! Ils lui ont donné à manger, ils lui ont fait passer des vêtements secs, et ils l'ont couché. Après ils ont appelé la police locale qui était au courant, bien sûr.

— À qui as-tu parlé ? demanda Ellen, toujours en larmes.

— À un policier qui appelait de chez les fermiers. La famille s'appelle Randall. Ils ont toute une tripotée de gamins. Le type dit qu'il doit venir par ici tôt demain matin, il a donc proposé de ramener Penn. Le policier affirme que Penn avait l'air d'aller très bien. Il répétait tout le temps : « Surtout, dites bien à votre femme de ne plus s'en faire. »

— C'est quand même bête de pleurer comme une fontaine maintenant, alors que Penn est en sécurité. Je ne comprends pas.

— Rien de plus normal.

— Que ces gens ont été gentils ! Je ne pourrai jamais les remercier assez.

— Robb n'en reviendra pas quand on lui racontera cette histoire. Quand rentre-t-il ?

Ellen n'avait pensé qu'à son enfant ; rien d'autre n'avait occupé son esprit pendant l'attente. Après le coup de fil à l'hôtel, elle n'avait ressenti aucune douleur. Le choc l'avait parcourue telle une décharge électrique, puis plus rien. En entendant son nom, elle ressentit une nouvelle secousse, et cette fois l'angoisse la fit se précipiter vers la porte pour respirer de l'air frais. La pluie s'était arrêtée. De grosses gouttes tombaient des arbres avec de bruyantes éclaboussures. Elle aspira profondément la brise nocturne.

— Je sais ce qui te tourmente, dit doucement Philip derrière elle. Nous sommes arrivés au moment fatidique. Il est temps de mettre Penn à Wheatley.

Comme elle ne répondait pas, il se fit plus convaincant.

— Il est trop âgé pour vivre encore avec toi, Ellen. Il a besoin d'être animé par une équipe de professionnels qui lui donneront un cadre de vie que tu ne peux pas lui offrir. Tu comprends ?

— Oui, bien sûr. Je m'y prépare depuis longtemps. Ce n'est pas ça.

— Eh bien, que se passe-t-il ?

— C'est Robb.

Elle se confia à lui. Lorsqu'elle eut fini, il lui passa le bras sur l'épaule tel un père qui réconforte sa fille.

— Je comprends ce que tu dois ressentir, murmura-t-il. Tu as le cœur brisé.

Elle se tourna dans ses bras et leva le visage vers lui.

— Non, dit-elle. Non, pas du tout. Je suis triste justement parce que ça ne me peine pas autant que ça le devrait.

Ils se regardèrent. Téméraire, mue par un puissant besoin, elle le fixa droit dans les yeux. Ni l'un ni l'autre ne se détourna comme ils l'auraient fait auparavant. Cette fois, ils se regardèrent vraiment.

— Mon amour, dit-il.

Ils restèrent enlacés, soudés l'un à l'autre. Quand il recouvra l'usage de la parole, il murmura :

— Si tu savais comme j'ai eu envie de ce moment ! Et pourtant, j'étais sûr que ça n'arriverait jamais. Le premier jour où tu es entrée dans mon cabinet – combien y a-t-il de temps déjà ? Mille ans ? –, tu portais un corsage avec un jabot. Tu étais en noir et blanc, tes cheveux, ton visage... Le plus beau visage que j'aie vu de ma vie.

Elle sentit battre le cœur de Philip et se rapprocha pour l'unir au sien. Elle avait la gorge dans un étau.

— Je ne t'amenais plus Penn, je t'évitais parce que c'était trop dur, trop dangereux.

— Et moi, je te donnais beaucoup plus de rendez-vous que nécessaire uniquement pour te voir. Un jour, je suis même venu jusqu'ici. C'est pour cette raison que j'ai trouvé mon chemin ce soir. Je me suis arrêté en bas de l'allée, je me suis débattu avec ma conscience, et puis je suis reparti.

— Philip, mon amour, qu'allons-nous devenir ?

— Je ne sais pas.

Une bourrasque arracha une pluie soudaine aux arbres chargés d'eau. Ils rentrèrent. La maison si peu accueillante leur sembla étouffante. Ils s'assirent sur le canapé, l'un contre l'autre.

— Nous n'avons même pas besoin de nous dire ce que nous ressentons, remarqua-t-il. Nous le savons depuis si longtemps. Je ne peux te dire qu'une chose : notre avenir est entre tes mains.

— J'ai tellement peur de faire du gâchis, de bouleverser ma vie, la tienne.

— Je ne te demande pas de quitter Robb, même après ce qu'il t'a fait. Je ne supporterais pas de voler la femme d'un autre. Et pourtant, c'est courant de nos jours, ça se fait même depuis toujours, mais ça ne me plaît pas.

— Je suis tellement malheureuse, confia-t-elle dans un murmure.

— Je le sais, ma chérie, depuis très, très longtemps.

— Tu me connais si bien.

Il eut un sourire un peu triste.

— C'est parce que nous sommes ensemble depuis longtemps, à notre façon. Tu ne crois pas ?

— Oui. Nous savons tout l'un de l'autre.

Puis elle reprit, comme si elle pensait à voix haute :

— Robb n'est plus le même. Peut-être ne suis-je plus non plus la femme qu'il a épousée. Je ne crois pas. Je ne sais pas si je me conduis bien ou mal, mais il me semble que je n'ai pas changé. Notre amour est mort. C'est arrivé malgré moi, je n'y peux rien. C'est toi que j'aime, Philip. Voilà, c'est tout.

— Non, ce n'est pas tout. Cela commence à peine.

Ils restèrent allongés, dans une sorte de transe. La pendule sonna. Le grelot de la chatte tinta, annonçant son entrée dans la pièce ; elle les regarda avec surprise, puis se coucha près d'eux.

— Je ne savais pas que tu avais un chat, remarqua-t-il.

« Il est comme moi, songea-t-elle, il ne sait pas comment parler de ce qui nous arrive. Notre silence est chargé de questions. Il suffit d'avoir le courage de les entendre. »

— Julie partage son appartement avec une fille charmante que j'ai tout de suite trouvée très intelligente, dit-elle brusquement. La semaine dernière, elle a appris que ses parents divorçaient. Maintenant, elle va quitter l'université. C'est une décision idiote, mais elle est complètement déboussolée. Elle fait n'importe quoi. Et tout ça à cause de ses parents.

— Oui, je vois trop souvent des cas semblables dans mon travail.

— Julie adore Robb. Elle est même plus proche de lui que de moi.

Il lui caressait les cheveux. Un désir intense envahit Ellen.

— Je voudrais que tu restes avec moi, cette nuit, dit-elle. J'ai envie de dormir avec toi.

— Mon amour… Ma chérie… pas ici. Pas sous le toit de Robb. Pas tant qu'il ne sera pas au courant.

— Cela risque d'être long… Nous ne pourrons jamais.

— Mais si. Regarde, nous venons de faire le premier pas, et quel pas ! Au moins, nous savons à quoi nous en tenir. La prochaine étape, c'est à toi de la franchir. Un beau jour, tout deviendra clair pour toi, et tu prendras ta décision.

— Tu m'attendras ?

— Oui, je t'attendrai.

Il posa les lèvres sur celles d'Ellen, sur ses mains, sur ses yeux humides de larmes. Ils restèrent enlacés jusqu'à ce que la pendule sonne trois heures. Alors il se leva, reprit son ciré et repartit.

— Pourvu qu'on arrive à supporter ça, gémissait Mme Vernon, que c'est dur !

« Qu'on le supporte ou pas, songeait Ellen en rentrant après avoir emmené Penn à Wheatley, il faudra bien s'y faire. » La journée avait été encore plus pénible qu'elle ne l'avait redouté, car Robb avait tenu à ce que Philip les accompagne, et ce dernier n'avait pas pu refuser.

— Je préférerais qu'on y aille seuls, Robb, avait-elle supplié.

— Ne commence pas. Je suis complètement claqué, j'ai des problèmes jusque par-dessus la tête.

— Moi aussi, je suis fatiguée. Si tu crois que c'est de tout repos, ici ! Je ne vois pas à quoi Philip nous servirait. Je préfère y aller sans lui.

— Ça suffit ! Je lui demande de venir, un point c'est tout. Pour Penn, ça l'aidera.

Elle ne lui avait pas parlé de la visite de Philip, le soir du cyclone ; dans la voiture, installée à l'arrière avec Penn, elle attendit de voir si Philip allait y faire allusion. Mais il ne dit mot. Il leur avait suffi d'échanger un regard. Elle se doutait que, tout comme elle, ce voyage avec Robb le mettait fort mal à l'aise. Heureusement, elle ne le voyait que de dos.

Pendant le trajet, Robb et Philip avaient passé le temps à parler à l'avant, tandis qu'elle se taisait à l'arrière.

Finalement, Penn avait été ramené par deux policiers. La femme qui l'avait recueilli avait sans doute repassé ses vêtements mouillés afin de les sécher. Elle lui avait aussi donné un bon petit déjeuner, car il n'avait rien mangé en rentrant alors que Mme Vernon, aux petits soins, lui avait préparé des pancakes aux myrtilles et tout ce qu'il préférait.

— Je suis monté dans une voiture bleue, avait expliqué Penn en montrant une voiture de police. Il y avait la radio tout le temps. Je me suis bien amusé.

À part une ou deux autres réflexions de ce genre, il ne semblait rien avoir retenu de la mésaventure. Ellen espérait donc que ce départ définitif de chez lui ne le traumatiserait pas beaucoup plus.

Ils l'avaient fait asseoir dans le solarium, pièce qu'il aimait beaucoup à cause du divan à balancelle, et lui avaient parlé de l'endroit merveilleux où on allait l'emmener.

— Il y a une piscine, avait dit Robb, et on peut s'y baigner tous les jours.

— Avec mon ballon ?

Robb avait semblé pris au dépourvu, mais Ellen, elle, avait aussitôt compris qu'il s'agissait du ballon de plage à rayures qu'Eddy lui avait offert autrefois. Il ne s'en servait jamais, mais voulait qu'on le laisse dans un coin de sa chambre parce qu'il aimait le regarder.

— Oui, avec ton ballon, avait-elle répondu, et avec gros nounours et tout ce que tu voudras.

— Et la télé ?

— Oui, il y a la télé, bien sûr.

— Rusty va rester avec moi ?

— Rusty nous accompagnera quand nous te rendrons visite, si tu veux.

— Non, pas Rusty, avait corrigé Penn après un temps de réflexion, Julie !

— Oui, Julie viendra aussi.

« Je ne dois pas pleurer, avait pensé Ellen, surtout pas. »

Elle avait vu que Robb serrait les lèvres et regardait le jardin par-dessus la tête de Penn.

Une telle souffrance était-elle supportable ? Qui d'autre qu'eux avait connu ce calvaire ? Beaucoup de parents malheureusement... et qui cependant trouvaient la force de continuer. Au moins, Penn ne protestait pas. L'enfant coléreux ne supportant pas le moindre changement dans ses habitudes était devenu un jeune homme lent et affable qui prenait la vie du bon côté. Sur ce point, au moins, ils avaient eu beaucoup, beaucoup de chance. Mais ils n'oublieraient jamais cette journée. C'était le jour où Penn quittait la maison, un jour peut-être un peu moins triste que celui d'un enterrement, mais, par bien des aspects, très semblable.

Arrivé à Wheatley, il avait paru simplement indifférent. Il avait serré les mains qu'on lui tendait, donné son nom et prononcé ses phrases simples avec bonne humeur. Comme c'était l'heure du déjeuner, il s'était attablé sans se faire prier et avait pris son repas avec son appétit habituel. Ensuite, des jeux avaient été prévus, et Philip avait été d'avis que ce moment était le mieux choisi pour leur départ.

Un éducateur l'avait accompagné jusqu'à l'endroit des adieux, sur la pelouse devant l'entrée. Penn, bien propre comme il aimait l'être, avait souri aux trois personnes qui constituaient l'essentiel de son petit monde. Seules Mme Vernon et Julie manquaient à l'appel. Ellen s'était consolée un peu en songeant que, même s'il adorait Julie, il était habitué à son absence. Pourtant, il avait parlé d'elle...

Il fallait espérer qu'aucun d'entre eux ne lui manquerait beaucoup. Les gens qui allaient s'occuper de lui avaient l'air doux. Et puis Philip vantait si bien leurs mérites.

En regardant son fils avant de partir, elle s'était souvenue du beau bébé qu'il avait été, plus beau que Julie, même. D'ailleurs il avait encore les traits fins et un gentil visage innocent. Elle avait eu envie de le prendre dans ses bras, mais il avait ce genre de contact en horreur. Et donc, la gorge si nouée qu'elle pouvait à peine respirer, elle s'était contentée de lui poser la main sur l'épaule et de lui dire quelques mots mesurés.

— Au revoir, Penn. Sois bien sage. Nous reviendrons bientôt.

Robb lui avait tendu une friandise au chocolat.

— Garde ça pour le dîner, avait-il lancé avec brusquerie, puis il s'était détourné afin de cacher ses yeux.

— Au revoir, Philip ! avait crié Penn, alors qu'ils partaient vers la voiture.

Voilà, c'était fait, à présent ils se retrouvaient seuls. « Nous devrions nous soutenir, nous aider à passer ce cap difficile, se dit Ellen, mais il y a trop de passif entre nous. » Ils gardèrent le silence pendant le dîner, tandis que Mme Vernon essayait de leur remonter le moral.

— C'est sûr qu'il va nous manquer, notre grand garçon, mais ça sera mieux pour lui. Et puis pour nous tous, je vous assure.

Évidemment, Mme Vernon ne se doutait pas que la tension venait surtout de l'explication qui devait encore avoir lieu entre Robb et Ellen… et Robb lui-même ne savait pas tout. Il devait s'attendre à une explosion à cause de la fameuse Mme MacDaniel qui avait répondu au téléphone.

Il leva la tête au moment où Ellen entrait dans le bureau où il s'était réfugié tout de suite après dîner.

— Bien, allons droit aux faits, dit-il, évitons de perdre le peu d'énergie qui nous reste. J'ai rompu ma promesse, mais ce n'est pas comme la dernière fois. Ça n'a rien à voir. Tu devrais t'en douter. Je ne sais même pas son nom, et ça ne m'intéresse pas. J'ai obéi à une impulsion idiote. Je ne sais pas si tu jugeras que cela me disculpe un peu… je l'espère, et je te présente mes plus humbles excuses. Pardon. C'est fait, c'est fait, on n'y peut plus rien. Je ne sais pas quoi te dire d'autre.

— Oui, tu as bien résumé la situation. Mais c'est étonnant de t'entendre parler de cette façon. D'habitude, tu es moins laconique.

— Ellen… Je suis atrocement fatigué…

Il n'avait en effet pas l'air en forme du tout. Ses grands cernes noirs lui donnaient trente ans de plus. Elle eut soudain pitié de lui et s'en voulut de sa petite pique.

— Bon, d'accord. Comme tu dis, c'est fait…

Elle vit sa surprise. Il s'était attendu à une scène, à une leçon de morale semblable à celle de la première fois.

— On dirait que tu t'en fiches ! protesta-t-il, se transformant en victime.

— Que veux-tu que je te dise ? Je ne peux pas te ligoter. Tu voudrais que je pleure, que je me jette à tes pieds et te supplie ? J'ai dépassé ce stade depuis longtemps.

— Tu sais, les hommes font ça tout le temps. Je ne dis pas que c'est bien, mais c'est courant. Si leur femme ne l'apprend pas, tout va pour le mieux dans le meilleur des mondes.

— Qui te dit qu'ils sont heureux ? Regarde-nous ; nous avons l'air de nous entendre, j'imagine. Et pourtant, nous n'avons plus rien en commun. Nous sommes civils, si polis que tu ne t'es même pas aperçu du fossé qui nous sépare.

— Bien sûr que si ! Tu me résistes depuis des années. Tu n'as jamais accepté le moindre changement sans te bagarrer. Tu n'aimes pas mes fréquentations, tu ne voulais pas de la maison, tu…

Ellen ne put s'empêcher de l'interrompre.

— … Je n'ai pas formulé une seule critique contre cette maison à partir du jour où nous avons emménagé jusqu'à l'autre soir, il y a trois jours.

— Tu n'avais rien besoin de dire. Tu souriais, tu t'occupais, et bravo, mais je devinais ta mauvaise humeur.

Il sentait monter la colère et ne comprit qu'alors l'intensité de la rancune qui l'étouffait.

— J'étais dans un tel état en repartant de l'aéroport que je me demande encore comment je n'ai pas eu d'accident, et ce n'était pas seulement à cause du départ de Julie.

— Non, c'était à cause de ton terrain, dit-elle en montrant par la fenêtre le parc dans le crépuscule.

— Tu n'as plus à t'inquiéter, je ne vais pas l'acheter.

— Sage décision.

— Non, je n'ai rien décidé du tout. Les événements s'en sont chargés à ma place. C'est à cause du cyclone. Il y a eu un glissement de terrain dans le chantier que je visitais près du golfe du Mexique. La colline a dégringolé sur les fondations.

Il se leva et se mit à marcher nerveusement de long en large dans la petite pièce.

— Le chantier ne sera jamais fini à temps. Nous allons perdre nos locataires.

D'un grand geste, il envoya voler un pot plein de stylos par terre. Ellen le trouva pitoyable quand il se mit à quatre pattes pour les ramasser.

— Tu as eu trop d'émotions en même temps, avança-t-elle. Penn, la fille de l'hôtel, et le glissement de terrain par-dessus le marché. Tu ne veux pas aller faire un tour ? En général, ça te fait du bien. Nous reprendrons la discussion plus tard.

Lorsqu'il fut sorti, elle s'assit un moment, se sentant très seule. La voix tonitruante de Penn s'était tue. La télévision de Mme Vernon se trouvait à l'autre bout de la maison. Elle se leva et descendit à la bibliothèque, pièce que les livres rendaient plus chaleureuse. Une seconde, elle eut envie d'appeler Philip, puis, songeant que ce n'était pas le moment, elle téléphona à Julie qui devait se demander comment le voyage à Wheatley s'était passé.

— Je n'ai pas pu m'empêcher de pleurer un peu ce matin, dit Julie. Pauvre Penn ! Mais, en réfléchissant, je me dis que ce sera mieux pour lui, et mieux pour nous tous aussi.

— On croirait entendre Mme Vernon, chérie.

— Et alors ? Elle a raison. Enfin, je sais que ça va être dur pour toi et papa, au début. Heureusement, vous êtes ensemble ! Je pense à vous très souvent, surtout depuis ce qui est arrivé aux parents de ma copine.

Elle était adorable, sa petite Julie. Généreuse, heureuse, sans un souci en tête. Son devoir de mère n'était-il pas de la protéger ? Ellen fit diversion en lançant des questions anodines sur le journal de l'université et sur l'achat d'un manteau d'hiver. La conversation terminée, elles se dirent au revoir, et Ellen resta assise devant le téléphone, la tête dans les mains, combattant un début de migraine.

La voix de Robb la fit se redresser quelques minutes plus tard. Il entra dans la pièce en brandissant un papier.

— Peux-tu m'expliquer pourquoi j'ai trouvé ceci par terre dans la penderie de l'entrée ?

C'était une enveloppe adressée à Philip Lawson qui avait dû contenir une vieille note de téléphone, et dont il s'était servi pour griffonner leur adresse au dos.

Elle essaya de comprendre. Il l'avait sans doute laissée tomber de sa poche en accrochant son ciré. Robb se dressait devant elle, attendant sa réponse. Il ne lui avait jamais semblé aussi grand.

— Mais… je ne sais pas, bégaya-t-elle.

— Comment ça, tu ne sais pas ? Tu ne sais pas qu'il est venu ici ?

— Mais… si, bien sûr. Je te l'ai dit. Je ne sais pas quand il a perdu cette enveloppe, c'est tout.

Elle n'était pas très convaincante. De quoi avait-elle peur ? Tôt ou tard, il faudrait bien que la vérité éclate. Comment faire autrement ?

— Non, Ellen, tu ne m'avais pas dit qu'il était venu.

Quand t'a-t-il rendu visite, et pourquoi en as-tu fait un tel mystère ?

Elle se leva. Du moins, ainsi, ne la dominait-il plus de façon aussi effrayante.

— Je l'ai appelé au secours quand Penn s'est perdu. Tu n'étais pas là, dit-elle en reprenant peu à peu ses esprits. Tu t'amusais trop pour répondre quand j'ai appelé, et c'est la fille qui a décroché.

— Pas la peine de remettre cette histoire sur le tapis, ça n'a rien à voir. Je devais être sous la douche et on ne m'a pas averti de ton coup de téléphone, autrement je t'aurais rappelée tout de suite. Au moins, moi, je reconnais mes torts, et je me suis excusé. Je te conseille de me dire ce qui s'est passé.

— Mais je te l'ai dit…

— Tu m'as raconté par le menu la disparition de Penn, avec Rusty, sa mère, la police, mais tu n'as pas mentionné Philip Lawson, et j'exige de savoir pourquoi. Je trouve très suspect également que, de tout le trajet pour aller à Wheatley et en revenir, il n'en ait pas soufflé mot non plus.

— Il s'est tu parce que ce n'était pas important. Ce n'est pas que son aide ne compte pas, mais…

Voilà qu'elle recommençait à bredouiller.

— Ne hurle pas, s'empressa-t-elle d'ajouter.

— D'accord, si tu ne me prends pas pour un idiot. Tu te plains, à juste titre, je l'admets, de ce que je t'ai humiliée en faisant ce que j'ai fait. Mais, là, c'est bien pire. Tu me trompes ici, dans ma propre maison.

— Il ne s'est rien passé ! Je te le jure !

— Je ne te crois pas. Vous vous êtes trahis en ne parlant pas de sa visite. Je ne suis pas complètement idiot. Tu as passé la nuit avec lui ici.

Quel cynisme ! Il présentait son incartade comme un fait sans conséquences, avec une excuse de pure forme en passant ! Il s'attendait qu'elle passe l'éponge, qu'elle le pardonne comme un enfant turbulent… Son commentaire l'avait rendue folle de rage.

— Et si je t'avais trompé, ce qui n'est pas le cas, quelle différence avec ce que tu as fait ?

— La différence est énorme, tu le sais parfaitement.

— Pourquoi ? Parce que tu es un homme et moi pas ?

— Parce que tu ne l'aurais jamais fait sans amour.

— Très vrai.

— Tu vois, je te connais.

Comment le contredire sur ce point ? Bien sûr qu'il la connaissait, et depuis plus longtemps que Philip.

— Donc tu dois savoir que je te dis la vérité, Robb.

— La vérité, je voudrais bien l'entendre. Que s'est-il passé exactement ?

— Nous avons attendu le coup de fil de la police. Nous avons parlé, mais pas tout le temps.

Robb l'observait de près. Pour éviter son regard, elle se mit à jouer avec les perles de couleur de son bracelet. « Je vais lui dire, pensa-t-elle. Ça va être terrible. Qu'allons-nous devenir ? »

Comme dans un cauchemar, elle se souvint du petit studio d'étudiant et de l'après-midi, il y avait si longtemps, où elle s'était posé la même question.

Ses yeux se remplirent de larmes. Il attendit pendant qu'elle les essuyait avec un mouchoir en papier et le remettait dans sa poche.

— Tu dois être amoureuse de lui, autrement, pourquoi pleurerais-tu ?

Que lui dire ? Elle avait atteint le point de non-retour, était arrivée à la croisée des chemins. L'un allait à droite, l'autre à gauche. À elle de choisir.

Il s'impatientait, tapotant le dossier de la chaise avec nervosité.

« Je ne veux pas lui faire de mal, pensa-t-elle. Vraiment pas, et pourtant, il le mériterait. Ce serait si facile de continuer notre petite existence comme si de rien n'était, courtois l'un envers l'autre, moi avec mon travail, lui avec le sien, chacun menant sa vie, en parallèle. Comment trouver le courage, malgré tout ce qui s'est passé, de nous porter ce coup fatal ? Ce sera la mort, la mort d'un amour. »

— Plus tu hésites, moins je me fais d'illusions, Ellen.

Elle releva les yeux et dit en toute simplicité :

— Oui. Je suis amoureuse de Philip.

— Je vois. Et quand as-tu eu cette suffocante révélation ?

Il comprimait si fort les lèvres que sa bouche ne formait plus qu'une ligne dans son visage. Elle avait envie de s'enfuir, cependant elle tint bon.

— Il y a longtemps, sans en avoir pleinement conscience, je pense. Quand j'ai réalisé ce qui m'arrivait, j'ai essayé de résister. Mon amour s'est développé contre mon gré. Nos sentiments à tous les deux ont été les plus forts.

— Tu n'es qu'une traînée !

— Non, Robb, les traînées, ce sont les femmes que tu séduis pendant tes voyages d'affaires.

— Toi ! La mère de Julie !

— Julie ne l'apprendra que si tu le lui dis, et j'espère que tu n'en feras rien.

— Ah ! Alors tu as honte de toi ?

— Non, pas du tout. Je ne veux pas lui faire de mal, c'est tout. Une rupture entre nous la déstabiliserait trop, et elle ne le mérite pas. Nous devons protéger nos enfants.

— Et comment comptes-tu l'épargner si tu files retrouver ton prince charmant ?

— Je n'en ai aucune intention.

— Tu crois vraiment que je vais pouvoir cohabiter avec toi après ça ?

— Pourquoi pas ? Je suis bien restée, moi, alors que tu m'avais menti. Oh, je me souviens, pour toi, c'est différent, mais je ne partage pas du tout ton point de vue.

La fureur de Robb semblait être retombée. Sans doute l'explosion avait-elle été trop violente pour durer ; il s'était vidé de son énergie. À présent, il avait le visage ravagé et s'appuyait à un dossier de fauteuil comme s'il ne pouvait tenir debout sans soutien. La blessure qu'elle venait d'infliger à son amour-propre était peut-être la pire. Robb était si peu sûr de lui que les reproches injustes de Wilson Grant avaient suffi à le blesser à mort. Mais, après tout, il le disait souvent lui-même, c'étaient des choses qui arrivaient.

— J'ai l'impression de devenir fou, dit-il en se parlant surtout à lui-même. Est-ce que, finalement, je me serais trompé ? Est-ce que j'aurais dû…

— Est-ce que tu aurais dû quoi ? Rester avec Lily ?

— Eh bien… oui, acheva-t-il après une longue pause.

La pièce était plongée dans une morne obscurité. Ils avaient tous deux sombré dans un désespoir apathique, tandis qu'une demi-heure plus tôt ils en seraient venus aux mains s'ils n'avaient été si bien élevés.

— Pauvre Julie, gémit-elle.

— Non ! jeta-t-il, sortant de sa léthargie. Nous pouvons continuer presque comme avant. Tu as ton travail, moi le mien. Quand Julie rentrera pour les vacances, nous jouerons notre rôle, et quand elle sera à l'université, je rentrerai moins souvent, et j'imagine que toi aussi.

Avec un sourire amer, il conclut :

— Ce ne sera pas très compliqué.

— Je ne veux pas te chasser de chez toi.

— Tu ne me chasses pas. Quand je serai là, je n'aurai même pas besoin de te croiser si je n'en ai pas envie. Tu apprécieras au moins cet avantage d'une grande maison.

— Robb ! Essayons de ne pas nous détester, je t'en prie ! C'est trop dur.

— Oui, la situation est assez triste comme ça. Ce ne sera pas facile, mais je ferai de mon mieux.

Il sortit de la pièce et monta à l'étage. Paralysée par le choc, elle était comme prostrée, toute droite sur son siège. Des bruits de pas lui parvinrent d'en haut. Il sortait ses affaires de leur chambre.

Une semaine plus tard, Ellen n'était toujours pas parvenue à se remettre à travailler. Elle s'asseyait à sa table à dessin devant papier et crayons, mais aucune idée ne germait dans son esprit perturbé. Pour se calmer, elle tentait de reconstituer la logique des événements des derniers jours, et se perdait dans les méandres épuisants de ses pensées. Lorsqu'elle tentait de remonter à la source de leurs difficultés, elle s'arrêtait à la naissance de Penn. Avant, elle n'avait que des souvenirs ensoleillés. L'explication, pourtant, était un peu simpliste.

En désespoir de cause, elle prit sa voiture en fin de matinée et alla faire quelques courses. Elle demeura ensuite un long moment dans une librairie et marcha beaucoup. À un carrefour qu'elle connaissait bien, elle s'arrêta devant l'église. Il s'y passait toujours quelque chose, mariage, enterrement ; une fois, avec Robb, elle avait vu un couple sortir sous les jets de riz de leurs invités. Obéissant à une impulsion, elle attendit la fin des funérailles qui venaient d'avoir lieu et, l'édifice une fois vide, elle y entra et s'y assit. Peut-être trouverait-elle la paix dans la pénombre fraîche et silencieuse.

La lumière qui tombait des vitraux jetait des lueurs mauves sur le sol, éclairant des nuages de paillettes scintillantes. Cette poussière devait se poser partout, sur le sol, les bancs, les mains, les épaules. Une vieille femme vêtue de noir priait à genoux. Une gerbe de fleurs tombée pendant l'enterrement s'était éparpillée sur les dalles ; en dessous reposaient les cendres de familles disparues depuis longtemps. L'atmosphère était lourde d'une infinité de chagrins.

Et, soudain, elle eut une révélation : que faisait-elle ici à se lamenter alors qu'elle était amoureuse ? Elle se leva aussitôt et ressortit.

Un moment, elle resta en haut des marches à regarder la rue. Des camions circulaient à grand bruit, chargés de produits variés : des chaussures, des journaux, des bananes, des postes de télévision. Un jeune homme siffla en portant deux doigts à sa bouche ; un chien leva la patte contre le lampadaire, et un gros homme s'arrêta pour allumer son cigare. C'était la vie. La vie ! Elle se sentait ressusciter.

En partant, elle avait fourré dans son sac l'enveloppe adressée à Philip. Il devait être rentré chez lui à cette heure, ou ne tarderait pas. Ne sachant où il habitait, elle avait imaginé un appartement, trois petites pièces qu'elle avait meublées en esprit avec des bibliothèques pleines de livres, et agrémentées de deux chats endormis dans un panier. Elle fut donc surprise de découvrir une maison avec un jardin, des rosiers et un grand chien. C'était un terre-neuve des plus sympathiques. Quand elle remonta l'allée, il aboya comme il se doit jusqu'à ce que Philip ouvre la porte.

— C'est fini, annonça-t-elle. Je peux faire ce que je veux sans blesser personne. Tu m'avais promis que tu m'attendrais.

— Ma chérie ! Ma chérie…, dit-il en lui tendant les bras. Viens, entre.

20

1996

Julie, de là où elle se tenait, avait une vue panoramique de ses deux petites pièces ainsi que de la kitchenette.

— C'est mignon, commenta Ellen.

— Au moins, la décoration a le mérite de la diversité. Un canapé et un tapis d'occasion, le magnifique secrétaire à cylindre d'arrière-grand-papa – tu sais qu'il a fallu démonter la porte pour le faire entrer ? –, le fauteuil inclinable que j'ai acheté avec l'argent de mon anniversaire, et ton beau service dont je vais me servir à l'instant pour t'offrir le thé. Tu n'aurais pas dû me le donner, il est bien trop élégant pour moi. Tu imagines, du thé et des petits fours à cinq heures !…

— Moi, j'adore ça, même si je n'ai jamais le temps de m'offrir ce plaisir non plus. N'oublions pas que maintenant je travaille, comme tout le monde !

— Bien sûr ! Dire que tu as déjà obtenu une superbe critique avant même la sortie de ton livre. Si tu savais comme je suis fière de toi !

— C'est réciproque, chérie. Je suis folle de joie pour toi. Je parle à tout le monde de ma fille reporter.

— Tu parles, protesta Julie avec une grimace. La rubrique mondaine… « Mme Machin organise un dîner de bienfaisance en faveur de la fondation Truc-chose. »

Enfin, on me fait miroiter pour plus tard la rubrique littéraire, je meurs d'impatience. Quand j'aurai terminé mon troisième cycle, tu verras ! Je touche du bois. Bon, assez parlé boulot. Aide-moi à déplier la table près de la fenêtre. Il y a une très bonne pâtisserie en face du journal, j'y ai pris des scones.

— Tout le raffinement anglais…

— Andrew adore ça. Je t'ai dit qu'il avait vécu en Angleterre ?

— Je croyais qu'il venait d'une petite ville au sud d'ici, pas loin du golfe du Mexique.

— Oui, mais il est parti vers quinze ans avec sa mère, après la mort de son père. Son beau-père est anglais. Il a toujours rêvé de revenir, et il a eu la chance d'obtenir tout de suite un poste au journal. Tu ne l'as pas trouvé adorable ?

— Parle-moi encore de lui.

Pour le décrire, Julie pensait qu'elle aurait dû avoir des milliers de choses à raconter. Mais justement elle ne savait par où commencer. Quels éléments choisir dans la mosaïque d'une personnalité ? Que dire ? Qu'il aimait la musique, les animaux, les bons repas ? Que c'était un amant délicat et doux ? Qu'il était intelligent, bien sûr, autrement il ne serait pas l'assistant du plus grand reporter du journal.

— Il a beaucoup d'humour. On adore regarder les vieilles comédies à la télé, surtout celles où les acteurs glissent sur des peaux de banane ou s'envoient des tartes à la crème. Aussi, on va faire les fous dans les parcs d'attractions, comme des gamins.

— Ça ne te ressemble pas.

— Mais si. Tu sais, nous étions trop raisonnables, dans la famille.

— Oui…

Ellen prit une gorgée de thé, pensive, peinée, même, et Julie se dépêcha de rectifier.

— Ce n'est pas une critique ! Je n'étais pas malheureuse, au contraire ! Seulement je prenais tout très au sérieux, comme vous. Vous n'avez pas beaucoup changé, d'ailleurs.

— Tu as raison. Je me suis mariée très jeune, juste après ma licence. Je n'ai jamais vécu seule dans un joli petit appartement comme le tien. Ce doit être amusant. Je n'ai jamais travaillé dehors non plus. J'ai arrêté mes études…

— Tu as des regrets ?

— Non, bien sûr, mais je t'explique.

La vie d'Ellen avait été bien différente de celle de Julie, en effet. À l'âge de sa fille, à peine plus, elle se mariait. On la voyait encore avec sa robe et son voile de dentelle sur la photographie qui trônait chez elle sur le piano. Un an plus tard, elle devenait mère. Puis Penn était né… Et elle gardait toujours la même beauté rayonnante.

— Donc, dit Ellen, il travaille pour Rufus Max. Je lis régulièrement sa chronique. Parfois je me dis que la différence est mince entre les journalistes d'investigation et les détectives.

— Si tu savais ce qu'il est érudit ! J'aimerais vraiment le présenter à papa. Il l'adorerait. Ils aiment autant les bouquins l'un que l'autre. Andrew dépense tout son argent en livres. Il doit y en avoir plus de deux mille empilés dans son studio, par terre, sur les chaises, le lit, partout sauf sur la cuisinière.

— Tu devrais l'inviter à prendre le thé avec ton père, un de ces jours.

— Comment veux-tu que j'arrive à coincer papa et Andrew l'après-midi ? Il faudrait que je les attrape au lasso. J'ai déjà eu assez de mal à me libérer moi-même aujourd'hui. Tu ne voudrais pas nous inviter à dîner à la maison un samedi ? Andrew vit encore comme un étudiant, il ne se prépare que des spaghettis et des soupes en conserve. Ses festins consistent à aller s'acheter un hamburger au coin de la rue. Et je ne me débrouille pas beaucoup mieux que lui. Il y a de quoi rêver aux bons repas de Mme Vernon.

— Et mes repas à moi ? demanda Ellen avec un éclat de rire.

— Non, répondit Julie en se joignant à elle. Non, de tes repas je n'en rêve pas… mais ils avaient le mérite d'être nourrissants.

Ellen réfléchit.

— Tu as raison, il est grand temps que tu nous amènes Andrew à dîner. Mme Vernon sera ravie de rencontrer ton petit ami. Je t'ai dit qu'elle était encore allée voir Penn la semaine dernière ? La visite s'est bien passée, comme d'habitude, et elle est repartie contente de l'avoir vu si heureux.

— Andrew et moi, nous allons y retourner. Dès que je lui ai parlé de Penn, il a eu envie de le connaître.

Lors de leur première visite, Andrew avait joué aux échecs avec Penn. En regardant les deux garçons, finalement assez proches en âge, penchés sur l'échiquier, elle avait moins été frappée par leurs différences que par leurs points communs : Penn et son attention gentille, Andrew et sa patience généreuse.

Cette patience, d'ailleurs, lui avait rappelé quelqu'un.

— Pourquoi ne voit-on plus jamais Philip ? demanda-t-elle à sa mère. Je crois que je ne l'ai pas croisé une seule fois depuis que nous avons déménagé.

— Je lui parle au téléphone de temps en temps. Il nous appelle quand il va voir Penn.

— Il a beaucoup donné à Penn. Nous devrions vraiment être plus gentils avec lui.

— C'est un problème de temps pour tout le monde. Ton père est très pris.

Le ton de sa mère frappa Julie.

— Maman, c'est drôle, maintenant tu dis toujours « ton père ». Avant tu l'appelais « papa » quand tu parlais de lui.

— Vraiment ? Je n'avais pas remarqué.

Sa mère avait changé, sans que Julie arrive à définir exactement de quelle manière. La différence était subtile. Ellen MacDaniel menait la conversation, comme toujours, énergique, vive et pleine d'intérêt pour les autres. En tout cas, elle posait beaucoup de questions. Pourtant Julie la sentait lointaine, comme si elle cachait quelque chose sous son enthousiasme.

Elle eut soudain une inquiétude.

— Est-ce que papa a des soucis d'argent ?

Surprise, Ellen répondit qu'elle ne pensait pas que ce soit le cas.

— Du moins, il ne m'en a pas parlé.

— Il avait l'air triste de vendre les chevaux, et moi aussi ça m'a fait de la peine. J'aimais tellement My Lady.

— Oui, mais tu ne viens presque jamais à la maison. Tu n'avais plus l'occasion de la monter. Ne crains rien, on leur a trouvé de très gentils propriétaires.

— C'est drôle, quand j'étais petite et que nous sommes allés vivre là-bas, j'avais l'impression que j'y resterais toute ma vie. Je trouvais ça splendide.

— Il n'y a que six ans de ça. Tu étais déjà adolescente, remarqua Ellen tendrement.

— En six ans, il s'en passe, des choses. Maintenant papa veut revendre la maison, c'est un peu triste, non ?

— Pas vraiment. Elle est beaucoup trop grande pour nous. L'ennui, c'est qu'on ne trouve pas d'acheteurs. C'est un gros château en Espagne construit dans un coin où personne ne veut aller.

Cette description, livrée sans animosité, fit frissonner Julie comme si on lui avait posé une main glacée sur le bras. Les beaux jours de son enfance étaient révolus. Terminées, les promenades à pied ou à cheval avec son père pendant lesquelles ils parlaient de tout et de rien. Le temps passait si vite, tout changeait…

— Bien ! lança-t-elle pour se secouer. Alors, tu nous invites à dîner dans ton château en Espagne ? Ça ne te dérange pas ?

— Au contraire. Quand tu voudras.

— J'ai passé une bonne soirée, remarqua Andrew sur le chemin du retour.

— Tant mieux, j'avais peur que tu ne t'ennuies. Cinq heures d'affilée avec les parents de quelqu'un d'autre, ça peut manquer de charme.

— Avec ton père, sûrement pas ! Tu imagines bien que pour un journaliste de mon âge c'est une chance inespérée de faire sa connaissance.

— Oui.

— Et ta mère… Elle est charmante. On pourrait croire que vous êtes sœurs.

Cette visite augurait bien de leur liaison. Julie avait été ravie de voir Andrew aussi à l'aise avec son père qui l'avait accueilli chaleureusement.

— Vous venez du sud de l'État, comme moi ? s'était-il exclamé. Ça fait plaisir de rencontrer un ancien voisin de la ferme !

Julie ne pensait pas encore à l'avenir de leur liaison ; elle ne songeait pas au mariage, en tout cas pas avant d'avoir bien établi sa carrière. Cependant, elle n'écartait pas cette éventualité car elle était plus amoureuse d'Andrew qu'elle ne l'avait jamais été de ses autres soupirants. En attendant, ils étaient heureux ensemble. Très heureux.

Comme tous les samedis, ils ne se posèrent pas la question de savoir s'ils allaient passer la nuit ensemble. Le dimanche matin, ils avaient le temps de faire la grasse matinée au lieu de se lever aux aurores. La kitchenette débordait déjà de toutes les gâteries qu'ils se réservaient pour leur brunch du dimanche, après lequel ils retournaient le plus souvent au lit.

Julie avait changé les draps ; sur la table de nuit, elle avait posé un petit bouquet qui sentait bon, comme ceux d'Ellen.

— Des draps roses ! s'exclama Andrew avec une horreur feinte. Je n'ai jamais dormi de ma vie dans des draps roses.

— Un cadeau de maman. Elle est très romantique, contrairement à moi.

— Je n'ai pas à me plaindre dans ce domaine, ni dans beaucoup d'autres, d'ailleurs. Je te l'ai déjà dit, non ?

— Oui, mais ça ne me gêne pas que tu te répètes.

— Attends, je vais te montrer.

— Et si je mettais mon déshabillé noir de femme fatale ?

— Ça n'en vaut pas la peine, tu ne le garderais pas longtemps.

Andrew dormait, un petit sourire au coin des lèvres. Il prétendait ne jamais se souvenir de ses rêves, mais ils devaient refléter sa bonne humeur. Elle adorait son regard, si souvent au bord du rire. Il s'endormait toujours tout de suite ; cela lui arrivait souvent à elle aussi, mais pas chaque fois. Ce soir, par exemple, elle revenait sur leur visite à ses parents. Bien qu'heureuse, la soirée avait laissé en elle des inquiétudes dures comme des petits galets cachés dans le sable.

Mme Vernon, cet amour, avait préparé un repas somptueux. Son père les avait régalés d'anecdotes hilarantes sur sa vie d'avocat. Sa mère, à la demande d'Andrew, avait montré quelques ébauches de son nouveau livre, une histoire adorable de chiot perdu dans la forêt, avec des lapins, des marmottes et des ratons laveurs. Pour sa part, elle leur avait relaté, sous le sceau du secret bien entendu, une gaffe des plus comiques commise à un cocktail dont elle devait rendre compte dans sa rubrique. Andrew avait un peu parlé de l'Angleterre. Tout s'était bien passé, en somme… et pourtant, certains détails l'alarmaient.

D'abord, il y avait eu la chatte. Lorsqu'elle s'était étonnée de ne pas la voir, sa mère avait répondu :

— Nous ne l'avons plus.

— Comment cela ? Elle n'est pas morte, au moins ? Vous me l'auriez dit !

— Non, rassure-toi, nous l'avons donnée à des gens très bien qui prendront soin d'elle. Elle était trop seule ici. Nous ne sommes jamais là. Par exemple, il a fallu que j'aille voir mon éditeur à New York pour mon livre, la semaine dernière, et tu connais les horaires de ton père… Nous avons préféré mettre Lulubelle dans une vraie famille, avec des enfants, où elle puisse voir du monde… Je la regrette, mais c'est mieux comme ça.

Sa mère se justifiait trop. D'ailleurs l'excuse sonnait faux : où passait-elle ses journées ? Et puis les horaires de son père n'étaient pas si irréguliers que ça.

Ensuite, il y avait eu un moment bizarre lorsqu'elle avait parlé du monument aux morts. Elle leur avait raconté sa rencontre avec Andrew dans le parc, au pied de la statue, pendant leur pause du déjeuner.

— C'est bien là où vous vous retrouviez avec papa quand vous vous êtes fiancés, maman, non ?

— Ça remonte à avant le déluge ! avait répliqué sa mère un peu sèchement.

— Mais c'était bien près du monument, papa ?

— Pas le moindre souvenir, avait-il jeté.

Pas d'erreur, il y avait eu un malaise. Comment pouvait-il avoir oublié un de ses sujets de plaisanterie favori ? Décidément bizarre…

Que pouvait-il se passer ? Ils l'avaient toujours mise au courant de tout ; ils l'avaient même traitée en adulte bien avant l'âge. Ils détestaient les cachotteries.

De plus, un autre sujet de préoccupation lui revenait, dont elle aurait volontiers parlé à Andrew s'il n'avait pas dormi à poings fermés : au cours du repas, ils avaient parlé du travail d'Andrew avec Rufus Max. Son père semblait s'intéresser de près aux enquêtes du célèbre journaliste, et Andrew avait reconnu sa chance d'apprendre son métier avec lui.

— Tous les jours, il débusque de nouvelles affaires. Il y a une sacrée animation au bureau. Vous avez eu vent des rumeurs à propos de la Danforth Bank ?

— Je crois avoir aperçu une ou deux lignes sur le sujet, avait répondu le père de Julie.

— Eh bien, ça ne va pas en rester là, il y a un gros scandale là-dessous, près d'éclater. Je ne sais pas au juste quelle forme cela prendra, mais un bon orage se prépare. Pour l'instant, ce n'est qu'un coup de semonce avant le tonnerre et les éclairs.

Julie avait bien vu son père dresser l'oreille.

— Un scandale ? avait-il demandé. Vous n'en savez pas plus ?

— Non, mais je pense que mon image de l'orage n'est pas tout à fait exacte. Il s'agirait plutôt d'une pieuvre avec des tentacules qui viennent se glisser là où on s'y attend le moins. Je peux me tromper, mais, à mon avis, d'ici quelques mois nous saurons tout.

— Ce n'est pas forcément souhaitable, avait répondu Robb. Il y a bien assez de problèmes comme ça sur terre.

Puis, avec son tact habituel, il avait détourné la conversation sur le championnat national de base-ball.

Le nom de la banque, la Danforth Bank, rappelait quelque chose à Julie. Elle la liait à un certain Devlin que sa mère n'aimait pas. Durant une partie de la nuit, elle se débattit contre de vagues prémonitions, sans fondement, peut-être, mais semblant bien réelles. En fermant les yeux, elle voyait une sorte de mauve diffus qui s'accordait à son appréhension, car elle faisait partie de ces gens qui associent sentiments et couleurs.

21

1996-1997

De la fenêtre de son bureau, Robb regardait la ville à ses pieds dans une attitude devenue familière sans qu'il en prenne conscience. Le ciel s'assombrissait, l'immeuble était désert, mais il ne bougeait toujours pas. La saine fatigue qu'il avait toujours ressentie après ses journées de travail était remplacée par de terribles baisses d'énergie. Depuis des semaines, il se minait.

De sa vie, il n'avait autant été obsédé par les questions d'argent. À la ferme, dans son enfance, il avait eu la sécurité d'un toit, de la nourriture en abondance. Même pendant les jours de vache maigre au temps de ses études de droit, il n'avait eu aucune réelle raison d'inquiétude.

Ses ennuis remontaient au cyclone et avaient fait boule de neige au cours des semaines suivantes. Le centre commercial grandiose, après le cataclysme, ressemblait à un site de fouilles archéologiques. Des tonnes de boue l'avaient englouti. Juste après, la saison sèche et chaude avait durci cette gangue, à présent dure comme de la pierre. Enfin presque, songeait-il, presque… Cela retardait en tout cas suffisamment les travaux pour que la moitié des commerces intéressés par des locations se retirent du projet.

Les échéances des prêts, elles, continuaient de tomber. Les gros bonnets, Devlin et ses amis, avaient assez de disponibilités pour rembourser, alors que Robb ne disposait pas de ressources inépuisables. Il avait pris une deuxième hypothèque sur sa maison afin d'entrer dans le projet du centre commercial qu'il avait considéré comme le joyau de sa couronne.

Il poussa un juron bien senti en frappant du poing dans sa paume. La nature lui avait joué un bien mauvais tour. Évidemment, il n'oubliait pas les milliers de personnes qui, à cause du même cataclysme, avaient perdu leur petite maison et tous leurs biens ; il s'en souvenait et les plaignait beaucoup. Cela ne changeait rien à sa situation, cependant.

Et ce n'était pas tout. Comble de malchance, un autre de ses investissements, un immeuble d'appartements, avait aussi été frappé par une calamité, d'origine humaine, cette fois. Rien n'aurait pu laisser présager cet échec venant d'un homme de la réputation de Dick Devlin. La magnifique vue sur la mer qui devait les faire vendre comme des petits pains allait faire long feu : juste en dessous, on venait de commencer la construction d'un immeuble devant s'élever deux étages plus haut que celui de Devlin. Le panorama sur l'eau bleue serait complètement caché.

Bon sang ! Certains jours, il ne parvenait même plus à se concentrer sur ses dossiers. Un très gros procès s'ouvrait la semaine suivante, et il perdait son temps à s'inquiéter, à espérer que les dividendes de l'immeuble de bureaux du Texas arriveraient à temps pour lui permettre de payer le prochain règlement du centre commercial. Il avait l'impression de jongler avec des dizaines de quilles qui tomberaient toutes si l'une lui échappait.

Il se mit à marcher de long en large en se parlant à lui-même. L'équipe de ménage le prendrait pour un fou si elle le surprenait, mais qu'importe.

« Ne t'affole pas ! Pensais-tu vraiment ne jamais rencontrer de difficultés dans ta vie ? Tes investissements sont assez diversifiés pour te mener à bon port une fois la tempête passée. Tu devrais le savoir. Maintenant, tâche de réfléchir. Devlin et les autres font souvent aussi de l'équilibrisme. Ils n'en sont pas morts pour autant. Tu t'en sortiras. Eddy aussi est dans le même pétrin. Comme toujours, il détient mille fois plus d'informations que toi, et il ne s'inquiète pas, lui. »

Il retourna à sa table où une pile de lettres attendait sa signature. Elles étaient tapées sur un beau papier épais ; papier prestigieux, avec son nom dans la liste des associés. Il attrapa un feuillet, rassuré par son luxe, sa respectabilité. Il devait signer les lettres et les jeter dans le panier du courrier en partance avant de s'en aller. Mais la journée avait été éprouvante ; cela attendrait bien le matin. Il était l'heure de rentrer.

Oui, mais pour quoi faire ? Personne ne l'attendait, pas même le chat. Il ne trouverait chez lui rien d'autre qu'un dîner à mettre au micro-ondes, préparé par une femme qu'il venait d'embaucher pour faire le ménage dans cette grande carcasse de maison. Il voulait que tout soit immaculé au cas où un acheteur se montrerait. À vrai dire, jusque-là, peu de visiteurs s'étaient annoncés, et les rares clients potentiels n'avaient pas apprécié la maison à cause de sa taille et de son isolement. On l'avait estimée « triste », « prétentieuse » et même « déprimante ». Des jugements qu'il ne comprenait toujours pas tout en sachant qu'Ellen, elle, aurait approuvé à cent pour cent.

Parfois, il se prenait à la détester. Philip Lawson lui offrait une tendresse que lui, Robb MacDaniel, ne pouvait pas lui donner. Ou plutôt, ne pouvait plus lui donner, car il en avait été capable par le passé, ô combien ! À présent, ils se parlaient à peine. Elle venait écrire et dessiner dans sa petite pièce durant la journée mais passait rarement la nuit à la maison. Elle devait dîner tous les soirs avec Philip. La dernière fois qu'ils s'étaient assis à la même table remontait au jour où Julie leur avait amené Andrew. Combien de temps y avait-il de cela ? Trois mois ? Il perdait le compte.

« Nous avons joué la comédie à la perfection », songea-t-il avec amertume.

Peut-être avaient-ils eu tort de vouloir épargner Julie en lui cachant la dure réalité. Des millions de jeunes, de nos jours, devaient se faire à l'idée que leur père et leur mère ne s'aimaient plus. Mais ce n'était pas une raison. Quel triste exemple pour de jeunes amoureux sur le point de s'embarquer dans l'aventure de la vie à deux !

Il aurait tant voulu que sa Julie soit heureuse. Pour elle, il rêvait d'une vie sans regrets, sans culpabilité ni déceptions. Andrew, qu'il reste ou non dans la vie de sa fille, lui avait fait très bonne impression. Il avait le visage franc, les yeux honnêtes, et était doué d'une grande intelligence.

Soudain, une anecdote racontée par Andrew, et qui l'avait perturbé sur le moment, lui revint en mémoire, lui causant le même malaise. Il s'était agi de la Danforth Bank, l'établissement de Glover, la banque à laquelle il empruntait pour rembourser ses échéances. Les commentaires d'Andrew ne présageaient rien de bon. Certes, il n'était que jeune reporter… mais il travaillait pour Rufus Max, un des meilleurs journalistes d'investigation du pays ; un homme qui, quelques années plus tôt, avait fait éclater un scandale financier de grande envergure.

Suffit ! Cela ne servait à rien de se torturer. Son père aurait dit qu'il avait peur de son ombre comme une demoiselle.

Il était plus de dix-huit heures, il commençait à faire nuit. Mieux valait rentrer.

La voiture d'Ellen était au garage. Il leva automatiquement les yeux vers la fenêtre de sa salle de dessin pour voir si la lumière était allumée. Le carreau était noir, ce qui voulait dire qu'elle était en bas et qu'il allait devoir la croiser. En ces rares occasions, ils n'échangeaient qu'une brève salutation, le minimum. Parfois, même, ils ne prononçaient pas un mot.

Il la trouva assise à la table de la cuisine avec une tasse de thé et son courrier.

— Bonjour, dit-elle.

— Bonjour.

Comme d'habitude, la femme de ménage lui avait laissé son dîner dans le réfrigérateur. Cette fois, elle avait préparé des pâtes fraîches. Lorsqu'il ouvrit le couvercle, un délicieux parfum épicé se répandit, et il se rendit compte qu'il avait faim. Il mit le plat dans le micro-ondes et s'occupa des derniers préparatifs de son repas : de la salade, déjà lavée, un verre de vin blanc bien frais, et du parmesan à saupoudrer sur ses pâtes. Il disposa le tout sur la table de la cuisine, bien décidé à ne pas se laisser chasser par la présence d'Ellen.

Quand tout fut prêt, il s'assit. Elle lisait toujours ses lettres, tasse à la main. Il remarqua qu'elle ne portait plus son alliance ; sans doute l'avait-elle remise pour le dîner avec Julie puis aussitôt retirée. En théorie, elle était encore mariée, et lui aussi. Mais ils étaient libres de leurs mouvements. Seulement, désormais, il n'appréciait plus sa liberté.

Ils s'ignoraient. Robb se demanda si elle allait ramasser ses lettres, rincer sa tasse et partir sans rien dire. Elle en était capable. N'avait-il pas été impressionné par sa force de caractère le jour de leur rencontre ? Il la voyait ainsi : une femme obtenant toujours ce qu'elle voulait.

Et pourtant… Ce jugement n'était ni très gentil ni même très juste.

Il avait eu le temps d'absorber le choc de l'histoire d'amour avec Philip. Sa première réaction de fureur était passée. Il s'y habituait sans doute même depuis plus longtemps qu'il ne l'imaginait ; une douleur sourde s'était installée à la place. Il jeta un coup d'œil furtif à Ellen, regarda les cheveux bruns sur lesquels la puissante lampe du plafond jetait des reflets châtains. Son beau profil lui rappelait ceux des vases grecs… ce visage qu'il avait connu par cœur.

Comment avaient-ils pu s'éloigner ?

— Que se passe-t-il ? demanda-t-elle. On dirait que tu veux me demander quelque chose.

— Oui. Je voudrais savoir pourquoi… pourquoi tout ça…

La réponse, il aurait pu s'y attendre, eut le mérite de la franchise, mais ne manquait pas d'humanité.

— Parce que tu as changé. Et aussi, parce que, au bout d'un moment, j'ai changé aussi.

Elle ne lui apprenait rien. Cette opinion avait été exprimée des centaines de fois par le passé, tel un avertissement.

— Même dans mes pires cauchemars, répondit-il pensivement, je n'aurais jamais imaginé que nous en viendrions un jour à nous retrouver comme deux étrangers dans cette cuisine.

— Moi non plus.

— Je vais te poser une question directe : tu es heureuse ?

— Heureuse de la façon dont nous vivons ici, dont notre relation a évolué ?

— Non. Avec Philip.

— Oh, oui ! Oui, très heureuse.

Elle rayonnait de bonheur, de santé, et son ton n'aurait pu être plus franc. Rien d'étonnant. Philip et elle se ressemblaient. Et soudain, d'un repli lointain de sa mémoire, une image resurgit ; c'était une journée ensoleillée, et Philip venait de descendre de la véranda. Julie avait plaisanté en disant qu'il aimait Ellen.

Il prit une gorgée de vin. Un bon cru qu'il aurait mieux valu réserver à un événement heureux, certainement pas à une soirée comme celle-ci. Le verre se mit à trembler dans sa main, et il le reposa.

— Philip et toi, murmura-t-il. J'ai toujours pensé le plus grand bien de lui. Un type formidable. Mais j'ai toujours peine à y croire.

— Pourquoi ? Tu te souviens de ce qui t'est arrivé avec Lily Webster…

— Ça n'a rien à voir. Elle ne m'avait donné aucun motif de la quitter, alors que moi, j'ai…

— Ce n'était que la goutte d'eau qui a fait déborder le vase.

— Mais, sans cela, tu serais restée ?

— Probable…

« La digne fille de Wilson Grant », songea-t-il sans ironie aucune.

— Ce mensonge est malsain, dit-il. Nous devrions rendre notre séparation officielle.

— Mais nous avions dit que ce serait trop dur pour Julie.

— Elle a passé l'âge de l'adolescence. C'est une adulte, maintenant, et qui mène sa vie en toute indépendance. La vérité ne lui fera plus si mal.

— C'est aussi ce que pense Philip.

— Bien. Alors, qui se charge de lui annoncer la nouvelle ?

— Tous les deux ensemble, ce serait mieux.

Tremblant, il se demanda s'il devait avoir honte d'être trop faible pour affronter le jugement de sa fille. Il la revoyait, si joyeuse quand elle trottait sur sa jument, sérieuse sous sa toque carrée d'étudiante à la remise des diplômes. Il l'imaginait incrédule, désolée en entendant l'histoire lamentable de leur échec. À la moindre larme, le moindre éclat de tristesse dans ses yeux, il craquerait.

— J'ose à peine te le demander, dit-il, mais ne pourrais-tu pas t'en charger toute seule, sans moi ?

Elle dirigea son regard vers l'assiette qu'il avait repoussée sans la terminer, puis se tourna de nouveau vers lui et l'étudia avec un léger froncement de sourcils.

— Tu n'as pas l'air de te sentir très bien, remarqua-t-elle.

— Si, ça va. Je suis juste fatigué.

— Rien de plus grave que ça ?

Elle paraissait vraiment inquiète, et il en fut surpris.

Après ces longs, longs mois, il s'étonnait de voir dans son regard un semblant d'émotion remplacer le froid mépris qui l'avait habité.

— Tu es sûr que c'est tout ? insista-t-elle.

— Eh bien…

Il n'avait encore confié ses ennuis à personne, sauf à Eddy. Mais Eddy avait le don de dévier toute conversation déplaisante, comme si ce qu'on ne regardait pas en face avait plus de chances de disparaître. Il hésitait. Puis il décida de se taire : après tout, il n'avait pas atteint le fond du gouffre, et si la situation s'aggravait personne ne pourrait rien pour lui, surtout pas Ellen.

Mais elle persista.

— C'est à cause de la maison ? La seconde hypothèque pèse trop lourd, c'est ça ?

— Oui, en partie. Si seulement quelqu'un pouvait m'en débarrasser !

— Si tu es provisoirement à court d'argent, Robb, je peux te dépanner en attendant que tu trouves une autre solution.

Elle aurait pu triompher, lui faire remarquer qu'elle le lui avait bien dit, et il lui sut gré de s'en abstenir.

— C'est juste une question de trésorerie. Quand on a beaucoup de mouvements de fonds, de temps en temps les échéances ne correspondent pas exactement aux rentrées. C'est temporaire, strictement temporaire.

— Bien, mais je suis sincère, tu sais. Mon livre ne se vend pas mal du tout. On se l'arrache pour Noël, et je peux très bien t'aider si tu en as besoin.

Venant de tout autre, il aurait accepté cette proposition sans aucune hésitation. Toutefois il se sentait incapable de prendre l'argent d'Ellen. Cela l'humilierait trop. N'empêche, sa générosité le touchait en plein cœur. Et s'il était bien trop tard pour que leur amour renaisse, du moins avaient-ils franchi ce soir une étape nouvelle. Leur relation restait empreinte de regrets, douloureuse, certes, mais devenait beaucoup plus humaine.

Il la remercia donc, puis ils parlèrent encore un peu.

Ils discutèrent du travail de Julie qui venait d'obtenir la promotion convoitée au journal, de son ami Andrew qu'ils appréciaient tous les deux, puis Ellen se leva.

— Je parlerai à Julie, dit-elle. Ça se passera très bien, tu verras. Ne crains rien, elle ne nous en voudra pas.

Il attendit de voir disparaître les feux arrière de la voiture, yeux rouges dans la pénombre qui clignèrent en passant le portail. Elle se servait encore de la deux places qu'il lui avait offerte pour son anniversaire bien des années plus tôt. Il l'avait payée un prix astronomique, mais cela en valait la peine, ce genre de voiture se gardait quinze ans au bas mot. Il valait toujours mieux choisir la qualité.

Ellen vivait de façon assez modeste, désormais, mais dans de meilleures conditions qu'il ne l'avait supposé. Eddy – toujours au courant de tout – racontait que Lawson possédait une très jolie maison, petite mais charmante, dans un bon quartier. Il devait donc avoir un peu d'argent, ce qui ne gâtait rien. Il fallait bien admettre que l'argent comptait pour les neuf dixièmes dans le bonheur.

Puis, fatigué, Robb monta l'escalier de marbre et se coucha.

— Il est tellement tard que j'ai cru que tu allais passer la nuit là-bas, remarqua Philip au retour d'Ellen.

— Non, j'ai travaillé toute la journée à la bibliothèque, en ville. J'avais prévu de passer simplement prendre mon courrier, mais figure-toi que je suis restée parler un peu avec Robb.

Philip ferma son livre, retira ses lunettes et haussa les sourcils.

— Eh bien ! s'exclama-t-il, en voilà une surprise. Que s'est-il passé ?

— Nous avons décidé qu'il était temps de dire la vérité à Julie.

— Tu sais que je ne peux que vous encourager sur ce point.

— En repartant de là-bas, ce soir, je me suis demandé si tu accepterais de venir quand je parlerai à Julie. Ça m'aiderait beaucoup, et elle aussi, je pense. Tu as de très bons arguments.

— Bien sûr, je ne demande pas mieux. Seulement tu crois que Robb serait d'accord ?

— Oui, d'ailleurs il ne veut pas être présent.

— Pourquoi ? Il est trop en colère ou il a honte ?

— Ni l'un ni l'autre.

— Alors il est jaloux ? Peut-être a-t-il envie que tu reviennes vers lui.

— Non. Il sait que c'est impossible. J'ai eu l'impression qu'il était profondément malheureux et qu'il avait peur de se trahir face à Julie. Tu sais, Robb préférerait mourir plutôt que de montrer de la faiblesse devant sa fille.

— Oui.

— Et puis je crois qu'il a des soucis d'argent, même si ça peut sembler bizarre.

— Ça ne m'étonne pas tant que ça. J'ai surpris une conversation intéressante, aujourd'hui. Au garage, pendant que j'attendais qu'on me rende la voiture. Deux types discutaient de la Danforth Bank. Ils parlaient d'infractions aux règles bancaires et de commission d'enquête. Quand je les ai entendus parler de Devlin, tu penses si j'ai dressé l'oreille, mais ils se sont éloignés et je les ai juste entendus dire que le scandale allait bientôt faire la une des journaux. À ton avis, Robb est impliqué ?

— Non, sûrement pas. Il fait simplement partie des myriades de petits investisseurs qui ont pris un minuscule pourcentage dans ces énormes projets. Ce qui l'inquiète, ce sont ses hypothèques sur la maison.

— Je suis navré pour lui.

— Oui, moi aussi.

Elle n'aurait jamais cru, même quelques jours auparavant, que sa rancœur, son désenchantement douloureux pourrait se transformer en compassion. Même si elle ne ressentait pas la profonde détresse qu'on éprouve quand le malheur frappe un être aimé, elle se sentait touchée.

— Je me libérerai dès que cela arrangera Julie, dit Philip.

Il se leva et la prit dans ses bras. Ils se comprenaient sans rien avoir à dire.

En entendant sa mère annoncer sa visite au téléphone, Julie avait tout de suite redouté le pire. La voix d'Ellen avait été trop grave. En apprenant que Philip allait l'accompagner, elle avait cru qu'il était arrivé quelque chose à son père, mais Ellen l'avait rassurée sur ce point.

Ils étaient donc venus, et, à eux deux, lui avaient annoncé la nouvelle simplement, avec beaucoup de bon sens. Deux thèmes ressortaient de la conversation : le regret de causer de la tristesse, et la nécessité d'accepter l'inévitable. Julie, une fois seule, n'y trouva rien à redire. Mais, malgré toutes ces bonnes raisons et l'amour dont ils l'avaient entourée, un fort sentiment d'inquiétude persistait.

Elle resta à réfléchir, remontant en arrière à la recherche des indices qui auraient pu la mettre sur la voie. En effet, ils lui avaient semblé un peu artificiels le jour de sa visite avec Andrew, et en quelques autres occasions aussi. Mais on ne pouvait pas tirer de conclusions à partir d'incidents bénins, d'impressions passagères, surtout quand il s'agissait de ses propres parents.

Une différence subtile mais indéfinissable avait commencé après la remise des diplômes. Mais, après tout, quoi de plus naturel pour des parents de se sentir un peu mélancoliques quand leur fille s'envolait du nid ?

Le malaise s'était-il amorcé beaucoup plus tôt, du temps de son grand-père ? Wilson Grant avait été un homme déroutant, complexe. Étroit d'esprit parfois, très attaché aux bonnes manières, il s'était aussi montré tendre envers elle, l'avait consolée pour le plus petit chagrin, la moindre égratignure.

Ou était-ce à cause de Penn ? Enfant, elle avait continuellement oscillé à son égard entre l'amour et la colère. Parfois, elle lui en avait même voulu d'exister.

Julie se souvenait aussi qu'un jour elle l'avait vu sourire. Un sourire magnifique ! Soudain elle s'était imaginé ce qu'il aurait pu devenir, et avait compris la peine que devaient éprouver ses parents.

Ensuite elle pensa à Philip, à toutes les fois où elle l'avait surpris en train de regarder sa mère… « Ne juge pas trop durement ta mère, avait-il dit cet après-midi. Ton père aussi a… » Mais Ellen l'avait interrompu.

Elle ne jugeait ni l'un ni l'autre. Cela arrivait à tout le monde. Qu'on le veuille ou non. Il suffisait de regarder autour de soi.

Andrew avait avancé les mêmes arguments quand elle l'avait mis au courant, un peu plus tard. Il avait insisté pour l'emmener se promener, puis voir un film et acheter une pizza. Il avait puisé dans son large répertoire de plaisanteries, et elle n'avait pu s'empêcher de rire.

— Merci d'essayer de me changer les idées, mais il est tard et demain tu travailles.

— Quelle importance ? Je t'aime, c'est normal. Mais tu as raison, il est tard. Demain, nous lançons un gros scandale sur la Danforth Bank. Devlin est impliqué, le type qui a son nom sur la plaque de la résidence de Penn. Tu ne m'as pas dit que ton père le connaissait ?

— Si, mais très peu. Il n'a aucun lien avec lui.

— Tant mieux. Pour l'instant, il vaut mieux ne pas le connaître de trop près !

Julie dut se satisfaire de ce commentaire.

22

1997

Certaines catastrophes, bien que prévisibles, arrivaient si lentement, comme les icebergs, que ceux qu'elles frappaient en restaient aussi incrédules que les passagers du *Titanic*.

— Secoue-toi ! se dit Robb à voix haute.

Son optimisme devenait dangereux. Il était assis à son bureau, son dossier marqué « Personnel » posé devant lui. Depuis des mois, il jonglait avec les échéances, il empruntait ici pour payer là, même à son assurance-vie. Ses créanciers le poursuivaient, les banques pour d'énormes sommes, les autres pour des montants plus modestes, mais ceux-là venaient sonner à sa porte le soir. Il les laissait dehors, se cachant en haut, toutes lumières éteintes.

Le plus inquiétant, d'après Eddy, venait de ce que Dick Devlin oscillait lui aussi au bord du précipice. Ses emprunts se montaient à des sommes si colossales que même Eddy en perdait le compte : soixante-quinze millions de dollars au bas mot. On allait saisir au moins cinq de ses propriétés dans l'immédiat, et ce ne serait qu'un début, à moins d'un miracle.

Robb avait demandé pourquoi un homme aussi avisé que Devlin n'avait pas monté des sociétés prête-noms afin de dégager sa responsabilité personnelle. La réponse était toute simple : En raison de son succès foudroyant, il s'était senti invulnérable. Robb le comprenait. Lui-même, pourtant d'un naturel prudent, s'était aussi laissé éblouir par la perspective d'un argent facilement gagné.

— Désolé de t'avoir embarqué dans cette galère, avait dit Eddy.

— Ce n'est pas ta faute, je me suis mis tout seul dans le pétrin.

— En fait, le plus à plaindre, c'est Glover. Il y a eu beaucoup de combines louches dans sa banque. Créances douteuses, infractions aux réglementations bancaires fédérales, le grand jeu. Le jour où la vérité éclatera, ce sera un des plus gros scandales que la région aura connus depuis longtemps. Je ne sais pas si Devlin est impliqué. J'en ai bien l'impression, mais il ne met pas son avocat au courant de ses transactions secrètes. Réjouis-toi au moins de ne pas être à la place de Glover.

« Pauvre Glover, songea Robb. Quel désastre ! » Celui-ci allait devoir faire face à une commission d'enquête, à des poursuites judiciaires ; on ferait comparaître des témoins de mauvaise foi, et il serait trahi par ses anciens amis. Un cauchemar.

Bien vite, Robb ne pensa plus qu'à ses propres ennuis. S'il ne trouvait pas de l'aide tout de suite, il allait sombrer. Son amour-propre et sa réputation ne s'en relèveraient jamais. Il lui fallait à tout prix dénicher une bonne âme qui lui donnerait un coup de main ; quelqu'un à qui il pourrait demander ce service sans en mourir de honte. On ne faisait jamais ce genre de démarche de gaieté de cœur, mais, dans certains cas, on n'avait pas le choix.

Pourquoi pas Jasper ? Leurs relations avaient été amicales. Parfois ils se rencontraient au palais de justice, néanmoins Robb n'était jamais retourné dans ses anciens bureaux depuis la dispute avec Grant. Malheureusement, Jasper n'était pas riche, il ne servirait probablement à rien de lui parler. Au point où il en était…

Il sortit en plein midi d'une journée d'été caniculaire.

Dans les rues, les trottoirs renvoyaient une chaleur suffocante. Il aurait été plus sage de prendre la voiture car il devait traverser toute la ville. Oui, mais un peu d'exercice physique lui ferait du bien, et cela lui laisserait le temps de réfléchir à la meilleure façon d'aborder le sujet.

En arrivant au bureau de Jasper, ses idées n'étaient pas beaucoup plus claires qu'au départ, si bien que son entrée en matière fut abrupte et sa requête aussi gênante qu'il l'avait redouté. Bref, il demandait un service, ce qui n'était jamais agréable.

— Jim, dit-il pour finir. Tu penses bien que j'ai beaucoup hésité avant de venir te demander ton aide.

Jasper hocha la tête.

— Vois-tu, si quelqu'un ne me tend pas la main... Je peux encore tenir, mais tout juste, pendant environ soixante jours. Ensuite...

Jasper fit un nouveau signe de tête. C'était lui, à présent, qui avait l'air mal à l'aise. Il se tourna vers la fenêtre. La vue si familière revenait en mémoire à Robb : la large rue bordée de tulipiers et de chênes ; la double rangée de grandes maisons victoriennes, toujours occupées par des familles et des professions libérales. Rien n'avait changé. Treize ans s'étaient écoulés depuis son départ... un millier d'années, lui semblait-il...

Pivotant de nouveau vers lui, Jasper fit un geste incrédule.

— Comment as-tu pu te fourrer dans ce pétrin ?

— Je sais... Je me dis que je n'ai pas eu de chance... je me rends bien compte que j'ai surtout été un peu léger. C'est rarement une question de hasard.

Un souvenir lui revint à l'esprit, sans doute déclenché par le mur de livres qu'il voyait de sa place. Eddy, un jour, lui avait rendu visite à son bureau, et ils avaient mentionné le juge Salmon dans la conversation. Robb s'entendait encore remarquer : « Je voudrais plus que tout au monde être digne de la robe de juge, comme lui. » Et la réponse d'Eddy sonna dans sa tête, bien distincte : « En un mois, si tu voulais, tu gagnerais ce qu'il touche en un an. »

Presque comme s'il avait suivi les pensées de Robb, Jasper remarqua :

— Tu dois gagner plus qu'assez là où tu travailles à l'heure actuelle pour rembourser tes dettes.

— Non, ça n'irait pas assez vite, et puis ça ne suffirait pas.

Jasper ne dit mot.

— J'imagine que ça doit surprendre quand on n'a pas l'habitude de ce genre d'investissements. Mais, crois-moi, Jim, le marché est soumis à des phases cycliques. Après la crise, les affaires reprennent toujours. J'ai seulement besoin de trouver des fonds pour passer le cap.

En s'entendant, il trouva ses arguments creux. Et s'il ne se convainquait pas lui-même, que pouvait penser Jim Jasper ?

— Sans doute vaudrait-il mieux que tu trouves un arrangement avec tes associés, suggéra Jasper. Tu pourrais prendre un emprunt garanti sur tes honoraires…

— Non, impossible.

Il ne voulait surtout pas que ses associés se doutent qu'il avait des dettes, mais ne pouvait pas l'avouer à Jasper. Comme il l'avait craint, la visite se révélait inutile.

— Je voudrais pouvoir t'aider, dit Jasper.

Ses regrets étaient sincères ; il n'y avait pas une once de méchanceté en lui. Mais il ne servait à rien de le retenir plus longtemps.

— Merci de m'avoir accordé un peu de temps, Jim, dit-il en se levant.

— Je suis réellement navré de ne rien pouvoir faire pour toi. Tiens-moi au courant, surtout.

Ils se serrèrent la main et Robb repartit. Une bande d'enfants entourait la camionnette du marchand de glaces qui passait toujours à la même heure. Il ralentit le pas et observa le joyeux rassemblement. Rien ne changeait.

Le soleil atteignait son zénith. Malgré la chaleur, Robb frissonnait. Sur l'avenue, il se vit dans une vitrine, homme grand et bien habillé qui marchait vite, cachant sa fébrilité. Il se sentait si mal qu'il se serait presque cru malade. Il héla un taxi pour rentrer à son bureau.

À peine eut-il mis pied à terre qu'il s'entendit appeler.

— Robb ! Robb MacDaniel, c'est toi ?

— Ike ! Ça alors !

— Je pensais que tu ne me remettrais pas, déclara Ike Wilton.

— Tiens, et pourquoi donc ? Tu n'as pas beaucoup changé.

Ike, en effet, restait presque identique au garçon de quinze ans qui avait trouvé une cachette pour Robb et Lily. Il avait grandi, s'était épaissi, mais on reconnaissait les bonnes joues rubicondes et les petits yeux perçants dont l'expression oscillait entre bonne humeur et sournoiserie.

— Je pensais que tu voudrais m'éviter, insista Ike.

— Quelle idée !

Robb choisissait le parti de l'innocence face à l'hostilité qu'il ressentait chez son ancien voisin.

— C'est que maintenant tu es un type important, on parle de toi dans les journaux. Tu t'occupes de procès célèbres. Un grand avocat, ça préfère oublier les bouseux comme moi.

— Ne dis pas de bêtises.

— Ça peut te sembler bête à toi parce que tu as la tête bien remplie. Chez nous, sans doute que nous avons plus de temps à perdre pour passer un petit coup de fil ou envoyer une carte de vœux. Tu savais que mon père était mort ?

— Non. Je suis désolé, Ike. Si j'avais su, tu penses bien que je me serais manifesté.

En se souvenant du père d'Ike, Robb éprouva une honte soudaine. C'était M. Wilton qui avait nourri leurs bêtes pendant son séjour à l'hôpital, et la mère d'Ike qui lui avait apporté ses repas quand il était rentré chez lui. Il méritait ses reproches.

— Comment va ta mère ?

— Comme ci, comme ça. Elle vit avec moi et Althea, ma femme.

Avec l'aisance d'un patineur, Ike glissa du sujet de sa femme à celui de Lily.

— Tu savais que Lily s'était mariée ?

— Oui, je l'ai entendu dire.

— Elle s'est trouvé un type très bien, d'après maman, un docteur. Le Dr Blair. Maman reste en contact avec Mme Webster. De temps à autre, elles montent ensemble voir Lily à Canterbury.

« Ça lui plaît de me mettre mal à l'aise, songea Robb. On a tous un petit côté sadique. Il veut me rappeler mon passé, me signifier qu'il me connaissait au temps de mes débuts, comme si je me donnais de grands airs. Mais comment lui expliquer que mon silence n'avait rien d'intentionnel, que c'est arrivé tout seul, parce que la vie m'a éloigné de lui, parce que je n'ai jamais pensé, en allant de l'avant, à regarder en arrière. Je ne comprends pas moi-même comment cela a pu se produire. »

— Je suis vraiment désolé, Ike. Dis-moi ce qui t'amène par ici.

— Althea et moi, nous avons conduit nos deux gamins en ville pour voir les monuments.

— C'est bien, ça. Je me souviens que mes parents avaient fait pareil quand j'étais petit.

En temps ordinaire, il aurait essayé de se rattraper, il aurait invité Ike et sa famille à « souper » chez lui, comme on appelait chez eux le repas qu'il avait appris à nommer « dîner ». Mais sa femme était partie et sa maison n'était plus qu'un tombeau pourvu d'un réfrigérateur probablement vide.

— Eh bien, maintenant que nous avons repris contact, dit-il avec bonhomie, il ne faut surtout pas se reperdre de vue. Surtout pas. Amusez-vous bien en ville. Je suis désolé, mais je dois me sauver. J'ai un rendez-vous… chez le dentiste. Un abcès.

Ils se serrèrent la main et Ike repartit. Robb attendit qu'il disparaisse sous le soleil de plomb, immobile, pétrifié. L'esprit vide, il n'avait plus assez de volonté pour remonter dans son bureau.

Au bout d'un moment, il vit passer dans la rue un char décoré de drapeaux qui tourna en direction du parc. Il commença par se demander ce qui arrivait, puis se souvint que le surlendemain on fêtait le 4 Juillet. Un grand feu d'artifice serait tiré comme tous les ans dans le parc. Ses enfants ne le rataient jamais, et c'était même le seul soir de l'année où on les autorisait à veiller. Du pop-corn et des glaces à l'eau, après un pique-nique dans le jardin avec les voisins ; des hot dogs, du poulet grillé, de la salade de pommes de terre et des tartes. Sa petite Julie en robe rouge, blanc et bleu…

Et, juste le temps de cligner les yeux, il la vit sortir de l'immeuble.

— Papa ! s'exclama-t-elle. Je viens de monter pour te chercher. J'ai une heure, et je me demandais si tu ne voudrais pas prendre un peu de temps pour déjeuner avec moi.

— Mais bien sûr. Allons où tu voudras.

Il la connaissait par cœur. Depuis qu'elle avait appris la séparation de ses parents, elle multipliait ces déjeuners impromptus. Elle savait que, contrairement à Ellen, il se retrouvait seul. À présent, c'était elle qui veillait sur lui.

Assis face à elle au restaurant, il l'écoutait d'une oreille distraite tout en l'observant.

Elle s'exprimait gaiement, trouvait des sujets de conversation variés pour lui remonter le moral.

— Je suis en train d'écrire la critique du bouquin d'un écologiste. Je suis d'accord avec tous les thèmes abordés, mais le livre n'est vraiment pas fameux. Il est répétitif, ennuyeux. Si je voulais, je pourrais faire mille fois mieux. D'ailleurs, j'ai l'intention d'en commencer un bientôt, quand j'aurai fini mon diplôme. C'est fou ce que le temps passe vite.

— Et puis notre ami Andrew doit bien t'occuper un peu.

— Il te plaît, hein ? demanda Julie avec un sourire.

— Oui, beaucoup, pour le peu que je connais de lui.

— Ce serait bien que tu puisses le voir un peu plus.

— Quand tu voudras.

— Tu sais, notre relation est en train d'évoluer… Je ne sais pas comment t'expliquer… Au départ, c'était juste pour s'amuser, il est très drôle, tu as vu… Je voudrais être comme lui. Mais là… il se passe autre chose. On s'amuse toujours, mais, depuis quelque temps, c'est bien plus que ça. C'est difficile à décrire…

Elle prenait l'air absorbé d'une personne à l'écoute de ses sentiments profonds, et cela toucha Robb.

— Inutile d'en dire plus, je comprends très bien.

Elle tendit brusquement la main pour toucher la sienne. Son petit froncement de sourcils et ses magnifiques yeux verts la faisaient ressembler plus que jamais à Ellen.

— Je me fais du souci pour toi, papa.

— Mais non, il ne faut pas ! Ta mère et moi, nous ne voulons pas que cette histoire te perturbe, et surtout pas que tu t'inquiètes. C'est triste, mais nous en prenons notre parti. Je fais doucement mon deuil.

« Du charabia de psy, songea-t-il. "Faire son deuil", qu'est-ce que ça veut dire ? Nous nous sommes étalés le nez dans la poussière, un point c'est tout, et nous ne voulons pas que Julie paie les pots cassés. Notre petite Julie. Ma Julie à moi. »

— Tu n'as aucune raison de t'en faire, répéta-t-il.

— Mais je ne parlais pas de ça. Je pensais plutôt à tout ce qu'on dit sur la Danforth Bank dans les journaux.

— Je ne vois pas le rapport avec moi, répliqua-t-il presque sèchement.

— Je ne sais pas. J'espère que ça ne te touchera pas. Andrew dit que l'enquête ne fait que commencer.

— Ça me dépasse. Comment des types comme Rufus Max arrivent-ils à connaître les éléments de l'enquête avant tout le monde ?

— Ils ont un tas de moyens, des contacts, un peu comme des détectives privés. Andrew l'estime entièrement digne de foi. Il est bien placé pour le savoir, puisqu'il travaille pour lui.

— Eh bien, dans ce cas, ce pauvre Glover est dans la panade. Moi, j'ai simplement déposé de l'argent et un peu emprunté.

— Il paraît qu'il a accordé des tonnes de prêts sans garanties à des politiciens véreux ou à leurs proches. En échange de quoi ils lui assuraient que les autorités ne vérifieraient pas ses comptes. C'est comme ça qu'Andrew m'a expliqué le marché, un échange de bons procédés…

— On veut toujours croire que les hommes qu'on met au pouvoir sont honnêtes. Sans doute d'ailleurs est-ce vrai pour la plupart. Pour la plupart. Dieu merci, ça n'a rien à voir avec moi. Dis, tu voudrais qu'on se fasse un tennis un de ces jours avec Andrew ? On pourrait organiser un double si vous trouvez un quatrième.

— Bonne idée, mais pas par cette chaleur.

— Dès que ça fraîchira un peu, alors. Dis-lui de se méfier, je ne joue toujours pas si mal.

— Entendu.

Quand ils se levèrent, Robb admira sa robe.

— Très jolie couleur, comment ça s'appelle ?

— Mangue. Et dire que je n'ai jamais mangé de mangue ! Et toi ?

— Si, une fois, mais je n'ai pas aimé du tout. Pourtant, je ne suis pas difficile : un jour j'ai mangé du serpent à sonnette, et avec plaisir, en plus.

— Beurk ! s'écria Julie en riant.

« Parfait, se dit Robb, j'arrive encore à donner le change. »

Il n'aurait pas supporté qu'elle ait pitié de lui.

Septembre arriva très vite, toujours avec la chaleur, mais la fin de l'été se faisait sentir. Les feuilles ternissaient, devenaient poussiéreuses, les oiseaux ne chantaient plus, et certaines espèces partaient déjà vers le sud. Robb aussi allait devoir trouver un nouveau refuge. Léthargique, il avait retardé le moment de déménager, mais la maison allait bientôt être saisie et il serait bien obligé de bouger. « D'ailleurs, se dit-il en remontant l'allée, même si un miracle venait me sauver au dernier moment, je ne voudrais pas rester. »

La voiture d'Eddy était garée devant la porte. N'étant pas d'humeur à voir du monde, il se demanda avec irritation ce qui l'amenait.

— J'ai du nouveau, annonça Eddy.

Il avait ôté sa cravate, et son costume d'été froissé lui donnait une allure négligée qui ne lui ressemblait pas du tout.

— Les nouvelles ne sont pas très bonnes, continua-t-il. Fort intéressantes, mais pas très bonnes.

— Bon, jusque-là, rien de neuf. Entre, on va boire un verre.

Ils s'installèrent dans la bibliothèque.

— Tu as l'air vanné. Tu te sers ou tu préfères que je le fasse ?

— Non, je ne veux rien, dit Eddy en s'affalant dans un fauteuil. Eh bien, tu sais, finalement, Devlin a une veine de pendu !

— Vas-y, raconte.

— Tu ne vas pas me croire. Tu veux que j'entre dans les détails juridiques, ou je vais droit aux faits ?

— Résume.

— D'accord. Dick Devlin s'est trouvé un sauveur. C'est arrivé la semaine dernière, mais je ne l'ai appris qu'aujourd'hui. Dire que j'étais son confident !

Eddy s'interrompit, pensif, songeant sans doute à l'inconstance de l'homme qui l'employait.

— Donc, reprit-il, il semble qu'il ait obtenu, ou plutôt qu'il se soit fait proposer, l'aide d'un consortium, en majorité du Sud-Est asiatique. Le groupe dispose de milliards. À côté, les millions de Devlin étaient de l'argent de poche. Le consortium va rembourser toutes ses dettes, le remettre sur pied, assainir sa situation financière et entrer en partenariat avec lui. Tout baigne de nouveau pour lui. Un coup de baguette magique, en somme.

— Incroyable... Et toi, moi, et tout le menu fretin ? On ne nous sauve pas par la même occasion ?

— Ce ne serait pas difficile pour eux, mais nous ne valons rien, ils ne se donneront pas cette peine. Nos dettes, c'est à nous seuls de les rembourser.

Qu'ajouter à cela ? Robb parcourut la pièce du regard, comme si une bonne idée pouvait surgir d'un coin. Il vit seulement que la corbeille à papier était pleine à craquer et qu'Ellen avait finalement trouvé le moyen de venir déménager le fauteuil brodé de sa grand-mère.

— Je croyais connaître Devlin comme ma poche, dit Eddy, mais il est trop malin pour moi, je suis bien obligé de le reconnaître. Il a toujours plusieurs fers au feu... D'ailleurs, ça ne m'étonnerait pas qu'il y ait une combine politique par là-dessous. Autrement, quel intérêt présenterait-il pour ces gens ? Ils sont venus le chercher parce qu'il a des relations partout et qu'il n'hésiterait pas à trahir ses meilleurs amis pour arriver à ses fins.

Eddy se leva en frappant le dessus du bureau.

— Si ce pourri se fait élire, il vendra le pays sans un scrupule ! Je te jure !

— Calme-toi, Eddy, tu vas te coller une crise cardiaque.

— Je ne comprends pas comment tu peux rester assis sur ta chaise et prendre ça en pleine figure sans rien dire.

— Je suis sonné.

— Seulement, attends de voir les journaux ! La rubrique de Rufus Max risque d'être intéressante à lire.

— Le petit ami de Julie travaille pour lui.

— Eh bien, pour une fois, je serai de tout cœur avec

les journaux. Et pourtant, d'habitude, je ne suis pas très copain avec tous ces fouille-merdes.

— Rufus Max est un type très bien, autrement Andrew ne resterait pas. Là, j'en suis sûr.

— Et tu sais qui va boire la tasse ? Toujours le pauvre Glover. La Danforth Bank a autorisé des masses de prêts imbéciles sans garanties, ou avec des garanties bidon. Il va écoper d'au moins deux ans de prison, alors que Devlin s'en tire les doigts dans le nez, acheva Eddy avec un rire amer.

Robb n'en pouvait plus de fatigue, au point qu'il ne pensait qu'à son lit. Il rêvait de se retrouver seul dans sa chambre, dans le noir, en silence.

— Et pour l'argent, où en es-tu ? demanda Eddy.

— Quasiment à sec.

— Ça va s'arranger, Robb, ça finit toujours par reprendre.

— Oui, je sais.

— Je me démène pour dégoter de nouvelles sources de crédit. Je prends l'avion pour New York demain. Si je trouve un filon, je te mets dans le coup.

— Non, non, je me débrouillerai. Règle d'abord tes propres problèmes.

— D'accord, je n'insiste pas.

À la porte, Eddy se tourna vers Robb avant de partir.

— On en a parcouru du chemin, tous les deux. N'oublie pas ça.

— Non, je n'oublie pas.

Comme s'il avait le choix…

À l'arrière de la maison, dans le jardin, il y avait une terrasse dallée avec une table et des chaises. Philip et Ellen y prenaient le petit déjeuner par beau temps. Ils s'étaient constitué d'agréables habitudes : Philip allait ramasser le journal sur le perron, faisait le café et apportait le plateau pendant qu'Ellen préparait les céréales et les œufs.

— Comment trouves-tu notre vie ? lui demanda-t-il un matin.

— Toute naturelle, heureuse. Parfois aussi ça me choque un peu. Je ne me reconnais plus.

— Voilà au moins une réponse honnête. Mais maintenant que tu as notre certificat de mariage dans le tiroir de ton secrétaire et une alliance au doigt, tu dois te sentir un peu moins fautive, je présume, commenta-t-il avec un sourire.

— C'est vrai, je suis vieux jeu… Je peux te dire quelque chose ?

— Ellen, ma chérie, tu peux me dire tout ce que tu voudras.

Elle hésita un instant, tenant sa tasse de café entre ses mains pour les réchauffer. Le frémissement des feuilles en haut du grand hêtre lui rappelait le jardin de son père. Un souvenir confus lui revenait… Il devait s'être passé quelque chose près du hêtre, une conversation ou un événement profondément enfoui, presque oublié, dont il ne lui restait qu'un fantôme.

— Tu sais, dit-elle gravement, même si je ne t'avais pas rencontré, je crois que je n'aurais pas eu le choix. Je sais, il m'est arrivé de dire que si Robb ne m'avait pas trompée, je ne l'aurais pas quitté, mais notre relation se détériorait depuis longtemps. C'est comme glisser en bas d'une pente : on va d'abord lentement, puis de plus en plus vite jusqu'à ce qu'on se heurte à un obstacle bien dur en bas. Dur comme un mur de brique.

Elle se leva et s'approcha des rosiers encore couverts de la floraison d'automne. Soudain, elle s'agenouilla en levant les yeux vers le ciel.

— Qu'est-ce que tu fabriques ? s'écria Philip.

— Viens voir. Regarde, tu vois cette branche sur le ciel ? Et cette magnifique rose sombre qui se découpe sur un bleu d'une pureté absolue ?

— Oui, le contraste est magnifique.

— Un jour, quand j'étais petite, et sûrement pas plus haute que ça, je me souviens d'avoir regardé le ciel dans notre jardin et d'avoir admiré les roses. Et tu sais ce que j'ai pensé ? Que, quoi qu'il arrive, même quand je serai très vieille, je me souviendrai de cette vision. Tu vois, je n'ai pas oublié. Je me rappellerai aussi cette journée, Philip, je le sais.

Il souriait de bonheur de la voir aussi heureuse lorsque le téléphone sonna dans la véranda. Ellen courut répondre.

— Maman, dit Julie, il se passe un truc bizarre. J'ai rencontré Eddy Morse dans la rue hier soir. Il avait l'air dans tous ses états. Il m'a dit qu'il ne voulait pas… qu'il n'osait pas aller te voir à cause de Philip, mais qu'il se demandait si tu n'aurais pas d'argent à prêter à papa. Il dit qu'il en a vraiment besoin.

— De l'argent ? Mais combien ?

— Beaucoup, je crois. J'ai eu l'impression qu'il parlait de millions. Je ne savais pas que papa avait tant de dettes. Et toi ?

— En fait, si, il a commencé à m'en parler il y a un certain temps, mais c'était au moment de nos ennuis…

Hésitante, elle s'arrêta. Elle devait apprendre à parler ouvertement à Julie. Elle rassembla donc son courage et continua.

— Nous étions en train de nous séparer, alors il ne m'a pas donné de détails. Une fois, il n'y a pas si longtemps, il a bien mentionné quelques soucis, mais…

— À entendre Eddy, ce serait une véritable débâcle financière. Pauvre papa ! C'est affreux.

— Ce n'est peut-être pas si grave que ça. Eddy a toujours tendance à exagérer.

— Non, il m'a donné une foule de détails. Un marché a été conclu entre Devlin et une sorte de milliardaire asiatique. C'est un peu compliqué pour moi, mais ça a l'air de se tenir, son histoire.

Ellen l'écoutait tout en se lamentant en son for intérieur. « Je sais que je n'y connais rien, mais je m'en doutais, je m'en doutais ! »

— Eddy sait très bien que je ne dispose pas de telles sommes. Si je pouvais l'aider, je le ferais tout de suite, Julie, mais je ne suis pas millionnaire. Ce que j'ai hérité de tes grands-parents serait une goutte d'eau dans la mer. Je suis désolée.

Elle termina la conversation puis rejoignit Philip et lui raconta tout, fort inquiète. Tout à coup, elle eut une idée.

— Et si j'allais voir Devlin pour lui demander d'inclure Robb dans le marché qu'il passe avec son consortium ? Ça ne lui coûterait pas grand-chose.

— Tu irais te jeter dans la gueule du loup ?

— Attends, je suis sérieuse. Je ne peux pas m'en laver les mains comme si toutes les années passées avec lui ne comptaient pas. Je me fais du souci.

— Rien ne t'y oblige. Les gens se quittent tous les jours sans garder d'obligations.

Si la situation de Robb n'avait pas semblé aussi désespérée, s'il n'avait pas été sur le point de tout perdre – ainsi que le craignait Julie –, elle n'aurait pas eu envie d'intervenir. Elle se serait souvenue de tous les moments difficiles et aurait justifié ainsi son indifférence. Mais elle entendait presque la voix de son père lui faire la morale : « On n'abandonne pas un homme à terre, quoi qu'il vous ait fait. On peut lui dire ce qu'on pense de lui, mais on l'aide à se relever. »

Elle se retrouva donc devant Richard Devlin avec sa supplique. Il ne lui avait pas proposé de s'asseoir. De derrière son bureau encombré, il l'observait avec le même intérêt qu'autrefois.

Lorsqu'elle eut terminé, il lui demanda pourquoi elle se préoccupait encore du sort de Robb.

— J'ai entendu dire que vous vous étiez remariée.

— Oui, c'est vrai, mais cela ne change rien.

— Ah non ? Intéressant. Très intéressant. En effet, je me souviens que MacDaniel était plutôt sympathique. Cependant la sympathie n'entre pas en ligne de compte en affaires. C'est logique, non ?

Ellen ne se laissa pas décourager.

— Souvenez-vous, vous avez voulu que Robb

achète la maison parce que son nom devait attirer les acheteurs… Sa renommée n'a pas changé.

— Cette fois, il s'agit d'argent, pas de nom.

— Bien, parlons argent alors. Le groupe qui vous rachète pourrait bien prendre en charge la part de Robb, ça ne doit pas représenter grand-chose pour eux. Il a investi en même temps que vous. Si vous vouliez bien l'aider, il vous rembourserait doucement sur ses honoraires, au fil des ans. Cela prendrait du temps, je vous l'accorde, mais il vous verserait des intérêts et…

— C'est toujours non, coupa-t-il avec un sourire sardonique. Je ne vois pas ce qui vous a fait imaginer que j'accepterais.

— À dire vrai, c'est le Centre de vie Richard et Olivia Devlin qui m'en a donné l'idée. J'espérais qu'un homme capable d'une telle générosité serait accessible à la pitié et aiderait un homme qui le mérite.

Devlin se leva, son étrange sourire découvrant des dents carrées et jaunes.

— Je vous tire mon chapeau ! Vous êtes une sacrée bonne femme, il n'y a pas à dire. Une femme qui d'un claquement de doigts pourrait avoir tous les hommes à ses pieds.

Il dévisagea une nouvelle fois Ellen, de haut en bas, s'attardant avec insistance sur son visage rougissant. Elle avait l'impression que ses vêtements étaient devenus transparents et qu'elle s'exposait devant lui.

Il pianota sur le bureau, puis, après un soupir, reprit la parole avec lenteur.

— Si vous aviez été, ou comptiez vous montrer un peu plus gentille avec moi, j'y réfléchirais peut-être. En fait, je pense même que je vous rendrais le petit service que vous me demandez.

Elle lui rendit son regard sans répondre, laissant son expression parler pour elle.

« Robb, se dit-elle, tu n'avais rien à faire avec ces gens. »

Puis elle sortit, toujours sans dire un mot.

Recroquevillée sur le divan dans sa robe de chambre molletonnée, Julie frissonnait.

— Un verre de vin te réchaufferait beaucoup mieux que cette tasse de thé, remarqua Andrew.

— Non, je ne veux pas m'embrouiller les idées. Ce radin de propriétaire devrait mettre le chauffage.

— En septembre ?

— Il fait humide. Il a plu toute la journée.

— C'est parce que tu es angoissée, Julie.

Il avait raison. Elle se querellait avec lui pour rien depuis une demi-heure.

— Je suis désolée, Andy. Je ne sais plus que faire. J'essaie de trouver une solution. Ma mère, comme je t'ai dit, a tenté une démarche qui a échoué. Je sais bien que les ruines, ça arrive, et que les gens ne perdent pas la face pour autant, mais je connais mon père. Tu ne peux pas savoir quel coup ça va lui porter.

— Si, je me mets à sa place, et je le plains. Tu sais, j'aime beaucoup ton père et je l'admire.

— Et puis maman vient de m'apprendre encore une nouvelle inquiétante. Elle sait par Eddy, le vieil ami de papa, que les journaux vont publier le nom des créditeurs de la Danforth Bank. C'est tout de même extraordinaire ! Est-ce que dès qu'on doit de l'argent à une banque, ou à un grand magasin, on risque de retrouver son nom dans le journal ?

— Non, bien sûr, mais là, le cas est plus compliqué. Quand une commission d'enquête examine les comptes d'une banque…

— Oui, je sais, et je comprendrais qu'on expose le milliardaire asiatique, Devlin, ses amis, tous ceux qui sont mêlés à des trafics d'influences, mais…

— Les circonstances sont particulières.

Il l'avait interrompue d'une voix douce, comme s'il en savait plus qu'il ne voulait en dire.

— C'est un peu vague, tout ça.

— Bien, autant que je te l'apprenne tout de suite. En fait, Julie, c'est pour te parler de ça que je suis venu aussi tard ce soir. Le journal est sous presse. Je t'ai apporté l'édition de demain matin, elle sera distribuée à partir de minuit.

Julie se pencha vers la lampe et lut la rubrique de Rufus Max en première page. Vers la fin, elle découvrit les quelques phrases suivantes : *« Dans la longue liste des prêts soumis à enquête se trouverait le nom d'un grand avocat de notre ville, associé de l'un des plus prestigieux cabinets juridiques de la région. Respecté pour son éloquence autant dans les affaires pénales que publiques, défenseur de grandes causes ayant tenu le pays en haleine, il risquerait de tout perdre, principalement à cause de sa dette à la Danforth Bank. »*

— « Respecté » ! s'écria Julie. C'est de cette façon que Rufus Max traite un citoyen respecté ! C'est un coup bas ! Un mensonge ! Il n'y a que des insinuations, aucune preuve. Cet article est digne de la presse à scandale, ce que mon grand-père avait le plus en horreur. Comment ose-t-il !... (Elle s'étranglait d'indignation.)... Comment ose-t-il impliquer un honnête homme ? Il ne lui arrive pas à la cheville.

— Je comprends ta réaction, commenta Andrew avec un soupir. Au moins, il ne l'a pas cité nommément.

— Tu penses ! Avec cette description, c'était inutile. On reconnaît tout de suite Robb MacDaniel. Je vais le poursuivre en diffamation.

— Ce n'est pas si simple, Julie. Max fait toujours très attention à ce qu'il écrit. Personne n'a jamais pu lui coller de procès sur le dos.

Julie lui lança un regard assassin.

— Ne me dis pas que tu es d'accord avec ses procédés !

— Il n'y a pas à être d'accord. La banque est soumise à une enquête, il en informe le public. Je sais que ça te fait du mal, et ça m'ennuie beaucoup aussi.

— Mais ce n'était pas nécessaire ! À quoi cela sert-il de désigner un homme, de l'humilier, alors qu'il est lui-même victime de ses mauvais investissements ?

— Max est journaliste d'investigation, tu sais bien

ce que ça signifie. Il fait son travail. Ton père comprendra, j'en suis sûr. Il prendra certainement ça beaucoup moins au tragique que toi.

— Tu ne vas pas me dire que je n'ai aucune raison d'être en colère !

— Non, mais essaie de prendre un peu de recul.

Soudain, une terrible pensée lui vint à l'esprit.

— Tu avais lu l'article avant qu'il aille sous presse ?

— Oui.

— Et tu n'as rien fait ?

— Que voulais-tu que je fasse ?

— Mais, enfin, il fallait expliquer à Max le mal qu'il allait causer !

— Comment veux-tu ? C'est mon patron !

— Alors, tu t'es croisé les bras et tu l'as laissé détruire la carrière de mon père ?

— Ça ne va pas détruire sa carrière, Julie. Il se remettra très bien du choc. Je crois que tu le sous-estimes.

— Facile à dire pour toi, dit-elle en se mettant à pleurer. Tu ne trouves pas qu'il a eu assez d'ennuis comme ça ? Penn, le divorce, la saisie de la maison d'ici peu, et puis maintenant ce scandale…

— Julie, ma chérie, calme-toi.

Il s'agenouilla pour la prendre dans ses bras.

— Ne me touche pas ! cria-t-elle en le repoussant violemment. Tu étais au courant, et pourtant tu n'as pas levé le petit doigt. Et ne me dis pas que tu n'y pouvais rien, je ne te crois pas.

— Julie, sois raisonnable. Je t'ai expliqué. Je suis seulement son assistant, je n'ai aucune influence sur lui.

— Belle excuse ! Si tu admirais mon père autant que tu le prétends, si tu m'aimais, tu aurais essayé de te battre malgré les conséquences. Dans le pire des cas, tu aurais toujours pu retrouver du travail ailleurs. C'est une question de principe. Je vais te dire : mon père, lui, il aurait démissionné s'il avait été à ta place. C'est ça, le sens de l'honneur ! Ne me dis plus que tu m'aimes !

— Julie, mais si, je t'aime, je t'en prie, arrête.

— Non ! Non !

Il traitait l'affaire avec trop de désinvolture. Jamais il n'aurait dit tout cela s'il s'était agi de son propre père ! Elle avait déjà lu des rapports de commissions d'enquête. On étalait la vie des gens en public, et les journalistes s'emparaient de tous les détails susceptibles de flatter les curiosités malsaines. Même les innocents comme son père n'en sortaient pas indemnes. Et lui qui tenait tant à sa réputation. Elle le connaissait. Il était d'une fierté confinant à la susceptibilité. Les Fowler et Harte, ses associés, étaient d'une parfaite droiture, inattaquables, à l'image de son grand-père Wilson Grant. Dieu sait comment ils réagiraient.

Elle se dressa devant Andrew, furieuse.

— C'est impardonnable ! Tu n'as rien dit pendant qu'on traînait Robb MacDaniel dans la boue. Il est perdu ! Quoi que tu en penses, il ne s'en relèvera pas. Non, je ne te pardonnerai jamais.

— Julie, tu ne sais plus ce que tu dis. Tu es très injuste. Comment peux-tu dire une chose pareille ?

Voilà qu'il se mettait en colère comme s'il pensait être dans son bon droit. Son regard furieux et la couleur qui lui montait aux joues mirent Julie en rage, tout comme ses propres larmes et son nez qui coulait.

— Sors de chez moi, Andrew. Je te vois enfin sous ton véritable jour. Je ne veux plus te voir. Oublie-moi !

— Ce n'est pas sérieux…

— Si ! Je n'ai jamais été aussi sûre de moi de ma vie !

Il lui lança un long regard, puis il prit son parapluie et sortit, claquant la porte derrière lui.

23

1997

La journée de la veille semblait déjà lointaine à Robb, bien qu'il ne cessât de la revivre en pensée.

D'abord, il y avait eu le choc causé par l'article de Rufus Max. Même le jeune ami de sa fille – pauvre petite Julie – n'aurait pu empêcher le désastre ! Il avait essayé de l'expliquer à Julie quand, en larmes, elle lui avait téléphoné peu de temps après le lever du jour.

À peine plus tard, il s'était rendu au bureau, à la grande surprise des hommes de l'équipe de nettoyage qui passaient encore la serpillière dans la réception. Son arrivée matinale n'était pas préméditée. Il n'avait simplement pas su quoi faire d'autre.

Mais, après être resté assis un moment à son bureau, il se reprocha sa précipitation. Au fond, il n'était pas du tout prêt à parler de ses ennuis. Les associés s'assembleraient dans la salle de conférences, avec Fowler l'aîné à la tête de la table, comme à l'ordinaire. Robb leur dirait qu'il n'avait pas d'autre option que de leur présenter sa démission, et eux se croiraient obligés de refuser. Ils prétendraient qu'il se noyait dans un verre d'eau… ou tout du moins dans une mare.

Donc, il avait simplement rédigé une lettre de démission qu'il avait posée sur le bureau de Fowler l'aîné. Ensuite il avait repris la photo d'Ellen qui posait, Julie sur les genoux, et Penn, bébé, dans les bras. Il avait contemplé une dernière fois son luxueux bureau, puis était redescendu prendre sa voiture.

Après, Robb n'avait plus su comment occuper le reste de sa journée. Il ne voulait surtout parler à personne. Alors il était parti vers la campagne avec un sandwich et un livre de poche, et avait trouvé un coin près du lac où lire en déjeunant. Le soir, il était allé au cinéma, non pas en cinéphile, mais parce que la salle obscure et anonyme convenait à son humeur. Enfin, il était rentré se coucher.

Le lendemain, en s'éveillant, sa première pensée fut qu'il n'avait plus aucune obligation. C'était la première fois de sa vie, car, même enfant, il avait dépendu des horaires de l'école et de ceux de la ferme. Désœuvré, il demeura allongé, les yeux fixés sur les stries jaune pâle jetées sur le plafond par l'aube à peine naissante. D'ici peu, la couleur virerait au blanc. « Un blanc froid, songea-t-il, froid comme le silence de cette maison. »

Sans avoir pris la décision de se lever, il se retrouva debout en train de s'habiller. La veille, par la force de l'habitude, il avait préparé ses vêtements : costume sombre sortant de chez le teinturier, avec ses clés, son portefeuille et de la monnaie dans les poches, chemise blanche et cravate stricte à fines rayures, chaussures noires bien cirées.

Il descendit l'escalier, se tenant à la rampe afin de ne pas glisser sur le marbre à cause d'un léger vertige. La cuisine avait un petit air mal tenu depuis qu'il se privait des services de la femme de ménage.

— À dire vrai, je ne peux plus me permettre de vous garder, lui avait-il avoué.

Elle lui avait lancé un tel regard de méfiance qu'il s'était cru tenu de se justifier :

— Je vous assure. Je suis désolé. Je suis ravi de votre travail et j'aurais bien voulu que vous restiez, mais je ne peux plus vous payer.

Une fois sa tasse de café instantané prête et son petit pain réchauffé, il s'assit à table. Le journal devait avoir été livré et l'attendait certainement au bas de l'allée, mais, aujourd'hui, il n'avait aucune envie d'aller le chercher. Grande première pour un homme qui n'avait jamais pu entamer la journée sans lire les nouvelles. Il mélangea son lait à son café puis regarda le feuillage qui s'agitait en haut des arbres, le pot de violettes fanées sur le rebord de la fenêtre, le bol du chat resté dans un coin alors que Lulubelle était partie depuis longtemps. Le nom de la chatte était inscrit en lettres bleues le long du bord. Les larmes lui montèrent aux yeux.

Au bout d'un moment, il se leva et erra telle une âme en peine dans les immenses pièces. En emménageant, euphorique d'être propriétaire de toutes ces splendeurs, il avait imaginé une maison pleine de vie et de mouvement, de chaleur, de voix aimées. À présent, les meubles cossus ne servaient plus à personne et avaient l'air d'attendre dans une salle de vente.

— C'est là qu'ils finiront bientôt, se dit-il à voix haute.

Le silence retomba, insupportable. Sa tête se remettait à tourner. L'air était lourd, et malgré la dimension des pièces il étouffait.

Il ouvrit la porte et respira l'air frais de ce tout début de matinée. Du haut du perron, il voyait s'étendre en arc de cercle devant lui l'ensemble de ses terres. Là-bas, l'écurie vide où autrefois les chevaux de Julie avaient mâché leur avoine ; ici, le garage où la voiture familiale était encore garée à côté de l'encombrant 4 × 4 qu'il s'était acheté. Et pour quoi faire, dans cette région où il ne neigeait presque jamais ? Oui, pour quoi faire ? Pour faire comme tout le monde… De l'autre côté, sur sa droite, se trouvait le jardin anglais qu'il avait tenu à faire installer. Le jardinier parti, l'enclos était désormais à l'abandon et devenait une jungle de mauvaises herbes ; les treillages des espaliers se décrochaient des murs et des branches devenues trop longues pendaient jusqu'à terre.

Un jour, très certainement, quelqu'un s'en occuperait. Cette zone finirait par s'urbaniser, et la maison serait vendue, soit à un prix exorbitant, soit, si la banque voulait s'en débarrasser, pour une bouchée de pain. Robb s'en moquait. De toute façon, il lui fallait déménager avant la fin du mois. Les hommes passaient tandis que la rivière restait la même, sereine et argentée.

Sur la colline, à mi-pente, là où le bosquet de vieux pins avançait, deux corbeaux étaient perchés sur une branche morte. Ils restèrent immobiles une ou deux minutes comme si, eux aussi, contemplaient le paysage. Puis, tout à coup, avec un croassement sinistre, ils partirent à grands coups d'ailes se poser sur une branche distante d'une dizaine de mètres à peine. Pourquoi diable avaient-ils fait cela ?

Ellen aurait pu s'inspirer de cet instant pour écrire une histoire. Elle aurait peint la scène en quelques coups de pinceau à la détrempe gris et noir, dans le style oriental, avec à peine une ombre verte pour les pins. Les corbeaux auraient eu la parole. Il se la représentait penchée sur sa table à dessin, concentrée, satisfaite de son travail.

— Mon Dieu, soupira-t-il, écrasé par l'immense fatigue qui lui était devenue une seconde nature.

Il rentra, accrocha sa veste avec soin sur un dossier de chaise, puis s'allongea sur le divan de la bibliothèque.

À son réveil, la pièce était baignée de soleil. Il consulta sa montre ; elle indiquait dix-huit heures. Étonné, il vérifia et s'aperçut qu'il avait regardé l'heure de Tokyo. Sa montre lui donnait l'heure des plus grandes capitales mondiales. Il n'avait eu aucun besoin de ces informations, puisqu'il ne travaillait pas avec l'étranger, mais cela ne l'avait pas empêché de l'acheter.

En fait, il avait dormi deux heures, ce qui était compréhensible après une nuit presque blanche. L'heure ne l'étonna pas, mais la date le fit sursauter : l'anniversaire de Penn. Il se leva d'un bond. S'il se dépêchait, il pourrait arriver pour le déjeuner avec un gâteau.

Pour accéder à l'autoroute, il fallait traverser la ville. En roulant sur l'avenue de l'université, il se rappela sa première vision du campus ombragé, des bâtiments de style gothique. Puis il s'arrêta à la boulangerie, justement celle où il avait acheté avec son ex-épouse les meilleurs beignets du pays pour leurs petits déjeuners du dimanche. À présent, il choisissait seul un gâteau d'anniversaire pour leur fils.

— C'est la vie, murmura-t-il. C'est la vie.

Le gâteau en main, il entra à côté dans le magasin de sport. Malgré sa mélancolie, un petit sourire lui vint aux lèvres. Penn avait appris à jouer au base-ball. Un gant de base-ball, voilà un bon cadeau. Un gant rien qu'à lui. Lors de sa dernière visite, Robb l'avait regardé jouer. Quel changement depuis le temps des jeux de balle sur la pelouse ! Ce jour-là, Penn avait aussi écrit son nom en grandes lettres rondes, enfantines mais bien formées. À Wheatley, les éducateurs avaient accompli des miracles.

Cela le soulageait tant de savoir Penn heureux ! Il avait perdu ce regard vide qui vous fendait le cœur. Dans sa poche intérieure, Robb gardait toujours un portefeuille rudimentaire de cuir rouge fabriqué par son fils. Avec ses limites, dans son petit monde, Penn se rendait utile. Il avait des amis. Un jour, il pourrait même peut-être assurer un travail simple. Il aimait l'endroit où il vivait et pourrait y rester car les paiements avaient tous été effectués ; voilà bien la seule chose que Robb avait sauvée dans la ruine.

S'il avait tourné au croisement suivant, quinze kilomètres plus loin, il aurait passé la maison où Devlin vivait toujours, une bâtisse massive faite de briques, cachée au bout d'un long tunnel de rhododendrons. Robb s'y était rendu une fois. Solide comme Fort Knox, loin de tous les tumultes, elle ne bougerait pas, en dépit des cyclones financiers, des tornades, des typhons.

Il atteignit Wheatley quelques minutes avant midi. Le parking était presque vide, la perspective dégagée. Il vit aussitôt le petit groupe qui approchait de la porte d'entrée : Ellen, Julie et Philip, chargés de présents. Ils ne devaient pas l'avoir remarqué, car ils lui auraient fait signe, et Philip n'aurait pas gardé le bras autour de la taille d'Ellen. Elle était vêtue en vert printanier, la couleur favorite de Robb, malgré l'automne et ses couleurs chaudes. Elle s'était laissé pousser les cheveux. Épais et ondulés, ils lui arrivaient à l'épaule comme ceux d'une jeune fille.

« Ellen, comme je t'ai aimée... Je t'aime d'ailleurs sans doute encore. Que nous est-il arrivé ? Nous sommes-nous éloignés à cause de ton père, de ma folle soif d'argent, ou à cause de femmes qui n'ont pas compté ? Je ne sais pas. Et Julie, ma Julie, à cause de moi tu as perdu ton amoureux, ce garçon vif, intelligent... »

Immobile, il attendit qu'ils aient passé la porte, ne voulant les rencontrer à aucun prix. Peut-être pourrait-il patienter et entrer à son tour après leur départ. Mais il n'en avait plus très envie...

Soudain, il fut dévoré par le désir de partir. Il héla un ouvrier qui passait, lui confia le gâteau et le gant de base-ball, et lui tendit un billet de deux dollars pour sa peine.

— Pourriez-vous donner ceci à un jeune homme du nom de Penn ? Penn MacDaniel. Attendez, je vais vous écrire son nom. Dites-lui, s'il vous plaît, que c'est de la part de son père, et dites-lui que je pense à lui.

— Oui, ne vous inquiétez pas, répondit l'homme avec compassion.

Robb remonta en voiture et repartit sans but précis. On pouvait rouler au hasard, c'était simple. On prenait n'importe quelle direction aux croisements, puis on continuait droit devant soi. On pouvait abandonner sa voiture, en retirer les plaques, changer de nom et disparaître. Des dizaines de films et de livres exploitaient le thème : un espion rencontrait son contact dans un bus, au restaurant, dans un parc ou une salle de cinéma, puis il s'évaporait dans la nature en passant la frontière ou en se terrant dans une grande ville.

Mais cela ne marcherait pas dans la réalité. Il se sentait pris telle une mouche dans une toile d'araignée. Les mouches ne parvenaient jamais à s'échapper. Il avait besoin de faire une halte dans un endroit tranquille et de réfléchir. Il poursuivit sa route.

Ses pensées vagabondaient. Le visage d'un homme qu'il avait défendu lui apparut. Il s'était agi d'une escroquerie. Teint pâle, traits tirés, regard intelligent mais affolé. Il vit aussi Eddy, son ami, si mauvais conseil sous ses dehors d'homme d'affaires avisé, fidèle jusqu'au bout. Eddy s'en sortirait. Après la ruine, il réunirait des fonds tant bien que mal et repartirait de zéro. Eddy ne se laisserait pas abattre. Quant au pauvre Glover, lui, il ne s'en sortirait pas.

Il pensa à Julie. Elle avait tout pour elle ; si elle avait vraiment perdu son amoureux, elle en retrouverait un autre dès qu'elle le voudrait, même si elle n'en avait pas envie pour l'instant.

Il pensa à Ellen. Avec ses livres et le petit héritage de sa mère, avec Philip, elle mènerait une bonne vie. Il eut brièvement la vision d'Ellen dans le lit de Philip et, fermant les yeux, il faillit quitter la route.

Il roulait toujours. En cette période d'équinoxe, le soleil baissait sur l'horizon et les jours raccourcissaient. La tristesse de la saison résonnait en lui. Après trois cents kilomètres, quand il ne lui resta plus qu'une dizaine de litres d'essence dans le réservoir, il s'arrêta dans une ville inconnue et prit une chambre à l'hôtel. C'était un établissement pour représentants de commerce, ni luxueux ni sordide. Des hommes épuisés portant de lourdes valises traversaient le hall d'accueil. Il monta et resta un long moment à la fenêtre à regarder un parking où s'alignaient des voitures fatiguées. Il pensa à ceux qui les avaient conduites jusqu'ici, à l'infinie variété des vies qui l'entouraient ; certains devaient rêver de rentrer chez eux pour retrouver leur pavillon et leur famille, alors que cette perspective devait faire horreur à d'autres.

Derrière chacun de ces destins, quelle était la part de hasard ? Quand se trouvait-on face à la première alternative, la première croisée des chemins ? On progressait ainsi, de décision en décision, jusqu'à la fin inéluctable. Dans son cas, quel avait été le tournant décisif ? Un trou ? Le trou de misère dans la semelle de l'expert de l'assurance ? Ou le jour où il avait quitté Lily ? Sa vie aurait été certainement fort différente s'il avait agi autrement.

Dans sa poche se trouvait un petit carnet d'adresses où, le jour de sa rencontre avec Ike Wilton, il avait griffonné le nom de la ville où vivait Lily. Il eut soudain envie de l'appeler pour dire : « Je ne regrette pas mon mariage avec Ellen, mais je me repens profondément de la peine que je t'ai causée, et j'espère que tu as été heureuse malgré tout. » Mais l'impulsion l'abandonna. Le geste aurait été mélodramatique et l'aurait mise dans une position désagréable et absurde.

Et si sa vie avait déraillé plus tard ? Une des nombreuses fois où il avait fait la sourde oreille quand Ellen lui lançait des appels à la prudence. Oui, sans doute. Sans doute ne serait-elle pas tombée si profondément amoureuse d'un autre homme s'il l'avait écoutée. Et, dans ce cas, il n'aurait pas eu à faire face à la terrible perspective qui l'attendait. Un jour, au début de ses ennuis, il avait comparé la catastrophe à un iceberg qui avançait lentement. À présent, la masse de glace, implacable, arrivait sur lui, toute-puissante, plus énorme que jamais, massive et noire.

Il s'assit sur le bord du lit et rédigea une lettre. Lorsqu'il eut fini, il sortit dans le couloir pour la jeter dans la boîte, près de l'ascenseur.

De retour dans la chambre pleine d'ombre, il revécut brutalement l'accident de voiture qu'il avait chassé de son esprit depuis si longtemps. Il entendit les roulades

des rainettes et vit la brume monter dans la nuit. Il se rappela, aussi, qu'il n'avait pas eu peur de mourir.

Fort de ce souvenir, il prit le revolver qu'il avait préparé près de lui, introduisit le canon froid dans sa bouche, et tira.

24

1997-1998

Ellen se réveilla tôt, ou plus précisément se leva tôt après deux courtes heures de sommeil. La cuisine, située plein nord, était encore sombre, mais elle n'eut pas envie d'allumer. Lorsqu'elle eut préparé le café et se fut coupé une tranche de quatre-quarts, elle s'étonna que les gestes quotidiens changent si peu au milieu des grandes tragédies. Leur aimable voisine devait s'être dépêchée de leur préparer ce gâteau la veille au soir. « Des victuailles pour la veillée funèbre », songea-t-elle. Le voisin d'en face sortit comme tous les matins pour promener son chien. Le journal, roulé en cylindre, atterrit devant la porte.

Ce journal, elle redoutait de l'ouvrir et se jura de ne pas y toucher. Du moins pas tout de suite. Dans quelques jours sans doute, ou peut-être même plus tard dans la journée, si elle se sentait prête. Elle voudrait connaître les détails, se poserait des questions et aurait besoin d'y répondre. Mais, pour l'instant, elle ne voulait pas en savoir plus sur la mort de Robb.

Les larmes coulaient sur ses joues ; l'une d'elles tomba même dans sa tasse. Les images se succédaient : Robb dans sa chambre d'étudiant, à sa cérémonie de remise des diplômes, le jour de leur mariage, tenant Julie en barboteuse rose et en bonnet le jour de sa naissance. Des photos, clichés des jours anciens, de leurs débuts.

Pourquoi s'était-il tué ? Tout de même pas à cause de quelques malheureuses lignes dans la rubrique de Rufus Max… Qu'il se sente humilié, d'accord, qu'il souffre de la ruine… Surtout Robb, si orgueilleux. Mais de là à s'ôter la vie !

Ellen s'essuya les yeux. Peut-être n'aurait-elle pas dû pleurer autant. Après tout, elle était mariée à un autre, un homme d'une grande bonté. Pas un saint, heureusement ; on devait beaucoup s'ennuyer avec les saints ! Mais Philip, même en colère, restait patient. Elle le connaissait ; il comprendrait son chagrin.

Elle pleurait encore lorsqu'une voiture s'arrêta devant la porte. En reconnaissant Eddy Morse, elle courut ouvrir avant que son coup de sonnette réveille toute la maisonnée. Quand il la serra dans ses bras, elle vit que lui aussi avait les yeux humides.

— C'est terrible, dit-il. J'ai entendu la nouvelle hier à la radio, au dernier bulletin. Je n'ai pas encore réalisé. Tu arrives à y croire, toi ?

Ellen se posa un doigt sur les lèvres.

— Chut ! Philip et Julie dorment encore.

— Comment Julie prend-elle ça ?

— Très mal. C'est Philip qui le lui a appris. Moi, je n'y arrivais pas. Nous sommes retournés chez elle plus tard pour lui prendre des vêtements. Elle va rester chez nous un petit peu… Autant qu'elle voudra.

— Pauvre petite. Pauvre petite. Elle l'admirait tellement.

À la cuisine, Ellen lui versa un café, puis un deuxième, puis un troisième.

— J'en ai besoin comme d'une drogue, dit-il. Si je suis venu aussi tôt, c'est parce que j'espérais qu'il vous aurait laissé une lettre à toi ou à Julie.

Tandis qu'Ellen faisait non de la tête, il poursuivit.

— D'abord, je suis allé là-bas, chez lui. Il m'avait donné une clé après que…

— Tu peux le dire, après que je l'ai quitté.

— C'est ça. Je ne m'étais jamais servi de la clé avant, mais, là, j'espérais trouver un mot. J'ai cherché partout sans rien voir. Ensuite, les journalistes sont arrivés, à trois voitures ! Des vautours. Et tu sais le pire ? Pendant la nuit, il a beaucoup plu, et les types ont saccagé le gazon de Robb en roulant dessus. Tu te souviens comme il y tenait, à sa pelouse ?

Oui, elle ne s'en souvenait que trop bien. Robb avait été maniaque sur tous les détails, dans cette maison. Ce qui la surprenait surtout, c'était qu'Eddy ait été assez attentif pour s'en apercevoir.

— C'est aussi pourquoi j'ai filé chez vous, pour vous prévenir. Les reporters vont sûrement débarquer bientôt.

— Mais pourquoi ? Je ne suis plus Mme MacDaniel.

— Ça ne change rien. En fait, je crois qu'ils s'intéresseront surtout à Julie. Ils vont suivre sa piste jusqu'à son appartement, et quelqu'un de là-bas finira bien par leur dire qu'elle est ici. Je ne peux toujours pas y croire !

Il se prit la tête dans les mains, les doigts crispés dans les cheveux.

Ils étaient toujours à la table de la cuisine lorsque Philip entra dans la pièce. Ellen s'aperçut qu'elle ne les avait jamais vus ensemble ; elle les présenta donc, se demandant comment la mort de Robb affectait chacun d'eux. De manière très différente, sans doute. Pourtant, devant une mort aussi terrible, les réactions se rejoignaient peut-être un peu.

Philip prit la parole le premier.

— Comme nous tous, il avançait sur la route de la vie au gré de ses désirs, mais il s'est perdu en chemin.

— Cette fripouille de Devlin ! s'écria Eddy. Lui et ses dons de milliardaire à des œuvres de bienfaisance ! Il aurait pu lui donner un coup de main. Mais il ne perd rien pour attendre. On peut toujours espérer qu'un type plus malin, encore plus pourri que lui, viendra un jour lui faire la peau. Qu'il se fasse transformer en chair à pâté, il l'aurait bien mérité !

Au bruit de la sonnette de la porte d'entrée, il sursauta.

— Les journalistes ! Je reconnais la voiture verte.

— J'y vais, dit Philip.

« Pauvre Julie, pensa Ellen. Quand quelqu'un meurt d'un cancer, ou dans un accident de la route, comme les parents de Robb, on peut au moins espérer finir par s'apaiser. Mais pas dans un cas comme celui-ci. Il a bien dû laisser un message. Une lettre va arriver aujourd'hui ou demain, même si cela ne sert plus à rien. Il l'aura envoyée chez Julie. Est-ce qu'il souffrait d'un cancer incurable ? Est-ce que… »

— Ils posent des centaines de questions, leur rapporta Philip en revenant. Ils veulent parler à Julie. Je leur ai demandé de la laisser tranquille. Elle n'en sait pas plus qu'eux. Tenez, voici le journal.

— Je crois qu'il vaut mieux que nous…

Ellen marqua un temps d'arrêt en voyant entrer Julie qui tendit aussitôt la main pour prendre le journal.

— Il vaut mieux qu'elle ne…

— À quoi bon se voiler la face ? interrompit Philip doucement.

Le journal étalé sur la table, ils lurent tous ensemble la première page. Le titre ne faisait pas la une, mais se trouvait en bonne place.

« Suicide d'un grand avocat dans une chambre d'hôtel… motif inconnu… difficultés financières… »

Ellen lut vite, sautant de ligne en ligne pour retirer le plus d'informations possible. *« … Président de multiples associations… Hôpital Sebastian… Croix-Rouge… »*

Le sang lui sifflait aux oreilles. Jetant un regard furtif à Julie, elle vit ses yeux rouges et gonflés, ses traits tirés.

— Bon, ça suffit, ce n'est pas la peine de tout lire d'un coup, Julie. Je veux que tu prennes ton petit déjeuner d'abord.

— Maman, je n'ai pas faim.

— Tu n'as rien mangé depuis hier après-midi.

— Qu'on ne me parle plus de nourriture ! Laisse-moi tranquille, je t'en prie.

— Jusqu'à présent, je n'ai rien lu de trop terrible.

Eddy, toujours maladroit, avait voulu la consoler, mais Julie hurlait :

— Mon père est mort ! Tous les journaux en parlent, et ce sont les journalistes qui l'ont tué. C'est Andrew le coupable ! Et tout ça pour quoi ? Pour rien. Pour la carrière d'Andrew et de son cher patron, le prodigieux, génial Rufus Max. Papa n'était coupable d'aucun crime ! Il n'avait fait de mal à personne. Les journalistes répandent des rumeurs sans fondement pour remplir leurs articles, et ils poussent les gens au suicide.

— Je ne sais pas… On ne peut pas savoir, murmura Ellen en la prenant dans ses bras. Peut-être a-t-il été victime d'un moment de folie. Tu sais, les problèmes d'argent, ça déstabilise. Ça arrive.

— Maman, pourquoi personne ne m'avait avertie ? Avant de rencontrer Eddy dans la rue l'autre jour, je ne savais pas qu'il avait autant de dettes.

— Chérie, papa ne t'aurait jamais fait partager ses soucis. Tu as ta vie à toi.

— Si j'avais su, je n'aurais jamais exigé tous ces cadeaux : les chevaux, les voyages à l'étranger et le reste.

— Julie, ce n'était pas toi qui demandais. C'était papa qui donnait. Il ne pouvait pas s'empêcher d'offrir des cadeaux. Il adorait ça.

« Elle va se rendre malade », songea Ellen en sentant Julie trembler dans ses bras.

— Écoute-moi. Il faut absolument que tu manges quelque chose, ne serait-ce qu'un morceau de pain. Allez.

— Tiens, encore une voiture, intervint Eddy. On dirait une boîte de conserve jaune.

Julie se leva d'un bond.

— C'est Andrew ! Comment ose-t-il venir ! Je

monte dans ma chambre. Dites-lui que je ne veux pas le voir. Dites-lui que je ne veux plus le voir de toute ma vie. Je l'ai rayé de mon existence, je vous jure, c'est vrai. Il sait que je dis toujours ce que je pense. Répétez-lui bien ce que je viens de vous dire.

Ellen et Philip allèrent ouvrir ensemble. Ils restèrent tous les trois sur le seuil, silencieux ; les paroles étaient superflues.

— Entrez, dit Ellen.

Andrew fit quelques pas dans l'entrée. Ellen, qui se croyait un peu obligée de lui en vouloir, l'observa longuement. Voyant son visage ravagé et ses épaules voûtées, elle ne put s'empêcher de le plaindre.

— Je suis venu parce que… Je peux voir Julie, s'il vous plaît ?

— Pas aujourd'hui, ce n'est pas un très bon moment, répondit gentiment Philip.

— Je sais, mais je voulais juste la voir une minute pour lui dire à quel point je suis désolé.

— Je comprends, mais pas aujourd'hui.

Le regard d'Andrew passa de l'un à l'autre. Son col de chemise ouvert révélait une pomme d'Adam nerveuse. Il faisait vraiment pitié. « Il est tellement jeune », se dit Ellen quand il reprit la parole.

— Elle ne veut pas me voir, c'est ça ? Dites-moi la vérité. Il vaut mieux que je sache à quoi m'en tenir tout de suite.

— À mon avis, répondit Philip, il est encore beaucoup trop tôt pour tirer des bilans.

— Non. Julie dit toujours ce qu'elle a sur le cœur. Elle a dit qu'elle ne voulait pas me voir ?

— Oui…

— Je ne sais plus que penser, coupa Ellen. Je vous aimais beaucoup, Andrew, et ça n'a pas changé, mais l'article… Julie estime que vous auriez pu empêcher Rufus Max de mentionner son père. On dit que les gens qui ont des contacts dans les journaux peuvent éviter la publication de faux bruits.

— Les faux bruits, c'est une chose..., répondit Andrew sans parvenir à la regarder en face. J'aimais beaucoup M. MacDaniel, je voudrais que vous le sachiez. C'était un homme hors du commun. Un type bien, intelligent. Quel gâchis ! Je suis atterré.

Le malaise d'Andrew désolait Ellen, mais la colère commençait à monter, comme pour Julie. Il aurait pu convaincre Rufus Max d'épargner Robb.

— Nous sommes un peu pressés, dit-elle. Merci d'être passé.

Elle tournait déjà les talons quand Andrew demanda où et quand auraient lieu les obsèques.

— C'est à Julie de décider, répondit Philip en prenant le relais. Nous publierons une annonce. Une cérémonie très simple, j'imagine.

Après le départ d'Andrew, Philip remarqua :

— J'ai trouvé ça dur de le chasser. Il se sent très mal.

— Évidemment, puisqu'il a perdu Julie.

— Mais ce n'est pas tout. J'ai l'impression qu'on n'a pas fini d'entendre parler de cette banque dans les journaux.

— Et alors ? On verra que Robb laissait l'argent lui filer entre les doigts et qu'il était mauvais homme d'affaires. Ce n'est pas très flatteur, mais ça ne nous apprend rien. Je le sais depuis longtemps.

— Je n'arrive pas à m'ôter de la tête une image de lui au bord du gouffre, sur le point de sauter...

Philip se secoua comme pour se libérer l'esprit.

— Il faut que nous parlions de la cérémonie avec Julie, reprit-il. Robb n'avait plus de famille ?

— Non, plus personne. C'est à Julie de nous dire ce qu'elle préfère.

— J'arrangerai tout ce qu'elle voudra. J'imagine qu'Eddy nous donnera un coup de main.

— Certainement. Eddy a beaucoup de défauts, mais il est toujours là quand on a besoin de lui.

Puis elle ajouta avec amertume :

— Il va falloir inviter je ne sais combien de personnes. On ne peut même pas mourir en paix.

Ils descendirent l'allée centrale, Julie en tête, le cousin germain de Wilson Grant à son côté. Le vieux monsieur, homme charmant, avait proposé de l'escorter pendant les obsèques. Ensuite venaient Ellen et Philip, qui s'assirent au deuxième rang, place choisie pour eux afin de marquer qu'Ellen n'était pas la veuve du défunt.

L'église était comble, et le parvis noir de monde. Parmi ceux qui avaient pris place sur les bancs, Ellen avait retrouvé des visages familiers : Andrew, à l'arrière ; Mme Vernon, en larmes ; les Fowler, l'aîné et le jeune ; Jim Jasper ; M. et Mme Harte. S'ajoutaient à eux des amis d'enfance, des voisins de leur ancien quartier, de simples connaissances et, sans aucun doute, quantité de curieux. L'organiste jouait un requiem qu'Ellen connaissait, mais dont, dans son trouble, elle ne parvenait pas à se rappeler le compositeur. Une ombre douce, vaguement violette, baignait la nef. Le prêtre délivra son oraison, parlant des mystères de l'âme humaine, et de la peine éprouvée par tous lorsqu'un homme si bon, un homme aimé de tant de ses concitoyens, décidait de partir avant son heure. Robb n'avait pas reconnu sa propre valeur. Il avait perdu foi en lui-même. Tous le regretteraient et se souviendraient du bien qu'il avait fait sur terre. Il était entré dans la vie éternelle.

Julie étouffait ses sanglots. « Dans une église, les bruits sont assourdis, songea Ellen, les teintes passées. Même les œillets et leur lit de jeunes feuilles sur le cercueil ont déjà perdu leur couleur. Qu'on en finisse le plus vite possible… »

Le service s'acheva. Dehors, avant de reprendre leur voiture, les gens vinrent saluer Julie ; certains s'adressèrent également à Ellen, un peu gênés car ils l'avaient connue du temps où elle était encore Mme MacDaniel, et ne savaient quel ton adopter pour leurs condoléances.

En lui serrant la main, Fowler le jeune murmura :

— Quel drame !

— Si je peux faire quoi que ce soit pour Julie…, dit Mme Harte. Une petite si adorable… Ce doit être dur pour elle.

— Oui. Oui, merci. Merci beaucoup, c'est très gentil. Merci.

La procession de voitures se rendit au cimetière sous un soleil resplendissant. Là, dans le silence général, de nouvelles phrases solennelles furent prononcées. Et, derrière les visages recueillis, la même question se répétait : « Pourquoi ? Pourquoi Robb MacDaniel ? »

Toujours en silence, les bruits de pas assourdis par l'herbe, les gens repartirent. Dans les voitures qui les ramenaient chez eux, ils durent s'essayer à des hypothèses. « Il doit bien y avoir une raison… Une maladie ? Un amour malheureux ? » Le seul à s'en moquer désormais était Robb MacDaniel lui-même.

Deux mois après un décès, une nouvelle phase s'amorce. Les lettres de condoléances ont été reçues, on y a répondu. Les bouquets et les gerbes ont fané depuis longtemps. Les coups de téléphone se sont espacés, puis ont cessé. On a repris le travail.

Julie avait décrété, avec raison ou non, qu'elle ne voulait plus retourner au journal. Elle ne voulait surtout pas rencontrer Andrew et Max dans les couloirs ; cela aurait été trop lui en demander. Au lieu de gagner sa vie, elle se consacrerait entièrement à l'école de journalisme, et terminerait ainsi plus vite ses études.

— Ce n'est pas plus bête, estima Ellen lors d'une conversation avec Philip. Mais je me fais du souci. Elle est toujours dévorée par la colère et le chagrin.

— As-tu lu en entier la lettre qu'Andrew lui a envoyée ?

— Oui. Il a su se montrer éloquent. Il réitère ses explications, il lui présente ses excuses, et il lui parle d'amour. Le résultat est très touchant. Dommage qu'elle l'ait déchirée. Qui sait, en la relisant un peu plus tard, peut-être aurait-elle réfléchi ?

— J'en doute. Dans son esprit, l'article est trop lié à la mort de Robb.

— Et toi, tu n'es pas de cet avis ?

— Non, l'explication est trop simpliste à mon goût. Et toi, qu'en penses-tu ? Tu connaissais Robb mieux que nous.

— Du moins, je le croyais.

Ils plantaient des oignons de tulipe, Philip accroupi aux pieds d'Ellen. Il leva la tête vers elle.

— J'ai appelé le journal hier, déclara-t-il. J'avais envie de parler un peu à Andrew.

— Tiens ? Et pour quoi faire ?

— Pour être gentil. Voir où il en est, et aussi savoir ce qui se trame… À tout hasard.

— Mais je croyais…

— En fait, je voulais lui tirer les vers du nez, voir s'il y avait du nouveau sur Robb.

— Tu n'aurais pas dû. Je voudrais qu'on oublie tout ça. Je fais ce que je peux et, je te l'accorde, je n'y parviens pas très bien, mais c'est important pour Julie de chasser ses idées noires.

— De toute façon, tu n'as rien à craindre, je n'en sais pas plus. Andrew est parti. Il a quitté le journal et il est monté dans le Nord, je ne sais où. New York, Chicago, Boston… Personne ne sait au juste. Il a tout laissé tomber à cause de Julie. Max m'a dit qu'il regrettait son départ. Il trouve qu'Andrew a de l'avenir. D'après lui, il ferait un excellent correspondant à l'étranger. Il est cultivé, connaît bien l'histoire. Un grand dommage.

Ellen prit le dernier oignon dans le carton, le planta et se redressa avec un soupir, remarquant qu'elle devait vieillir.

— Avant, je ne me fatiguais pas autant pour un peu de jardinage.

— C'est de la fatigue morale. Tu crois avoir pris le dessus, mais il faut encore du temps. C'est long.

— Parfois, je pense à Eddy, je me pose des questions. Par bien des côtés, il a eu une très mauvaise influence sur Robb.

— Je ne suis pas d'accord. Robb avait assez de caractère pour ne pas se laisser entraîner contre son gré.

— Eddy nous a tout de même apporté un grand bonheur : Wheatley. Quand nous y allons et que je vois Penn au travail dans sa serre, presque indépendant, je pense à Devlin, et donc à Eddy.

— Dire que Devlin a encore offert un gros chèque à la fondation ! Un million de dollars pour construire une piscine…

— Il roule de nouveau sur l'or et il veut remonter sa cote de popularité. Ce type va prospérer comme jamais, à moins qu'on ne le pince une nouvelle fois et qu'il retombe le nez par terre.

Philip se mit à rire.

— Le cynisme, ça ne te ressemble pas, mais tu as raison. Ces jeux d'intérêts me dépassent. Qu'un forban comme Devlin fasse en même temps le bien autour de lui, c'est incroyable, pourtant… Quelle heure est-il ? Nous n'avions pas prévu d'emmener Julie dîner dehors ?

— Si, et nous ferions mieux de nous dépêcher. Je préférerais qu'elle aille dîner avec un soupirant plutôt qu'avec nous, la pauvre petite. Ça ne l'intéresse toujours pas. Elle déteste Andrew, mais elle ne regarde jamais personne d'autre.

— Ah ! La complexité humaine, dit Philip en se frottant les mains afin d'en ôter la terre. Plus je vieillis, moins je comprends. Voilà, c'est fait. J'espère que les lapins les épargneront, cette fois.

Les tulipes avaient fleuri et fané depuis longtemps. Les roses embaumaient dans le parterre circulaire, et Robb avait disparu depuis près de un an lorsque Eddy Morse sonna chez eux un soir. Visite très inattendue, car ils ne l'avaient pas vu depuis le jour, peu de temps après l'enterrement, où il était passé embrasser Julie chez eux. Ils avaient pensé ne plus jamais le revoir.

Il s'excusa de les déranger.

— Vous êtes en plein dîner ?

— Nous prenions simplement le café dehors, assura Ellen en se demandant ce qu'il pouvait bien leur vouloir. Il fait plus frais dans le jardin. Tu as le temps de te joindre à nous ?

— Avec plaisir. En fait, j'aurais plutôt dû aller voir Julie, mais j'ai préféré vous parler d'abord. J'avais peur que mes nouvelles ne la choquent trop. Elle adorait tellement son père…

Ils s'assirent sous l'auvent, un peu inquiets.

— C'est une jolie petite maison que vous avez là, remarqua Eddy en acceptant la tasse qu'Ellen lui tendait. Un bon quartier. C'est ça qui compte le plus, au fond.

— Alors, quelles sont ces nouvelles dont tu ne voulais pas faire part à Julie ? s'enquit Ellen.

— Bien, je vous résume. J'ai beaucoup réfléchi. Nous savons tous que Robb n'avait plus un sou, mais c'était mon cas aussi… Je commence à peine à m'en sortir. Ce n'est pas une raison pour se tuer. Je n'y ai pas songé un seul instant, je vous prie de me croire.

— Je n'en doute pas, commenta Ellen.

Il n'avait pas changé : gros bracelet-montre et boutons de manchettes en or, blazer anglais.

— Alors ? demanda-t-elle, impatiente.

— D'accord… Je vous préviens, ça ne vous fera pas plaisir, mais il vaut sûrement mieux que vous le sachiez. Vous devez vous triturer les méninges pour comprendre. Moi aussi, je me suis posé des questions. Bon. Il y a trois jours, j'ai eu l'idée de passer voir Fowler, le jeune. Je traitais souvent avec lui quand le cabinet représentait Devlin. Après le scandale, ils ont refusé sa clientèle afin de ne pas se salir les mains, mais je ne travaille plus pour Devlin. Il a entièrement renouvelé son équipe. Bref, je me suis dit que Fowler pourrait savoir quelque chose. Je ne sais pas pourquoi j'ai mis aussi longtemps à y penser, mais c'est comme ça. D'abord, Fowler n'a rien voulu me dire, et puis j'ai réussi à le convaincre. La famille, c'est-à-dire Julie, a le droit de savoir. Il a fini par accepter. Il sait qu'on peut me faire confiance.

Il alluma une cigarette, tira une bouffée et hésita. Le crépuscule montait à travers les arbres. Dans la pénombre, le suspense donnait le frisson. Enfin, il se décida.

— Robb avait laissé sur son bureau un mot assez laconique. Il annonçait seulement qu'il ne reviendrait pas, il présentait ses excuses et affirmait qu'il donnerait des explications plus tard. Deux jours après, une lettre est arrivée. Il l'avait envoyée de l'hôtel. Apparemment, la situation était beaucoup, beaucoup plus grave qu'il n'y paraissait. Quand la Danforth Bank a fait faillite, on a trouvé dans les dossiers des accords de crédit de Robb. Dans ce type de document, le demandeur établit sous serment la liste de ses possessions qui peuvent servir de garantie au prêt. Eh bien, Robb a présenté de faux actifs. Tous les biens cités avaient déjà servi à d'autres créances, et plusieurs fois. Il était surendetté. Il s'est donc rendu coupable de déclarations mensongères.

Ellen entendait son cœur battre dans le silence. Ainsi, il aurait pu aller en prison…

— Il a commencé seulement l'année dernière, vers la fin, continua Eddy. Il était aux abois. C'est difficile à croire, je sais, je connaissais bien Robb, nous étions très proches, tu le sais, Ellen, mais j'étais loin de me douter de l'ampleur de ses investissements. Il avait dix fois plus de propriétés que moi, même plus. Il n'achetait que sur emprunts. On comprend mieux son angoisse, mais ce n'était pas le pire. Les derniers mois, il devait être désespéré. Il ne savait plus vers qui se tourner, et il s'est mis à présenter au cabinet des notes d'honoraires pour des heures de travail fictives. Autrement dit, il a fait des faux.

— Mais comment a-t-il pu penser que ses associés ne s'en apercevraient pas ? interrogea Philip.

— Il se doutait certainement que ça ne passerait pas ; il voulait juste un répit de quelques mois. Il a tout confessé, et demandé pardon.

Dans la pénombre, Ellen vit surgir une forme, une vision si réelle qu'elle y crut presque. C'était le jeune homme au visage sérieux de Lincoln, le jeune idéaliste éloquent et simple dont elle était tombée amoureuse.

Comme s'il avait eu la même vision, Philip posa une main ferme sur celle, tremblante, d'Ellen.

— Oui, dit Eddy, cela me rend malade pour lui. Quel gâchis ! C'est drôle, Fowler a dit la même chose. Il a dit que Robb aurait dû leur demander leur aide dès le début. Ils auraient fait l'impossible. Ce sont des gens bien, les deux Fowler, et Harte aussi. Ils ont du cœur.

— Je n'arrête pas de me demander, dit Ellen lentement, pourquoi il n'a pas laissé de lettre pour Julie.

— Moi, je le comprends très bien, intervint Eddy. Il ne savait pas quoi dire, tout simplement.

— Oui, approuva Philip. Comment exprimer ce qu'il devait ressentir ce jour-là ? Trop d'émotions à la fois : amour, honte, regrets, peur…

— C'est ça, de la peur, reprit Eddy. Au bas mot, il aurait été radié du barreau, et déjà, ça l'aurait tué.

— Et Julie ? demanda Ellen. Ce nouveau choc lui fera tellement mal. Je ne peux pas lui dire.

Un silence se fit. La colère montait en Ellen, rivalisant avec son chagrin. Comment Robb avait-il pu faire une chose pareille à Julie… à lui-même ? Un homme de son intelligence ! Philip, lui, aurait dit que l'intelligence n'était pas tout, que le destin d'un homme se façonnait à petits coups ; que les hasards, en se succédant, contribuaient à nous changer.

— Finalement, je devrais peut-être lui en parler moi-même, dit Eddy. Oui, je m'en sens capable, si vous voulez. C'est aussi important pour son ami, Andrew. En fait, il a protégé Robb, ou du moins a fait son possible. Fowler m'a appris que, après la mort de Robb, Rufus Max – ils se connaissent – l'a appelé pour lui parler des fausses notes d'honoraires. Je ne sais pas comment il en avait eu vent, mais c'est son métier. Il a avoué à Fowler qu'il était au courant, mais qu'il n'avait rien publié parce que l'ami de Julie lui avait demandé de ne pas le faire. Ce pauvre garçon n'est sûrement pas arrivé à expliquer à Julie qu'il a minimisé les dégâts. Peine perdue, d'ailleurs, parce que l'information finira par filtrer quoi qu'on fasse, et la petite sera au courant un jour ou l'autre. Nous avons simplement gagné du temps grâce à la lenteur des tribunaux.

Il s'interrompit.

— Eh bien ? reprit-il. Vous voulez que je parle à Julie ?

— Oui, s'empressa de répondre Philip, c'est gentil. Nous en discuterons avec elle ensuite, bien sûr. Nous réfléchirons à tout ça ensemble.

— C'est sûr…

Après une hésitation, Eddy lâcha :

— Dites, vous pensez que c'était ma faute ? Est-ce que je l'ai entraîné sur la mauvaise pente, alors qu'il n'était pas taillé pour ça ? J'espère que non. Je l'aimais, moi, et beaucoup !

— Ce n'est la faute de personne, répondit Ellen avec douceur. Il s'est enferré tout seul. Ou plutôt, une conjonction de petits événements l'a conduit à sa perte.

— Merci. Je tenterai de présenter les choses sous cet angle à Julie. C'est fou, je me souviens du temps où je lui achetais des poupées. Et puis on jouait au tennis quand Robb l'amenait au club. Elle était très bonne joueuse, cette gamine. Le portrait de son père. J'espère qu'elle va tenir le coup et qu'elle ne va pas lui en vouloir.

Les yeux d'Eddy s'étaient remplis de larmes. Ellen, toujours très gentiment, le rassura encore.

— Elle essaiera de comprendre, Eddy. Oui, elle finira par comprendre, comme nous, autant que faire se peut.

— Donc, tu vois le rôle qu'a joué Andrew dans cette affaire ? demanda Philip à Julie, quelques jours plus tard. Il savait que de graves accusations guettaient ton père, et il n'osait pas te le révéler. Il comprenait très bien tes reproches, mais ne pouvait pas te détromper en te parlant de son intervention auprès de Rufus Max. Tu imagines sa position ?

Julie était effondrée. Ellen, pendant toute la soirée, avait sans fin médité sur la cruauté de ce coup de théâtre. Après une longue année de deuil durant laquelle sa fille, courageuse, avait lentement remonté la pente, tout était à refaire.

Oui, courageuse, elle l'était. Même son petit appartement témoignait de ses efforts. Les journaux, les magazines, les cahiers étaient proprement empilés sur les tables et par terre. Aux fenêtres, des rideaux blancs impeccables, dans la kitchenette une petite étagère où pendaient des casseroles à fond de cuivre, sur le secrétaire, le cadre en argent bien frotté qui entourait la photo de Robb ; tout cela dénotait une personnalité sensible, mais qui ne se laissait pas détruire par la souffrance. Ce nouveau choc, pourtant, risquait de briser son équilibre.

— Je ne peux pas associer ce que vous me dites avec l'image que j'ai de papa, murmura Julie. Ça ne lui ressemble pas. Jamais il n'aurait fait ça. Des faux, des déclarations mensongères…

Après trois heures de sanglots et une accalmie, les larmes revenaient. Elle s'essuya les yeux d'un geste rageur.

— Il a été victime du destin, expliqua Philip. Ce n'était pas un criminel.

Julie se tourna vers sa mère.

— Cela doit te sembler encore plus bizarre à toi. Tu le connaissais mieux que moi. Tu as été sa femme.

— Oui. Oui, c'est vrai, et je l'ai aimé. D'une certaine façon, je l'aimais encore quand nous avons commencé à ne plus être heureux ensemble. Toi, tu ne te doutais de rien. Je l'aime encore… j'aime le souvenir que j'ai de lui. Tu regardes Philip ? Ça te surprend que je dise ça devant lui ?

— Tu sais, intervint Philip, on peut très bien aimer deux personnes de différentes manières à la fois. Les sentiments ne se succèdent pas avec des coupures bien nettes, ils se superposent. Je peux dire que j'aime toujours ma première femme, en souvenir, même si je lui en veux parce que son entêtement à prendre la route un soir de tempête a tué notre enfant. Ça ne m'empêche pas d'être fou de ta mère.

Julie eut un petit sourire triste.

— Si tu as peur que je perde mon amour pour papa, rassure-toi. Comment veux-tu que je l'oublie ?

Elle fit grincer le fauteuil à bascule puis ajouta :

— Je dois des excuses à Andrew, non ?

N'obtenant pas de réponse, elle continua.

— Je devrais lui écrire une lettre… Mais je suis bête, je ne peux pas… Philip, tu m'as dit que personne ne sait où il est allé.

— Connaissant Eddy, remarqua Ellen, je suis sûre que s'il s'y met vraiment il peut te le retrouver.

25

1998

— Ça me fait un drôle d'effet de te revoir, Andrew ! dit Lily. Quel âge avais-tu, déjà, la dernière fois ?

— Attends… J'avais quinze ans quand maman s'est remariée et que nous sommes partis en Angleterre… Mais nous avons quitté Marchfield avant, quand papa est mort. J'avais neuf ans.

Ils prenaient le café à la table de la cuisine des Blair, et Lily était ravie de reprendre contact avec ce jeune homme qui lui semblait fort intéressant.

— Mais moi, j'avais quitté la ville depuis déjà un bon moment, donc tu devais être un tout petit garçon la dernière fois que je t'ai vu. Nos mères sont restées en contact, bien sûr. Ta mère écrit de longues lettres à la mienne. Elle parle beaucoup du temps où elle vivait à Marchfield. Elle doit être un peu nostalgique. J'ai honte de ne jamais correspondre avec elle, à part pour Noël. Il faut dire que je ne la connaissais pas très bien.

— C'est d'autant plus gentil de bien vouloir me garder mes caisses de livres.

— Ce n'est rien. Dès que ma mère a entendu dire que tu déménageais et que tu ne savais plus où mettre tes livres, elle a suggéré cette solution. C'est Emma Webster tout craché, ajouta-t-elle en riant. Elle n'hésite jamais à intervenir ! Elle a sauté sur son téléphone pour réquisitionner notre grenier.

— J'espère que ma mère n'a rien demandé !

— Bien sûr que non, je viens de te dire que ma mère n'a pas besoin d'encouragement. Et puis ça nous fait plaisir. C'est tout naturel, Andrew.

— Cela me soulage beaucoup. Je ne voulais pas les mettre dans le container avec le reste. J'avais peur qu'ils ne s'abîment. Je n'ai pas de biens plus précieux au monde, d'ailleurs je ne possède rien d'autre. Ce sont les livres de mon père, il était bibliophile, et tous ceux que j'ai achetés depuis. Je suis devenu collectionneur comme lui.

Lily se demanda d'où elle tirait l'impression que le jeune homme, sous son extérieur calme et bien élevé, cachait une blessure secrète.

— Donc, tu vas à Chicago ?

— Oui, provisoirement. J'ai une piste pour un travail, là-bas.

— Tu as envie de changer d'air ? Pourtant, j'aurais cru qu'un poste auprès de Rufus Max, ça ne se quittait pas comme ça.

Il prit un moment pour répondre. Son regard pensif, perdu dans le lointain, accentuait l'impression de tristesse qui se dégageait de lui.

— Oui, c'est un bon job, à condition de vouloir orienter sa carrière dans cette direction, répondit-il. Max connaît bien le monde des affaires, c'est un excellent enquêteur, et je le respecte beaucoup. Mais je me suis lassé de tout ça, des investigations, des fraudes bancaires, des scandales politiques, des suicides inexpliqués… Je m'intéresse plutôt à la politique extérieure. Je voudrais voyager, voir du pays. Disparaître quelque temps.

— Des suicides ? demanda Lily. Tu menais des enquêtes sur des suicides ?

— Pas souvent, heureusement. Seulement les plus importants, celui de l'avocat Robb MacDaniel, par exemple.

Lily se disait qu'elle aurait dû changer de sujet de conversation, mais elle en fut incapable. Elle lui tendit même la perche.

— Un grand avocat…

— Oui. Mais il était resté simple. Il s'intéressait aux gens, il vous parlait vraiment. J'ai pensé, mais je ne le connaissais pas très bien, que c'était peut-être ses soucis personnels qui l'avaient rendu plus humain. Le divorce, l'enfant anormal, la ruine…

Sa voix s'éteignit sur une note de regret.

Lily, intriguée, songea qu'il avait dû le connaître mieux qu'il ne voulait l'admettre.

— Une terrible perte, acheva-t-il.

Pourquoi lui disait-il tout cela ?

— C'était un homme exceptionnel, madame Blair.

Son jeune visiteur finissait par la mettre mal à l'aise, aussi fut-elle soulagée lorsqu'il reposa sa tasse et se leva en prenant congé.

— Je dois rentrer. J'ai beaucoup de route à faire ce soir, et mon avion part tôt demain matin.

En quelques minutes, ils achevèrent leurs adieux. Andrew réitéra ses remerciements, transmit ses salutations au Dr Blair, absent pour son travail, et enfin monta en voiture. Lily fit de grands signes tandis que la vieille voiture démarrait, puis elle retourna dans la cuisine.

À l'évier, tout en lavant les tasses, elle s'étonna d'entendre si souvent parler de Robb après des années de silence. Des sentiments confus l'agitaient. Tant de souvenirs défilaient qu'il lui semblait feuilleter un album de photos : Robb, guindé dans son costume neuf au bal de fin d'année du lycée (il lui avait offert des boutons de rose à épingler à son chemisier) ; Robb dans le grenier à foin des voisins (ils y étaient restés tout un après-midi à cause de la pluie) ; Robb sous tous les angles, fougueux, plein de jeunesse…

Comment avait-il pu finir de façon si tragique ? En se tirant une balle dans la bouche, comme les journaux à sensation s'étaient complu à l'écrire. Souvenirs, pitié, chagrin… Tout se mélangeait.

Dehors, le silence. Elle entendait seulement les poules caqueter par la fenêtre ouverte. Les poules de Walter. Il fallait leur redonner de l'eau. Walter, son amour de Walter ! Dire que de toute cette peine un tel bonheur était né ! Cela ne s'expliquait pas. Elle n'avait que sa bonne étoile à remercier.

Apaisée, elle sortit dans le jardin engourdi de soleil.

Eddy, fidèle à sa légende, s'attela aux recherches. En quelques semaines, après avoir passé l'ancien quartier d'Andrew au crible, il trouva un voisin qui avait gardé une adresse dans un vieux carnet. Andrew la lui avait confiée en cas d'accident, afin que des amis de la famille, au sud de l'État, puissent prévenir avec ménagement sa mère qui vivait en Angleterre.

Dès le lendemain, après avoir reçu l'information, Julie décrochait le téléphone. Sa lettre était déjà cachetée sur la table, une longue lettre, pas trop cependant, car, une fois le premier pas franchi, elle avait voulu aller droit au but : elle s'était montrée dure, très dure ; sans doute avait-elle prononcé des paroles irréparables. Elle comprendrait très bien qu'il ne puisse pas lui pardonner. Depuis la mort de son père, elle était très malheureuse, et aussi depuis leur séparation. À présent, elle savait que, loin d'avoir été lâche, il avait cherché à la protéger. Elle voulait savoir si au cours de cette longue année il avait rencontré quelqu'un d'autre, mais elle espérait que non, car elle l'aimait toujours. Jamais elle n'avait cessé de l'aimer, même au plus fort de sa colère, elle s'en rendait compte à présent.

Sur l'enveloppe, déjà timbrée, il ne manquait plus que l'adresse. Le cœur battant à tout rompre, elle composa le numéro qu'on lui avait donné.

Un homme lui répondit. Oui, c'était bien Walter Blair. Oui, il connaissait quelqu'un du nom d'Andrew Harrison. Qui le cherchait ? Une amie ? Mais, s'ils étaient proches, pourquoi Andrew ne lui avait-il pas communiqué son adresse ? Il s'agissait d'une question personnelle de la plus haute importance ? Possible, mais Andrew Harrison lui avait laissé la consigne très stricte de ne donner aucune information sur lui. Il en avait plus qu'assez des scandales médiatiques et ne voulait plus rien avoir à faire avec les journalistes. Elle n'était pas journaliste ? Dans ce cas, qu'elle lui en fournisse la preuve. Loin de lui l'envie de se montrer impoli, mais il ne servirait à rien de le supplier. Il était désolé, elle ne devait pas insister.

— Quel dommage, remarqua Ellen lorsque Julie lui rapporta la conversation. Je sais bien qu'il ne faut pas trop compter sur une réconciliation entre toi et Andrew, mais, au moins, si tu savais où il habite, tu pourrais discuter avec lui et en avoir le cœur net. Sinon, jamais tu ne pourras te le sortir de la tête.

— Et pourquoi ne tenterais-tu pas d'aller trouver ce M. Blair en personne ? suggéra Philip. Va sonner à sa porte, tu ne risques rien. Face à toi, Julie, il cédera peut-être.

Julie réfléchit.

— Pourquoi pas, finit-elle par répondre, c'est une idée. Mais, sans être timide, ça me gênerait quand même un peu de débarquer chez des gens que je ne connais pas.

— Essaie, insista Ellen. On ne sait jamais. Si ça ne marche pas, tu n'auras perdu qu'une journée et cela ne nous empêchera pas de chercher une autre tactique.

Au volant de la voiture d'Ellen, toujours le même petit bijou d'une résistance à toute épreuve, Julie se sentait d'humeur contemplative. Elle avait l'impression d'accomplir un voyage à l'envers dans le temps. D'abord elle était passée devant le bureau de son père, puis devant les colonnes du palais de justice où il avait plaidé avec tant de brio ; ensuite, au coin du parc si présent dans l'histoire familiale, elle avait tourné dans la rue d'Andrew, avant de prendre l'embranchement de l'autoroute, le plus court chemin pour descendre vers le sud.

Les moissons venaient de commencer. Aux alentours de la ville, les stands des agriculteurs regorgeaient de maïs, de fruits et de zinnias, produits très évocateurs de la ferme que son père lui avait si souvent décrite. Les images qu'il lui avait léguées étaient si vives qu'elle avait presque l'impression d'y avoir vécu. Un panneau annonçant la distance qui la séparait de Marchfield la fit sursauter et ralentir. L'horrible accident pouvait très bien s'être produit à cette intersection. Sans cette tragédie, avait souvent dit son père, il aurait sans doute passé le reste de ses jours dans une de ces petites villes tranquilles, avec une longue rue centrale, un monument aux morts et un grand collège.

« Si l'accident n'avait pas eu lieu, sa vie ne se serait pas achevée ainsi. Moi, Julie MacDaniel, ne serais pas née, ce qui n'aurait pas été une grande perte, songea-t-elle avec un sourire, mais tout de même… »

Son humeur variait au gré des kilomètres. Tantôt pleine d'espoir, elle pensait parvenir à convaincre M. Blair. Il admettrait qu'elle n'était pas journaliste et qu'elle méritait vraiment qu'on lui donne l'adresse d'Andrew. Tantôt son optimisme retombait : même si elle obtenait son adresse, elle découvrirait qu'Andrew ne l'aimait plus et qu'il avait rencontré une autre femme.

La plaine immense qu'elle traversait était un peu oppressante. Dans cette région uniformément plate, avait souvent dit son père, l'horizon forme un cercle si parfait qu'on se sent tout petit. La vérité énoncée par Galilée n'était plus une vaine parole : on se rendait compte au plus profond de soi que la Terre était une boule tournant autour du Soleil. Rien de dérangeant à cela, mais elle se serait passée de l'impression d'être un point minuscule fonçant dans l'Univers.

Quelques kilomètres plus loin, un peu après midi, elle entra dans Canterbury. Le nom de la ville s'étalait partout : marché de Canterbury, cordonnerie de Canterbury, poste de Canterbury. Là, elle s'arrêta et demanda où vivait Walter Blair.

La maison était toute proche. Soudain convaincue qu'elle ne parviendrait à rien, elle regretta de ne pas devoir rouler plus longtemps. Mais déjà elle arrivait ; c'était une grande et simple demeure, ni riche ni pauvre mais bien entretenue avec un beau jardin ombragé par des chênes. Près de la porte était apposée une plaque : « DR WALTER BLAIR, MÉDECINE GÉNÉRALE ». Elle monta courageusement les marches et sonna.

La porte s'ouvrit presque aussitôt. Le trac de Julie laissa place à un sourire fugitif : cet homme aux cheveux poivre et sel, et à l'expression affable tenait son rôle de médecin de campagne à la perfection.

— La porte d'entrée du cabinet médical est sur le côté de la maison, indiqua-t-il aimablement.

— Oh, pardon, je n'avais pas vu…

— Et les consultations reprennent à deux heures.

— Oh, pardon, mais je ne… je ne suis pas une patiente. Je viens vous voir pour une raison personnelle. Vous vous souvenez peut-être de moi. Je vous ai téléphoné pour vous demander l'adresse d'Andrew Harrison. J'espérais qu'en vous expliquant de vive voix…

— Vous avez pris la peine de venir me le demander en personne ? Vous devez y tenir beaucoup.

— Oui… c'est que…

Sa gorge se serrait à l'étouffer. « Allez, du nerf ! » se dit-elle.

— Oui, nous nous aimions beaucoup, et puis il s'est passé quelque chose, et…

Il la regarda attentivement, et un éclair amusé passa dans ses yeux.

— Bien, entrez.

Elle ne remarqua rien de la pièce, sauf ses fenêtres et ses fauteuils. Quand il l'invita à s'asseoir, elle choisit une chaise contre le mur.

— Vous ne m'avez pas dit votre nom, je crois.

— Je m'appelle Julie MacDaniel.

— Et vous pouvez m'assurer que vous ne travaillez pas pour un journal ? Andrew n'a pas précisé pourquoi, mais comme je vous l'ai expliqué, il m'a fait jurer le secret.

— Je suis étudiante en thèse, et je ne travaille pas. Vous pouvez me croire.

— J'admets que vous avez l'air honnête.

— Je vous le jure, je ne mens pas.

— J'espère que notre jeune ami Andrew ne va pas venir me passer par les armes !... Bien, reprit-il après une pause, je prends le risque. L'adresse est en haut. Il est parti quelque part dans l'Illinois.

Il se leva et alla se poster au bas de l'escalier.

— Lily, appela-t-il, descends une minute, chérie, tu veux ? Une jeune femme est ici, Julie MacDaniel. Elle demande l'adresse d'Andrew Harrison.

Une minute plus tard, des pas rapides claquèrent sur les marches, et une petite femme portant une jolie robe de cotonnade à fleurs entra dans la pièce, un papier à la main.

— Vous êtes Julie... Julie MacDaniel ?

— Oui, MacDaniel. Merci beaucoup. Vous ne pouvez pas savoir, vous me sauvez la vie.

La femme la dévisageait.

— MacDaniel ? répéta-t-elle comme si le nom la sidérait.

« Cette femme reconnaît mon nom à cause du suicide, pensa aussitôt Julie. C'est un nom courant, mais un suicide dans un hôtel, ça marque l'imagination. Tiens le coup, fais bonne figure, dirait Philip. Si papa a commis un péché comme le pensent certains – mais qui peut s'arroger le droit de le juger ? –, ce n'est pas toi la coupable. »

— Votre nom me dit quelque chose.

— Lily, il y a d'autres MacDaniel...

Le mari s'impatientait. Sans doute avait-il hâte d'aller déjeuner.

Mais la femme continuait de la dévisager avec une insistance de plus en plus gênante. Julie avança vers la porte et, comme elle avait obtenu ce qu'elle voulait, elle s'autorisa à laisser percer sa colère. Ce n'était pas la première fois qu'on l'importunait avec une curiosité déplacée.

— Oui, je suis la fille de Robb MacDaniel, l'avocat qui s'est suicidé il y a un an ! lança-t-elle brutalement.

Les Blair en restèrent interdits. Un silence se fit, puis la femme commenta :

— Une tragédie terrible.

Le silence retomba. Julie aurait voulu partir, mais la frêle silhouette de Mme Blair lui bloquait le passage.

— Ce n'est pas cela qui m'a fait reconnaître votre nom, dit-elle. Je connais votre famille. Nous étions voisins, là où j'ai grandi.

— Ah ? En effet, mon père vient de cette région.

— Et puis aussi, je connais les livres d'Ellen MacDaniel. Je travaille à la bibliothèque centrale du comté, dans la section jeunesse.

— C'est ma mère.

Le Dr Blair se joignit alors à la conversation, s'étonnant de cette remarquable coïncidence. Mais Mlle MacDaniel devait reprendre la route et…

Sa femme l'interrompit.

— J'aime beaucoup son dernier livre, et puis je l'admire de reverser les droits d'auteur aux jeunes handicapés mentaux.

Cet éloge toucha Julie, qui regretta sa première impression défavorable. N'osant plus repartir trop vite, elle expliqua que sa mère désirait aider tous les enfants handicapés à bénéficier de la même qualité de vie que son frère retardé.

— Mon frère vit dans une très belle institution, confia-t-elle.

Puis, spontanément, un souvenir profondément ancré lui souffla d'ajouter :

— Cela aurait beaucoup compté pour mon père, à cause de son propre frère qui souffrait aussi d'un retard mental.

— Tiens ? Je ne savais pas… Ma mère connaissait

la famille mieux que moi… C'était un petit bourg, les gens se fréquentaient tous… et puis quand on a parlé de la tragédie dans les journaux, l'année dernière, j'ai repensé à nos voisins… Mais bien sûr c'était avant moi, enfin, je veux dire, avant qu'ils arrivent près de chez nous… Vous êtes sûre, pour son frère ?

Là, elle allait vraiment trop loin. Quelle pipelette ! Malgré sa gêne, Julie répondit avec courtoisie en faisant un pas vers la porte.

— Oui, tout à fait sûre.

Mme Blair courut vers l'escalier en criant :

— Maman ! Viens voir, je voudrais te présenter quelqu'un ! C'est Julie MacDaniel. Elle est de la famille MacDaniel que nous connaissions. Ma mère est chez nous en visite, ajouta-t-elle en se tournant vers Julie.

Coincée à un mètre de la sortie, Julie fut une nouvelle fois soumise à une inspection détaillée. Ces gens devaient, malgré ce qu'ils affirmaient, être fascinés par le suicide et le drame qui l'entourait. On allait essayer de la faire bavarder, mais Julie n'avait aucune intention de se laisser faire.

La mère, l'œil inquisiteur, examinait Julie sous toutes les coutures.

— Maman, te souviens-tu d'un enfant attardé dans la famille MacDaniel ?

— Non, d'où sors-tu cette idée ?

Quelle impolitesse de se saisir d'une simple remarque pour ensuite la mettre en doute !

— Nous devrions laisser Mlle MacDaniel repartir, intervint le Dr Blair. Elle est pressée.

Mais Mme Webster leva la main pour la retenir.

— Attendez une minute. Je suis un peu curieuse, je le reconnais, mais c'est naturel puisque nous avons été voisins pendant des années. Le seul frère que votre père ait jamais eu à ma connaissance est né dix ans avant lui, et il n'était pas anormal, au contraire. C'était un petit garçon fort intelligent. Il apprenait déjà à lire à l'âge de quatre ans.

Cette fois, l'intérêt de Julie s'éveilla.

— C'est bizarre, pourtant on m'a toujours dit qu'il était attardé.

— Ce n'est pas bizarre du tout, rétorqua sèchement Mme Webster.

« Cette femme ne m'aime pas », songea Julie.

— C'est même tout simple, reprit la vieille dame. Le petit a été victime d'un traumatisme crânien grave à cinq ans. C'était le Jour de l'an, et son père, qui était un peu porté sur la boisson, est tombé dans l'escalier avec son fils dans les bras. Le père n'a eu que des bleus, mais l'enfant a souffert d'une hémorragie interne dont il ne s'est jamais remis. Quand ils ont emménagé à Marchfield, comme personne ne connaissait l'histoire, ils ont prétendu que leur fils était né comme ça, et le père s'est arrêté de boire tout net. Voilà. Je sais de quoi je parle, je les connaissais bien, acheva-t-elle comme si on voulait la contredire.

— Mon Dieu, murmura Julie. Que lui est-il arrivé ensuite ? Comment est-il mort ?

— Heureusement pour lui, il est décédé d'une pneumonie un an plus tard. Bien, si tu n'as plus besoin de moi, Lily, je remonte. J'ai à faire.

« Je me demande pourquoi ma présence la met en colère, pensa Julie, étonnée. Elle ne s'en cache même pas, avec son regard froid et sa politesse artificielle. »

Le Dr Blair et sa femme devaient être gênés par la sécheresse de la vieille dame, car ils raccompagnèrent Julie jusqu'au trottoir en redoublant d'amabilité. Ils étaient enchantés, dirent-ils, de lui avoir fourni l'adresse qu'elle cherchait, et ils lui souhaitèrent bonne route.

Le Dr Blair partit assurer sa consultation, la laissant avec sa femme qui semblait chercher n'importe quel prétexte afin de la retenir. Elle conseilla à Julie un raccourci pour rejoindre Canterbury, qu'elle lui décrivit avec force détails. Elle lui parla des livres d'Andrew – évidemment, Julie n'était pas au courant – et si Julie avait attendu, elle lui aurait volontiers parlé du jour où il les avait apportés. Quel charmant garçon…

Julie, fort pressée de se sauver, ne pouvait deviner les pensées qui agitaient Lily Blair.

« Qu'elle est jolie ! Je crois que je vois une petite ressemblance avec Robb, mais elle doit plutôt tenir de sa mère. La bouche, peut-être… La découpe de la lèvre supérieure… Et puis il se dégage d'elle la même énergie, la même envie de courir, de profiter de la vie, de réussir… Si j'avais épousé Robb, aurais-je eu une fille comme elle ? Ou un fils comme son frère ? Ou peut-être n'aurais-je pas eu plus d'enfant qu'avec Walter. En tout cas, je ne pense pas que j'aurais pu être aussi heureuse que je le suis aujourd'hui… »

Julie jeta un coup d'œil dans le rétroviseur. Mme Blair était encore sur le trottoir. « Une femme adorable, se dit-elle, elle vaut sûrement la peine d'être connue. » Néanmoins, elle la trouvait trop curieuse, trop bavarde. Et sa vieille mère était vraiment désagréable. Quelle drôle de visite ! Quelle coïncidence ! Un pauvre petit garçon tombé dans l'escalier… Et dire que ce mensonge avait porté une ombre sur la vie de son père. Étrange… Les mensonges empoisonnaient le monde. Des mensonges qui s'enflaient, qui grandissaient avec le temps.

La révélation, en l'occurrence, survenait trop tard pour revêtir une grande importance. À côté du papier qu'elle avait en poche, la nouvelle perdait même beaucoup de son intérêt. À moins que des encombrements ne la retardent, elle aurait le temps d'envoyer sa lettre par le courrier du soir.

« Et maintenant, par pitié, faites qu'il ne m'ait pas oubliée. »

Trois jours plus tard, Julie attendait à l'aéroport. La dernière fois qu'elle y était allée remontait à son retour de l'université, après la remise des diplômes. Depuis, elle avait l'impression d'avoir vécu un siècle d'épreuves.

Impatiente, elle s'approcha de l'immense baie vitrée

qui la séparait des grands oiseaux de métal aux ailes déployées. Les aiguilles de sa montre avançaient avec une lenteur exaspérante. Lorsqu'elle s'approcha de la porte des arrivées, le temps sembla même s'arrêter.

Enfin, les passagers apparurent. Un Texan en costume clair, son haut chapeau sur le crâne, sortit le premier. Une jeune femme, bébé dans les bras et chargée d'un paquet de couches parut ensuite. Puis deux hommes d'affaires, attachés-cases de beau cuir à la main. Un vieux couple lent et maladroit les suivait, portant des paquets emballés dans du papier kraft. Soudain, elle l'aperçut.

Lui ne l'avait pas vue. Il cherchait par-dessus les têtes, fouillant des yeux la foule qui attendait. Il avait l'air anxieux. Puis, il la repéra, et son visage s'éclaira ; elle retrouvait l'expression heureuse qu'elle lui avait connue. Il en était illuminé. Ils coururent l'un vers l'autre. Bras levé, il lui faisait signe en riant.

Ellen travaillait à la table de la véranda. Comme l'heure du retour de Philip approchait, elle rangea ses couleurs. Lorsque la voiture s'arrêta devant la maison, elle se leva, et le chien, qui somnolait sous la table, se leva aussi et courut l'accueillir avec elle.

— Alors ? demanda Philip. Il est arrivé ? Tout est bien qui finit bien ?

— Julie a appelé. Elle est métamorphosée ! Ils vont passer nous dire bonjour un peu plus tard. Il va falloir organiser le mariage. Je ne sais pas ce qu'ils envisagent comme cérémonie, mais, apparemment, il n'est plus question d'attendre. À mon avis, le jardin est bien assez grand pour un mariage en plein air, non ? En cas de pluie, il suffirait de prévoir une tente.

— Et, à part ça, ils pensent à leur avenir professionnel ?

— Tu vas voir, c'est incroyable… Dès que Julie aura fini sa thèse, Rufus Max s'est engagé à leur trouver un double poste de correspondants à l'étranger. Ils meurent d'envie de voir le monde.

— Vaste programme, remarqua Philip avec un sourire. Ils n'auront pas le temps de s'ennuyer.

« En effet, se dit Ellen. Même sans quitter sa ville natale, on peut être plus que secoué par la vie… »

Pendant le dîner, tandis qu'elle devisait avec Philip, bien des pensées tournaient dans sa tête.

D'après Julie, Lily était assez sympathique… Elle aurait fort bien pu lâcher des allusions, mais elle s'en était abstenue… Sans doute Robb avait-il pensé à elle plus souvent qu'il n'avait voulu l'admettre. Il avait préféré le cacher, se l'était peut-être caché à lui-même… Et quelle ironie du sort : la vérité sur l'enfant attardé de la famille MacDaniel lui parvenait par l'intermédiaire de cette femme… Trop tard pour rassurer Robb. Quelle morale tirer de l'histoire ? Aucune, certainement, sauf qu'après tant d'erreurs, de bouleversements, de triomphes, de joies, s'il restait de l'amour, il restait le plus beau…

— Tu es bien songeuse, constata Philip.

— J'écoute la pluie. Nous devrions le promener avant que ça tourne au déluge, ajouta-t-elle en montrant le chien qui attendait devant la porte.

Ils s'arrêtèrent sur la pelouse, enlacés, Philip un bras autour d'Ellen, et elle appuyée sur son épaule. Ils s'attardèrent ainsi, tendrement unis dans la nuit, sous la douce pluie d'été.

www.pocket.fr
Le site qui se lit comme un bon livre
Informer
Toute l'actualité de Pocket, les dernières parutions collection par collection, les auteurs, des articles, des interviews, des exclusivités.
Découvrir
Des 1ers chapitres et extraits à lire.
Choisissez vos livres selon vos envies :
thriller, policier, roman, terroir, science-fiction...
Il y a toujours un Pocket à découvrir sur www.pocket.fr
POCKET

Une enfance volée

Belva Plain

“À force d’oubli”

(Pocket n° 10554)

La vie de Charlotte, quatorze ans, ne tourne plus très rond depuis la séparation de ses parents. Sa mère est partie vivre en Italie, son père souffre de dépression et, de surcroît, l’entreprise familiale est en difficulté… Trop souvent seule, elle succombe au charme de Ted, le fils de la nouvelle femme de son oncle. Quand celui-ci la viole, les parents de Charlotte choisissent de ne pas ébruiter le scandale. Des années plus tard, Charlotte est devenue architecte. Profondément traumatisée, elle tente de réapprendre à vivre.

Réconciliations familiales

Belva Plain

"Les diamants de l'hiver"

(Pocket n° 11196)

Arrivée à la fin de sa vie, Annette Byrne se sent triste et seule. Quand elle décide d'écrire à ses enfants et petits-enfants, son intention est de réconcilier ses proches. Elle invite Lewis et Gene, ses deux fils brouillés depuis des années, et Cynthia et Ellen, ses deux petites-filles, dont les vies sont chacune à un tournant : la première est en instance de divorce, et la seconde se bat pour sauver son couple. Tous acceptent sans savoir qu'ils seront réunis. Lors des retrouvailles, un événement inattendu se produit...

L'amour en fuite

Belva Plain

"Le secret magnifique"

(Pocket n° 11196)

En 1939, la famille Hartzinger doit fuir Berlin pour échapper aux nazis. Caroline, une jolie fille de dix-huit ans, et Lore, sa sœur adoptive, parviennent à se réfugier en Suisse. Walter, le grand amour de Caroline, a promis de les rejoindre bientôt. Il ne le fera pas et ne donnera jamais plus signe de vie. Quelques années plus tard, les deux sœurs se sont installées aux États-Unis. Malgré son mariage heureux et ses deux filles, Caroline n'a jamais pu oublier Walter…

Achevé d'imprimer sur les presses de

BUSSIÈRE
GROUPE CPI

à Saint-Amand-Montrond (Cher)
en décembre 2004

POCKET - 12, avenue d'Italie - 75627 Paris Cedex 13
Tél. : 01-44-16-05-00

— N° d'imp. : 44508. —
Dépôt légal : mars 2002.
Suite du premier tirage : janvier 2005.

Imprimé en France